GOLDEN DAWN

黃金黎明

亞斯莫——著

【推薦文】

這是本很妙的小說：雖發生在台灣，卻充滿異國風情；雖出現多具死狀駭人的屍體，卻因女性主角間的鬥嘴洋溢著歡樂氣息；既具備冷硬派推理的真槍實彈，又含有日式輕小說的超現實感。

推理方面並不複雜，人物場景描寫細膩，即使是非推理迷也能輕鬆完食（當然，如果能配桶炸雞就更棒了）。

推理作家　《福爾摩沙・血寶藏》作者　主兒

繼《J字的謎團》的伏筆後，終於等到了《黃金黎明》的問世，在這探案的第二部劇情裡，我們將能看見佐莉絲不為人知的過往，以及新的案件。隨著事件的揭發，讓讀者能看見更多角色之間的牽連，還有詭譎的謎團。

《黃金黎明》有著比第一部還更為精彩的劇情起伏，同時也有豐富的角色描寫，在謎團的設計上，較第一部來說更能讓讀者參與其中。

當閱讀到後面時，劇情還有個反轉，而這個反轉早已埋伏在故事中許久，掩卷之際，讓一種還沒看過癮的心理得到滿足，非常好。

冷硬派推理有些少見，亞斯莫能寫得這麼精采令人佩服，誠摯推薦這部佳作給您。

POPO人氣作家　孤煙仁心

筆者拜讀亞斯莫的《黃金黎明》，見到比前作更遠大的眼界。從書名略窺堂奧，黃金黎明是融合卡巴拉信仰、煉金術與玫瑰十字會的組織。而玫瑰十字會，又是史上最神祕的祕密結社之一。有許多作家嘗試過此題材，如：丹．布朗的諸多作品、泰塔妮亞．哈迪（Titania Hardie）的《玫瑰迷宮》、《金田一少年事件簿——薔薇十字館殺人事件》等。

然而，《黃金黎明》與其他作品大不相同。除了讓讀者跟隨主角體驗解謎的樂趣（而且是驚險萬分的旅程），也讓人思考近來許多沸沸揚揚的宗教事件。所謂的心靈宮殿，真的是神聖而療癒的殿堂？迷人女主角佐莉絲的身世之謎，以及她與周遭角色們的動人情誼，也讓人捨不得放下書。「卸妝後的真相不見得美麗，但卻真實。」推薦《黃金黎明》一書，也期待作者下一部系列作品！

方圓書房店主　張羽芳

看膩了詹姆士龐德、傑森包恩、傑克李奇這些男性荷爾蒙大噴發的懸疑動作片？那佐莉絲這位女偵探肯定能稍稍調和你那逐漸疲勞的感官，甚至讓你從此愛上這類以女性為主角的作品！

亞斯莫在《黃金黎明》中再次展現她對獵奇殺人、複數謎團的精準掌握，細膩的文字讓讀者宛若置身故事中的血腥場景，角色的愛恨糾葛也緊緊揪住人心，只要沉浸入故事中，讀者便毫無喘息餘地。

在閱讀亞斯莫的文字時，我總會有一種錯覺，好似我不是隔著一層文字在閱讀這個故事，而是彷彿親臨現場般，看著那一幕幕劇情就在我眼前上演。

先是以獵奇殺人作開場，隨著案件的層層剝解，背後竟是一面更巨大的網，故事加入諜報片常有的神祕組織元素，不僅動作戲引人入勝，黑白立場所造成的情感取捨也讓人動容，構成一幅有血有淚的動人篇章。

就算是第一次接觸佐莉絲探案系列的讀者，也會不自覺地被這個故事吸引，而熟悉佐莉絲的老粉絲，更是會為佐莉絲身世的逐漸明朗感到興奮，無論你過去是否認識佐莉絲，都會愛上她以及她的故事。

《伊卡洛斯的罪刑》作者　台灣推理推廣部版主　楓雨

目 次

1 來自國際刑警組織的案件

血的味道，一開始讓他帶著淡淡的感傷。可是當他用銳利如鋒的木叉尖端緩緩的穿過肌肉、送進脂肪層、直抵子宮後，順著叉指汩汩流到弓型叉掌的血匯集成一小池血泊時，他帶著一抹微笑，閉上眼，深吸口氣，透過鼻內的嗅覺接受器將流出人體外的血，經過空氣氧化後的腥味，牢牢刻印在腦海中。

瀰漫於空氣裡的那股鐵鏽味，在混雜有機物腐敗後產生腥臭似瓦斯沼氣的氣味，若是一般正常人嗅聞後，會生起一股五臟六腑爭相奔竄體外的嘔吐感。但這股奇特味道被他吸入嗅覺器官後，體內的多巴胺被血的味道加速激化，竟使他的神經中樞產生一種極致的溫馨感，令他強烈感受到一股屬於家人般的愛意。

活生生的生命，死了之後才能轉化為永恆。

緩緩低頭、深情凝視，彷彿對躺在地上的人的說：

妳曾經說過，妳真的很愛我，對嗎？為什麼今天突然跟我說妳不愛我了？為什麼呢？我不懂？妳說有了我，妳的內心不再有遺憾，妳說有了我，妳願意什麼都不要。為什麼今天早上妳突然說要離開了？是因為媽媽？

永遠陪在我身邊吧！好嗎？妳看妳現在笑的這麼開心，這樣我就當妳答應我囉！

妳一直覺得自己長得很醜，我都不這麼覺得，妳看妳的胃多麼的美麗啊！還有妳的心臟，「怦怦」的跳動著，好有活力啊！妳身體裡頭的血液是多麼狂野的流動著。啊，這一刻好像是真實與幻覺的交界，不過已經沒有分別了，不是嗎？妳看，妳的生命即將隨著鮮紅色像水流一樣的血，轉化成為愛我的力量了。當我用這只叉子穿進那個有兩隻手臂一樣的地方之後，妳就不會再說不愛我的話了，嗯！

啊，妳鮮血中的味道真香！

別怕，不會再有人傷害妳了，我會永遠保護妳的！

為了讓所有人知道妳這麼愛我，我就讓妳躺在這裡，當成妳對外發表愛我的宣言！再見了！我親愛的家人……

他緩緩的自帶著微笑的死者子宮抽出像手掌般的叉子後，小血泊瞬間瓦解，指叉滴下成串血跡，他微笑的摩娑著烏黑發亮的叉指上鮮紅的血，待血均勻的覆裹於木製叉上，又細細嗅聞叉子傳來的味道，陶醉許久，眼神迷離的看向雙眼大睜、嘴角帶笑的死屍。漆黑瞳孔中反映著肚皮左右翻開已無生命跡象的人體，微微傾身低頭行禮，懷著愛與滿足感，謹慎的收起尖銳的叉子，身形既優雅又從容的緩步離開。

羅家案子結束後，黃伊必須繳交報告。比起查案，寫報告可是件苦差事，細節既要清楚，內容更要詳盡。絞盡腦汁，黃伊終於把報告寫完。

寫報告期間，腦海不停回想起與佐莉絲一同討論案情的過程，多次想抽空去探望她，但是報告沒交出去，只能埋首努力完成。於是只在心中懸著探望佐莉絲一事，始終沒能去成。既然不能親身前去，撥電話的短暫時間還是空得出來，於是這一個星期間，黃伊偶爾記起此事，便立刻撥電話給她，不料佐莉絲手機空響許久，就是沒接電話，連續留言，也沒回撥，音訊全無，讓黃伊頗替她的安危擔心，不禁動了想打電話給冷若水問個清楚的心念。

想到冷若水，黃伊全身莫名一陣寒毛直豎，這個念頭瞬間煙消雲散。若是佐莉絲不肯接電話，問冷若水也不見得能夠知道她去了哪裡。

不過，一個星期都不接電話也沒回電，左思右想覺得心中略感不祥，該不會佐莉絲又出事了？再怎麼不情願，還是撥通電話問問吧。只有住在佐莉絲家的冷若水，比較清楚她去了哪裡。

完成報告的黃伊皺著眉想了又想，佐莉絲的安全還是比較重要，哪怕必須得跟冷若水打個交道才能解決心頭的迷惑，那又何妨？嘆口氣，正伸手去拿話筒時，面前的電話突然無預警的響起，把滿腹心事的黃伊給嚇了一跳，立刻抓起話筒說：「喂，我是黃伊。」

電話那端傳來管斯澧低沉、威嚴的聲音：「黃警官，請到辦公室找我。」說完就掛上。

黃伊呆呆看著話筒，長官簡潔俐落的命令，讓她只好暫時放下有關佐莉絲安危與否的疑問，先了解長官有什麼事情要交代。

黃伊掛上電話之後，緩緩站起身，整整制服，便朝管斯澧的辦公室走去。

輕輕敲門，辦公室裡頭傳來一陣低沉的聲音：「進來。」

黃伊旋開門把，緩步走了進去，朝管斯澧行禮：「長官好。」

管斯澧擡起頭，點頭回禮，隨即開口指示黃伊：「把門鎖上。」

遵從長官指示，黃伊轉身將門關上，按下鎖，心想：「長官為什麼要我鎖門呢？有什麼重要的事情嗎？還是我有犯下什麼錯誤？」想到這裡，心頭不禁忐忑起來。

管斯澧見黃伊把門鎖上後，神情嚴肅的說：「過來，坐下」

黃伊略微惶惑的慢步走到桌前將椅子拉開，動作緩慢的坐在椅上，拉長臉準備挨罵。

管斯澧瞧見黃伊惶惑不安，臉色鐵青的低著頭，微微一笑，關心的問道：「怎麼了？有煩心事嗎？」

黃伊忙搖頭，苦笑說：「我沒事。長官有事要交代嗎？」語氣試探的問著。

想起接下來要說的話，原本慈眉善目的表情，瞬間變得嚴肅：「嗯，有件事要交代妳去辦！」

驚見長官表情變化如此神速，黃伊詫異的睜大眼盯著管斯澧瞧。

看著黃伊的雙眼露出極度憂心的神采，管斯澧嘆口氣，眉頭深鎖，語氣謹慎的說：「這個案子是由國際刑警組織交辦，特別指名妳來辦理。此案內容十分機密，妳不能透露太多細節給不相關的人，知道嗎？」

低頭看了眼桌上的紅色公文，表情略顯驚訝的問道：「什麼案子這麼神祕？」

管斯澧將紅色公文推到黃伊面前：「這案子在羅家命案進行中就送到我手上，現在羅家命案的調查已經結束，妳可以心無旁騖的去辦這個案件。」

將紅色公文拿了起來，正想翻開時，管斯澧開口阻止：「妳把公文帶回去仔細研究。」

長官竟然不希望自己當場研究案子，難不成他已經看過內容了嗎？

黃伊放下手中公文，不禁挑眉疑問的看著管斯澧。

管斯澧清清喉嚨，稍稍掩飾自己的尷尬又開口說：「另外，辦理此案的成員，交由妳負責挑選。需要我幫忙，知會一聲即可。」

聽見長官說自己可以挑選辦案成員，黃伊把心中疑問拋在一旁，表情驚喜問道：「非警察成員也可以嗎？」

早知道黃伊會這麼問，管斯澧淡淡笑說：「我知道妳會這麼問。當然可以！不過，妳必須先組成專案小組進行祕密調查，這案子跟先前羅家命案多少有點關係。」說到這裡，突然想起：「有關槍殺佐莉絲的嫌犯，有眉目了嗎？」

黃伊沮喪的搖頭，不過想起佐莉絲曾經說過「我們遲早會遇到他們」的這句話，開口道：「長官，我認為佐莉絲知道是誰開的槍，只是她不願意說出口。」

想起佐莉絲彆扭的脾氣，管斯澧皺眉不快的說：「她知道？那為何不配合警方抓人，竟讓槍殺她的人消遙法外？」

想起佐莉絲完全不回電的行為，不禁對她高深莫測的辦案態度，神情為難、大聲嘆息說：「長官，你也明白她若是不說，怎麼問也得不到答案。先前她不願住院接受治療而急著出院，也是猜想殺手會再度對她行兇。」

管斯澧對佐莉絲的生命安危極度擔心，皺眉道：「槍殺她的人是專業級的殺手，她要是不小心，下次就不會這麼幸運了。唉……」說完，無奈的搖頭。

長官這麼說，黃伊記起懸在心上的事情，不禁面露擔憂的說：「這陣子聯絡不上佐莉絲，不知道是否又出事了？」

原本就已憂慮的神情，此刻蒙上黯淡的色彩，管斯澧低聲說：「我也聯絡不上她……」說完，不禁撫額沉思。

兩人突然沉默下來，各自想著佐莉絲可能遇上什麼麻煩事。

許久後，管斯澧開口打破沉默，心情沉重：「妳要是聯絡上她，請她給我個電話。」

對於管斯澧這麼關心佐莉絲的安危，黃伊心中懷著極大的好奇，本想開口問「為什麼」，卻記起那次偷聽佐莉絲與長官的通話，她曾說過「有些事，日後再說」。如果連長官都無法從佐莉絲口中問出什麼，自己也只能推測長官知道她的身世，卻無法親自從佐莉絲嘴裡得到證實。這麼糗的事情，要是自己逼問長官，多少只會得到長官的白眼吧！

想到這裡，黃伊簡潔的回答：「知道了，長官，我會轉告她。」

管斯澧緊鎖的眉頭稍稍鬆開：「那就麻煩妳。這個極機密的案子，妳小心為之。若有需要調動武裝小組，跟我說一聲就好，去吧。」

拿起公文，站起身：「是，長官，我先離開。」

管斯灃點點頭，目送黃伊離開辦公室。

「希望她一切平安就好。」想起佐莉絲，管斯灃的眼神帶著憂愁。

黃伊走回座位，將公文放進公事包中，心想：「連長官的電話都不接，肯定又是去辦什麼神祕的案子。這個難搞的女人，中槍到現在不過二個多星期，就到處亂跑，看我非找到妳不可。」呶呶嘴後，坐到椅上，沉思了會兒。

不想直接去找冷若水，只能從另一個實身上著手。

黃伊竊笑了下，打定主意後，便伸手拿起話筒，撥電話找朱增年。

電話接通後，傳來像是菜市場般嘈雜紛亂的雜音，一名陌生男子的聲音從電話另一端傳過來，語氣急促的喊道：「警察局，找哪位？」

黃伊拿著話筒怔了下，隨即回答：「我找朱增年警員。」

電話那端突然沒了聲音，像是有人遮住話筒傳聲口，只聽見細微的聲音傳入耳中：「欸，老朱，有女人找你……女人打來的……」

朱增年喪失理智的吼道：「他媽真爽，不要一直說『女人』好不好?有人找我就說有人找，老子在忙，你沒看到嗎?」高分貝幾近吶喊的罵聲，透過話筒傳進黃伊耳中。

黃伊忙把話筒拿到離自己耳朵有五公分遠的地方，省得耳朵被朱增年盛怒的吼叫聲，震爆耳膜，更不想聽他們的胡言亂語。

「妳好，我是朱增年。」語氣中透露出極度不滿的心情。

黃伊這才將話筒貼近自己耳朵，嘲諷的說：「誰的媽很爽啊？」

朱增年火氣正大，沒聽出來是黃伊的聲音，怒不可遏的回答：「妳哪位啊？」

黃伊冷冷的說：「黃伊。」

朱增年停了半晌沒說話，原本怒氣沖沖的語氣突然變得溫柔起來：「原來是黃長官。抱歉，抱歉，我沒聽出來是妳的聲音。」這時，周邊的吵鬧聲突然安靜下來。

黃伊扁扁嘴，嘲諷的說：「看來你的女人緣還不錯啊？」

朱增年知道剛剛和同事間的對話，全給黃伊聽見，支支吾吾的解釋道：「長官，妳見笑了。同事愛開玩笑，不要當真。找我有事嗎？」

黃伊清清喉嚨「哼」聲說：「我想找冷警員。」

原本以為會聽見朱增年說「是，長官，我馬上去找她」的話，但沒想到他突然沒了聲音。半晌聽不到任何聲響，還以為電話斷了線，黃伊匆忙叫道：「喂、喂，朱警員聽得見我的聲音嗎？」連叫幾次之後，才聽見一陣沉重的嘆息聲。

朱增年憂心忡忡、語帶歉意答道：「長官，我聽見了，對不起，只是因為冷警員，她……」

聽出朱增年語氣中的擔憂，黃伊當下忖思：該不會是佐莉絲出事，連帶冷若水也一起遭殃？難怪這麼多天都沒回電話。原來是出事了！

心中一慌，雙手發顫的緊抓話筒，黃伊忙問：「她怎麼了？難不成家裡出事了？佐莉絲人呢？」

朱增年吁口氣說：「我不知道佐莉絲怎麼了，家裡沒出事。只是冷警員身體不舒服，我正準備送她回家去。」

黃伊聽見原來不是家裡出事而牽累冷若水，稍稍鬆口氣，冷淡的問道：「冷警員怎麼了嗎？」

朱增年頗無奈的回答：「冷警員接連幾天在巡邏的時候，見到幾具慘不忍睹的死屍，今天又被她發現一具，所以她身體不太舒服。」

黃伊心想：「死屍有什麼好怕？這樣怎麼幹警察啊？」忙吞下差點脫口說出嘲諷的話，當下轉念一想，這些話從自己嘴中說出，只怕被人眾口鑠金說道：長官不近人情。不妨利用機會，藉口探望冷若水，順道查查佐莉絲的行蹤，豈不是兩全其美之事？黃伊微微一笑，柔聲說道：「原來這樣啊。她還好嗎？我順路去探望她吧。」

朱增年迭聲回絕：「不用麻煩長官了。」

黃伊居心叵測的笑說：「怎麼會麻煩呢？你跟她說，我會帶碗牛肉麵給她吃。」

朱增年乾笑兩聲：「謝謝長官費心，我看她現在只要看到肉，應該連膽汁都會吐出來了。」

黃伊心想：我難得大發善心，竟然敢拒絕？要不是有事找佐莉絲，才懶得理會這麼多。心裡雖不滿，但語氣依舊充滿著關懷：「喔，這麼嚴重啊，那我更應該去關心一下。好了，就這樣，等等見。」不容再次被推託，黃伊立刻掛上電話。

黃伊靠在椅背上，眼睛骨溜溜地轉了幾轉，隨即微笑的站起身，順手拿起公事包，轉身離開警局。

2 崩潰的冷若水

黃伊將車停妥後，靜坐車上把機密文件約略瀏覽幾次，心裡不禁訝異的想著：「這種跨國的毒品案件應該交由長官負責成立專案小組！怎麼會是交給我處理？是什麼人？又為什麼指名要我辦理？我沒認識國際刑警組織裡頭的人。究竟是誰這麼神通廣大，知道我在刑警隊？」

苦思半晌，依舊想不出什麼頭緒。在警隊待了三年多，辦案能力屢屢受到管斯澧的青睞，在短短時間裡擢升至二線二星的副隊長，雖然自詡有著絕頂聰慧的思考論辯能力，但在羅家命案中，卻遜色於對犯罪微物證據有著敏銳細膩感受的佐莉絲。這種佩服與失落並置於心的想法，使得自己一有問題便急忙想找她討論。而她如今身在何處？國際刑警想調查的對象Golden Dawn又是什麼組織？

黃伊不自覺的嘆息，緩緩將公文收進公事包中。對於隱晦不明的案件，她踟躕不已，但命令不能違抗，除非有什麼事情可以改變現下的處境，不然，黃伊仍舊得硬著頭皮接下這麼重大的案件。她緩緩下了車上鎖，整理心情後，便朝佐莉絲家走去。

按了門鈴，只聽見朱增年的聲音從對講器中傳了出來：「誰啊？」

「黃伊。」

「是，長官，請上來。」朱增年恭敬的回答，並開了門。

黃伊緩緩拾級而上，只見灰色鋼門已開，急著進門，一眼望向佐莉絲慣坐的位置，果然，沙發上空蕩蕩的，內心暗自嘆息。原本還帶著些許期待的黃伊此刻心情大受影響，神情落寞的再朝另一個長型沙發望去，只見冷若水癱躺沙發上，彷彿受到極大打擊般，臉色蒼白，閉眼沉睡。

自從認識冷若水後，腦海盡是她活潑愛鬧事的刻板印象，如今見她死氣沉沉的模樣，黃伊頗感詫異，不禁皺眉問道：「發生什麼事？冷警員怎麼變成這樣？」

朱增年憂心忡忡的盯著沉睡的冷若水，搖頭嘆息道：「今早她又看到死狀淒慘的被害人屍體，嚇得她整個人崩潰了。」

黃伊不禁好奇問道：「死狀多淒慘啊？竟可以讓冷警員崩潰？」

朱增年回想起死屍的模樣，不自覺的想嘔吐，猛嚥口水，才勉強止住吐意，搖搖頭，緊抿著嘴，不敢回話。

黃伊本想朝佐莉絲的房間走去，但又怕撲空被人看笑話，於是眼神隨意的環顧屋內問道：「發生這麼大的事情，佐莉絲怎麼不出來處理呢？」

朱增年伸手撫撫胸口，嚥下口水，平息想嘔吐的念頭，接著神情頗失望的回答：「長官，佐莉絲不在家，不然她一定有辦法處理。」

親耳聽見朱增年證實佐莉絲不在家裡，黃伊心頭一絲渺小希望完全破滅。看著眼前神情頹靡的兩人，又不好登時轉身離開，以免讓人覺得自己不關心下屬，進退兩難之際，只好暫且陪著他們，等待適當的時機，再行離開。黃伊滿臉無奈的坐在沙發上，雙腿交疊、兩手交叉胸前，繼續思考自己接手的案子。

朱增年坐在板凳上，只顧著擔心緊閉雙眼沉睡的冷若水，一時忘卻對長官應有的禮節，就任由黃伊自顧自的坐在沙發。

整間屋子靜謐的連根針掉落地面的細微聲響，都覺得震耳欲聾。

就在此時，傳來門鎖轉動的聲音，使得朱增年及黃伊雙雙擡頭朝門看去，朱增年笑容中微含憂慮，黃伊期待中卻多了份興奮。

門開了後，只見佐莉絲提著一只黑色大手提包，穿著C牌白色西裝外套、長褲、黑色襯衫，粗跟漆皮黑包鞋，緩緩進門，神情異常疲憊。

佐莉絲關上門，轉過身，細細瞧著屋內每個人的表情：坐在板凳上頭神情憂愁的朱增年、表情驚喜的黃伊、滿臉慘白、癱躺沙發沉睡的冷若水。佐莉絲勉強在疲憊的神情中擠出笑容，開口問道：「你們約好在這裡吃午餐嗎？」

許久未見佐莉絲的黃伊驚覺她神情疲憊，內心登時起了疑問，立即起身上前想攙扶她，佐莉絲忙搖手阻止。

黃伊停下腳步，微微氣塞的擔心問道：「臉色這麼難看，是不是傷口又痛了？還好嗎？傷還沒好就到處亂跑，究竟去哪兒？為什麼電話不接也不回啊？」

面對黃伊連珠炮般的問題，佐莉絲僅報以微笑答道：「抱歉，我手機沒帶出門。」

佐莉絲如此輕描淡寫的回答自己一長串的問話，絲毫不把自己關切她的心情放在眼裡，黃伊略為惱怒，脹紅著臉數落的說：「手機沒帶出門，看到來電顯示，總可以回電吧？」

擱下黃伊氣急敗壞的追問，佐莉絲凝神瞧著躺在沙發上、臉色發青的冷若水，蹙眉問朱增年道：「若水怎麼了嗎？」

佐莉絲突然進門，朱增年內心既驚又喜，但對冷若水的擔憂卻蓋過喜悅之情，強作笑臉回答：「她連著幾天看到令人作嘔的屍體，不停的吐，飯也吃不多，我很少見到她這樣。這種病看醫生也沒用，我想應該去收收驚才好得快吧？連我見到那些慘不忍睹的屍體，也覺得不舒服，一直想吐。」一說完，臉色慘白的伸出手忙撫著胸口，猛吞口水。

佐莉絲深吸口氣，皺眉思索一番後，隨即揚眉，嘴角帶著冷笑說：「嗯，確實該收收驚。」

聽見佐莉絲認同自己的想法，朱增年煩躁不安的心情，像是有了出口般，哭喪著臉說道：「我去接她的時候，只不過瞧一眼屍體，差點當場就吐了出來，何況她接連幾天都見到……唉，死者那種被殺的慘狀，真是令人觸目驚心，連我都不想再看一眼。這幾天真是辛苦她了，吐到沒胃口，連膽汁都吐出來了。」

佐莉絲看著叨絮不停的朱增年，憂心的臉上盡寫著「好擔心若水」的神態，露出淡淡一笑：「聽起來，若水這幾天真是辛苦了，沒能吃好吃的。」邊說，邊走到專屬她的沙發位置坐下。

黃伊杵在門旁，壓根不想管朱增年與冷若水之間的關係，也不想知道那些屍體有多麼恐怖。表面上雖然靜靜的聽著他們交談，但滿腦子只想著逮到機會便要插話，內心迫切的想與佐莉絲討論手中的案件。

眼見佐莉絲問完冷若水的情形後坐進沙發，黃伊終於等到了開口的好時機，於是快步走到她身邊坐下，語氣既責備又擔心的問：「槍傷好多了嗎？怎麼不在家裡休養，還到處找案子辦啊？」

佐莉絲輕鬆自若的將手提包放在地上，緩緩擡頭朝黃伊一笑：「我不去找案子，案子自然會找上我。」瞧見她滿臉憂慮的神情，又說：「妳別擔心，我的傷已經好很多了。找我有事？」

黃伊像被拆穿心中祕密般，雙頰暈紅，點點頭，扭怩道：「有事找妳商量，不過……」欲言又止的轉動眼珠朝朱增年看去，頓了頓，話鋒一轉，揚起頭說道：「對了，外婆說要妳到家裡吃晚餐。」

瞧見黃伊閃躲的模樣，佐莉絲心底掠過一個想法：「黃伊想談的事情，似乎不方便讓朱增年及冷若水知道，真巧，我正好也有事找她。」想至此，帶著微笑對黃伊說：「既然如此，那我先把若水的事情處理一下。」說完，便從黑色大手提包中拿出一只褐色玻璃瓶，緩緩起身走到躺在沙發上昏睡的冷若水身旁，彎身將瓶蓋旋開後，在她的鼻前來回晃動，瓶中的香氣透過呼吸進入鼻腔內黏膜，約莫一分鐘，冷若水緩緩睜開雙眼，佐莉絲帶著微笑的臉映入瞳孔，像是見到親人般猛然坐起身，張開雙手環抱佐莉絲腰部，情緒失控的大喊：「唉唷，嚇死我了！」

佐莉絲被冷若水粗壯的臂膀緊緊抱住，流露出欣慰的眼神，又見她清醒後還能呼天搶地的吼叫，略點頭，帶著冷笑柔聲問道：「還想吐嗎？」

冷若水聽見問話，這才驚覺自己全身舒爽的像是吃了什麼神奇補藥似的，鬆開緊抱佐莉絲的雙手，努力將鼻翼一張一縮的吸著空氣中的陣陣奇異香味，臉色漸漸紅潤起來，疑惑不解的看著佐莉絲說：「不想吐了耶，心情也變得愉快多了。」

佐莉絲滿意的點點頭之後，轉身走到廚房拿出兩只水杯，將褐色瓶子裡的液體滴進杯裡，倒入熱水，輕輕晃動後，拿著兩杯水，一杯交給朱增年，接著走到冷若水身邊，將水杯交給她，柔聲說：「你們把熱水喝下，這樣那些令人作噁的畫面就不會困擾你們了。」

驚見冷若水在佐莉絲的神奇香味治療下，突然恢復平時生龍活虎般的精神，朱增年看著她，不禁佩服到肅然起敬。還在努力強忍嘔吐欲望的朱增年，當下毫不猶豫舉杯將水一飲而盡。

連吐幾天，早已對自己能否活著不抱希望的冷若水，聞過瓶罐裡的香氣後，嘔吐的病徵就這樣不藥而癒。雙手捧著水杯，擡頭看向佐莉絲，呆愣了下。突然覺得眼前的佐莉絲全身散發著光芒，簡直是神仙降世。既然是神仙說的話，冷若水絲毫沒有猶豫的就把捧在掌中的水杯舉起，仰頭一倒，「咕、咕」一口氣全喝進肚裡。

佐莉絲站在一旁見兩人喝完水後，欣慰的點頭，順手將瓶蓋旋緊，緩步走回自己慣坐的位置坐下，將瓶子放進黑色大手提包中，右手杵著臉頰，帶笑的看著他們，沉默不語。

黃伊瞧著冷若水的臉色從慘白變成紅潤，內心不禁嘖嘖稱奇，對於佐莉絲近乎女巫般的本領更加佩服，好奇的問道：「妳用了什麼魔法把她瞬間醫好了啊？」

佐莉絲揚起嘴角，淡淡說：「沒什麼，只不過是一些西洋藥草。」

朱增年喝完水之後，舔舔嘴唇，感受自口中飄來一股淡淡的甘甜及香味。

冷若水捧著水杯，一臉滿足的吁口長氣，讚美道：「啊，還是天然的最好！喝了之後，全身輕飄飄的好舒服唷。」

佐莉絲凝望他們，臉上帶著甜甜的笑容。

黃伊無奈的搖頭瞄了眼前這對寶後，對於佐莉絲彷彿無所不能般的能力，心底盡是佩服。不知是哪種神奇的魔法藥草，有這麼大的功效？黃伊躍躍欲試的想品嚐一下，於是賊笑道：「這麼神奇的大補水，也給我喝一杯吧！」

佐莉絲瞅了黃伊一眼，微笑道：「好啊，改天吧。」

黃伊臉一沉，嘟著嘴，心想：「只對那兩隻寶好，真是偏心。哼，不喝就不喝。」想到這裡，將雙手交叉胸前，兀自靠坐沙發上頭生悶氣。

佐莉絲見冷若水神情已經恢復正常，開口問道：「若水，要不要說說妳看到的屍體？」

恢復元氣的冷若水，賊兮兮的笑著，正準備開口要朱增年帶她去吃東西，大敲竹槓的時候，沒想到佐莉絲竟然要自己回想屍體的模樣，一陣驚愕，半晌說不出一句話來……精神百倍的神態頓時又像洩氣的球般，打了個寒顫，心不甘、情不願，拉長了臉反問：「妳想聽唷？很恐怖耶！」

佐莉絲明白自己打斷了冷若水的壞心眼，嬌笑央求道：「妳說說看嘛，我想知道有多恐怖。」

瞄著佐莉絲貓眼般的微笑，自知無法拒絕她的要求，嘟著嘴，沮喪的說：「好啦，那我就說給妳聽。」

佐莉絲傾身向前，全神貫注的凝視冷若水。

個性急躁的黃伊不停搓著手，迫切的想把佐莉絲從家裡帶出去，卻見她將自己的請求擱在一旁，似乎想先了解這些屍體的狀況？脾氣固拗的佐莉絲若是不聽完冷若水的陳述，就算自己用手銬銬住她、拿槍頂住她的頭，她也不會移動身子跟自己離開。黃伊內心哀嘆的安撫自己：「既然有事請求她，只能等她心甘情願的跟我走。冷靜啊，黃伊要冷靜，就耐著性子聽小冷說完吧。反正我也好奇的想知道，究竟是什麼死狀淒慘的屍體把小冷嚇成這樣？」於是鬆口氣，挺直身子，默默等著冷若水開口說話。

3 開膛破肚的屍體

冷若水用食指按住下巴，雙眼朝天花板看了許久後，緩緩說道：「我第一次發現那樣的屍體，正好是我騎車巡邏時，經過一處原本預定要蓋國小的空地。因為傳來一陣很臭的味道，所以我停下車看看是不是有什麼動物的屍體，沒想到，就在空地旁邊的馬路上，看到……」說到這裡，冷若水打了一個嗝，作勢想吐的樣子。

佐莉絲見狀出聲提醒：「若水，回想剛剛鼻子嗅到的香味，然後再說下去。」

聽見佐莉絲這麼說，冷若水又努力的吸氣吐氣，那種奇特的香味仍殘留在鼻腔裡，這種令人心神愉快的味道，使得反胃嘔吐的感覺又平緩下來，於是吞了口水，接著說：「我看到一個女人的屍體，哇！死狀真夠難看，真的是慘不忍睹喔。」冷若水又開始著她無以倫比的表演精神比劃著屍體的傷口：「她簡直是被人開膛破肚耶！從鎖骨上劃了一道橫線，接著又一刀剖開到肚臍以上，血流得到處都是，所有的內臟全都掉出來。還有，那個兇手肯定是變態，不知道他用什麼東西刺穿了那個女人的子宮，唉唷，我覺得這個兇手肯定跟女人過不去。」

佐莉絲皺眉沉思了會兒，隨即又開口問道：「喔，朱警官說妳看了幾具，那這是第一具屍體嗎？」

冷若水想起自己見過的恐怖死屍，惶恐、懼怕的情緒如潮水般湧上心頭，驚慌的忙點頭。

佐莉絲沉吟了下，又問：「嗯，那妳在同一個地點發現幾具屍體呢？」

冷若水懷著害怕的心情，歪著頭想了一下，緊接著說：「我一共找到三具屍體，但是地點不一樣，如果硬要說她們有什麼共同點，就是她們被殺棄屍的地方，全是預定要蓋房子廢棄許久、人煙罕至的空地旁邊的馬路上。」

佐莉絲沉默半晌，又問：「三個屍體的死法都一樣嗎？」

冷若水點頭如搗蒜般，急忙說道：「全部一樣。嗯，我是說她們的死法全部一樣，都是被人在鎖骨用刀子橫切一道，然後再劃開肚臍以上的位置。對了，連她們的子宮被奇怪的工具戳破的方式也都一樣。」

佐莉絲皺眉問道：「妳看得出來是什麼奇怪的工具嗎？」

冷若水一臉茫然的搖頭說：「看不出來耶，那個工具只在屍體上頭留下四個洞。」

佐莉絲神情嚴肅的問道：「屍體還有什麼奇怪的地方嗎？」

冷若水又用食指按著下巴，仔細回想，突然間像是發現什麼新奇的事情，神色大喜的忙說：「有耶，有耶，那些女人被人家像豬一樣剖開，竟然還帶著笑唷！」

佐莉絲聽見冷若水說屍體帶著笑，神情突然大變，語氣冷淡的說：「帶著笑嗎？」沉思一會兒之後，開口問朱增年：「朱警官，你身高多高？」

朱增年不解佐莉絲問這種問題想做什麼，不過他知道佐莉絲不會無緣無故的問些無聊問題，於是簡潔的回答：「我啊，大約一百七十五公分。」

「若水，妳身高大約是一百六十公分吧？」佐莉絲凝視著冷若水說。

「是啊。」冷若水立刻回答道。

佐莉絲低頭沉思了會兒，又開口問道：「若水，那幾位女性的身高大約多少？」

冷若水兩眼上下轉動，一隻手比劃著，歪頭想想，才說：「可能跟我差不多，有些可能矮一點。」

4 羅家案情後續

佐莉絲突然微笑嬌聲說：「朱警官和若水，麻煩你們模擬一下殺人兇手犯案的現場吧。朱警官當殺人者，若水當被害者。」

黃伊聽見「死亡的微笑」時，不禁回想起羅膺晏死前詭異的微笑，正在想這兩個案子是否有關連時，聽見佐莉絲突然提出這樣怪異的要求，皺眉思索著：佐莉絲讓這對寶模擬殺人情境，有什麼特別用意嗎？深思熟慮的佐莉絲應該不會提出跟案情無關的要求，只是她難以捉摸的思考模式，總是令人猜不透她想做什麼？

朱增年一聽，滿頭霧水、搔搔頭，緩緩站起。

冷若水臉色難看的無奈說道：「已經夠衰了，我為什麼還要做這種事？」

佐莉絲露出貓樣的笑眼，嬌聲哀求：「麻煩你們啦？」

個性率直的冷若水，最難抵擋佐莉絲嬌聲細語的哀求聲，加上她眼睛帶笑的緊盯著自己，只好抿唇，硬著頭皮答應。但一想到演對手戲的人是朱增年，冷若水委屈又不甘願的起身，咕噥著：「好啦，衝著佐莉絲這麼想看我表演，那我就演一下好了。」

看著冷若水滿臉無奈的表情，朱增年神情冷淡的想著：「要不是佐莉絲開口要求，就算捧上一千萬送到面前，我也不要跟妳一起演戲。神氣什麼？哼。」白了冷若水一眼，正色問道：「請問是要站著，還是……」

佐莉絲臉帶微笑，簡潔俐落的說：「你就當自己是殺人犯，站著殺人的樣子，跪著殺人的樣子，我都想看看。」

朱增年理解的點頭，隨即伸出手將冷若水拉到身前，說：「我們開始吧？」

被人突然使力一拉，害她腳步踉蹌、向前跳了幾步這才站住。眼見朱增年一臉正經，冷若水眼前又浮現屍體悽慘模樣，驚嚇出一身冷汗。

朱增年吐了口氣，閉眼想像自己是殺人兇手，佯裝手上拿把尖刀，抓住冷若水的手漸漸使勁，突然張開雙眼，表情怨毒且猙獰的往冷若水身上刺去。

被恐懼之蛇纏身的冷若水，身子僵硬的動彈不得，又見朱增年兇狠的模樣，不顧被擰疼的手腕，發狂的用力掙扎，彷彿成了被害人般扯嗓大叫：「救命啊，殺人唷！」

朱增年入戲的朝冷若水猛刺的當下，佐莉絲突然出聲，微笑的喊著：「好了，若水，請躺在地上。」

整個人還停留在表演情境裡，朱增年緩緩放開冷若水的手，面無表情繼續想著該如何殺害躺在地上的受害者。

受到驚嚇、氣喘噓噓的冷若水，哭喪著臉說：「什麼？還要躺在地板上再來一次唷？」

佐莉絲又露出貓眼般的微笑，朝冷若水點點頭。

已經開口答應佐莉絲，冷若水不好意思臨時逃跑，只好扁著嘴，眼神哀怨的看著朱增年。

朱增年面無表情的用手比著地板，示意她躺好，冷若水怨恨的斜眼瞪他，心裡叨念著：「有佐莉絲讓你靠，就對老娘不客氣，好，看我等等怎麼整你。哇！」

冷若水心不甘、情不願的蹲下、伸長身子躺好在地板上，地磚傳來陣陣寒意，此時，她突然能夠感受到那些死者即將被殺時心中的驚恐與害怕，打了個冷顫，嘴唇忍不住抽搐、牙齒上下互瞌著。

朱增年彎身跪在地上，有了先前的感覺，這次一跪下後，一手壓住冷若水的手，表情怨毒猙獰的舉手就往她身上刺去。冷若水嚇得心神俱喪，失聲大叫，雙手胡亂空抓的忙掙扎。

佐莉絲突然出聲喊道：「朱警員，可以停止了，辛苦你們。」說完，便皺眉低頭沉思。

沒演過戲的朱增年這時鬆口氣，滿臉歉意、咧嘴微笑的朝躺在地上的冷若水看去，邊起身，邊伸手拉起她。

冷若水氣憤的甩開他的手。因為大叫，啞了嗓子，輕咳幾聲，才緩緩站起來，滿腹牢騷的責備道：「你是很想殺我是唷？叫你裝個樣子，你是聽不懂是嗎？」

朱增年傻氣的伸手搔頭，吐吐舌，表情頑皮的笑說：「佐莉絲說要裝的像一點啊，嚇到妳了唷？抱歉啦。」

瞪著牛眼般大的雙眼，舉手作勢要打，朱增年忙用手想擋，冷若水吐吐心中惡氣後，喃喃唸道：「你以為有佐莉絲當靠山，就可以欺負我唷？想得美，老娘肯定好好回報你。哼！」抿抿嘴後，放下手，兀自走去開冰箱拿汽水喝，回過頭朝朱增年看去：「要喝什麼？」

放下護住頭部的雙手，朱增年聳聳肩回答：「都可以。」明白冷若水不過是個刀子口豆腐心的女人，竊笑一下，轉過頭看見黃伊及佐莉絲沒有水可喝，心中忍不住罵道：「這個女人只懂得顧自己，長官和佐莉絲沒水喝也不理，真是……」搖搖頭，走到廚房，倒了兩杯熱水，小心翼翼的端著水走過來。

「長官請用，佐莉絲，請用。」朱增年遞上熱水給黃伊及佐莉絲，黃伊見佐莉絲在想事情，於是伸手替她接過水杯，順口回了聲：「謝謝。」

冷若水從冰箱裡拿出兩瓶汽水，喊了聲：「接著。」才剛把水端給長官的朱增年，聽見這麼一喊，忙轉身去接她丟來的一瓶汽水，怎料，一個不注意，汽水瓶不偏不倚的砸中額頭，打得朱增年滿眼金星。

冷若水得意洋洋、賊賊笑著走回位置坐下，旋開了汽水瓶蓋，就著瓶口大口喝著。

朱增年揉揉被汽水砸中的額頭，嘴上低聲罵道：「請人喝汽水，幹嘛用丟的，真沒禮貌。」彎下身撿起汽水瓶後，坐在板凳上頭，悶著一口氣，緩緩旋開瓶蓋，不料，經過劇烈搖晃的汽水，冒著汽泡噴出瓶口，洩了一地都是。朱增年神情緊張的東張西望，想找拖把將水擦乾。

冷若水蔑視的看著他，嘟著嘴說：「在陽臺啦，要擦乾淨唷。如果被我發現有螞蟻爬來爬去，就罰你擦一個星期地板。」說完，又喝了口汽水。

朱增年無奈的放下汽水瓶，起身去陽臺拿拖把進來擦地。

佐莉絲這時突然擡起頭看著冷若水問道：「妳可不可以告訴我，死者躺在地上的樣子？」

冷若水喝了幾口沁心涼的汽水後，用手肘擦去嘴上的水漬，忙說：「喔，我記得她們躺的模樣很奇怪，耶，怎麼說？喔，她們好像很希望被殺的樣子，臉上帶著笑，雙手張開，像個十字架一樣的躺著。還有啊，第一具的屍體，身上器官少了一個，第二具，第三具都一樣。」

佐莉絲揚眉、嚴肅的問：「少了什麼器官？」

冷若水捧著汽水回想：「第一具屍體少了胃，第二具屍體是乾屍，因為身上的血都被抽光了，第三具的心臟不見了。」

佐莉絲臉色沉重的點點頭，接著又問：「誰辦理這個案子？」

低頭拖地的朱增年忙搶答道：「喔，是管隊長負責這宗連續殺人案。」

黃伊聽見後，想起管斯澧交代過，見到佐莉絲要她回電話給他，於是便說：「對了，長官要妳回他電話，他在找妳。」

佐莉絲點點頭，隨即沉默不語。

黃伊略帶提醒的說：「死前的微笑，跟羅膺晏的死，會不會有關呢？」

佐莉絲面無表情的回答：「看了屍體才知道。這樣看來，兇嫌不一定是男人，也可能是女人。」

冷若水一聽佐莉絲要去看那種恐怖的屍體，心中一急，忙阻止：「妳要看唷？不要啦。」

佐莉絲微笑說：「別擔心，我不怕的。妳好好休息，我晚上到黃警官家裡一趟。朱警官會留在這裡陪若水嗎？」

朱增年拿著拖把，瞄了冷若水一眼，若無其事的說：「看她啦。」說完，又繼續拖地。

冷若水對朱增年翻了白眼，側過身，語氣撒嬌的說：「佐莉絲，妳今晚又不回家了唷？」

佐莉絲微笑說：「黃警官有事找我，可能會談得很晚，所以妳讓朱警官在家陪妳吧。」

冷若水對於殘留在腦海中的那些屍體畫面，心裡還是既驚又恐。若是佐莉絲今晚不回家的話，自己一個人待在家裡，旁邊櫃子又是一堆令人畏懼的人皮假面，唉，真是不得已的事情。露出無奈的表情，隨即開口對正在努力拖地的朱增年說：「你睡沙發，知道嗎！不可以對美女有非分之想，還有不要亂吃冰箱的東西！」

朱增年擡起頭，嘴角抽搐著回答：「知道啦，哪裡有美女？我自己有帶零食來吃。」

一聽見朱增年有帶零食，不顧他酸味十足的諷刺詞句，冷若水立刻笑說：「每次都吃我的，分一點啦。」

朱增年靠在拖把上頭，不懷好意的問：「妳不想吐了唷？」

冷若水若無其事的說：「佐莉絲把我治好了，現在我胃口大開，什麼都吃得下！」

病懨懨的模樣令人擔心，沒病的態度又令人生氣。

朱增年靠在拖把旁，無奈的嘆息。

黃伊環顧室內：朱增年在拖地，冷若水一直喝汽水，佐莉絲低頭沉思，該是時候要求佐莉絲跟自己一起離開了。突然心中冒出一個想法，她側過身問佐莉絲道：「對了，羅家案子的後續，妳想聽嗎？」

佐莉絲緩緩擡起頭，微笑說：「好啊。」

彷彿手上拿著羅案的報告般，黃伊語氣平淡的說著：「經過檢察官審理，趙淑英在誤導警方辦案、侵害屍體及破壞犯罪現場的部分，因為沒有直接證據，所以無法起訴。但她房裡藏有大量迷幻藥水，因此檢方依『毒品危害防制條例』中，欺瞞或其他非法之方法使人施用第三級毒品起訴。法官判決，趙淑英處五年以上有期徒刑，得併科新臺幣五百萬元以下罰金定讞。冉瓊龍依『毒品危害防制條例』中脅迫、欺瞞或其他非法之方法使人施用第三級毒品起訴，經法官判決，同樣處五年以上有期徒刑，得併科新臺幣五百萬元以下罰金定讞。」

佐莉絲面無表情，口氣冷淡的問道：「嗯，宇恩惠怎麼辦呢？」

黃伊頗覺無奈的說：「吳采子替冉瓊龍繳了五百萬元罰金，將她釋回，沒多久便將公司交由冉瓊龍打理。而趙淑英早就將所有財產登記在宇恩惠名下，所以宇恩惠用這筆錢繳了五百萬元罰金，將趙淑英釋回，並離開羅家豪宅與母親一起生活。」

佐莉絲淡淡笑道：「不出人意料的事。」

黃伊得意洋洋的開心笑說：「這個案子最大的收穫就是警方搜查心靈成長中心，果然發現中心儲存大量迷幻藥，所以勒令中心關閉，將負責人依『毒品危害防制條例』起訴。」

佐莉絲聽到這裡，嘆口氣說：「這只是個開始……」

原本期待佐莉絲聽見正義得以伸張，應該十分高興，卻沒想到她竟然嘆氣，黃伊皺眉問：「怎麼說？」

佐莉絲沉著臉，半晌不語，伸出手將地上的黑色大手提包提起，突然露出微笑：「我去換件衣服，等等就跟外婆一起吃晚餐吧。」說完，便站起身走向自己房裡。

黃伊疑惑的想：「為什麼說是開始呢？難不成還有更大的犯罪集團在背後指導？這跟我手上的案子有關嗎？」想著想著，神情迷惘的低頭沉思。

冷若水見佐莉絲進房裡去換衣服，看著拖地的朱增年說：「欸，吃晚餐了，走吧。」

朱增年扁扁嘴：「精神好了，就知道吃。」拿起拖把朝陽臺走去。

冷若水瞪了他一眼：「怎麼？讓你睡家裡，算便宜你囉。」

朱增年轉過身，忙陪著笑說：「好，好，晚餐我請啦，可以嗎？」

冷若水竊喜道：「這還差不多。我也去換衣服啦，等等我唷。」

朱增年沒好氣的說：「換什麼衣服，還不是一樣。」說著，開了玻璃窗，走到陽臺洗拖把。

冷若水開心的朝房裡走去，「碰」了聲將門給關上。

5 謎樣的設計圖

黃伊領著佐莉絲到房裡，打開燈，站在門邊，堆著一臉笑意，開心的說：「為妳準備的房間，我們每天都有整理唷。」邊說，邊把公事包放在牆角邊。

佐莉絲帶笑的走進先前暫住黃伊家養傷的房間，在桌前停下腳步，看向窗外，暗自思索不語。凝望佐莉絲瘦削的背影，黃伊直覺此刻的她內心似乎藏著什麼煩心事。收起笑容，走到佐莉絲身後，輕輕拍了她的右肩，語氣擔憂的問：「怎麼了？有什麼令妳心煩的事情嗎？」

對於黃伊的問話，佐莉絲僅以沉默回答。她眼神警覺、搜尋著窗外，不久便伸手拉上窗簾，低下頭半晌不語。

戶外已是漆黑一片，竟然還要拉上窗簾，這樣的舉動頗令黃伊不解，凝視佐莉絲的背影，一股直覺告訴黃伊，佐莉絲應該是在提防什麼，於是伸出雙手將她身子扭轉過來，臉對臉的看著她，面帶疑惑的問：「妳遇到什麼麻煩事了嗎？為什麼妳滿臉疲憊，又心事重重的樣子？」

面對黃伊的關切，佐莉絲兀自沉默，許久才擡起頭，微笑說：「妳不是有事找我嗎？」

黃伊面露不悅的神情，皺眉說：「我是有事找妳商量，但是妳……」

佐莉絲冷冷一笑說：「我沒事，別擔心。」

黃伊嘟囔的說：「老是這麼說，這才讓人更擔心。」

佐莉絲面無表情的回了一句：「冷靜才能面對即將要來的風暴，急躁容易壞事！」

黃伊覺得佐莉絲這句話是針對自己而說，於是鬆開緊握住她雙肩的手，無奈說道：「是，我個性本來就急。既然妳不說妳的事情，那我就先說我的吧。」

佐莉絲輕盈的轉個身，坐在床上，靜靜等著黃伊說下去。

黃伊走到門邊將公事包提了起來，從裡頭取出一份紅色公文封，隨即走到桌旁，將公文封放在桌上，推到佐莉絲面前，順手拉開椅子，坐在上頭，神情正經的說：「這是長官交給我的機密案件，他要我組成一個專案小組進行調查，成員由我挑選，我想……」

佐莉絲朝公文望了一眼，然後又擡起頭凝神看向黃伊。

只要關於犯罪案件，佐莉絲一向都是興致高昂。如今黃伊將公文推到她面前，竟不見她動手取過公文翻閱，不禁詫異問道：「妳不想知道是什麼案子嗎？」

佐莉絲靜坐床上，臉帶微笑說：「我聽妳說就好。」

黃伊見她對自己的案子興趣缺缺，正忖度著要如何開口邀請她，猶豫半晌，最後還是硬著頭皮直接對佐莉絲提出要求：「這個案子，我想請妳協助我，可以嗎？」

黃伊如此慎重的邀請，佐莉絲依舊神情淡然的說：「既然管隊長把這麼重要的案子交給妳處理，想必肯定妳辦案的能力，為什麼想找我協助呢？」

黃伊皺眉沮喪的問道：「妳的意思是不願意幫我囉？」

佐莉絲似笑非笑的搖頭，柔聲說：「我沒這麼說。」

由於回答的十分隱晦，但並沒有拒絕的意思，黃伊鍥而不捨，接連使出耍賴、哀求等態度強迫她接受：「那就答應吧？答應啦！」

佐莉絲被黃伊的孩子氣弄得有些無奈，笑說：「先說說看是什麼事？」

好不容易才說動佐莉絲，黃伊急忙拿起公文，邊看邊迭聲說道：「這是國際刑警組織指名要我辦理的跨國毒品案件，他們要調查一個叫做Golden Dawn的組織，國際刑警組織懷疑Golden Dawn製造並販賣毒品。」

聽見「Golden Dawn」，佐莉絲原本微笑的臉突然僵住，略帶遲疑的看著黃伊，語氣冷冽緩緩說著：「國際刑警組織裡有妳認識的人嗎？」

黃伊暫緩解說案件內容，神情迷惘的瞧著佐莉絲疑惑又蒼白的臉蛋問：「沒有啊，怎麼了？」

佐莉絲眼神冰冷的看著黃伊半晌，只見她睜大雙眼，眼神中充滿著好奇、疑問，許久佐莉絲低垂雙眼、神情疲憊的說：「妳知道Golden Dawn是什麼樣的組織嗎？」

佐莉絲的神情忽地嚴厲、忽地疲憊，黃伊狐疑的問：「不知道，啊，難不成妳知道？」

黃伊的提問，佐莉絲沒有直接回答，沉默不語，似乎在思考著十分重要的事情。黃伊見狀，靜靜等待她開口，許久，佐莉絲才長嘆口氣說：「我有件事情要麻煩妳，不過，千萬別讓任何人知道。」

佐莉絲竟然有事情要麻煩自己，這簡直是黃伊想都沒想過奇事！這不僅代表佐莉絲已經能信任自己，再者朋友之間有了祕密交換，這也使得黃伊心中雀躍不已。她咧嘴開懷的笑說：「沒問題，妳交代的事情，我絕對不會讓任何人知道！放心吧。」

佐莉絲神情為難的說：「我知道妳做得到，不過，先別開心的太早。我交給妳的東西，只怕也會對妳不利。」

黃伊眼睛骨碌碌的轉動著，左思右想，實在想不出有什麼東西會對自己不利。

佐莉絲停頓了一會兒才說：「還記得我先前跟妳提過的一件事嗎？」

黃伊搖搖頭，疑惑的問：「哪件事啊？」

佐莉絲緩緩打開身旁黑色大手提包，從裡頭取出一張紙，動作既遲疑又猶豫的將折疊好的紙在腿上攤開，上頭盡是密密麻麻的數字及六角形圖樣，黃伊倒著看，完全看不懂這是什麼東西的設計圖。

佐莉絲雙手輕撫著紙張，凝視許久，慨然長嘆：「妳母親是研究毒物的專家，如果她仍在世，應該可以理解這張設計圖的內容。可惜，她已經過世。我說過，知道這個設計圖的人，不是行蹤成謎，便是死於非命，就算曾經瞧過它一眼的人，也不見得能活得安寧。」

經佐莉絲這麼一提，黃伊回想起先前對她無禮的回話，面有愧色的說：「真是抱歉，那時，我把妳說的話當成是開玩笑。」

佐莉絲勉強的笑說：「不用道歉，但我所說的事情，妳千萬不能當成玩笑看待。既然國際刑警組織要妳辦理跨國毒品案件，這張設計圖，極有可能是破案的關鍵之一。」

黃伊神情驚喜的說：「哇！那我找妳協助，不就是對的事了？案子已經破了一半啦。」

佐莉絲黯然的搖搖頭：「這只是個開始……我想請妳好好保存這張設計圖。」

輕撫著紙張，佐莉絲細心的把設計圖折疊好，將它交給黃伊，神情嚴肅的叮嚀道：「如果妳找到可以解讀這張設計圖，同時又是妳十分信任的人，那時候妳才能將設計圖拿出來。在沒有遇到這樣的人之前，妳擁有這張設計圖的事情，千萬不能跟任何人提起。就算妳遇到足以危害生命的事情，也絕對不能說出口，或是走露任何風聲。否則案子未破，我們全會陷入生命危險之中。知道嗎？」

從未見佐莉絲這麼嚴厲的要求自己，黃伊不禁感受到事情的嚴重性，接過她手中的設計圖後，帶著堅定的微笑說：「我答應妳，我會好好保存這張設計圖，直到找到可以信任又能解讀設計圖的人為止。」

佐莉絲這才露出淺淺微笑說：「這樣，我就沒什麼好擔心了。」

黃伊手拿著紙張在佐莉絲面前晃動，臉帶頑皮的笑容說：「擔心我嗎？」

佐莉絲嘆口氣，神情黯淡的說：「是，擔心妳的生命安危。」

黃伊不禁張開雙手歡呼道：「哇，妳也會擔心我，真開心！」雙眼緊盯著佐莉絲看著。

黃伊的孩子氣讓佐莉絲無奈的搖搖頭。

6 黃金黎明

既然這副沉重的擔子已經交託出去，那麼緊接而來的生命威脅，佐莉絲也能坦然面對而心無罣礙了。她面露笑容的順手從手提包中拿起手機，撥了通電話。

黃伊面帶疑問的說：「打給誰啊？小冷唷？」

佐莉絲沒有要黃伊迴避的意思，僅示意她不要出聲，黃伊只好帶笑閉上嘴。

待電話接通之後，佐莉絲既禮貌又客套的說：「您好，管隊長。聽說您在找我？」

黃伊原本想趁佐莉絲說電話時，在旁插科打諢，此時聽見佐莉絲說出長官的稱號，心頭驀地一驚，收拾起笑鬧的心情，神情緊張的屏息以待。

聽見佐莉絲的聲音，管斯澧心情大好，開口便問：「妳一切都好嗎？什麼時候可以見個面？」

佐莉絲瞥見黃伊一臉緊張模樣，心裡竊竊一笑，答道：「我一切都好，聽說您正在辦理連續殺人案，我有個不情之請，不知您是否同意呢？」

管斯澧好奇的問：「妳有什麼不情之請，說來聽聽？」

佐莉絲微笑說：「若是這個連續殺人犯再度殺人，我想請您安排一下，讓我到現場看看兇手的殺人手法。」

管斯灃聽見佐莉絲的請求不過是想參與辦案的小事，不禁開懷笑道：「妳願意主動協助警方辦案，這是最好不過的事情。妳的要求，不過是件小事，要是有什麼新的進展，我一定立刻通知妳，只是，我有些問題想……」

管斯灃自從知道佐莉絲的身世，便一直想追問那些過去的事情。那些事情，早已經被她從心中抹去，不想提起。於是，她語氣溫柔又堅決的回答：「其實您想知道的都是過去的事情，既然已經成了過去，就別再提了，好嗎？」

對於佐莉絲不願意告知他想知道的事情，心情頗為沮喪，但管斯灃仍不放棄的說：「我很想做些什麼事情來回報他。」

佐莉絲輕聲嘆息後，嬌笑道：「我不清楚你和他的過去……但我知道他的個性就是疾惡如仇，現在唯一能回報他的就是破案，不是嗎？」

管斯灃知道佐莉絲所言甚是，依他的個性，只要有犯罪的可能及線索，必定要追出個真相，方能罷休。沉默半晌，略微釋懷的說：「好吧，既然妳這麼堅持，那就讓我們放下過去，重新認識吧。」

管斯灃放棄追問後，佐莉絲當下鬆口氣說：「謝謝隊長的體諒，那您早點休息。」等管斯灃掛了電話之後，佐莉絲這才將電話收起。

黃伊聚精會神的在旁默默聽完他們的對話後，滿臉疑問的看著佐莉絲說：「妳跟隊長有什麼過去啊？」

佐莉絲揚眉道：「我跟他？」隨即笑說：「沒有！」

黃伊嘟著嘴邊想邊說：「可是，自從妳受傷之後，總覺得他對妳特別關心，像是家裡長輩對後輩的那種……喔，妳該不會是他失散多年的親戚吧？」

佐莉絲用手指戳戳黃伊的額頭，冷笑說：「妳還是先從自己手上的案子開始傷腦筋吧，老想探人隱私。」

黃伊一不留神，被佐莉絲戳中額頭，急忙欠身躲開，伸手揉揉被戳疼的地方，哀怨的說：「好啦，愛搞神祕的女人。對了，我查過這個Golden Dawn的組織，資料顯示它是一個宗教結社。」拿起公文，繼續看著。

佐莉絲轉過頭，皺眉凝視房門，彷彿穿越時空回到遠古時代般，半晌不語，沉默許久，才悠悠說道：「人為了能與神更加接近，可說是無所不用其極。十九世紀末期曾經掀起一場所謂『玫瑰戰爭』的信仰之戰，其背後所隱藏的玄學知識便是魔法。『魔法』是黑暗和光明、玫瑰與十字、異教和正教等所有兩極的一元化，魔法企圖將玫瑰與十字永恆且完美的結合為一體，『魔法師』便是主張此者的代表。這類人認為自己是『神的化身』，並常藉由麻醉性的香料讓自己處於半窒息的狀態，展現其特異的型樣，贏得眾人的尊敬，這些人在當代掀起一場風潮。進入文藝復興時代後，深入研究卡巴拉的基督教徒們，引入這類知識，並將屬於異教的內容刪除，利用其中的數字規則以證明舊約聖經傳授『三位一體（Trinity）』及耶穌具神、人等兩種性質的特殊教義。其後經過許多玄學家及基督教研究玄學的牧師們相繼推崇之下，漸漸形成玫瑰十字的一些神祕儀式，這些儀式藉由密語經典的發現及翻譯，間接促成『黃金黎明會』（Golden Dawn）的創立。所以Golden Dawn一開始確實是個宗教結社。」

黃伊聽了這麼多，滿臉困惑的問：「這跟國際刑警組織指名要我辦理的跨國毒品案件，有什麼關係啊？」

佐莉絲微微一笑：「當然有關係。『黃金黎明』成立之初，跟魔法完全扯不上關係，該會是由一群愛好玄學的人士所組成的祕密結社，目的就是研究玄學奧義。只是當時基督教的信仰已經深入民心，一般人對於玄學多所排斥，『黃金黎明』結社的會員們為求保守其共同的祕密，被迫使用了儀式及一些戲法般的咒語，來辨識彼此是否為自己人。他們最為人所知的辨識方法有『握手法』（grips）、『口令』（words）、『步法』（steps）等等，這個祕密結社為了擴充教義，便與『玫瑰十字』的內部組織結合，吸收魔法思想，將其玄學理論擴大，後期便產生了『小達人』的儀式和實用的魔法技巧。為追求『玫瑰十字』所謂的『靈體之光』的境界，這個祕密結社開始深入探究『精神深處幻想的樂園』，忘了初始研究玄學的精神。而為了漸臻達人境界、渴求體會更多玄妙的靈體之光，在一九〇〇年開始Golden Dawn瓦解成眾多派系，彼此之間互相鬥爭，時間長達三年。雖然經歷了內部的分裂，使得Golden Dawn這個祕密結社幾乎在這些年間消聲匿跡。但該社殘存的成員，轉入地下組織，持續著Golden Dawn的精神，繼續追求『靈體之光』的境界，並藉著『小達人』所主持的儀式，延續祕密結社的活動。結社的會員冀望透過藥物達到『精神深處幻想樂園』的境界，所以不停的研發出各種能夠影響中樞神經的藥物。Golden Dawn的會員應該也延續了這樣的精神，不斷研發出各種新型的神祕藥物。而這類藥物，類似現代在市面上流通的迷幻藥。」

黃伊聽完佐莉絲說了Golden Dawn的歷史後，沉默半晌才說：「難不成這個結社的會員，為追求什麼『精神深處幻想樂園』的境界，到現在還是不斷的研發迷幻藥?國際刑警組織怎麼會針對Golden Dawn進行調查呢?販毒的人到處都是啊。」

佐莉絲冷冷一笑說：「挾帶著宗教性的祕密結社，其背後的真相，外人根本無從得知。而Golden Dawn的組織十分龐大，資金更是雄厚，在各個國家都有分會的設置。該會的會員大都是來頭不小的人士，國際刑警組織苦無證據可以顯示Golden Dawn在製造毒品，甚至販賣毒品。正因此，他們才會針對Golden Dawn進行調查。」

這下子黃伊覺得手中的案子，像是個燙手山芋般，令人頭疼。連國際刑警組織都無法查證的事情，她不過是個小小的刑警，能從何處開始調查起呢？原本熱血沸騰的心情瞬間變成茫然若失，皺眉嘆道：「那要怎麼查證呢？沒有犯罪的證據，如何登門拜訪的查案呢？」

佐莉絲看著苦惱萬分的黃伊，沉默了會兒，隨即神情嚴肅的說：「我有個建議。妳不妨運用國際刑警組織的資料，從Golden Dawn在國內的總分會調查起。不過，妳在調查總分會的時候，只能明查暗訪的私下調查，行事不能過於招搖。」

黃伊不以為意的說：「我是警察耶，為什麼不能執行我的職權啊？」

佐莉絲目光冷冽的說：「妳最好先跟國際刑警組織調閱該會成員的背景資料，再談妳的警察職權吧！如果妳認為這些會員能夠讓妳大搖大擺的亮出警徽去登門拜訪，那妳就太低估這個祕密結社的力量了。」

黃伊「哼」聲說：「我就不信他們能有多大能力。」

佐莉絲面帶愁容，略為責備道：「妳啊，真是太孩子氣了。」說完，語重心長的說：「過了今晚，我不會再踏進妳家一步！」

被佐莉絲這麼突然的轉折給嚇了一跳，黃伊神色驚慌的問道：「為什麼？我又說錯什麼了嗎？」

佐莉絲拋給黃伊一個微笑說：「為了妳的安全著想，我想之後，我們還是不要公開見面，就算見面，我們也是陌生人。」

經過與佐莉絲的相處，黃伊早已不把她當成外人看待。現在她說的一字一句，對黃伊而言，簡直是晴天霹靂般的難以接受！黃伊震驚的看著眼前朝自己微笑的佐莉絲問道：「我不懂妳在說什麼？妳的意思是日後我們都不能再像現在這樣見面了嗎？我們之間的友誼就到此結束了嗎？」

佐莉絲冷笑的點頭：「是的！我們之間的關係，最好就到今晚為止。不見面，不通電話，互不相識！」

黃伊既是震怒又是悲痛的說：「那妳的意思就是不幫我破這個案子了，是嗎？」

佐莉絲面有難色的說：「小伊，我沒說不幫妳忙。」

黃伊怒氣沖沖的站起身，瞪著佐莉絲說：「不見面，不通電話，那妳怎麼幫我？還『互不相識』呢！」

佐莉絲語帶玄機的說：「妳別忘了若水及朱增年。」

黃伊氣憤難平的皺眉問：「跟他們有什麼關係？」

佐莉絲冷眼看著黃伊說：「妳忘了我說過的話嗎？親眼看過這個設計圖的人，不是行蹤成謎，便是死於非命。而我，不僅親眼見過，還將設計圖交到妳手上，妳認為我的下場會是什麼呢？」

聽著佐莉絲淡淡的說著，不禁回想起她被槍殺的那一幕，原本爆發的怒火霎時成了驚嚇的冷汗，黃伊看著坐在床上冷冷瞪著自己的佐莉絲，瞠目結舌的半晌說不出話來。

面帶微笑的看著黃伊，佐莉絲眼神中似乎已經有了某種決定。

黃伊神色驚慌的看著佐莉絲，語氣顫抖的說：「妳……妳的意思……他們會再對妳不利嗎？」

佐莉絲嘴角帶著一抹冷笑，看著黃伊，沉默不語。

黃伊情緒激動的直想流淚。佐莉絲知道她自己即將有生命危險，仍舊想保護朋友免於涉入任何足以喪命的境地，黃伊眼眶泛紅的伸出手，撫摸佐莉絲冷若冰霜的臉龐，哽咽的說：「我們可以一起面對的，不是嗎？我……我不想……再看到躺在血泊中的妳。」

佐莉絲神情冷漠的將黃伊的手拉開：「現下我能做的，就是離開這裡。」隨即站起身，緩緩走向房門。

黃伊怔了怔，回過神後，急忙站起身，跑向佐莉絲，張開雙手緊緊從身後抱住她，哭著說：「別走，我能夠保護妳的，答應我，我們一起面對他們。」

佐莉絲停下腳步，口氣冷淡的說：「好好保重，這次的案子，將會是妳升官的最佳途徑，自己小心吧。」說完，掙開黃伊的雙手，逕自走了出去，留下黃伊獨自淚流滿面的看著佐莉絲離去的身影。

7 黑衣男子的襲擊

佐莉絲下了計程車後，走到巷口，腳步緩慢的朝租屋走去，路燈照耀下的街道，彷彿有著黑影幢幢之感，令佐莉絲不禁提高警覺的停下腳步，左右張望著。

當佐莉絲四下探看時，一位身穿黑色風衣、頭戴黑色禮帽、墨鏡的男子，正緩緩的從巷子另一端路燈柱後走出來，紋風不動的站在路燈之下。

佐莉絲立刻一個閃身，朝巷子的牆壁靠去，眼角餘光一瞥，身後也站了一位同樣裝扮的男子。

佐莉絲嘴角帶著冷笑，不動聲色的站直身子，靜待他們的攻擊。

兩名男子靜靜站立在路燈之下，風衣裡的雙手似乎持著武器，佐莉絲瞥見他們腰際間閃出一道火光，接著一陣低沉的鞭炮響聲，她心下一驚忙縱身一躍，向前翻轉身子，躲開了兩位男子的槍擊掃射。佐莉絲雙腳點地，隨即又急忙向後翻身，再次避開一連串的子彈。

為了避開連番不停的槍擊，佐莉絲雙足點地、用力一蹬，飛躍至屋簷，輕盈轉身，兩手從長褲腰帶拉出幾道像匕首似的小型飛鏢，分別向兩人射去，「呼、呼」幾聲勁風破空而去。

黑衣男子持槍專注盯著佐莉絲身影準備再度開槍，不料佐莉絲的飛鏢疾至，「噗、噗」幾聲，兩名男子舉槍的手被飛鏢射中，一陣疼痛使兩人腳步踉蹌後退。

射出飛鏢後，佐莉絲驚覺左胸的傷勢隱隱作痛，蹲在屋簷上頭，見飛鏢已沒入兩人臂膀之中，才吁口氣準備站起身從屋簷上躍下的剎那，兩名男子停下開槍的動作，將槍收起，站穩身子，將手臂的飛鏢取下丟在地上，隨即跨大步快速朝佐莉絲疾走而去。

身材魁梧的兩人腳步輕巧的踩在牆壁上，像是在平地上走著般輕鬆容易的就近了佐莉絲的身，動作之迅速，使佐莉絲連站起身的時間都沒有。她蹲著身感受到力道強勁、破風而來的千斤般重拳朝自己的身子落下，佐莉絲靈光一閃的向旁翻身而去，一個輕躍，跳下屋簷，雙足點地的站直身子，準備迎接兩人的再次攻擊。

見拳落空，兩人面面相覷，接著輕輕一躍，雙雙落在佐莉絲的前方，準備下一步的攻擊。

佐莉絲全神貫注、眼神冷冽的看著與自己對峙的兩人，絲毫不敢大意。

三人靜靜對峙一陣子後，在寧靜的巷道內，突然傳出清脆的「噹、噹」聲，四條細鋼鍊朝佐莉絲直直而來，佐莉絲臉色稍露驚駭，急忙向上一躍、在空中側翻一圈，躲開了四條細鋼鍊的攻擊。

兩人雙手各持二條細鋼鍊，不停揮舞著，似乎想用細鋼鍊鎖住佐莉絲的四肢，讓她動彈不得，以便近身搏殺。佐莉絲連著幾個後空翻，躲開鋼鍊的奇襲，落地蹲下身後，右手從長皮靴中抽出一只劍柄，震了手臂，從劍柄中伸出細長的軟劍，舉著劍朝射向自己的鋼鍊揮舞，「鏘啷、鏘啷」的斬斷直朝自己而來的鋼鍊，佐莉絲此刻急喘不已的手持長劍起身，眼神直盯著兩人。

兩人見鋼鍊被砍斷，隨手甩掉手中的斷鍊，又從風衣下抽出兩桿短鋼棍，疾奔至佐莉絲面前，佐莉絲忙迎上前，軟劍貼著鋼棍朝其中一人的手削去，那人見佐莉絲的劍貼棍而來，一個鬆手，鋼棍瞬間換手握住，揮舞鋼棍朝佐莉絲後腦襲去，佐莉絲低頭閃過，另一人持鋼棍朝她左肩揮去，佐莉絲將軟劍朝左邊刺去，那人閃身，再度將鋼棍朝佐莉絲的左後身打去，另一人則是以鋼棍封住佐莉絲的前方，佐莉絲情急之下一個蹲身，以左腳為支點、伸出右腳橫掃一圈，兩人忙跳開，佐莉絲趁隙向一旁滾去起身，脫困後，急忙用左手從腰際間取出四隻鋼製飛鏢朝兩人射去，由於先前槍傷未癒，使佐莉絲單手射出的飛鏢力道大不如前，兩人輕易的用短鋼棍擋開飛鏢攻擊後，再次飛身撲向佐莉絲，佐莉絲忙向後退，直覺身後已是牆壁，情急之際，向上一躍，腳用力蹬了牆壁後，身子飛舞在半空中清靈的轉了一圈，落在兩人身後。

朝前撲了個空，兩人轉過身正準備再次攻擊佐莉絲時，只聽見巷道之外，一陣爽朗的女性聲音傳了過來：「……你也太小氣了吧，我不過才吃了半分飽，就要我回家？」兩位黑衣人見有人過來，霎時收手，將短鋼棍收入風衣之中，態度從容的轉身離去。

佐莉絲見黑衣人離開，握著軟劍的手一震，軟劍瞬間收起，蹲下身，將劍柄收入長皮靴中，吁了口氣、順順急喘的呼吸後才起身，若無其事的緩緩走向租屋門前。

遠遠看見佐莉絲正在開門，冷若水神情喜悅的拋下朱增年，忙跑到她身邊，開心的說：「咦，妳不是要住在黃長官家嗎？」

佐莉絲從黑色大手提包中拿出鑰匙，嘴上回答：「沒有啊，我只是說可能會晚點，沒說不回家啊。」

冷若水面帶笑容聽完佐莉絲的話後，突然轉過頭，臉色冷淡的朝朱增年說：「欸，你可以回家睡床去，不用委屈的睡在沙發上了。」

朱增年臉色大變，心想：「這個好吃鬼，狂吃了我一頓，抹抹嘴就要趕我走，一點良心都沒有！」對於冷若水無情的逐客令，恍若未聞，腳步依舊朝著她走去，絲毫沒有回家的意思。

燈光昏暗，再加上冷若水向來大剌剌的個性，她絲毫沒發覺佐莉絲的神情有異。

佐莉絲尋思：剛剛激烈的打鬥，槍傷處隱隱傳來陣陣疼痛，目前不適合再與任何人交手，為免那兩人去又折返，殃及若水，朱增年若願意留下，多少有所助益。

冷若水見朱增年走過來，正想再開口說話，佐莉絲開了門之後，柔聲說：「若水，我們上樓去吧。」隨即擡起頭對站在身後的朱增年微笑說：「朱警官，你若不嫌棄我們家的沙發，今晚你就留下吧。」

朱增年雙眼大睜、驚訝的問：「可以嗎？」

佐莉絲笑著點頭後，便進了門。

冷若水瞇眼瞪著朱增年：「便宜你了！不准打壞主意唷。」說完，立刻追上佐莉絲。

朱增年忙跟著進去，轉身關上門後，開心的兩步併成三步的上了樓去。

佐莉絲離開之後，黃伊將自己鎖在房間裡趴在床上痛哭了好陣子，面對棘手的案情、想起佐莉絲現下身處的危險情境，這一切都令她心情煩躁、思緒紛亂。哭著哭著，迷迷糊糊之際沉沉睡去。惱人的心事，使得黃伊惡夢連連。

「妳認為我的下場會是什麼呢？」

「妳認為我的下場會是什麼呢？」

「妳認為我的下場會是什麼呢？」佐莉絲的聲音不停的縈繞耳際。

半夢半醒間，黃伊緊抓住佐莉絲的手，回頭一看，佐莉絲竟成了一具慘不忍睹的屍體！

「不要啊！」黃伊渾身冷汗、大聲喊叫的猛然從床上彈起身子。

胸口急速起伏，驚恐的情緒，仍盤桓在心頭，緊握被褥的手指，節節泛青。

「還好是夢！」伸手拭去汗水及眼淚的黃伊，反身坐在床上。憂懼及惱怒，讓黃伊無法成眠，只好冷靜下來，仔細想想該如何將公事與私事一併想個清楚。

雙腿滑下床走到桌前坐下，黃伊手指敲打桌面，思考著。想起佐莉絲冷漠的神情，心情又是一陣糾結。

明知佐莉絲身處危險之中，身為朋友，怎麼能夠袖手旁觀、置身事外呢？儘管她用著冷漠又絕對的態度說出「不見面，不通電話，互不相識」這些話時，她仍舊是站在朋友的立場為自己打算。

她為我付出這麼多，我又能為她做什麼呢？

黃伊不禁汗顏的想。

想起佐莉絲帶著冷笑對自己說的話，想必她的心中應該有了最壞的打算。

當下黃伊的腦海裡浮現出佐莉絲中槍時的那一幕。抱著她不停出血的身子，看著她昏迷不醒的蒼白臉蛋……那時候的自己，竟失去往常的冷靜，僅能手足無措的狂叫人找救護車。懊惱的心情，讓黃伊不禁用手摀住臉欲哭無淚。

佐莉絲為了保全他人生命的同時，心中想些什麼？難不成她已經決定一死嗎？她難道一點都不害怕孤單的死去嗎？為什麼她不肯讓自己出手幫忙呢？

在專業級殺手的狙擊下，佐莉絲就算有著通天本領，能躲得過一時，只怕也逃不過任人宰割的下場。而自己只能眼睜睜見她隻身赴死而無能為力嗎？

黃伊記起在車中痛哭的心情。

過去一直嚮往能有位朋友在自己受盡非難的時刻挺身而出，保護自己。而今佐莉絲不僅冒著生命危險擋住了有可能傷及自己性命的一槍外，如今又為了避免連累自己而下定決心「劃清界線」。

這樣的生死之交，豈是什麼「友誼契約」能夠繫縛的呢？她早已不將自己當成外人，默默的為自己承擔生命威脅，身為朋友的我又怎能站在一旁漠不關心呢？

黃伊想到這裡，不禁苦笑了下。

佐莉絲冷艷的外表下，其實藏著一顆溫暖又熱情的心。替別人著想之餘，竟將自己的生死看得如此淡薄。

她處心積慮的裝出一副冷漠無情的模樣，想藉此推開我介入危及她生命的事件，而我會因為她區區幾句話就打退堂鼓嗎？佐莉絲還真不明白我對生死之交的態度！

想打發我？這可是件困難的事情！我絕對不會接受佐莉絲的「命令」！

身為警察，絕不容許犯罪的可能。身為朋友，更不能接受佐莉絲面臨死亡威脅之際，還讓她一人孤單的面對。

就算真的要面對死亡，那麼就手牽手的一起迎接！交心的朋友、真正的友誼就是這樣的。我不會讓她獨自承受所有的痛苦！

黃伊想到這裡，臉上帶著微笑，默默說著：「佐莉絲，我不會讓妳稱心如意的指使我，等著瞧吧！」

黃伊打定主意之後，便開始思考著專案小組的事情，準備著手調查跨國毒品案件。

8 互不相識的好朋友

佐莉絲手拿著黑色小提包，身穿G牌的黑色短袖薄外套及長褲、緞布寶藍短袖襯衫，黑色牛津跟鞋，站在警局外頭，等著管斯灃出來。

管斯灃匆忙的從警局裡頭快步走了出來，神態溫和又不失威嚴的朝佐莉絲說：「久等了。」

佐莉絲略帶歉意的笑說：「您客氣了，還勞煩您親自陪我走一趟。」

管斯灃伸手示意佐莉絲先走，嘴上說：「正苦惱著不知道什麼時候才能見到妳，正好妳打電話來，我自然當仁不讓。」

走到轎車旁，佐莉絲靜待管斯灃將車鎖解開。管斯灃本想過來替佐莉絲開門，佐莉絲笑著搖頭說：「隊長，您這麼做，那就太折煞身為晚輩的我，我可以自己來。」說完，開了車門，逕自彎身坐進去。

管斯灃微微一笑，走到駕駛座旁，開了門，正準備坐進去的時候，黃伊停妥車，腳步急促的走向警局，巧遇管斯灃，立刻喊了聲：「長官好。」

管斯灃微微點頭示意，欠身坐進駕駛座。

黃伊不經意的朝車裡一看，認出副駕駛座上的人正是佐莉絲，向佐莉絲點頭微笑，佐莉絲淡然的看了她一眼，沒有任何表示。

黃伊站在一旁等待佐莉絲的回應，瞥見她冷漠的態度，歪頭想想，隨即一派輕鬆的別過頭，自顧自的走進警局。

坐在駕駛座的管斯灃見到佐莉絲不理睬黃伊，頗感詫異，拉上安全帶後，邊啟動車子，邊問道：「怎麼了？妳們之間有什麼誤會嗎？」

佐莉絲眼神冰冷的看著前方，沉默不語。

佐莉絲反常的情緒，引起管斯灃更大的好奇。他轉動方向盤又問：「黃警官先前還跟我提起要找妳一起辦案，難不成是因為案子造成妳與她之間的磨擦？」

佐莉絲冷笑答道：「隊長，我們還是先把連續殺人案的事情琢磨出個頭緒再說，好嗎？」

佐莉絲面對自己的疑問，態度閃躲著不想回答，管斯灃嘆口氣道：「好吧，法醫的解剖工作已經完成，我順道去聽聽他的說法，妳可以自由的找妳想找的線索。」

佐莉絲這才露出淡淡一笑：「謝謝隊長。」

兩人沉默許久後，管斯灃忍不住脫口關心道：「身體恢復的狀況如何？需要再做什麼檢查嗎？」

佐莉絲微笑說：「我的傷已經沒事了，多謝隊長的關心。」

原本不多話的管斯灃，面對佐莉絲，竟成了叨絮的父親般，接著說：「妳不要逞強，該休息還是要多多休息。」

佐莉絲會心一笑：「隊長，您不需要因為他的關係，就對我特別照顧。您說過要重新認識我，不是嗎？我不是您想像中柔弱不堪的女人。」

面對著既熟悉又陌生的佐莉絲，管斯灃不禁失笑的說：「好，算我失言。我沒把妳當成弱不禁風的女性，既然妳這麼說，就讓我用另一種態度面對妳吧。」

佐莉絲微笑的點頭，接著便不再說話。

管斯灃專注的開車，腦海浮現照片中六歲小女孩天真爛漫的笑容，那雙眼眸流露出童真稚氣、無憂無慮的模樣，那個瘦削嬌弱的身子若不緊抓住她的手，只消一絲微風就吹跑的小女娃。一切像是昨天才發生的事情，恍然之間，再見身旁成熟美艷的女子，面容依舊，卻早已失去過往的燦爛笑容，成了一位身懷謎團的陌生人。管斯澧內心不禁感慨著，幾十年歲月的歷練，讓她足以獨立面對複雜的世界，自己確實不應再用保護者的心態去對待她。

從樓梯間的命案到羅宅一案，這一路上，他眼中的佐莉絲已經不再只是外表亮麗的模特兒，而是一位美貌才智兼具的女性。她對於案情敏銳的觀察能力，足以令許多幹練的員警遜色不已。這樣卓越的辦案能力，自己應以同儕的心態面對她，不能再將過去小女娃的印象套在她身上，應該把全副的精神投注於連續殺人案，不再追問過去的事情。

管斯澧打定主意，神情又恢復了一貫的嚴肅。

經過昨夜的思考，黃伊面對佐莉絲那副淡漠的神情，心中不感意外也不沮喪。既然決定介入她的事情，任憑她再如何忽視自己的存在，黃伊也能輕鬆面對。此外，黃伊心中還帶點頑皮的想法：要是佐莉絲知道自己完全不把她的話當回事，不知道她會用什麼表情看我呢？

微笑的走進警局，坐進座位，先把思考重點放在挑選專案小組的成員上。

這次的案子需要能夠守得住祕密、並且對破案有著濃厚興趣、配合度高、執行力更高的人員。黃伊在腦海中搜尋著曾經合作辦案的同事，擬出幾位可能的人選，著手調查這幾位人選的經歷及背景、有無違規記錄及獎懲的事項後，為了慎重起見，她將這幾位可能的人選名冊及所有背景資料放入文件夾中，等長官回局裡後，詳細討論再行決定。成員的事情處理完後，黃伊接著便開始處理手上的案子。

黃伊對於佐莉絲提出的調查方向，經過反覆思考，實為當下應立即著手進行的事項。於是她擬了一份請求國際刑警組織配合調查的大綱，內容包括：Golden Dawn 總會的地點及分布各國直接隸屬於總會之下的分會名單、地點、主持人及已知的Golden Dawn成員名冊，近幾年曾在臺灣出入境的Golden Dawn總會及分會人員名單等等。黃伊再三審視內容是否有遺漏什麼需要補充的事項，直到她確定再確定後，才滿意的將電子郵件加密，寄給國際刑警組織。

這次的案件，是不是查出Golden Dawn在國內設置的分會藏匿迷幻藥就算數？這樣如何能與Golden Dawn是否有製造毒品的事實扯上關係？為什麼佐莉絲說那張設計圖是破案的關鍵？難不成設計圖是從Golden Dawn裡頭流出來的？而佐莉絲又是如何得到這張設計圖？佐莉絲對Golden Dawn的歷史及會員的背景，似乎非常熟悉？她為什麼對這個祕密結社有興趣？她怎麼知道Golden Dawn研發的神祕藥物跟迷幻藥相似？難道她曾經是Golden Dawn的會員嗎？

黃伊杵著下頷，不停思考案件的內容及相關事項，腦海中浮現佐莉絲冷若冰霜的臉龐。

小佐果然是個說到做到的人！

要不是想通了該如何面對她，還真會被她剛剛那個「互不相識」模樣惹怒，心懷憤慨到幾近捉狂的地步。一旦小佐下了決定，便會堅持到底。倘若在此時遇上危及生命的事情，自己該如何幫助她呢？現下小佐肯定不會接我的電話，聰慧的她應該知道我會用案子當藉口去見她一面。怎麼樣才能掌握她的行蹤呢？問冷若水或朱增年嗎？還是監聽她的電話？這個辦法行不通！她常常關機，不然便是不接電話。請求長官允許對她進行監聽，長官肯定追根究底的問個明白，就算答應了，還要上一大堆簽呈，等簽呈下來，搞不好案子就結束了。

裝個竊聽器在她房裡吧！

黃伊苦笑了下。

像佐莉絲這麼精明的人，竊聽器肯定三兩下就被換到小冷房裡去了，我可不想聽冷若水碎念的內容。

不如，找個人跟監她，隨時掌握她的行蹤，如果被她發現，就換人跟。長官要是問原因，頂多提醒他，小佐被人追殺中，說不定長官比我更心急，立刻就批准這個提案。到時候要派多少人跟監她，應該不是件難事！更何況，找男警員去跟監美女，對他們來說是多大的恩賜啊！他們必定連飯都忘了吃，心甘情願、亦步亦趨的跟在佐莉絲身邊。這樣天羅地網般的跟監，小佐就算有天大的本領，也難逃我的手掌心。美女啊，總是有些好處。小佐想避開我，就得看她有多大的能耐了。

想到這裡，彷彿看見佐莉絲露出不滿的神情瞪著自己，黃伊露出賊賊的笑容，心滿意足的將雙手放在腦後，將身子靠躺在椅背上。

9 少了器官的屍體

管斯澧跟在佐莉絲身旁，只見她幾乎將臉貼到屍體的皮膚上，神情專注的細細研究，身形不停的穿梭在三具屍體間。

有鑑於先前羅宅一案那具帶著詭異微笑的死屍，管斯澧看著這三具同樣帶有微笑的屍體，心裡不禁想著：難不成最近的殺人犯傾向使用迷幻藥犯案嗎？看著前後案件的屍體頗有異曲同工之處，於是他開口問法醫：「驗屍報告中有沒有記載死者體內有迷幻藥的成份？」

法醫回答道：「沒有驗出來。」

管斯澧並不意外的點頭，但還是想聽聽法醫的看法：「那麼這三位死者的臉，怎麼會帶著微笑呢？」

法醫沉思了會兒說：「有可能是死亡時太過驚恐，導致屍體的臉部神經扭曲所造成的錯覺吧。」

佐莉絲低頭看著第二具屍體，聽見法醫這麼解釋，帶著冷笑擡起頭，問道：「請問，依您的看法，這三位死者是被什麼樣的工具所殺？」

當法醫見管斯澧帶著這位看似模特兒般的美麗女子走進來時，還以為一本正經、不苟言笑的管隊長竟然「轉性」，開始對漂亮女子有了興趣，臉上閃過一絲不屑，心裡犯了嘀咕：「人心不古，時風日下啊，連恪守本份的管隊長品格也淪落至此。難不成現在的女警都不穿制服執行勤務了嗎？」內心哀嘆，但這畢竟是警隊的私事，他犯不著得罪人，於是表情和悅的回答：「屍體的切口十分工整，傷口沒有撕裂或不規則的形狀，據此研判，兇刀應該十分銳利，我推測兇手是用類似解剖用的手術刀行兇。而且兇手殺人的技巧十分純熟，下手時態度肯定，在使刀殺人的當下沒有任何疑惑，所以死者的肌肉切口呈現直線，線條沒有歪曲。另外，兇手並非一次切開肌肉與脂肪層，而是分段式的劃開，先是緩慢的劃開肌肉層，接著再切開脂肪層，甚至連臟器間的薄膜也都十分工整又細心的下刀，想必兇手是用著享受與愛的感覺殺人。」

佐莉絲專注聆聽法醫詳細的說明，但聽到最後一句話時，微皺眉，好奇的問道：「為什麼說兇手是用著享受與愛的感覺在殺人？」

法醫微微一笑說：「很多殺人犯在行兇時，為求快速的解決被害者，手法通常都是粗糙又野蠻，因此屍體上的傷口，肌肉紋理被破壞的面目全非，慘不忍睹。可是殺害這三人的兇手，卻是用著極度優雅的方式，慢慢下刀，似乎怕傷害了身體的完整性，甚至在取出臟器的時候，也是用著同樣的手法。像是失去胃的死者，兇手是沿著胃的弧度下刀切割食道，因此連接該臟器其他部位，完全沒有受到影響。由此可見，兇手對於死者的愛護，幾乎接近一種尊敬。我判斷，兇手對於死者有著某種程度的愛，而不是出於恨意而殺人。」

佐莉絲蹙眉道：「這對死者來說，算是凌遲的死法。死者身上沒有任何防禦性的傷痕嗎？」

法醫基於「美女無腦」的刻板印象，對佐莉絲一直保持著輕蔑的神態，直到她問起專業性的問題，才稍稍收斂賣弄學問的心態，語氣認真的說：「沒有任何具有防禦性的傷痕，彷彿這三位死者都是心甘情願的接受兇手殺害。」

佐莉絲冷笑道：「怎麼會有人情願被這樣凌遲致死？兇手沒有使用任何的麻醉劑嗎？這樣的死法，既殘酷又冷血，被害者完全沒有反抗嗎？」

法醫面帶歉意的回答：「這點也是令人感到疑惑的地方！這樣的劇痛照理來說，對於死者是種莫大的痛苦，兇手在沒有使用任何麻醉劑的情形下殺人，而被害者也沒有任何反抗，這點就是我想不透的地方。」

佐莉絲帶著冷笑，低頭看向屍體下腹，接著擡起頭又問：「這三位死者子宮的部位都留下四個孔，請問可能是什麼兇器造成的呢？」

法醫想了想，緩緩回答：「我不太清楚，可能是兇手慣用或是自製的兇器吧。這三位死者的主要死因並不是那四個孔所造成，我想可能是兇手對於子宮有著某種程度的迷戀，所以在死者身亡之際，特意留下這樣的記號。」

佐莉絲聽完法醫解釋後，靜靜凝望屍體身上的四個孔，皺眉沉思許久，才開口問道：「第一具屍體少了胃，第三具屍體少了心臟，那第二具屍體的血液是如何被抽乾的呢？」

法醫立刻回答：「通常人體只要失血達百分之三十，就會死亡。兇手在殺害第二位死者前，先在她的頸動脈上插入空針引出鮮血，待死者失去生命跡象之後，才對她開膛破肚。因此，第二位死者並未受到其他兩位死者被殺前的痛苦。」
佐莉絲看著第二位死者的屍體，那猶如被吸血鬼吸乾血液後的模樣，又問道：「依您的意思，兇手是把死者全身的血液引流出體外之後，才剖開她的身體嗎？」
法醫點頭回答：「是的，幾乎引流出四千毫升以上的血液。」
佐莉絲神情疑惑的問：「第二位死者身上有少任何的器官嗎？」
法醫回答：「沒有！」
佐莉絲冷笑問道：「既然不需要取出器官，為何要對這位死者開膛剖肚呢？」
法醫這下子被佐莉絲的問題問倒了，他遲疑許久，支支吾吾又心虛的回答：「這……這個問題……我，嗯……我猜測，兇手應該是想故弄玄虛，誤導警方辦案。」
佐莉絲神色凝重的沉思了會兒，才開口說：「既然兇手如此優雅又享受殺人的過程，那麼應該沒有留下任何指紋，是吧？」
法醫微笑點頭說：「是的，兇手行兇，確實沒有留下任何的指紋或者是其他可能的線索。」說完後，內心稍稍鬆了口氣，掩飾自己的尷尬。
佐莉絲低頭再次凝望屍體，沉默半晌，才帶著微笑，鄭重的對管斯澧說：「隊長，我看完了。」
管斯澧慎重的問：「沒有其他問題了嗎？」
佐莉絲點頭後，淡淡一笑說：「暫時沒有。」
管斯澧點點頭，轉過身對法醫說：「辛苦你了，我們先離開。」說完，便領著佐莉絲離開。
法醫帶笑目送他們離去的身影，想起剛剛的尷尬場面，不禁佩服的說：「我是不是該改改對女人的看法啊？或許不是所有的美女都是沒腦袋的。」想了想，苦笑了下，轉過身去將屍體推進冰庫。

步出太平間，管斯澧邁開大步朝外走去，佐莉絲緩步走在他後頭，皺眉思考著。

正想轉身和佐莉絲說話，卻發現她落後自己一個身子之遠，管斯澧停下腳步等著佐莉絲走至面前，語氣溫和的開口詢問：「有什麼疑問嗎？」

沉思的佐莉絲被管斯澧的問話稍稍驚醒，停下腳步，擡起頭微微一笑：「沒什麼問題，謝謝您親自陪我過來。」

管斯澧搖頭微笑說：「這麼客套，一起吃個午餐？」

佐莉絲一聽，揚起嘴角，開口婉拒：「隊長，不用客氣，我等等還有事，要先走一步。」

管斯澧狐疑的問道：「什麼事情這麼急，連餐飯都沒時間吃？」

佐莉絲看著管斯澧，面有難色的半晌沒回答。

管斯澧伸出手拍了她的左肩，佐莉絲皺眉欠身，尷尬的笑著。

管斯澧神情嚴峻的收回手，雙眼凝視著佐莉絲，沉思許久，眉頭深鎖的問道：「妳的傷應該沒有完全復原，對吧？」

佐莉絲迎視著管斯澧的眼神，略帶歉意的說：「還是逃不過你的眼睛。」

管斯澧憂心的嘆口氣，無奈的說：「妳不想跟我吃飯，沒問題，但是我有個條件，妳不能拒絕。」

佐莉絲疑問的看著管斯澧：「什麼條件？」

管斯澧嘴角一揚，微笑道：「等等我叫黃伊送些東西去給妳，妳一定要收下。」

佐莉絲聽見管斯澧要黃伊送東西到家裡，心中一驚，面有難色的說：「不用麻煩黃警官了，如果只是送東西，讓冷若水拿回來就好。」

管斯澧眼神銳利的看著佐莉絲，神情疑惑的問：「妳和黃伊之間究竟發生什麼事？怎麼突然間變得這麼生疏？」

佐莉絲冷笑答：「你放心吧，我們之間沒什麼事。你送來的東西我會收下，只是我現在有些事情，必須要立刻處理。」

管斯澧見佐莉絲執意如此，也不便再強求，於是允諾道：「好吧，那我就讓冷若水給妳帶去，走吧，我送妳一程。」

佐莉絲尋思：「已經回絕隊長的午餐之請，不能再拒絕他的好意了。」於是，點頭回答：「好的，那就麻煩隊長。」

管斯澧點點頭，伸手示意佐莉絲先走。

佐莉絲邁開步伐走了幾步之後，隨即又停下腳步，回過頭對身後的管斯澧說：「有幾個問題，不知道隊長能否回答我？」

管斯澧停下腳步，揚眉問道：「什麼問題？」

佐莉絲冷笑說：「這三位死者的姓名、年齡、出生年月日、血型，還有她們生前的工作及參與的活動等等個人檔案，隊長清楚嗎？」

管斯澧沉思後回答：「我手上還沒有資料，妳提的這些問題，等我回去後，叫人準備好，讓冷若水帶給妳。」

佐莉絲這才微笑的說：「謝謝隊長。」

管斯澧點頭說：「我們走吧。」

佐莉絲微笑的轉過身，繼續向前走。

管斯澧將佐莉絲送回家後，隨即回到警局，進到辦公室，馬上撥了幾通電話出去，不久便聽見敲門聲，他隨口問道：「誰？」

一陣簡潔俐落的回答：「黃伊。」

管斯澧開口說：「進來。」邊說，邊將電話掛上。

黃伊拿著公文夾進門後，順手關上門，走到管斯澧桌前，靜靜等著。

管斯澧伸手示意她坐下，黃伊挺直身說：「謝謝長官。」說完，便拉開椅子，緩緩坐下。

黃伊甫一坐正，本想遞出手中的公文，不料，管斯澧開口就問：「妳和佐莉絲怎麼了？兩人鬧彆扭嗎？」

黃伊聽見管斯澧的問話，怔了怔，握住公文的手緩緩擺在腿上，心裡覺得好笑且驚訝。

長官竟然不關心我手頭案子的進度，反而一開口就問起我與佐莉絲之間出了什麼事？看來長官對佐莉絲的關心，不亞於自己。

黃伊仔細瞧著管斯澧問話的神態，覺得他少了威嚴，多了份溫柔，像是一位慈祥的父親在詢問女兒私事似的，儘管覺得好笑，但她不便露出笑意，神態嚴肅的回答：「我們之間沒有事。」

管斯澧一頭霧水的接著問道：「既然沒事，怎麼她對妳的態度變得如此生疏？」

黃伊心想：「長官既然這麼介意佐莉絲的事情，可想而知，等等我想提的事情，他肯定連想都不想的就會答應。」尋思後黃伊的信心大增，帶著嚴肅的表情說：「這件事，我等等會跟長官報告。」

辦過大案小案，就是沒辦過女孩們之間的私事，使得一向自識頗高的管斯澧感到一陣沮喪。佐莉絲什麼都不肯告訴自己，連黃伊似乎也對自己瞞著事情，既然兩人都不肯說出事情的原由，也只能暫時放下心中的疑問。

管斯灃皺眉不悅的說：「佐莉絲的傷根本沒有痊癒，妳替我想想，有什麼食物對養傷有幫助的，列張清單給我，我讓人買了之後，叫冷若水帶回去給她。」

黃伊一聽，神色大驚：「她不是說好多了？」

管斯灃擔憂的嘆口氣道：「好多了跟痊癒有很大差別！我今天才輕輕拍她的左肩，她忍痛裝作沒事，真不知道她為什麼這麼逞強……」回想起佐莉絲尷尬的笑，管斯灃憂心忡忡的嘆了長氣。

黃伊見長官憂心的模樣，回想起昨夜佐莉絲一臉疲憊的神態，還以為她有煩心的事情，原來是她的傷勢根本沒有痊癒，只不過為了讓大家放心才故意在我們面前裝模作樣。聽見管斯灃這麼說，黃伊內心更加擔憂佐莉絲的安危！她不禁想到，若是佐莉絲在此時遇上那批想奪她性命的殺手，負傷的她要如何應付呢？黃伊焦慮的想著：該是跟長官提起那件事的時候了。

黃伊帶著微笑說：「長官，您別擔心，養傷的食品我會替您打點好，替您送過去給她。」

管斯灃口氣略帶歉意的說：「我也這麼跟她說，但是她堅持要冷若水替她帶回去。」

並不意外佐莉絲會如此回應長官，她輕鬆的答道：「那就順她的意吧。」

管斯灃沉默了會兒，擡起頭看向黃伊問道：「妳有什麼事情要報告？」

黃伊正襟危坐的將手中資料舉至面前說：「關於國際刑警組織交辦的案子，目前已經開始進行，有關專案小組的成員名單，想請長官指教。」說完，把手上的文件夾遞給管斯灃。

接過文件夾後，管斯灃立刻開卷翻閱。

見長官正在翻閱文件，黃伊坐如針氈的想著佐莉絲現下可能正與殺手們纏鬥，心中起了一股再也難以抑制的衝動，她開口說：「還有件事情，我必須立刻向長官報告。」

看著文件的管斯灃隨口說：「說吧！」

黃伊語氣嚴肅的說：「我想請長官准許我派人跟監佐莉絲！」

管斯澧停下看卷宗的動作，擡起頭盯著黃伊瞧，語氣嚴厲的問：「為什麼？」

黃伊語重心長的回答：「長官，既然您知道佐莉絲的傷勢未癒，那我也不妨提出我對此事的看法。昨夜經我邀請她討論手上案件後，她向我提出幾個要求。」

管斯澧揚眉好奇的問道：「什麼要求？」

黃伊神色凝重的說：「她要求我不要跟她見面、不跟她聯絡、就算見面也互不相識。」

管斯澧這才明白佐莉絲對黃伊態度丕變的原因，他急忙問道：「妳知道她為什麼這麼做？」

黃伊毫不保留的說出自己的看法：「我想她必定已經料到先前的殺手會再度行兇，為了保全我的生命安全，所以她才提出這種無情的要求。我甚至認為若有可能，她最終會避開所有認識的人，獨自去面對這些殺手。」

管斯澧凝神聽了黃伊的說法，覺得她的分析十分有理，幾番想了解佐莉絲過去的經歷，她怎麼也不肯說個清楚，如果她早已準備赴死，當然也不會讓自己介入太多事情。管斯澧想到這裡，神情黯然，雙眉緊鎖，低頭不語。

黃伊見長官如此憂心，緊接著又說：「既然佐莉絲想獨自承擔所有的風險，我們當然不方便公開介入。所以我想在成立專案小組調查毒品案之際，特別派員監視她的一舉一動，以免殺手組織有機可趁，這樣一來，我們能在第一時間內，保護她的安全。」

管斯澧點頭默認：「很好，妳的顧慮是對的。這件事情，待我詳細評估之後，連同專案小組的成員一併告知妳結果。妳先去幫我打點送禮的事情，等等給我回覆，就這樣吧。」

黃伊見長官沒有拒絕自己的提案，心中充滿喜悅，隨即起身，朗聲道：「是，長官，我先出去了。」

管斯澧點頭。

黃伊離開辦公室之後，想起佐莉絲的處境，不禁嘆了長氣道：「這樣下去，怎能令人安心呢？」

10 命令是：殺了佐莉絲

燈火通明的高級住宅中，一位身穿A牌高級西裝的男士，雙腿交疊斜倚在黑色牛皮製的單座沙發上頭，深棕色用油梳理整齊的短捲髮浮貼頭上，表情冷峻嚴肅，雙眼凝望身前穿著黑色風衣的男子，緊抿著嘴，一語不發，時而將食指擺放在人中處來回輕撫，時而拿起高腳杯啜飲紅酒。

男子雙雙挺直身子的站在他的面前，低頭不敢直視他。

正對著他坐在另一個單座沙發上頭的女人，身穿A牌女性春季洋裝，交疊雙腿慵懶的躺靠在沙發，一頭金色長捲髮散披在沙發背上，長長的睫毛揚起、藍色雙眸透出一股閃亮的神采，白皙肌膚微微泛紅，紅豔雙唇帶著一抹冷笑看著面前的男人。

靜坐沙發上的男子，濃黑眉毛下眉骨深陷的陰森雙眸，就算沒出聲，也散發出一股冷冽的殺氣。沉默許久之後，他嘴角垮著，低沉的語氣中露出極度不滿的心情，朝眼前的男子冷冷說道：「我的字典裡頭沒有『失敗』兩個字！她受了槍傷，還能夠有多厲害？你們兩個人一起下手，竟然讓她安全離開，真是蠢貨！再去一趟，不論如何，一定要把她的屍體擡回來給我！」話鋒一轉，隨即將目光移至坐在對面的女子，雙眸中射出憤恨神采朝她看去，嚴厲斥責的問道：「妳是不是還念著她跟妳的關係？妳那一槍不是瞄準她的心臟射出去的嗎？為什麼她還能夠活下來？」

女子無懼於男子的斥責，冷冷笑答：「她的命大，怎能怪到我頭上呢？」

男子放下雙腿，身子前傾，目光銳利的瞪著態度優雅的女子，咬牙切齒的說：「要是讓我發現妳對她手下留情，總會那邊我會照實回報！我看妳能護著她到什麼時候。」

女子挑眉冷笑道：「你的話也不要這麼刺耳。別忘了要多多注意你女兒的動向，她手上似乎正在辦理什麼大案子？要不要我順道出手解決呢？」

男子態度冷漠的放下酒杯，神情陰鬱的瞪著女子，聲音瘖啞的說：「妳最好不要動她的腦筋，否則……」

女子見自己的回答激怒了男子，不禁開口嬌聲一笑：「否則，怎麼樣？」

男子緊抿著嘴，報以冷笑道：「我勸妳最好不要惹怒我！若是他們這些蠢才沒把事情辦妥，我會親自出馬，殺了那個女人，把她手中的設計圖拿過來！」

女子聽見男子語氣中充滿著兇殘的殺氣，心裡驚駭萬分，想起佐莉絲曾在他手上死過一次……若是他親自出手，帶著傷的佐莉絲有可能性命不保。儘管心中情緒激烈起伏著，但她臉上依舊帶著優雅的笑容說：「你之前費了心也殺不了她，這次我倒想看看你要用什麼方式處理掉她。」

男子斜睨了女子一眼，冷笑的起身道：「她這次和警方聯手查案，讓我們末端組織曝了光，她若是再繼續查下去，遲早連總分會也不保！到時沒找到玫瑰十字架和設計圖，還陪上了總分會，這條罪名，妳跟我都脫不了關係！不趁現在殺她滅口，還等什麼時候？這件事攸關總會存續的問題，我絕不會手下留情。妳就等著看我把她打成蜂窩，再將她丟到海裡餵魚！後天我們先到總分會探探情況。」說完，隨即轉身離開。

女子見他怒氣沖沖離開後，轉過頭看向窗外，微笑的臉龐露出了焦慮的神情，皺眉兀自神傷。

冷若水嗯嗯唷唷的提著一大堆食物艱困的踩著階梯上樓，嘴裡碎念道：「長官幹嘛要我帶這麼多東西回家啊？好重唷，真是辛苦我了。平時也沒見到佐莉絲吃東西，長官根本不知道她喜歡吃什麼、不喜歡吃什麼，還拿這麼多補品給她，她根本就吃不完，乾脆我幫她吃算了。」

冷若水雙手吊掛著太多東西，想起還要伸手拿鑰匙，不禁一臉無奈，擡頭一望，二樓的門已經開了，這才鬆口氣說：「真好，她在家。」略振起精神，雙手一提，扛著一堆食物奮力走上最後幾個階梯。

進門後，只見佐莉絲一如往常般坐在靠牆的沙發上頭看電視，冷若水既是開心她在家，見到她穿著隨便又不悅的說：「幸好我沒讓那隻『朱』幫我拿東西回來，不然，他進門見到妳穿成這樣，肯定會噴鼻血。」

佐莉絲包裹著白色毛巾的頭，緩緩轉過來，一臉驚訝的看著冷若水：「妳怎麼拿了這麼多東西啊？」

冷若水用腳將門踹上後，嘟著嘴說：「都是長官要我帶給妳的啊！妳看看，有雞精、靈芝液、人蔘補精、紅燒蹄膀、鱸魚湯……喔，這麼多，妳怎麼吃得完啊？」

佐莉絲看著冷若水雙手吊滿了提帶，不禁嘆息微笑道：「是啊，這麼多東西，我怎麼可能吃完？要麻煩妳幫忙吃囉。」

聽見佐莉絲要自己幫忙吃，冷若水咧嘴驚喜的說：「真的嗎？我可以幫忙吃唷。」

佐莉絲點點頭，隨即問道：「管隊長有沒有交代妳拿資料回來給我？」

冷若水喜出望外的放下雙手上頭的補品，邊回答：「有啊。」隨即將包包裡頭的紙袋拿出來，走到沙發旁，交給佐莉絲。

伸手接過紙袋，忙抽出裡頭的資料，低頭專注的看著。

冷若水見她對滿地的食物絲毫沒有反應，不禁開口說：「欸，長官交代我要盯著妳吃耶。」

佐莉絲全神貫注的看著資料，對於冷若水說的話，恍若未聞。

冷若水翻了翻白眼，用著她的大嗓門再說一次：「長官要我看著妳吃東西。」

佐莉絲這才擡起頭看了冷若水一眼，再朝滿地的食品望了望，隨口說：「那妳把靈芝液拿給我吧。其他的東西，就交給妳負責囉。」說完，又低頭看著資料。

冷若水又驚又喜的說：「真的唷，哇，這下子我賺到了，幸好我沒時間去買晚餐。」一反剛才疲憊的神態，精神振奮的忙將提帶裡整箱的靈芝液拿起放在佐莉絲面前的茶几上，然後動作神速的將其他食物陸續搬上餐桌，等食物全攤在餐桌上，冷若水望著幾乎溢出餐桌的食物，不禁又開始苦惱起來。

「嗯，要先吃什麼呢？鱸魚湯嗎？還是紅燒蹄膀？」冷若水皺眉、雙眼流連在鱸魚湯及紅燒蹄膀這兩道美味的餐點上頭，唉聲嘆氣了許久，肚子傳來「咕嚕」的轟天巨響，這道響聲像是閃過天際的一道電光，劈開她糾結成一球的腦袋，突然一個拍掌，滿臉暢快的笑說：「兩個都吃不就好了，我真是笨啊。」一想通之後，心情喜悅的跳著去拿碗筷，正當她拿起自己的碗筷時，眼角瞥見佐莉絲單薄的身子，又覺得應該要強迫她吃一點東西，於是，拿了三個碗、兩雙筷，走到桌前盛了一碗鱸魚湯及紅燒蹄膀後，端到佐莉絲的面前，兀自說道：「記得要吃唷，我放在桌上。」

佐莉絲雙眼不離手上資料的點點頭。

冷若水見她這麼專心，不禁又多念了幾句：「妳不要老是想著辦案啦，多吃點東西補補身體，妳看妳瘦成這樣，要是被我媽看到，肯定把妳手上的資料搶過來，不給妳看了。」

佐莉絲擡起頭，帶著無奈的微笑說：「幸好妳母親不在這裡。妳去吃東西吧，不用管我了。」

冷若水嘟著嘴，雙手插腰瞪著她說：「我不管妳，還有誰要管妳啊？」說著說著，索性一屁股坐在佐莉絲身邊，扁嘴道：「我不會像我媽一樣把資料搶過來不給妳看，但是，長官有交代，我要盯著妳吃東西。」說完，把裝有紅燒蹄膀的碗筷拿起，將它們送到佐莉絲面前，雙眼盯著她瞧。

佐莉絲本想好好研究資料，但冷若水端著碗筷坐在身旁，硬是要看著自己吃上幾口。不忍心她餓著肚子還要等著自己先吃，於是放下手中的資料，微微一笑說：「好吧，既然長官這樣交代妳，我就不為難妳了，要不要一起吃啊？」說完，便伸手接過碗筷。

聽見佐莉絲這麼說，冷若水開懷的笑說：「好啊，好啊，我去拿一碗過來。」急忙起身，快步走到桌前去乘了碗鱸魚湯過來，坐在佐莉絲身旁，大聲說：「開動了！」

佐莉絲舉著筷子，夾了片蹄膀肉，緩緩張口輕咬。

冷若水吃飯的神情像是餓了許久未進食的饑民般，先是「吸、吸」的喝著湯，接著又大口咬著魚肉。

佐莉絲溫吞的咀嚼著嘴裡的肉，眼睛瞧著冷若水痛快的大口吃喝，不禁掩嘴輕笑道：「若水，跟妳一起吃飯，真是令人食欲大增呢。」

冷若水專注吃飯的當下，聽見佐莉絲說的話，擡起頭看向她，雙眼迷茫、嘴角邊露出一段薑絲，邊說：「真的嗎？這樣說起來，我們很久沒有一起吃飯了呢。」

佐莉絲舉著筷子停在半空中，頗有感慨的說：「是啊，有段時間了吧。」

冷若水伸出舌頭把薑絲舔進嘴裡後說：「沒關係，以後時間多得是……」說完，又喝了口湯。

佐莉絲低垂雙眼，想起即將面對的事情，不禁悵然一笑：「是啊，時間還長。」沉思一會兒後，又用筷子夾起蹄膀肉吃著。

時間在兩人沉默不語的各自吃飯的當下緩緩流逝，佐莉絲細嚼慢嚥的將兩個碗裡的食物吃完後，把碗筷擺在茶几上，朝冷若水甜甜一笑說：「我已經讓妳完成長官的交代了，那麼其他的事情就交給妳囉。」說完，拿起資料，側過身，不再搭理冷若水，兀自低頭專心研究。

冷若水嘴上不停吃著，眼角朝佐莉絲的碗裡看去，兩只沒有食物殘渣的碗，這才讓心裡的愧疚感稍稍平撫，但想到要收拾善後，冷若水停下吃東西的動作，嘟著嘴說：「好啦，反正就是要我洗碗的意思啦。」說著，端起自己的碗，拿起佐莉絲的碗筷，轉移陣地，繼續到餐桌上吃著。

佐莉絲繼續剛剛看到一半的資料，心中漸漸浮出一些想法。

她為什麼會在這時候出現？九年之間，若是想找到我，以她的本領並不是件難事。她在此刻出現，究竟是為了什麼？難道她要的是設計圖？既然國際刑警組織鎖定Golden Dawn進行調查，那麼她要對付的人不只是我，如果因為設計圖而使他們這麼急切的要致我於死，這是否代表Golden Dawn真的在製造及販賣毒品？可是她明知道設計圖並不在我身上，為什麼還這麼急著找我呢？若是從她的立場思考，有可能是她為了向Golden Dawn投誠，又不能告訴他們帶走設計圖其實另有他人，因此才欺騙Golden Dawn，讓他們以為設計圖在我身上。

佐莉絲低頭沉吟了會兒，回想著中古世紀的魔法結社的起源。

如果Golden Dawn因為設計圖而找上我，這就能解釋他們想致我於死的目的。而我憑著記憶畫下的設計圖，並且依照設計圖上的步驟所製造出來的東西，頂多只是半成品，這種半成品似乎需要其他的催化劑才能成為他們所要的成品。難不成有人盜取能夠催化這種半成品的物件嗎？那麼，那個催化物究竟是什麼東西呢？而我查獲的心靈成長中心，究竟是他們基層組織還是末端機構呢？

佐莉絲繼續看著資料，不禁詫異的發現，這三名女性死者竟然全是同一個血型、同月同日出生，而她們又同時是一家名為「心靈宮殿」的志工。這是巧合嗎？

現代人心情苦悶轉而尋找精神的慰藉，造成這些心靈成長中心的急速增加。像Golden Dawn這種古老的結社，帶著宗教性質順勢乘著新興宗教的開展，得到多數人的信仰，在國內不斷的擴大，這也是一種時代的趨勢。只是其中究竟有多少間心靈中心使用了迷幻藥劑來使信仰者得到「精神樂園的境界」呢？

佐莉絲心中隱隱覺得「她」的出現和連續殺人案件的發生，這二件看似無關的事情，其實背後有著無形的線將它們連在一起。而這個關鍵究竟是什麼？

佐莉絲一時間無法參透其中的奧妙。

現下她只能先從連續殺人案著手，並親身去查探這三位死者生前所服務的「心靈宮殿」是個什麼樣的組織，而它是否與Golden Dawn有所關聯。

想到這裡，佐莉絲嘴角漾起一抹冷笑。

當她擡起頭看向餐桌時，桌上早已整理乾淨，冷若水的房門緊閉，望了眼牆上的時鐘，已是深夜一點鐘。佐莉絲緩緩站起，拿著資料朝自己房裡走去。

11 艾伯的突然造訪

黃伊一大早就被急切的敲門聲吵醒，她將頭悶在涼被裡，企圖多貪幾分鐘睡眠，但是敲門聲始終不停，黃伊心煩的把涼被甩在一旁，睡眼惺忪的坐起身，蓬頭亂髮的下了床，把房門開了條縫，從散在臉部的髮絲空隙中，惱怒的問道：「外婆，這麼早叫我起床做什麼啦？」

外婆神情緊張的將頭硬塞進門縫裡，小聲的對黃伊說：「阿伯來找妳了。」

黃伊滿頭霧水，神情頹靡的問著：「什麼阿伯啦？」

外婆口氣急促又緊張的解釋：「不是阿伯，是妳爸爸阿伯啦。」

黃伊這時才明白原來是住在英國的父親Albert回來了，她對外婆說：「艾伯啦。老是阿伯、阿伯的叫，害我以為是什麼阿伯來找我。」

外婆瞧見黃伊懂得她的意思後，終於鬆口氣，隨即又皺眉催促道：「快點把衣服換一換，趕快出來。」

黃伊神態慵懶、打著呵欠回答：「……好啦，請他等我一下。」

外婆帶著微笑，將頭從門縫中縮回，轉身離開。

黃伊把門關上，心想：「這麼多年沒回來，怎麼沒事先通知一聲就突然跑來找我呢？」從衣櫃裡隨意抓了件T恤及牛仔褲穿上，走到桌前拿起梳子把長髮梳了梳，張開嘴，呵口氣，聞了聞後，對著鏡子滿意的笑笑，舉手伸伸懶腰，才踱步走去開房門。

打開房門，黃伊一派輕鬆的斜倚門框，交叉雙手橫放胸前，雙眼望向客廳，只見一位身穿A牌高級西裝的男士，一頭用油梳理整齊的深棕色短捲髮，濃黑劍眉下深陷的雙眸，緊抿的薄唇帶抹微笑看著外婆，右手臂斜掛在沙發背上，神態悠閒自在。而外婆則是帶著不自然的笑容、神情緊張的坐著，彷彿沙發是個針床般，讓她不停的挪動身子，時而低頭焦躁不安、時而擡頭對面前男子微笑。兩人一靜一動，完全沒有交談。

想起每次艾伯來的時候，外婆總是神情緊繃、焦慮不安的面對自己的女婿。黃伊不自覺帶著笑，緩緩走過來，坐在外婆身邊，身子輕輕靠著外婆，開口朝父親說：「怎麼沒有交代一聲，就跑回來啊？」

「我回來辦點事，順道過來看看妳。」他凝視著黃伊，褐色瞳孔中散發出一股為人父者慈祥的關切。

黃伊抱住外婆的手臂，撒嬌說：「外婆啊，爸爸的名字叫做Albert，中文叫做艾伯，妳不要老叫他阿伯啦，害我以為一大早什麼糟老頭跑來找我。」

外婆不好意思的朝Albert笑笑，轉過頭臭著臉，瞅著黃伊低聲說：「唉，外婆年紀大了，洋人的名字我叫不來啦。」說完，又朝Alber笑著問道：「那個……阿伯，你要留下來吃午餐嗎？」

黃伊嘆氣說：「艾伯啦。」

外婆瞪了黃伊一眼，黃伊歪歪嘴跟外婆做鬼臉。

艾伯見她們婆孫兩人這麼親暱，臉上閃過一絲落寞，帶笑說：「媽，如果不介意，我們到外頭的餐廳吃飯吧。」

外婆囁嚅的說：「餐廳啊？這……」想起自己一向粗茶淡飯慣了，要是跟著他到外頭餐廳吃飯，什麼牛排、羊排的洋人餐點，又是刀、又是叉，自己手拙用不慣洋人的餐具，只怕女婿會覺得自己不賞臉。但是又不知道這個洋人吃不吃得慣自己做的菜飯，如今他開了金口，要到外頭餐廳吃飯，這下子可讓自己不知該怎麼回答是好。

黃伊知道外婆一向不愛上餐館，若是Albert指的餐廳是西餐，只喜歡用筷子夾菜的年邁外婆，肯定是手足無措的盯著食物發呆，想起這樣的畫面，黃伊忍不住好笑，忙替外婆圓場道：「老爸，外婆很少在外面吃飯，她做的菜比外頭餐廳好吃多了，你就留在家裡吃飯吧。」

外婆神情猶豫的對艾伯說：「我怕你吃不慣中餐，到外頭餐廳吃飯也沒關係。」焦慮的搓著手，帶著尷尬的微笑。

艾伯揚著嘴角沉思了會兒，開口笑說：「媽，妳別這麼說。既然Rosita希望我們在家裡吃飯，那就在家裡吃吧。我長年住在國外，難得吃到妳親手做的菜，我很想品嚐一下媽媽的味道。一家人能在家裡聚個餐，這是很好的享受。」

外婆聽見艾伯願意留在家裡用餐，緊張的心情鬆懈下來，臉色微微暈紅的說：「唉啊，沒想到你的中文這麼好，好吧，那我就出去買些東西回來，等等一起吃頓午餐啊。」說完，準備起身出門。

艾伯急忙起身阻止道：「媽，我隨便吃吃就好了。」

黃伊緩緩起身，雙手交叉放在胸前說道：「爸爸，既然外婆想去買好吃的回來，你就不要阻止她啦。託你的福，我也可以吃大餐了。」

外婆斜睨黃伊一眼，罵道：「臭ㄚ頭，一張嘴滑溜的很。」隨即又朝艾伯笑說：「你就把這裡當成自己家，我先出去了。」說完，轉身想去房裡拿皮包。

艾伯快步上前，從上衣口袋取出一個大紅包交給外婆說：「媽，這是要孝敬妳的，妳拿去用吧。」

外婆見他塞進自己手裡的紅包既厚重又紮實，不禁驚嚇的忙推回去：「不用客氣了，這個……我不能收。」兩人的手就這樣一送一推的拉扯著。

黃伊見狀，疾步上前，握住外婆拿著紅包的手笑說：「唉唷，外婆啊，這是女婿的一番心意，幹嘛不收下啊？我上次替人代墊的牌錢，妳就這麼乾脆的收下唷。」

外婆見黃伊在一旁說情，又見艾伯盛意拳拳，只好紅著臉把紅包收下，忙轉過身去，嘴上叨念著：「替好朋友付牌錢，有什麼好放在心上的啊？真是臭ㄚ頭。」邊說，邊走進房裡去。

黃伊見外婆離開後，拋給艾伯一個吐舌的笑臉，艾伯疼惜的看著黃伊，微微一笑。

黃伊側過身，撈起艾伯的手，拉著他走到先前布置給佐莉絲住的房裡，曳張椅子過來，把艾伯按坐在椅上，自己則往床上坐去。

艾伯擡頭欣賞房裡的陳設，狐疑的問：「我記得這個房間不是倉庫嗎？現在是誰住在這裡啊？」

黃伊臉上帶著甜甜的笑容，俏皮的說：「你猜啊。」

艾伯揚著嘴角，笑瞇了眼，開心的問：「男朋友嗎？」

黃伊不置可否的笑笑：「男朋友還分房住唷？要是有男人住進來，外婆不嚇死才怪。」

艾伯凝視黃伊的笑容，回想起過世的妻子，不禁感慨的說：「妳長得真像妳媽。」

黃伊微笑的臉突然染了層愁緒，落寞的說：「是這樣嗎？你還記得她？」

艾伯痴痴的看著黃伊，思緒彷彿穿越時空般，語氣懷念的說：「我當然記得！她笑起來，跟妳一模一樣。」

黃伊嘟著嘴說：「才不呢，我明明長得像外國人。」

艾伯伸出手，輕撫著黃伊的臉蛋，微笑說：「是啊，你跟我也長得一模一樣。」

黃伊舉起雙手握住艾伯輕撫自己臉蛋的手，哀怨問著：「你怎麼這麼久沒回來看我們？我好想念你。」

艾伯挑了眉，逗著黃伊說：「你想我？那怎麼不來英國找我？」

黃伊扁扁嘴說：「你出機票錢啊？去英國，那我的工作怎麼辦呢？」

艾伯微微一笑：「那就不要工作，到英國跟我一起住。」

黃伊鬆開艾伯的手，神情嬌羞的說：「那我把外婆一起帶去，讓你拖著兩個油瓶，找不到老婆。」

艾伯神情黯淡的嘆息道：「Rosita，別擔心，我心裡只有妳媽一個人。」

黃伊不捨父親一人孤單的住在國外，心中也希望有人能照顧年歲漸增的爸爸，她抿嘴窩心的說：「你對媽的愛，我想在天國的她一定都知道。她都走了這麼久，你不用再把她放在心裡。我已經長大了，就算有繼母，也不怕她對我怎麼樣，你就放心的再去找個愛人吧。」

艾伯黯然想起與愛妻幼女分離後的苦楚，那種難以言喻的錐心之痛，使他心灰意冷幾度想離開傷心地，但雜事纏身，又不能如願。黃伊雖是一番好意，但她如何知道自己內心的想法？不想跟黃伊談論這些難以回首的事情，他話鋒一轉，笑問：「怎麼，妳是不是有了喜歡的人，怕爸爸跟他吃醋，才催爸爸找個女人啊？」

黃伊板起臉，耍賴的說：「唉唷，你幹嘛把我的好心腸變成壞心眼啊？還沒有男人能讓我對他動心的，你放心啦。」

艾伯竊笑道：「喔，被我猜中了吧。跟我老實說，是誰想把我女兒搶走？你們上床了沒？」

聽見艾伯說的太過火，黃伊白了一眼，臉色羞紅的罵道：「就跟你說沒有，你還一直提！」

艾伯看著黃伊動怒，薄唇一揚，皺眉嘆氣道：「妳都三十多歲了，還沒人要，很糟呢。唉，我急著抱孫子啊。」

黃伊氣呼呼的瞪了艾伯一眼：「你多老了，還抱孫子呢？真是無聊。」

眼見寶貝女兒真的動氣，艾伯擺出一張無辜的臉，求饒似的說：「好，好，不談這些。不過，要是真有這麼個人，妳可別不告訴我。」

黃伊不耐煩的回答：「知道啦。就算我不告訴你，外婆也一定會想盡辦法通知你的啦。」

艾伯開心的說：「呵，呵，我的賄賂還挺有用處。」

懶得與艾伯扯這些無聊的感情事，黃伊隨口問道：「你這次回來要辦什麼事啊？」

艾伯頓了頓，改變語調，眼神閃爍的回答：「嗯，我回國來參加一場毒品研討會。」說完，便低頭朝屋內隨意看著。

黃伊沒有查覺艾伯的怪異表情，伸手把玩他的領帶，心不在焉的「喔」聲說：「那要待多久啊？」

艾伯臉色一沉，想了想：「不一定。」

黃伊好奇的問道：「那你現在住在哪裡？以前你都會帶我去住個幾晚……」

艾伯見黃伊像個女孩似的舉動，不禁好笑道：「怎麼？想查我的行蹤嗎？這次我住的地點，不是什麼大飯店，下次回來再帶妳去吧。」

黃伊略覺無趣的說：「隨口問問嘛，不住飯店了唷？」說完，心中突然閃過一個念頭，回過神，雙眼盯著艾伯問：「咦，老爸，妳跟媽媽好像是同學唷？」

艾伯點點頭：「是啊，我們是同學，妳媽還是研究毒物的專家呢。」想起亡妻，艾伯與有榮焉的微笑著。

黃伊心中大喜，臉上笑逐顏開的說：「那你對毒品的知識肯定知道的很多吧？」

艾伯皺眉疑惑問道：「怎麼了？妳怎麼突然對我的工作有興趣？」

黃伊帶笑不語，心中響起佐莉絲交代的話：「如果妳找到可以解讀這張設計圖又是妳十分信任的人，那時候妳才能將設計圖拿出來。」

佐莉絲說的那個人，不正是自己的父親嗎？黃伊看著眼前的人，他既是自己的親生父親，又是位懂得毒物知識的專家，不僅可以解開設計圖的謎團，更是自己十分信任的親人。唉啊，太久沒見到他，差點把這個重要的事情忘得一乾二淨。現下正是把設計圖拿出來，交給父親解讀的時候，相信很快就能回覆國際刑警組織有關Golden Dawn的事情，真是太好了！

黃伊想到這裡，心情極度興奮的從床上跳了起來，上前緊緊抱住艾伯，開心的大叫：「老爸，你真是我的貴人啊。」

艾伯一頭霧水的被黃伊緊緊抱住，一則開心自己女兒能對他如此親暱，二來，他驚覺黃伊已不再是當年抱在懷裡的女孩，而是成熟的女人，這點讓他頗為窘迫的急忙拉開黃伊緊抱著自己的手問道：「發生什麼事？妳……妳為什麼這麼開心？」

黃伊喜不自勝的對艾伯說：「等我一下。」說完，一溜煙的離開房間，留下艾伯滿臉疑惑的摸著上唇，等著她再度出現。

從外頭疾奔進房裡後，手上多了一張紙，黃伊語氣極度興奮的對艾伯說：「你一定看得懂這是什麼東西。」說著，把手上折疊整齊的紙交給他，站在一旁喜孜孜的看著。

艾伯見黃伊如此興奮，對於手中的紙張頗為好奇，緩緩的攤開紙後一看，臉色瞬間大變，神色陰晴不定的盯著紙上密密麻麻的數字及圖案，半晌不語。

黃伊瞧見艾伯臉色又喜又怒，不禁擔心的問：「怎麼了？你也看不懂嗎？」

艾伯沉默的看著紙張上的數據，像尊雕像般動也不動，對於黃伊的問話，恍若未聞。

黃伊不耐煩的再次問道：「老爸，怎麼了，你也看不懂嗎？」

艾伯緩緩擡起頭，目光凌厲的看著黃伊，冷若冰霜般的表情，和剛剛談笑風生、溫和有禮的人完全不同。一股肅殺之氣從他全身上下流露出來，讓黃伊不禁感到害怕。

艾伯語氣低沉瘖啞的說：「這是誰交給妳的？這個人在哪裡？」

黃伊心中隱隱覺得不安，信口說著：「是一位朋友交給我的，我不知道她人現在去了哪裡。」

艾伯眼神銳利的盯著黃伊，表情充滿疑問，似乎不信她所言為真。

黃伊默察艾伯陌生人般的神色，直覺想把設計圖拿回來，她走上前說了句：「如果你解不了的話，那就算了，還給我吧。」伸出手，想把設計圖拿過來。

見黃伊伸手想拿回設計圖，艾伯反將紙張折疊好，放進西裝的內袋中，語氣平和的說：「我可以解，但是需要點時間。」收好紙張，表情嚴肅的問：「除了妳那位朋友及我之外，有人知道妳有這張設計圖嗎？」

黃伊見艾伯不肯還她設計圖，只好縮回手，搖頭表示沒有其他人知道。

艾伯這才鬆口氣，微笑道：「那就好。妳千萬不要讓人知道妳看過這張設計圖，也不能讓人知道這張設計圖的存在，懂嗎？」

黃伊點點頭，但心中充滿著疑問：為什麼爸爸及佐莉絲都說了同樣的話呢？佐莉絲因為這張圖被人追殺，老爸見到這張圖就變了個人似的，這張設計圖真的這麼重要嗎？老爸一副想佔為己有的模樣，還好我已將圖事先掃描後存了備份，不然我就愧對佐莉絲的託付了。

艾伯神態自若的對黃伊說道：「關於這張圖，有什麼消息，我會盡快告訴妳，好嗎？」

黃伊帶著些微戒備的心態，略表謝意的回答：「好，就等你的消息啦。」

兩人目光錯開，各自沉默許久。

艾伯緩緩起身坐到床上，伸出手，帶笑對黃伊說：「來，跟我說說妳最近的開心事吧。」

見艾伯又恢復父親的慈祥模樣，黃伊防備的心情稍稍鬆懈，踱步到他身邊坐下。艾伯摟住她，輕輕哼著黃伊小時候常聽的英國民謠，黃伊聽著聽著，彷彿回到年幼時的心情，想起了和爸爸媽媽在校園的庭院裡野餐時的光景，她賴在父親的懷裡，像個小女孩般盡情的撒嬌，嘴上說：「我最近找到一個好朋友，她真的很棒唷，改天有機會，我們三人一起見個面吧！」

艾伯頗為安慰的說：「真的！能得到妳稱讚的人很少，我很期待能跟他見個面。對了，是男的，還是女的？」

黃伊孩子氣的用手握拳輕搥父親的胸膛，嬌嗔道：「唉唷，是女的啦，你不要亂想。」

艾伯嘆息說：「女性朋友啊……」

黃伊心裡不禁開始幻想老爸和佐莉絲見面的時候，將會是如何驚天動地的場面。佐莉絲那副美艷的模特兒姿態，肯定嚇壞了古板的父親大人。想著想著，臉上帶著幸福的笑容。

12 自投羅網

佐莉絲將長髮綁成馬尾垂放身後，穿著C牌的中性黑色薄西裝外套、長褲，翻領白襯衫，腳上穿著粗跟黑色包鞋，手腕套著銀色手鐲，拿著黑色小皮包，關上一樓大門，走到巷口準備招手叫計程車時，在下班時刻的尖峰時段，人來人往的馬路上，赫然出現了四位身穿黑色風衣、戴著墨鏡的彪形大漢朝佐莉絲疾走過來。佐莉絲心中一驚，立刻轉身從巷口朝大馬路快速奔跑，那四位彪形大漢見佐莉絲朝人群跑去，張開大步，推開擋在身前的路人，緊追她身後而去。

本能想逃離危險的佐莉絲，突然靈光閃現，自忖著：就算再怎麼躲，也躲不開他們的追殺。不如跟他們回去見見她，說不定可以探出一些線索。這樣一來，對於這兩個案子間那個無形的關聯多少有些幫助，順便了解她追殺我的真正目的。

想到這裡，佐莉絲倉皇奔跑的腳步漸漸停了下來，轉過身，靜靜等待追逐她的四位彪形大漢到來。

四人見佐莉絲突然停下腳步，追逐的腳步漸緩，表情驚訝的互視，隨即便走上前各據一方，形成圓圈將她圍住。

路人見到這番奇景，只是好奇的看了眼，便行色匆忙的走開。

佐莉絲壓低聲音說道：「帶我回去，我想知道是誰命令你們追殺我。」

四人互視了一會兒，其中兩人交頭接耳的商量後，隨即向其他人點頭示意，讓出條路，頭一甩，要佐莉絲跟著他們。

四人分別站在佐莉絲的前後左右，佐莉絲面色從容的在他們中間緩緩走著，五人來到一輛黑色ＢＭＷ的轎車旁，其中一人拉開車門坐了進去，另一人示意她坐中間，佐莉絲彎身坐進車裡，其餘三人各自就位後，車子啟動向前而去。

坐在佐莉絲右邊的男子拿出一條黑色手巾，用手示意佐莉絲將眼睛矇上。佐莉絲冷冷一笑，接過手巾，將它蒙住眼睛在腦後打了個結，深吸口氣，閉上眼，專注的用耳朵辨識車子行經的道路。

車子開上車流量大的幹道，不久右轉往前開上一座高架橋，約莫五分鐘，下了高架橋停了一個紅綠燈，右轉後不久便左轉，接著直行約十五分鐘後，轎車駛入一座高級住宅，開車的人降下車窗朝管理員喊了聲「三樓Ｃ座」，隨即便開車朝地下停車場而去。

被推下車的佐莉絲，雖被黑布矇住雙眼，依照黑衣人指示往前走，但在心中默記著各個細節。

當他們停下腳步後，佐莉絲凝神細聽他們打招呼的方式：先是按二聲短促的電鈴，停一秒鐘後，再按一長聲、一短聲的鈴聲，再等一秒鐘後，又按下一長聲、二短聲的鈴聲，門便應聲開啟。

隨著世界不斷的演進，中古世紀的結社也必須有所改變，從古老的手勢招呼變為以音聲辨識自己人。佐莉絲想著進入新世紀後，這些祕密結社是否有可能採用更先進的儀器來辨識身分，省去心思去記這些像是音樂般的節拍，又或許他們還是愛好著古老的傳統，以更神祕的方式辨認會員呢？

想著想著，佐莉絲被人用力往前推了下，她擡起腳步向前走了幾步，突然雙手被人架住，她的肩膀被人用力往下壓，順著力道坐在一張有靠背的木製椅上，接著有人用繩子將她雙手綑綁在椅背後不久，遮眼的手巾被取下，佐莉絲緩緩的張開雙眼，冷靜的研究屋內陳設：被窗簾遮住的應該是約莫四扇門般大的落地窗，落地窗旁的一座仿歐式壁爐型的屏風上架著一臺液晶電視，可移動式的兩個黑色單座沙發及小茶几，此外牆上的各個角落上懸掛著監視器，出入口除了那扇門之外，似乎就只剩下窗簾後頭的大扇落地窗。

正在思考、規劃如何逃離此處的當下，一位身穿G牌青綠色無袖小禮服，有著金色長捲髮、藍色雙眸、長長的睫毛、白皙的肌膚、紅豔雙唇、踩著金黃色仿古希臘鞋的女子，從佐莉絲身後緩緩走到她面前，漾著一抹冷笑說：「還以為擡了具屍體回來，沒想到竟然帶了個活的。」

置身在屋子正中央的佐莉絲凝視眼前這位女性，輕聲喊著：「Chris……」

女子截了話說：「不要再叫我過去的名字，我現在叫做R.J.。」

佐莉絲不禁冷笑道：「為什麼換了這種怪名字？既然把我帶來這裡，省去客套話，妳為什麼要殺我？」

R.J.帶著微笑，緩緩走到佐莉絲身後，左手壓住她的傷口用力的往下按，佐莉絲強忍痛楚，臉色慘白的咬住唇，屏息不作聲，過得片刻，額頭黃豆大的汗珠一粒粒的滲了出來，疼痛之劇，一望便知。

R.J.見佐莉絲沒出聲，又緩步走到她面前，見她強忍住痛，不禁笑說：「看來妳的傷根本就沒有痊癒，還敢在我面前逞強？我的槍法真是退步了，沒能一槍射死妳。」

佐莉絲揪著臉、閉閉眼、氣喘噓噓的咬牙忍痛，半晌無法說話。

R.J.帶著冷笑說：「為什麼要殺妳？那妳先告訴我玫瑰十字架在哪裡？」

聽見R.J.這麼說，心中一驚，強自振起精神，語氣顫抖的回答：「我對那個東西沒有興趣，拿它來做什麼？」

R.J.挑眉疑問道：「沒興趣？沒有親眼見過玫瑰十字架的人，怎麼可能仿製出幾可亂真的贗品？不是妳拿走的，還會有誰？」

佐莉絲氣喘噓噓的深吸幾口氣後說：「妳不也親眼見過嗎？」

R.J.不禁輕笑出聲的回答：「我沒有必要盜取它，更何況當初是我將它還給總會的，妳不記得了嗎？」

佐莉絲鎮鎮劇痛所帶來的昏眩，語氣冷淡的說：「很難說，還給總會再盜走它，也不是件難事。」

R.J.凝視臉色蒼白的佐莉絲，藍色雙眸露出淡淡的憂慮，伸出左手看了腕上的手錶後，幽幽說道：「既然妳不肯說出玫瑰十字架的下落，等等我們的準代理達人Albert回來，再讓他好好問問妳吧！」

聽見R.J.這麼說，佐莉絲臉色驟然大變，全身不禁微微發顫。

Albert也來了？原來她不是單身來此，而是與Albert同行！所以她是受命於Albert嗎？準代理達人？他竟然將成為統領者，那麼設計圖對他而言，將是就任不可或缺的重要象徵！如今兩大寶物全都失竊，Albert的就任大典勢必延後舉行，難怪他會心急如焚的想殺我。

佐莉絲不禁想起過去在受了槍傷後，Albert對她嚴刑逼供的神情，她略為驚慌的看向對她冷笑的R.J.，一股悄然攀升的窒息感襲捲心頭，但此刻不能慌亂無章，必須儘速離開。佐莉絲深深吸吐以保持冷靜，腦海中開始計畫著如何逃出這裡。

佐莉絲開口問道：「玫瑰十字架是什麼時候失竊的？」

R.J.皺眉訝異的答道：「這妳應該最清楚才是啊！十字架是在去年中旬遭竊。」

佐莉絲疑惑的問：「那麼妳殺了我，便永遠不知道玫瑰十字架的下落，不是嗎？」

R.J.冷冷一笑說：「我們早已派人監視妳的行蹤。殺了妳有兩個好處：第一，我們可以搜查妳到過的地方，找出玫瑰十字架。第二，妳親眼看過毒品設計圖，殺了妳，便沒有外人能透露那張設計圖的內容。」

佐莉絲不禁失笑道：「可惜，妳們的計畫縝密中帶著極大的錯誤。首先，我沒有拿走玫瑰十字架，就算妳們殺了我，也找不到真品。第二，設計圖我已經交由他人保存，就算我死了，還是有別人知道它的存在。」

R.J.嘴角一垮，怒目瞪著佐莉絲說：「那妳就沒有任何存活的價值了！」

佐莉絲冷笑道：「那可不一定。或許我能替妳們找到十字架呢？」邊說，邊從袖口抽出一柄鋒利的小刀，忙割著綑住自己手腕的繩索。

R.J.還想說什麼的時候，門鈴突然響起，R.J.示意其他人去開門，接著緩緩走到佐莉絲的身側，低下身在她耳邊輕聲說：「妳身後是防震的落地玻璃窗，下頭有樹叢，樹叢後的圍牆下有一條便道。」說完，又朝佐莉絲的肚子輕輕打了一拳，隨即便站起身，冷冷笑著。

佐莉絲面露疑惑的看著R.J.，心想：「她告訴我這些做什麼？難道她……」正在尋思時，Albert走了進來，見到佐莉絲被綑綁在椅子上，神情陰沈的看著她，語氣低啞的說：「我正愁殺不了妳，沒想到妳竟然送上門找死！」

R.J.走向Albert，若無其事的回報：「她說她沒拿走玫瑰十字架，還說能替我們找到它。」

Albert「哼」了聲，神情鄙夷的說道：「人類為求活命，什麼鬼話都說得出口！把我的鞭子拿過來，我非要她說出真話不可。」

身旁的一位男子轉身離開去拿Albert的隨身武器。

R.J.站在Albert身側，臉色陰晴不定的看著佐莉絲，一股無形的巨石突然落在心頭，沉重的使她呼吸無法順暢，胸部不停起伏。

Albert緩緩走到佐莉絲面前，目光銳利的瞪著她，隨即用力甩了她一巴掌。佐莉絲受他一掌後，頭側向一旁，嘴角露出血絲，許久才雙眼模糊的擡起頭，看著眼前的Albert。

Albert從西裝的內袋將一張紙拿出來，在佐莉絲的眼前晃動，神情不屑的說：「妳真聰明，將設計圖交給別人保管，但妳盤算錯了，妳絕對沒想到那個人會把設計圖親手交給我。」

佐莉絲看著親手交給黃伊的設計圖，如今竟落在Albert手上，不禁苦笑說：「我想那個人肯定十分相信你，只可惜她不知道你的真面目。」

Albert聽了之後，怒不可遏的朝佐莉絲腹際間用力打出一拳。佐莉絲承受這一拳後，只覺胸臆之間湧出一股鹹鹹的液體，「哇」的一張口，吐出一嘴的鮮血。

此時，黑衣男子拿著一團精鋼鍛造的細鞭，恭敬的站在Albert身後，將鞭子舉過頭等他取過。

Albert瞪著佐莉絲道：「設計圖已經在我手上，現在告訴我玫瑰十字架的下落。」

R.J.見眾人的注意力全在佐莉絲身上時，動作輕巧的緩步走到單座沙發旁，蹲下身從沙發座底下拿起一把手槍，接著便移步到Albert身後的牆邊，等待開槍的時機。

佐莉絲眼神直視著Albert，冷冷說道：「我不知道玫瑰十字架的下落。但是，我可以幫你找到它。」說話的同時，雙手不停的用刀割開手腕的繩索。

Albert又賞了佐莉絲一巴掌，嘴角抽搐著說道：「不給妳點苦頭吃，妳不會說出實話。」說完，轉過身拿起鞭子，接著又走上前，伸手朝佐莉絲受槍傷的左胸用力按壓下去。

佐莉絲的傷口再次受到刺激，劇痛瞬間穿透全身的神經，她張口大叫出聲，全身癱軟的低下了頭。淒厲的叫聲迴盪在屋內，R.J.聽見佐莉絲的慘叫聲，手緊緊握住槍，蹙著眉，呼吸急促的別過頭去。

Albert冷冷一笑：「老位置啊？」緩緩向後退了幾步，舉起鞭子甩在地磚上，「鏘」的一陣清脆巨響迴蕩在屋內。

連番劇痛使得佐莉絲略感吃不消，差點雙眼一暗的昏厥過去。但她強迫自己振作精神，若是動作再慢些，惡夢便可能再次出現。她感覺傷口開始流出血來，血順著自己的衣袖流向手部，若是血滴落在繩索上，刀子割繩的速度便會慢了下來，於是她用著顫抖的手加速割斷繩子，就在Albert甩鞭的同時，繩子終於斷了，佐莉絲心中一喜，精神大振，急速吐氣，解開繩索，朝天花板舉起左手，右手按下銀色手鐲上頭的暗扣，「簌」的聲響，一條銀色的錐子鑽入天花板裡，佐莉絲忙按下鈕，身子便朝天花板飛去。

Albert見佐莉絲傷得這麼重，還能做出垂死的掙扎，舉著鞭的手不禁垂在身側，呆滯的看著，其他四人更是滿臉驚訝的面面相覷。R.J.略鬆口氣，帶著冷笑看向佐莉絲，隨時準備舉槍射擊。

佐莉絲吊在半空中，勉強彎起雙腿，巧妙運用並更動倒掛金鉤這個招式，雙足使勁蹬了天花板後，瞬間收起暗器，身子便藉彈力飛躍至窗簾前，甫一落地，雙腿差點癱軟的坐在地上，她伸起右手緊緊抓住簾布勉強站直身子，掀開一看，窗外的景象已是夜色深沉。

Albert見佐莉絲準備逃走，一個回神，忙舉起鋼鞭揮舞，鋼鞭朝佐莉絲左肩襲來，被重重一擊的佐莉絲，劇痛錐心的張嘴一叫，身子飄飄欲墜的伏在落地窗的玻璃上，疼痛使她呼吸不順，幾乎癱軟的身子，緊緊伏貼著落地窗的玻璃，意識漸漸模糊……耳邊響起陣陣巨大的槍聲，玻璃窗應聲碎裂，佐莉絲身子失去憑依，搖晃的往下一墜，掉在樹叢上頭。

耳邊槍聲不停響起，佐莉絲帶著最後一點清醒的知覺，迷糊之際，又按下手腕上的銀色手鐲，手鐲射出了二條帶著銀錐的鋼絲穿透了圍牆，靠著鋼絲的拉力撞上圍牆之後，使盡全力的翻過圍牆，跌落在便道上。

此時，正巧有一輛轎車緩緩開了過來，佐莉絲顧不得被劇痛啃蝕的身軀，使出最後的力氣，忙撐起身子，步履踉蹌的上前攔住車子。車主見佐莉絲狼狽的模樣，驚嚇得不敢開門猛按喇叭，佐莉絲情急之下將全身匍伏在車子引擎蓋上，舉起無力的右手拍擊車子。車主見受傷嚴重的女人不肯離去，自己也沒膽量撞開她，只好停車把後座車門打開，佐莉絲步履蹣跚的坐進後座，氣若游絲的說：「……快點開車……」

車主驚恐的忙踩油門，車子瞬間呼嘯而去。

當Albert和R.J.及其他四人下樓之後，早已不見佐莉絲的人影。Albert憤怒的大吼：「她受了這麼重的傷，走不了多遠，全部出去找，把她帶回來給我！」

R.J.及其他四人悶聲不響的立即朝便道找去。

13 誰傳的求救簡訊

艾伯突然來訪，使黃伊拖到近傍晚才進辦公室。

她急忙到座位上查閱電子郵件，看看國際刑警組織是否已經回信。當她刪去一些垃圾郵件之後，看到一封加密的郵件，黃伊神色驚喜的輕聲叫道：「Yes，太棒了。」

打開郵件，信件中共有三個附加檔案，分別屬名為：Golden Dawn總會、成員名冊、出入境人員名單。

黃伊急忙將檔案下載之後，列印出來。

起身走到列表機旁，心情焦急的等著資料。邊等資料的時候，手機突然震動一下，她從褲子的口袋裡取出手機一看，竟然是佐莉絲傳來的簡訊！黃伊歪頭想了想，喃喃說道：「不是說不見面、不通電話的嗎？怎麼會傳簡訊給我呢？」接著黃伊朝手機叨念著：「是妳自己打破規矩的唷，呵，呵，說話不算話。」

對於佐莉絲主動與自己聯絡而開心不已的黃伊，突想間想起：「不對啊，小佐不是這種人，而且我從沒接過她傳的簡訊呢。」

正在思考簡訊的同時，Golden Dawn的資料已經列印完畢，黃伊抿抿嘴擱下佐莉絲傳來的簡訊，拿起熱騰騰的資料，急忙回到座位，仔細查閱。

翻著手邊的資料，略過了Golden Dawn總會、出入境人員名單，直接從Golden Dawn的成員名冊看起。興致勃勃的從總會代理達人往下看，眼睛突然被一個熟悉的名字給吸引住，黃伊看著這個英文名字，心下一凜，全身寒毛直豎，內心不停的安慰自己：不可能的，絕對不可能的。

極度的驚恐，使黃伊急出了一身冷汗，伸手拭去額際的汗水，揉了揉眼睛再看個仔細：總執事Albert J. Borg（準代理達人）。

黃伊雙眼緊盯著這個英文名字，整個人像是被凍結般動彈不得，心思雜亂紛陳……

這個人應該是和艾伯同名同姓？這種英文名字遍地都是，艾伯不會是這個Albert吧。可是，艾伯的本名確實是Albert J. Borg……

記得媽媽曾經說過，Albert因為沉迷於某種祕密結社，讓她傷透心之後，才帶著我回國。難道那個結社是Golden Dawn嗎？如果Albert是Golden Dawn的準代理達人，他回國不就是為了追殺佐莉絲？而艾伯又為什麼騙我，說他回來是為了參加「毒品研討會」呢？難不成就是為了遮掩他是Golden Dawn的準代理達人嗎？

黃伊失落的想著：爸爸真的是國際刑警組織要抓的人嗎？

再次凝視名冊上的名字：總執事Albert J. Borg（準代理達人）。

她怦怦跳動的心倏地涼了半截，眼睛一陣酸楚的泛著淚光，滿腹疑問：如果這一切都是真的，那麼爸爸為什麼要騙我？為什麼？

黃伊想起艾伯拿到那張設計圖後神情驟變、目光凌厲的模樣，渾身上下透露出的殺氣，完全不像她認識的爸爸。如此說來，當時自己心中隱隱覺得不對勁的感覺，是因為他欺騙自己之故嗎？

問起Albert的住所，他似乎不願意透露，這種行為太不尋常。他過去回國從不隱瞞他住的地方，還會帶著我去享受高級飯店的餐點，甚至主動邀請我過去小住幾晚。這次問他，他卻胡亂搪塞、敷衍的回答自己，說他住的地點，不是什麼大飯店……種種跡象讓黃伊對父親起了極大的懷疑。

要是父親真的是國際刑警組織要找的人，那麼自己該怎麼辦呢？

黃伊這時才想起佐莉絲交代給自己的設計圖，她竟然親手交給Golden Dawn的人，那麼這下子，佐莉絲和自己不就身陷危險之中了嗎？

黃伊心情沮喪的趴在桌上，一股想哭的欲望衝上喉際，酸楚的滋味使眼眶再度濕潤……含著淚水，突然想起佐莉絲傳來的簡訊，急忙拿起手機，查看佐莉絲傳來的簡訊內容：「D受重傷，人在H旅館五〇三號房。」

黃伊見到這則近似求救的簡訊，忙拭去淚水，查了號碼，滿臉疑惑的想著：「確實是佐莉絲手機所發出的簡訊，但為什麼像是別人用佐莉絲的手機傳出這樣的訊息呢？」

跟佐莉絲認識以來，她從不曾發過簡訊給自己。而這則簡訊上頭的訊息，很明顯是他人用佐莉絲的手機發出求救訊息，究竟是誰能夠拿到佐莉絲的手機呢？而H旅館在哪裡？

仔細查看簡訊，發現訊息一共有兩則，黃伊急忙開啟另一則簡訊，上頭有著旅館地址。

黃伊看著簡訊尋思：拿著佐莉絲手機的人，不是挾持了她，就是已經殺了她。否則，佐莉絲不可能將手機交給別人使用。

這是個陷阱嗎？捉了佐莉絲再引自己前去，這個人目的何在？

不管是誰拿了佐莉絲的手機，也不論是否是個引自己入甕的陷阱，為了確定佐莉絲的生死，還是親自走一趟探個虛實。

想到這裡，黃伊暫時放下對父親的疑惑，急忙將桌上的資料收拾好，把它鎖在自己的抽屜裡，隨即起身去簡訊中的旅館查探。

黃伊急忙離去的同時，撥了通電話給管斯灃，向他簡單的報告一聲，管斯灃回答她，會立刻趕去會合。

黃伊坐上車後，神情焦急的忙開車離去。

來到H旅館朝服務員表明身分後，黃伊手持著槍跟著服務員來到五〇三號房外頭。她示意服務員開門，服務員神色驚慌且小心翼翼的用鑰匙將門鎖開啟，一臉惶恐的看向黃伊，黃伊神情嚴肅的示意他退後，自己上前輕輕轉開門把，既謹慎又警戒的走進房內。

這間旅館，不過是間極為普通的汽車旅館，只要是有車子的人，在櫃臺付款之後，便能從一樓的停車場沿著樓梯走入房間內。

據服務員說，大約晚間六點左右，一輛計程車開了進來，由司機付款，拿了五〇三號房的鑰匙，就開車進去，沒多久計程車就離開旅館，至於車內載了什麼人，服務員沒有看清楚。聽過服務員的說詞後，黃伊當下猜測五〇三號房裡極有可能埋伏了他人，因此便持槍進房，避免一時大意而落入歹徒設下的陷阱。

當她舉著槍走入房裡之後，只見到佐莉絲靜靜躺在床上。黃伊想上前探看她的情況，又擔心有人埋伏在裡頭，於是仔細查看了廁所、陽臺、衣櫃，所有可能藏匿的地方，確定沒有埋伏後，才收起手槍，走到房門前向服務員交代：「你可以走了，等等還有另一位警官會來，你直接帶他到五〇三號房來。」

服務員神情緊張的點頭後，轉身匆忙的跑開。

黃伊站在房裡，將頭伸出門外左右探看，確定沒有其他可疑人物，神情警戒的將頭縮進門內，緩緩將門關上，拉上鍊條，手扶著門把稍稍鬆了口氣，隨即雙眉緊鎖的轉過身，疾步走至佐莉絲身邊。

全身不停顫慄的黃伊顫巍巍的走到床邊，凝視靜靜躺著的佐莉絲，雙腿一癱，坐在床沿邊上，緊抿著唇，一股熱氣突然湧上雙眼，看著面色慘白的佐莉絲，嘴角破了還帶著血絲、左手留有血跡，呼吸極淺，整個人像是死了般的躺著。

黃伊屏氣凝神、雙手發顫的拉開她身上黑色外套，驚見白色襯衫上滿是血跡！她蹙眉揪心，空氣像是瞬間被凍結，使黃伊必須用盡力氣不停的大口呼吸，藉以平撫激動的情緒。當她繼續解開佐莉絲的白色襯衫，映入眼眸的景象令她觸目驚心，激動的直想大叫。黃伊舉起雙手摀住嘴，振作精神的凝神細看：左胸傷痕流著血，黑紫色的長條瘀血覆在佐莉絲的傷口上，似乎有人從背後抽她一鞭？看到這裡，黃伊情緒憤慨、眼淚再也忍不住的流下臉龐，手指掐著臉，指節寸寸泛白，低泣著。這時黃伊想起名冊上的名字：總執事Albert J. Borg（準代理達人）……難道是拿到設計圖的父親，為了自己的安危，竟對佐莉絲痛下殺手？

黃伊忍住蝕心的痛苦，雙手顫抖的將佐莉絲的衣服穿好，淚眼模糊之際，見到床旁的垃圾桶裡，裝滿了大量帶血的衛生紙及毛巾，似乎有人替佐莉絲處理過傷口。

床頭櫃上擺著佐莉絲的黑色小提包，黃伊伸手拉出幾張紙巾擤了鼻涕後，拿過提包打開朝裡頭看去，只見包裡有一只手機、一串鑰匙。

黃伊拿起手機檢查佐莉絲的通訊錄，赫然發現通訊錄上沒有任何人的號碼，只有已接來電上頭顯示著自己的手機門號。凝視號碼想著：救了佐莉絲的人，肯定不知道這個號碼是屬於誰的，匆忙之際，便發出簡訊代佐莉絲求救。但這個人究竟是誰呢？

將佐莉絲的提包放回床頭櫃上後，黃伊心疼的看著身受重傷的她，不禁想著：「從她的傷勢看來，似乎被人用刑拷問？她能夠僥倖逃出來，應該是有人適時伸出援手。」想至此，淚水又滑落臉龐。

正在沉思時，電鈴響起，黃伊忙拭去淚水，起身走到門邊，開了門，見門口站著神情緊張的管斯灃，她關門把鍊子解開後，管斯灃急忙衝了進來，黃伊立即將門關上，走到管斯灃身邊站著。

管斯灃坐在床沿邊，見到昏迷不醒的佐莉絲，嘴上喃喃念著：「怎麼會搞成這樣？是誰對她行兇？」握著拳的手不停的顫抖，語氣憤慨的說：「這些人眼裡還有沒有法律，下手這麼兇殘，我一定要將這幫人繩之以法。」

黃伊默默的拉張椅子坐到管斯灃身邊，語氣冷靜的安慰著：「長官，您先別生氣。我們一定會將這些人緝捕到案，不能讓他們繼續對佐莉絲不利。」

管斯灃神情凝重的點頭，接著想伸手查看佐莉絲的傷，手舉到一半，隨即又放在腿上。

黃伊知道長官不便檢視佐莉絲的傷勢，但心中十分急切的想明白佐莉絲傷得多重，黃伊擔心直言報告佐莉絲的情形後，長官肯定會勃然大怒，但不據實告知，只怕也瞞不過長官的雙眼，猶豫半晌，還是決定據實以告，於是開口說道：「我剛剛檢查了佐莉絲的傷勢，發現她被人用刑拷問過。」

聽到這裡，管斯灃大驚失聲的吼道：「什麼？竟然有人動用私刑？」

黃伊難過的點頭，繼續說：「我想，她應該是僥倖逃出來的，不知道是什麼人把她帶到這裡。現在我們更加確定，佐莉絲持續被人追殺中，現在我們要思考的重點應該放在佐莉絲該在何處養傷。」

管斯灃眉頭緊鎖、面有難色的點頭：「她住的地方已經不安全，那妳家裡呢？」

黃伊想起父親，臉色黯然的搖頭說：「我家也不是個安全之處。」

兩人各自沉默的想著安全之地……

管斯灃突然想起專案小組的事情，開口說：「我看了妳提交的專案小組成員名冊，目前我先批了四名組員，至於兩位跟監的人員，我想就由朱增年和冷若水來擔任吧。」

黃伊大驚失色的說：「什麼？讓他們跟監佐莉絲？」

管斯灃明白黃伊吃驚的理由，他耐心的解釋道：「由他們跟監佐莉絲，最適當不過。一來佐莉絲不會起疑心，二來，朱增年腦筋靈活，由他配合冷若水，默契也夠。」

長官既然如此決定，黃伊無心再管誰跟監佐莉絲的事情，她開口說：「既然專案小組的事情已經確定，不妨暫時將佐莉絲移至小組辦公室中，讓她在裡頭休養，長官，您意下如何？」

管斯灃勉強笑道：「我正是這麼想。」

黃伊見長官贊同自己的意見，心裡的愧疚感減輕許多。

此時佐莉絲微微呻吟，管斯灃忙低頭探看，黃伊則起身繞到床的另一邊，坐在床沿上，輕撫著佐莉絲的臉，柔聲問：「妳還好嗎？」

佐莉絲微睜開眼、氣若游絲的問著：「這裡是什麼地方？」

黃伊答道：「汽車旅館。」

佐莉絲想撐起身子，黃伊起身扶她靠在自己身上，佐莉絲雙眼模糊的看著眼前兩人，氣喘噓噓的問：「隊長，您怎麼會在這裡？」

管斯灃神情嚴肅的說：「妳不要管我為什麼在這裡，妳告訴我，是誰對妳用刑？」

佐莉絲靠在黃伊身上，微皺眉、別過頭，低垂雙眼，半晌不語。

管斯灃見她不肯回答，心中怒火一起，大聲喝道：「妳說話啊！」

黃伊見佐莉絲不肯回答，忙勸著管斯灃說：「長官，現在不是問這些事情的時候，我想，只要調閱佐莉絲住處附近及這間旅館的監視器，就可以知道是什麼人對佐莉絲行兇了。」

聽了黃伊的勸說，管斯灃自覺失態，臉色難看到極點的閉上嘴，半晌不語。

佐莉絲喘著氣，開口說：「隊長，我有件事想麻煩您……」

管斯灃口氣無奈的說：「說吧。」

佐莉絲強撐著精神，張口說：「我想請您明天到『心靈宮殿』一趟，把負責人及其他志工的身分證號帶回來，另外，我還要他們成立至今的所有會員名冊。」

管斯灃面帶疑問的說：「要這些東西做什麼？」

佐莉絲一臉疲憊的解釋：「連續殺人犯所殺的人全是『心靈宮殿』的志工，我懷疑這間『心靈宮殿』是否已經被殺人犯鎖定目標。」

管斯灃搖頭嘆息道：「妳傷成這樣，還想辦案？」

佐莉絲忍住劇痛，勉強的笑說：「我這傷不礙事，休息一晚就好。」

黃伊語帶責備說：「妳就只會說這句話！我看妳根本就是逞強！妳受了鞭刑，傷的這麼嚴重，若是不好好處理，傷口感染引起發燒，這可不是休息就能算數。」

佐莉絲打斷黃伊的話，喘著氣，疑問道：「妳怎麼會在這裡？」

黃伊既擔憂又愧疚的說：「有人用妳的手機傳簡訊告知我，妳在這裡重傷不醒。」

佐莉絲閉閉眼，沉默半晌，才輕聲嘆息道：「真是抱歉，只怕會連累妳。」

那句話像把刀砍疼了黃伊，她表情僵硬，心裡難受的說：「連累我什麼，只怕是我害了妳吧！」

管斯灃只想趕緊處理佐莉絲的傷，他忙說：「我送妳到醫院去吧？」

佐莉絲皺眉搖頭說道：「不用了，我回家就好。」

見佐莉絲遭人毒手身受重傷，自己卻完全使不上力、幫不了忙，心裡既難過又愧疚，見她不肯就醫，憂慮之際，管斯灃怒極大聲吼著：「不行，妳從今天起就只能住在警局！」

佐莉絲身子略沉的靠在黃伊身上，閉著眼，不理睬管斯灃的吼叫。

黃伊見管斯灃動怒，忙勸說：「長官，您別生氣，佐莉絲的傷，您就讓我來處理吧。既然她想回家一趟，我負責陪她回去，有什麼事情，我再跟您報告，好嗎？」

承襲了他的血緣，佐莉絲的性格同樣執拗，這點著實讓管斯灃頭痛不已。百般無奈之餘，既然黃伊願意擔負這個責任，自己只能被迫放手，他懊惱的說：「好吧，既然如此，我跟妳們一起離開。佐莉絲，妳交代的事情，我會盡快去辦。」

佐莉絲雙眼微睜，笑說：「多謝隊長。」

管斯灃嘆氣道：「謝我什麼？我才要謝謝妳。警員辦案還沒妳這麼勤快，受了這麼重的傷，還管案情的發展。」

佐莉絲移動著身子，黃伊摟住她的腰，一旁攙扶著她下床。

佐莉絲癱在身側的左手，血順著指尖流了下來，黃伊見血滴在地上，急忙從口袋裡撈出一條手帕，伸進西裝內替她按住傷口。

管斯澧拿起床頭櫃上的黑色提包，朝兩人說：「我們離開吧。」

黃伊扶著腳步踉蹌的佐莉絲，隨著管斯澧身後離開旅館。

14 金髮女郎與佐莉絲

黃伊在車上給外婆打了通電話後，便朝副駕駛座的佐莉絲說：「我跟外婆說，今晚我住妳家，不回去了。」

自從黃伊扶佐莉絲上車之後，她便一直保持沉默。

見佐莉絲沒答腔，黃伊逕自說著：「今天早上，我父親來找我，我把設計圖交給他了。」

佐莉絲恍若未聞的沉默著。

黃伊略微擔心的瞥了一眼，隨即又神色黯淡的看著前方，自顧自的繼續說：「我收到Golden Dawn的成員名冊了。Golden Dawn的準代理達人名稱叫做Albert J. Borg，妳對這個名字有印象嗎？」

佐莉絲不知道是痛得昏迷，還是想恪守她先前所說「見面互不相識」的規矩，依舊靠著椅背沒有回答。

黃伊覺得佐莉絲過於沉默，心裡暗自忖度著：她還清醒嗎？

帶著疑問的黃伊接著說：「Albert J. Borg是我父親的名字，我母親先前曾經提過，父親參加了一個祕密結社。我想，這個結社應該就是Golden Dawn吧？」

佐莉絲仍舊沒有回答問話，這下子，黃伊沉不住氣，忙將車停靠路邊，解開安全帶，側過身，神情焦急的朝她看去，只見佐莉絲睜大雙眼，呆視前方，黃伊心下一急，忙伸出手探探她的鼻息，佐莉絲這才緩緩開口說：「我是清醒的。」

黃伊稍稍安心的鬆口氣，想起佐莉絲有可能是被父親折磨成如此，霎時又神情頹靡的坐回駕駛座，語帶沮喪的說：「我知道妳心裡肯定恨透了我。妳曾經問過我，我母親是否為毒物專家，想必那時候，妳就應該知道我是Albert J. Borg的女兒，是吧？」

佐莉絲虛弱的說：「我並不恨妳。」

黃伊悵然若失的嘆息道：「妳不回答也沒關係，我明天就去找他問個清楚。」

佐莉絲淡淡的說：「妳想知道的話，明天跟著隊長去『心靈宮殿』吧。」

黃伊疑問的說：「為什麼？」

佐莉絲不想回答，只說道：「送我回家。」

黃伊見佐莉絲臉色既蒼白又疲憊，此時應該讓她多多休息，不該再逼問她些什麼，於是拉過安全帶，沉默的轉動方向盤，朝著佐莉絲的住處開去。

冷若水正在張羅滿桌的菜，歡喜的說道：「唉唷，這麼多菜吃上幾天都吃不完，真是賺到了啦！」坐在板凳上，正準備張口吃飯的時候，聽見門鎖轉動的聲音，她帶著笑臉忙起身，迎接佐莉絲回家一起吃飯，沒想到門一開竟是黃伊扶著佐莉絲進門，冷若水的笑臉當場僵硬，心裡驚嚇的半天說不出話來。

黃伊進門瞧見滿桌菜餚，「咦」了聲說：「那些不是長官要給佐莉絲吃的嗎？怎麼變成妳的晚餐啦？」

冷若水從驚嚇中回過神來，臉色羞紅、扭怩說：「啊……佐莉絲說要我幫忙吃的啦。」瞥見佐莉絲似乎又受了傷，神情擔憂的問：「唉唷，佐莉絲怎麼了？」

佐莉絲虛弱的開口說：「我沒事，若水，妳吃飯，我和黃警官進房裡去，替我把門關上。」

黃伊沒好氣的瞪了冷若水一眼，隨即扶著佐莉絲進房裡去。

冷若水關上門後，神情無辜的說：「是她要我幫忙吃的，又不是我搶著要吃。」說完，又坐回椅子上，開始吃著。

佐莉絲開了房門，黃伊頭一次進到她房裡，只見整間房既整齊又清潔，除了衣櫃外，書桌前放著幾本書及一張照片、筆記型電腦，單人床舖上頭粉橘色的床單及涼被，跟佐莉絲本人一樣簡單、俐落。

正當黃伊瞧著房裡陳設出神的時候，佐莉絲掙開她的扶持，開口道：「請把房門關好。」

黃伊回過神，忙轉過身去關門。

佐莉絲垂著左手，右手扶著牆走到書桌前，拉開椅子後，便癱坐上頭喘噓噓的調整呼吸。

黃伊站在房門前，靜靜看著她的背影。

待呼吸順暢後，佐莉絲拉開書桌的抽屜，取出紗布、紙膠帶、消毒用的藥水及一瓶上次黃伊見過的藥罐，放在桌上，開口說：「麻煩妳幫忙我把衣服脫下。」

黃伊答道：「喔，好的。」移動腳步，立刻上前。

佐莉絲用右手拉開西裝外套及白色襯衫，黃伊替她把左手的衣服輕輕拉下，剎那驚見那白皙肌膚上佔滿左半身的那條觸目驚心的黑紫色瘀傷，冷不防倒抽口氣，臉上的肌肉因為驚恐而抽搐著。

佐莉絲用消毒藥水沾濕紗布替自己的傷口消毒後，拿起藥罐挖了一杓藥膏，抹在傷口上頭，取了塊紗布蓋上。黃伊伸手抓起桌上的紙膠帶，撕下二小段，轉過身替她貼在紗布上。

佐莉絲吁了口長氣，接著便用消毒藥水拭淨左手上頭的血跡。整個治傷的過程中，佐莉絲沒有出聲喊痛，這令黃伊既心疼又佩服她的堅強。

清理完手臂上頭的血跡，佐莉絲將紗布丟在桌上，用右手拉過椅背上的白色浴衣，披在身上。

黃伊疑問道：「這個瘀傷不用處理嗎？」

佐莉絲簡潔的回答：「不用了。」隨即蹣跚的站起身問道：「我僅有單人床，妳想睡在哪裡？」

黃伊臉色窘迫的想：「佐莉絲受了傷，要是跟她擠單人床，只怕我不良的睡相會弄痛她的傷口。要是打地鋪睡在地磚上，隔天起床肯定全身發疼，看來只好……」左思右想，想起了客廳的沙發，暗自在心裡嘆息，接著苦笑說：「我睡外頭沙發好了。」

佐莉絲面無表情的說：「那就委屈妳一晚。」

黃伊勉強笑答：「不會的。」

佐莉絲表情冷漠的越過黃伊身前，準備走出房間，但重傷的身軀使得她步伐略微踉蹌的左右搖晃著，嘴上邊低聲說道：「我讓若水給妳拿被子及枕頭……」

黃伊情急中忙拉住佐莉絲的右手，阻止道：「妳休息吧，我自己跟她說就好。」見她皺眉，又急忙將手鬆開，語氣溫柔的問道：「對了，妳想吃些什麼嗎？」

佐莉絲雙眼低垂、沉默半晌後，開口說：「給我杯熱開水就好。」

黃伊面帶微笑，腳步緩慢的朝房門退去：「妳好好休息吧，我這就去替妳拿來。」

佐莉絲站直身子，寒著臉說：「謝謝妳。」

黃伊微微窘迫的忙轉身開門走出去。

佐莉絲拖著沉重的步伐，緩步走到床邊，轉身靜坐沉思。黃伊把熱水拿進來擺在桌上之後，兀自說道：「我和冷若水在外頭，有什麼事，就喊一聲。」

佐莉絲點點頭說：「麻煩妳出去後，把門關上。」

黃伊本想勸她開著房門，這樣方便自己夜間能夠自由進門查探她的傷勢，但她明白佐莉絲不喜歡人打擾，猶豫半晌，才回答：「知道了。」說完，徐徐的退出房間，將門關上。

佐莉絲見黃伊出去後，這才用右手扶著床沿緩緩躺在床上，內心琢磨著R.J.的現下的處境。

從Theo的秀場初次見到她，原以為她孤身前來，僅只於想對我有所要求，或是受命於總會的命令追殺我，直到今日才知道她是與Albert一同前來。這樣便不難解釋她屢屢苦勸我放手，甚至動手殺我的行為。但從她三番兩次冒險提醒自己放手不要查案的情況看來，她的一舉一動應該是受制於Albert，可是她冒著生命危險私下幫助我，難道不怕Albert發現她護著我嗎？

看來她開槍射殺我，應該是迫於無奈，而我能從Albert手中逃出來，多虧有她的提醒。難不成她特意去Golden Dawn投誠，目的就是為了避免這樣的事情發生？那她在這次的事件上扮演什麼角色？她在Golden Dawn裡的位階是否為高層？她是否有飲用Golden Dawn的藥物？她有上癮嗎？

佐莉絲對陪在Albert身邊的R.J.懷著滿腹的疑惑，究竟她是敵是友？

尋思至此，佐莉絲內心深深嘆息：就算R.J.是敵人，自己也絕對不會放任她獨自去面對這樣危險的處境。

現下重要的事情，便是先把連續殺人犯找出來，再把R.J.的事情弄清楚。若不謹慎處理，只怕自己和R.J.都逃不過Golden Dawn的魔手。就算Albert已經拿到設計圖，但他肯定不會輕易放過奪我性命的機會，若是R.J.持續出手幫忙，那麼她極有可能先我一步遭到不幸。

想到這裡，佐莉絲不禁更加擔憂起R.J.的處境。

黃伊走出佐莉絲房間，看著正在餐桌上大快朵頤的冷若水，神情略帶不屑的說：「我今晚要睡這裡，妳拿被子和枕頭給我吧！」

埋頭猛吃的冷若水聽見黃伊這麼說，驚訝的忙擡起頭，忘了抹去滿嘴油膩，眼裡閃過一抹疑問的說道：「長官，妳想睡沙發唷？」

黃伊見冷若水吃得起勁，連佐莉絲受了重傷也不關心，面帶鄙夷、沒好氣的說道：「不然，妳想讓我跟妳擠一張床嗎？」

冷若水想了想，開心的笑說：「可以啊，我睡的是雙人床。」

黃伊心中一驚，自覺說錯話，一時間不知道該怎麼回答。

忙著吃東西的冷若水壓根沒注意到黃伊的表情，自顧自的接著說：「長官，妳是女生，我們一起睡沒關係啦。要是朱增年唷，我就讓他睡在沙發上頭。」

黃伊自小大到還沒睡過沙發，想了想，冷若水的提議也不錯，於是索性走到沙發，坐在上頭說：「好吧，等妳吃完飯之後，再說吧。」

聽見黃伊沒有反對，冷若水帶笑回過頭，繼續吃著，邊吃邊說：「等我一下唷，很快就吃好了。」

黃伊沒有回答，板著臉枯坐沙發上，百無聊賴的不知該往哪裡看去，無意間看向沙發座前方電視機旁的櫃子，昏黃的燈光中見到許多假髮與膠製的手皮、臉皮，幾可亂真的程度使黃伊毛骨悚然。來過佐莉絲家這麼多次，沒有一次仔細看過這些逼真的面孔，她不寒而慄的開口問道：「冷若水，櫃子裡的這些假面具，是佐莉絲親手做的嗎？」

冷若水擡起頭看了一眼後，又埋首於菜餚中，含著食物說：「不知道耶。我搬進來的時候就有這些東西了，剛住進這裡的時候，常常被它們嚇到，後來習慣了，就不覺得有什麼好怕。」

黃伊直覺冷若水的腦神經肯定跟一般人不一樣，跟佐莉絲這樣的女人住在一起，還能什麼都不知道，真虧她身為警察，一點追根究柢的精神也沒有。

嘀咕完冷若水後，想起自己若是睡在這個沙發上，半夜起身時，肯定被這些假臉假手嚇得魂飛魄散，幸好冷若水提議自己跟她擠一張床，不然，她還不知道今夜在這個沙發上要如何想盡辦法讓自己睡著。

瞥見冷若水吃的這麼盡興，想起自己也還沒吃晚餐，不禁站起身走到餐桌旁說：「再拿一副碗筷來吧，我還沒吃晚餐。」

冷若水聽了之後，「呵、呵」笑著，急忙起身說：「長官還沒吃飯唷，來，來，一起吃，我去拿碗筷喔。」

黃伊見冷若水獨自吃著這些自己精心挑選給佐莉絲進補的食物，不禁搖頭嘆息。佐莉絲身受重傷，卻什麼都不吃，這樣子身體怎麼挺得住呢？滿桌菜餚倒是便宜了冷若水，想起她狼吞虎嚥的開心吃著，心頭不免一陣落寞。

冷若水拿著碗筷走來，送到黃伊面前笑著說：「長官，坐啊，別客氣，一起吃唷。」

黃伊神情無奈的接過碗筷，坐在板凳上，隨意夾起蹄膀肉片，板著臉緩緩吃著。

冷若水的雙人床雖已經是加大的尺寸，但是她的身體佔去床的三分之二，使得躺在她身旁的黃伊能夠翻身的位置並不多。而冷若水震耳欲聾的鼾聲，吵得黃伊整晚惡夢連連。在這種「惡劣」的睡眠環境之中，黃伊的起床氣簡直已達爆發的程度，整夜在半夢半醒中輾轉反側，索性下了決定，抱著棉被、拖著枕頭，甩開冷若水架在她肚上的肥腿，開了房門，兀自躺到客廳裡的沙發上頭準備好好的再補個眠。

睡眼惺忪的走出房門，窗外的天色已然微亮，她瞇著眼，拖著腳步將枕頭朝沙發上一丟，把身子歪斜的摔進沙發，抱著棉被，閉上眼繼續睡覺。

才將雙眼閉上不久，突然想起佐莉絲經過一夜休息，傷勢不知是否好轉？於是又睜開眼，坐起身來，朝佐莉絲的房間走去時，經過電視旁的櫃子，睡眼朦朧的黃伊覺得櫃子裡的東西似乎少了什麼？揉揉雙眼，仔細再看了一下，回想昨夜櫃子裡的假臉假手，心中一驚，睜大雙眼仔細瞧著：櫃子裡少了假髮、膠製的手皮、臉皮。尚未完全清醒的她盯著櫃子發呆許久，猛然記起冷若水曾說過樓梯間命案中的那位護士！當時的佐莉絲是否利用櫃子裡的這些東西，精心喬裝為連冷若水都認不出的人物呢？

櫃子裡短少的物件，肯定是佐莉絲拿走的，難不成她昨夜就在計畫著今天的行程嗎？她利用這些假面具裝扮成什麼人了呢？改扮成另一個人是想到哪裡去查案？她的傷勢不輕，怎麼能帶著重傷出門查案呢？

思索著這些問題，令半夢半醒的黃伊整個清醒過來，神情慌忙的朝佐莉絲房間走去，伸手轉動門把，這才發現佐莉絲的房門已然上鎖。她神情焦急的從口袋裡拿出手機，撥電話給佐莉絲，手機竟轉至語音信箱。她氣憤的罵道：「一不留意，就讓她給溜走了，這下子長官問起來，該如何是好？」

睡意全無的黃伊走回沙發，拉過棉被用力抱住，心情鬱結的大口呼吸，藉此使激動憤怒的情緒平撫下來。

拖著重傷的身子，佐莉絲能到哪裡去呢？記得昨夜清醒後的她，請長官今日一定要到『心靈宮殿』一趟，這麼說來，她該不會也去了那裡？

既然如此，那麼我也到『心靈宮殿』走一趟，看看能不能找到佐莉絲的行蹤。不過，在這之前，要先辦妥幾件事。

隨即拿起手機撥了電話給朱增年。

朱增年值了大夜班，整晚沒闔眼休息，揉著眉頭穴道提神，準備下班之際，手機突然響起，接起手機，語氣疲憊的說：「朱增年⋯⋯」

「我是黃伊。」

朱增年一聽是長官來電，立刻打起精神說：「長官好。」

黃伊命令的說：「朱警員，我現在有事要你立刻去辦！」

朱增年回答：「是，長官！」

黃伊急切的繼續說：「你把佐莉絲家附近監視器錄下大約一星期左右的影像帶回警局，另外，還要調出H旅館監視器從昨夜下午至晚間的影像，一併帶回警局，我今天下午就要。」

朱增年暗自嘆息，忙了通宵，本該回家好好睡覺，沒想到長官一通電話，又得四處奔走了。但是長官的命令也不能拒絕，於是立刻回答：「我現在就去辦，請問那間旅館的地址。」

「我會用簡訊傳給你，記得交給鑑識科，讓他們追出攻擊佐莉絲的可疑人物，還有進出旅館的計程車牌號，我要找到那位司機。」

朱增年聽見佐莉絲被攻擊，心下一驚，一身倦意全都掃開，語氣關切迭聲問道：「佐莉絲人還好嗎？她傷的重嗎？」

黃伊聽見朱增年如此關心佐莉絲，內心頗為安慰。但想起佐莉絲身上的傷極有可能是父親所為，一陣愧疚感襲上心頭，沮喪的說：「她受了重傷，現在人又不知道去了哪裡？」

朱增年聽見佐莉絲身受重傷，竟然沒有好好休息，還到處亂跑，極為擔心，但是一時半刻也不知從何處找起，只能嘆口氣，強作精神的說：「長官，妳放心，妳交代的事情，我現在就去辦。」

黃伊聽見朱增年的回答後，心裡頗為安慰的說：「麻煩你了，先這樣。」

掛上電話之後，本想打電話給隊長，但又擔心管隊長若是聽見佐莉絲在自己監視下還不知去向的話，肯定會激動萬分。

猶豫半晌，又將手機放在桌上，杵著下頷，尋思：佐莉絲阻止自己去找父親理論，反而要自己到「心靈宮殿」就能明白一切，她的意思是什麼呢？不走一趟「心靈宮殿」，是不是解不開自己內心的疑問？但知道真相之後，自己又該如何面對父親與佐莉絲？說不定只是自己胡思亂想，也許Albert根本不是Golden Dawn的人也不一定，沒有證據就替父親扣上罪名，簡直太誣蔑自己敬愛的父親。

避開佐莉絲行蹤不明的話題，只提想去「心靈宮殿」的事情，不就好了嗎？有什麼好傷腦筋？打定主意後，黃伊拿起手機撥電話給管斯灃。

管斯灃接了電話，劈頭就問：「佐莉絲現在狀況如何？」

黃伊暗暗叫慘，就知道長官一定會先問佐莉絲的情況，既然決定避開這個話題，現下只能撒個謊，安撫長官，於是平靜的說：「她還在休息，傷勢穩定。」

管斯灃鬆口氣說：「那就好。」

黃伊聽隊長似乎不再追問佐莉絲的情況，急忙說：「佐莉絲要我去一趟『心靈宮殿』，請問長官什麼時候出發？」

管斯灃頓了頓，才開口說：「我跟他們中心的主持人約好了，大約十點鐘過去。」

黃伊有點心虛的問：「那我可以跟您一道前去嗎？」
管斯灃立刻質問：「那誰照顧佐莉絲？」
沒想到隊長竟然會問起這個問題，心中大驚，語塞半晌後，想起還在呼呼大睡的冷若水，臉上閃現笑容回答：「我會讓冷若水照顧她。」
管斯灃停頓了會兒，開口說：「嗯，那我們警局見吧。」
黃伊見自己的回話瞞過了長官，不禁鬆口氣道：「是，長官，我馬上到。」
管斯灃「嗯」了聲，便掛上電話。
黃伊持著手機，吁口氣，微微一笑後，便將枕頭及棉被折好放在沙發上，不待冷若水起床，就趕緊離開。

15 心靈宮殿

黃伊在車上將自己的儀容整理一番，下車後神色匆忙跑向警局，只見管斯灃早已在門口等候著。
黃伊歉然的走到管斯灃面前，低聲說：「抱歉，我晚到了。」
管斯灃帶著一慣的嚴肅表情說道：「嗯，坐我的車子去吧。」
黃伊低聲回答：「是，長官。」說完，便尾隨管斯灃後頭走著。

坐上車，管斯灃一語不發的開著車，黃伊不敢隨意開口，避免說出令長官心生疑惑的話。

管斯灃車速緩慢的朝信義區方向開去，到了和平東路附近，開口說：「我今早已經將公文發出去，最快明天下午就可以召集妳要的成員開會。專案小組的辦公室，我已另找地方給妳，地點就在臥龍所附近。那邊有個現成的鐵皮屋，我跟當地的里長談妥，那塊地的地主目前暫且不會使用該處，我已經預付一個月租金，並且已找人過去布置，儀器及設備，明天開會的時候應該已經就位，到時我會在場。」

黃伊驚訝於管隊長辦事效率如此神速，心中暗暗讚佩。

管斯灃雙眼看著路況，繼續說：「我知道妳早上打電話給朱增年要那些監視器的資料，朱增年昨晚值大夜班，所以我讓他回去休息，已改派別人去拿，明天專案小組開會之前，妳會拿到妳要的資料。至於那位司機，我已經找到，依據他的筆錄，佐莉絲是由一位外國女性帶到汽車旅館。她們上車的地點，大約在景美一帶，而那位外國女性下車的地方，也在同一位置，我想這些訊息，對於佐莉絲在何處被人處以私刑，並沒有任何幫助。」

黃伊羞愧的幾乎想將頭埋在雙腿間，該做的調查，長官幾乎只花不到半天的功夫，就完成了，讓她不禁開始懷疑起自己的能力。

管斯灃見黃伊臉色鬱悶的低著頭，嘆息道：「這次妳要獨當一面，身為長官的我，也不會就這樣任妳像個無頭蒼蠅般到處亂闖。不過，妳要好好把握這次機會，放手去做，這樣學得快，更能從中得到更多心得。妳放心，我會從旁幫忙。」

管斯灃這番鼓勵，使得黃伊稍稍有了勇氣，心懷感激的說：「謝謝長官。」

揚著嘴角，管斯灃淡淡一笑：「不知道是什麼人要求妳執行這次的任務，但妳要記得，什麼事情都有第一次，不要害怕，就當成學習，肯定會有大收穫。我也是這樣走過來的。」

管斯澧的連番激勵，有感於長官的用心栽培，黃伊紅了眼眶，語帶哽咽的點頭說道：「我知道了，長官。」

管斯澧神情又嚴肅起來，看著眼前的獨棟建築，車速漸漸慢了下來：「我們到了，準備下車吧。」

黃伊凝視眼前這座獨棟建築，不禁詫異的看著：氣勢磅礡的前院，正對著三犁公園，門口空曠的廣場，足以容納五輛雙層巴士停在裡頭。紅色地毯鋪在長方型的廊道上，兩旁修剪成十字架的樹木整齊排列著，像是一排侍者列隊迎接來客。建築的右側環山，加上白色磚瓦的屋頂像是古代教堂般筆尖高聳的直插入天空，莊嚴肅穆的氣氛，彷彿是世外桃源般，讓人身心舒適中含蘊著肅敬之感。

管斯澧停好車後，看著這棟神聖的建築，心裡有種莫名的感動，但憑著多年辦案的經驗，他朝黃伊說道：「有些事情不能只看表面，再亮麗的外表下，也有可能藏著不為人知的腐敗。注意點！走吧。」

想起佐莉絲特別請長官來此一趟，肯定有她的道理。長官用心良苦特地提點自己，黃伊態度認真的回答：「知道了，長官。」

管斯澧坐在駕駛座上頭，低頭沉思了會兒，又說道：「佐莉絲在辦羅家一案時，曾經說過心靈成長中心的水有問題，我們不知道這家『心靈宮殿』是否也有問題？不過，我們還是提防一點，等等他們招待我們喝什麼，我們千萬不能碰，知道嗎？」

黃伊點頭答道：「我知道了，長官。」經歷過羅家的案子後，黃伊的警覺心提升不少。看著眼前的建築，心中不自覺的提防著，但更令她神經緊繃的則是佐莉絲要她到「心靈宮殿」的意義，她忐忑不安的想著可能會發生的事情。

管斯澧側身從後座的椅子上拿了兩瓶礦泉水，坐正後，交給黃伊一瓶，微微一笑說：「喝飽了，我們再進去。」

黃伊原本緊張的情緒，被管斯澧這麼一說，不禁「噗嗤」一聲笑出來，接過水後，便說：「嗯，長官，乾杯。」

管斯澧扭開瓶蓋說：「別乾，喝幾口就好。」說完，便喝了一口水。

黃伊喝了幾口水，放下瓶子說：「我準備好了。」

管斯澧點點頭，將礦泉水放在右側的杯架上，便開門下車。

黃伊將礦泉水擺在腳邊，跟著下車。

心靈宮殿前停了幾輛高級轎車，似乎一早就有不少人來此清修。

管斯澧和黃伊身穿警察制服，朝長廊緩步走去，他們的出現，在這個靈修之處，顯得格外突兀。

心靈宮殿的入口處擺了一張長桌，上頭鋪著金色緞布織成的桌巾，坐在桌後的三位女性低頭看著桌上的書默念著，聽見有人走進來的腳步聲，紛紛擡起頭朝前方看去，見到兩位警察走了進來，三位女性默契十足的將雙手手指交叉握拳，微微低頭後，才一同起身，左側的女性朝他們微笑問道：「是管隊長嗎？」

管斯澧微笑點頭。

左側的女性面容慈善，態度禮貌的說：「管隊長，先跟您報告一下，由於剛剛有貴賓到場，所以館長要我們告知您，請您在我們的大會堂稍等一下。」

管斯澧揚眉道：「喔，原來如此，沒問題。」

站在中間的女性接著說：「由於今天是我們的靈修日，所以很多會員都在大會堂上靜修，如果您不介意的話……」

管斯澧態度威嚴的說：「不介意，我們就在會堂上等館長。」

最右側的女性緩緩從桌後走了過來，神情安詳的朝管斯澧舉手示意，聲音平和的說：「請跟我來，我倒水給兩位喝。」

管斯澧開口說：「不用了，我們不渴，帶我們過去就好。」

黃伊見隊長急忙拒絕，肯定是怕水中摻有迷幻藥，忍不住在心裡竊笑。

管斯澧一臉肅穆的跟著女子後頭走去，黃伊默默尾隨在後。

領頭的女性緩緩推開了深紅色類似禮拜堂的大門，步履輕盈的走在鋪著灰色短毛地毯的地上，當管斯澧與黃伊見到大會堂裡跪著神情虔誠、雙手手指交錯握拳、嘴上不停默念的幾十位老少不等的男性、女性，兩人不禁睜大眼、訝異的看著靜默的人群，心中不約而同的想著：信仰的力量真大，能讓這群男女老少，不分尊卑的跪在這裡。

帶領他們的女性，站在身旁，示意他們站在會堂的右側邊，管斯澧靜靜的凝視眼前這群人，而黃伊則隨意的張望，她轉過頭從身後那扇玻璃窗看出去，一〇一大樓就在不遠處矗立著。黃伊回過頭朝會堂左側的帶有紅色十字的門望去，裡頭燈光通亮，人影閃動，似乎有不少人在裡頭。

管斯澧雙手背在身後，靜靜等待著。

黃伊探看完周遭的景象，將雙手垂在身側，仔細凝望眼前的人群，默默猜測著誰有可能是佐莉絲假扮的善男信女。

約莫十多分鐘，紅色十字的門緩緩打開，先走出來一位中年婦女，她面容慈善中帶著聖潔的神采，隨後走出來一位身穿西裝的中年男性，後頭跟著一位有著金黃色長捲髮的外國女性，其後有四位彪形大漢般的男子，走在最後的是一位年輕男子，濃眉大眼、臉上帶著羞澀的笑容、酒窩掛在他的臉上，讓人看了不禁沉醉於他那如同天使般的神采。

黃伊見到那位身穿西裝的中年男子，突然像被雷電擊中一般，臉色倏地一沉，嘴角抽搐，心臟怦怦直跳，額際不自覺的冒出汗珠，全身直發顫，雙手握拳，兩眼直瞪著他瞧，神情彷彿像是見到仇人似的。

那名男子望了管斯澧及黃伊一眼後，神色微微一變，接著轉頭朝中年婦女微笑，腳步既輕又快的朝外頭走去，跟在他身後的外國女子朝黃伊看了一眼，面無表情的接著離開，他們身後的四名彪形大漢，神情警戒的跟著走了出去。

就在此時，突然有一位滿頭白髮的老太太，朝著這群人走過的路上躺去，差點絆倒了那名中年男子，彪形大漢一見有突發事件，神情黯淡的紛紛上前以身護住中年男子，中年男子朝旁閃去，四人形成一道圍牆般，將他與倒地的老太太隔開。

老太太雙眼翻白、全身發顫、嘴上不停的喃喃念著：「神啊，我感受到您的存在，神啊，請降福給我吧。」她嘶啞的大叫，雙手不停揮舞，驚動了所有在會堂上的人，群眾們紛紛轉過頭看向她，臉上帶著滿是感動及驚喜的神情，不禁此起彼落的輕聲念道：「神祝福妳，神祝福我們的姐妹，神祝福妳，神祝福我們的姐妹。」

正準備離開的一群人，腳步稍停了會兒，臉色驚異的看著這位老太太，中年婦女伸手朝年輕男子微笑示意，男子便蹲下身去扶起老太太，中年婦女面帶微笑的繼續護送眼前這群「貴賓」，一群人腳步加快的急速離開。

年輕男子扶著老太太的肩膀，輕聲說：「姐妹，我扶妳去休息吧，神祝福妳。」

老太太全身不停的顫動著，緊緊抓住年輕男子的手說：「我見到神了！祂對我賜福呢！」

年輕男子露出迷人的笑容，輕聲說：「您第一次來就得到祝福，真是太好了。」

老太太像是溺了水般，不停抓著年輕男子的身體，既是揪他的衣服，又是拉他的褲腳，扯他的皮帶，不經意間，年輕男子腰際露出一只裝在皮製袋子裡烏黑發亮的叉子，他心中一驚、面色微微動容，趁沒人注意的時候，急忙把外套拉過遮掩住腰際的物件，眼神骨碌碌地轉動，注意著周遭人的目光，見無人朝他看來，登時神態優雅的朝老太太晏晏笑說：「婆婆小心，我扶妳去休息。」

老太太似乎被神的祝福弄得歇斯底里，完全沒聽見年輕男子所說的話，仍舊賴在地上掙扎。這時，站在管斯澧身旁的女性，腳步既輕又急的朝年輕男子走去，邊和男子一起扶著老太太站起來，朝後頭一間間獨立的房間緩緩走去。

會堂裡祈禱的眾人，有的神情羨慕、有的則是皺眉焦慮，見老太太被扶走之後，眾人紛紛回身跪正，繼續靜靜默念、禱告。

管斯澧冷靜的看著眼前發生的事情，默不作聲的低頭沉思。

黃伊親眼看見父親是「心靈宮殿」的貴賓，心情既驚又怒，更是傷心，當下憤恨難過，痛苦不堪。原本還懷著希望名單上頭的名字不過是位同名同姓的人，但當父親從門內走出的剎那，黃伊的希望破碎了，她不得不承認那位準代理達人Albert J. Borg就是自己的親生父親。一顆心被親人背叛的感覺撕裂著，黃伊恨不得當場衝上前去，舉起腰間的手槍指著他的頭，親口問他，為什麼要欺騙自己的女兒？但是震驚過度的她沒有動手，只能怔怔的看著父親從眼前走過，現在的她雙腿發軟的直想跪在地上。

不停質問佐莉絲究竟是誰要對她不利，她始終迴避不答。此刻想起，就算佐莉絲親口說出槍殺及拷問她的人就是自己父親，想必自己也絕對不會相信。不是親眼看見的事情，就算說出口，也無法佐證。冰雪聰明的佐莉絲肯定明白這個道理，因此就算自己屢屢追問她事實真相，她依舊緘默不語。空口無憑，還不如親眼一見。只不過，真相太令人震撼，黃伊寧可聽佐莉絲說出口，然後對著她指責一番，斥喝她胡言亂語，也不想證實這使人心生瞋怒的真相。

人為什麼喜歡欺騙？因為在謊言中度日，既開心又愜意。盲目生活，世界多麼美好！只可惜她執意追著佐莉絲要個真相，當真相呈現在眼前，卻又寧可這是一個騙局。

黃伊此刻彷彿置身在熾熱的地獄裡。心頭飄起陣陣寒意，周身卻被烈火焚燒，很想立刻轉身離去，回家痛哭一場。但是，任務在身，長官若是見自己神色有異，必定會追問事情的始末，還是忍住煎熬自己的真相，把事情辦完後，再發洩情緒。黃伊全身發顫的默默站著，不停的深吸著氣，強作鎮定。

安置好老太太之後，年輕男子走了過來，朝管斯灃及黃伊伸手示意，輕聲道：「兩位請跟我來。」

管斯灃走在黃伊前頭，兩人一前一後的走進先前迎接貴賓的紅色十字的門內，裡頭有一張長橢圓形的木桌，整個屋內散發出一股奇異的香味，既不是檀香味，也不是高級檜木的味道。黃伊直覺的想起佐莉絲曾經給冷若水聞過那種神奇藥草的味道，她擔心這香味或許是迷幻藥物的一種，因此不自覺的從口袋裡拿出手帕，摀住鼻子。

年輕男子瞥見黃伊的動作，不禁微笑說：「這是薰衣草的香精味，如果兩位覺得不舒服，我馬上去關掉香精燈。」

管斯灃聞到這香味，原本還忖度著要如何請對方移開這股怪異香氣，才不會失禮，但見黃伊拿手帕摀鼻的動作，心裡不禁對她的敏捷反應暗暗稱道。

年輕男子走去關掉牆角邊上的香精燈，轉過身自我介紹道：「兩位好，我是心靈宮殿的執行長，陳一揚。」接著伸手自外套的口袋裡，取出名片盒，將名片分別遞給管斯灃及黃伊。

管斯澧及黃伊各自接過名片，低頭看了眼。

陳一揚收起名片盒，隨即帶著迷死人不花錢的笑容朝管斯澧及黃伊說：「兩位警官平時辦理這麼多的案子，想必心裡的壓力非常大，如果能信仰神，神就會帶走兩位身上的壓力，使兩位身心恢復清淨。你們也見到剛剛才入會的老太太，因為受到神的祝福，她喜悅的心情，使她在靈光祝福中不禁倒地。」

黃伊垮著嘴角，眼神蔑視的想開口說話，管斯澧帶著微笑插話道：「陳先生，您的建議，我們會考慮考慮。」

黃伊心想：「不知道那位老太婆是否喝了有迷幻藥的水，才會在那裡胡言亂語。所謂的神跡，根本就是『信者恆信，不信者恆不信』，說不定是你們和那位老太太串通好，想演給那些『貴賓』看的一齣戲。」想到這裡，臉色變得更加難看。

陳一揚又開始遊說著：「兩位警官應該要仔細考慮。能夠信仰神，得到神的祝福，相信在神的幫助之下，兩位必定能造福更多需要幫助的人們。」

管斯澧微笑的說：「嗯，我相信陳先生說的，不過，我們今天來此的目的，只是希望能對貴會有個初步的了解。」

不像外頭買賣不成便繃著張臭臉的生意人，陳一揚自覺說服不了這兩位警官信仰神，他帥氣的臉蛋上仍舊帶著迷人的笑容，態度積極的說道：「好的，希望你們深入了解之後，能對我們心靈宮殿有另一番見解。」

管斯澧微笑的點頭：「會的。請問你們館長還沒空見我們嗎？我們不能停留太久。」

陳一揚經管斯澧提醒，露出小犬齒的笑容稍稍停滯了下，略略低頭行禮說：「不好意思，今天剛好有貴賓蒞臨，館長忙著接待，我去催催她，請警官再稍待一會兒，對了，我讓人給兩位準備茶水。」

管斯澧及黃伊同時開口說道：「不用了，我們不渴。」

陳一揚神情一怔，隨即失聲笑道：「是，是，失禮了，我先去請館長過來。」說完，姿態優雅的將雙手手指交叉，朝管斯澧及黃伊行禮，便緩步走了出去。

管斯澧和黃伊互視一眼，神情黯淡的各自低頭尋思。

不久之後，陳一揚恭敬的帶著中年婦女走了進來。邊拉開橢圓形長桌的主位椅子，待館長坐下，便微笑的站立在她身側。

館長帶著琥珀色的鏡框，神態優雅威嚴的看向站著的兩位警官，邊輕聲斥責道：「一揚，怎麼沒請兩位警官坐下呢？」

陳一揚這才恍然大悟的笑著朝管斯澧和黃伊說：「真是抱歉，剛剛處理婆婆的事情，又忙著介紹自己，忘記招呼兩位坐了。」說完，忙走過來，替管斯澧和黃伊拉開椅子，露出犬齒笑得開懷：「兩位請坐。」

館長見管斯澧和黃伊面前都沒有水杯，神態優雅的開口笑說：「一揚，怎麼沒有替兩位警官準備茶水呢？」

兩人又同聲說道：「不用了，我們不渴。」黃伊看了管斯澧一眼，管斯澧接著說：「館長，我們還有別的事要忙。今天過來，只是因為貴會的三名志工離奇死亡，為了能盡快破案，想跟您請教有關貴會志工及所有工作人員的身分證號，包括您的在內，另外，還要貴中心成立至今的所有會員名冊。」

館長原本慈祥和藹的表情，這時蒙上層黯淡的色彩，語氣沉重的說：「希望殺人兇手能早日伏法，我更希望這三位姐妹能夠蒙神寵召。」用手撫著太陽穴，神傷的說著：「一揚，你去把警官要的資料準備一下。」

陳一揚聽見館長這麼說，天使般的臉孔蒙上憂傷的神采，開口說：「希望神祝福我們的姐妹，並能接引姐妹到精神樂園。」說完，便轉身離去。

館長神情悲愴的說：「這三位姐妹全是我們的好夥伴。她們在會裡時，熱心助人，虔誠信神，或許我們的信仰太過殊勝，造成其他相同團體的壓力，引來這樣的不幸。」看著管斯灃和黃伊，表情誠懇又哀慟的說：「我們只能為她們祈福，希望她們能在精神樂園的國度中，繼續快樂的生活，也盼望兩位警官能早日找到殺人兇手，希望他能得到神的祝福，及早回頭。」

管斯灃回答：「館長，這是我們的職責。您放心，我們會盡全力抓到兇手。」

陳一揚拿著一疊資料，緩緩走到管斯灃和黃伊面前，態度恭敬的呈給他們，管斯灃點頭，黃伊立刻接過資料，並開口說：「謝謝。」

管斯灃見資料到手，低頭不語半晌後，便朝館長及陳一揚說：「請妳們節哀，我們先走一步。」

館長神情疲憊的說：「抱歉，容我不送了，我要在這裡為我們三位不幸的姐妹跟神禱告。一揚，你替我送兩位警官。」

陳一揚勉強一笑，朝管斯灃和黃伊說：「兩位警官，我送你們出去。」

管斯灃和黃伊隨即起身，沉默的跟著陳一揚走出紅色十字門外，沿路上腳步不停的急忙走著，黃伊回頭一瞧，沒見到那位老太太，神情略為疑惑的皺眉沉思。

陳一揚領著管斯灃和黃伊走到會館門口，管斯灃說道：「陳先生，請留步。」停下腳步，陳一揚露出犬齒微笑道：「好的，請慢走，有什麼需要幫忙的地方，請打電話給我。」

管斯澧點頭：「好的。」說完，轉身走向車子，黃伊一語不發的跟著走去。

兩人坐進車裡後，紛紛喘了口氣，管斯澧忙啟動車子，見陳一揚仍舊站在會館門前朝這裡搖搖手，管斯澧舉手示意後，腳踩油門開車離去。

黃伊拿起腳邊的礦泉水，正準備打開喝的時候，管斯澧大聲斥喝：「不要喝，等等去商店買過。」

長官突然呼喝，嚇得黃伊忙丟開礦泉水，滿臉疑惑的看著他。

管斯澧轉動方向盤說：「進到裡頭，不喝他們一口水，還真是讓他們起疑心呢。」

長官的話中有話，令黃伊不禁回想起，心靈宮殿的人總是要拿水招待客人，確實令人起疑。但她換個角度思考，並不覺得奇怪，於是開口說：「長官，或許你受到羅家一案的影響太大。其實，招待客人飲用茶水，也是一種待客之道啊。」

管斯澧神態嚴肅的說：「那麼他們招待貴賓，為什麼不見桌上曾有水杯留置的痕跡呢？」

黃伊啞口無言，因為她一心想從人群中找到佐莉絲，再加上親眼看見Albert的身影，憤恨之餘，竟忽略了這些細節，不禁臉上一紅，低頭不語。

管斯澧又說：「我們在裡頭待了這麼久，外頭的事情我們掌握不了。查案務必細心謹慎，不可粗心大意，否則後果不堪設想。」

黃伊羞愧的回答：「是，長官，我會記住。」

管斯澧又說：「妳把這些資料交給佐莉絲，看看她到底要用來做什麼？」

黃伊嘴上答道：「是的，長官。」但心裡浮現Albert離開「心靈宮殿」的背影，悲慟的心情，使得黃伊喉際又是一陣酸楚，知道真相後的她不知道該如何面對佐莉絲，而佐莉絲現在究竟身在何處？乾脆叫冷若水交給她好了，免去見面的尷尬。黃伊哭喪著臉，轉過頭看向車窗外。

車子急駛在馬路上，車內的兩人各自沉默想著心事。

16 親情與友情的兩難抉擇

黃伊開了門，回到家裡，只見外婆正忙著張羅午餐。

見黃伊回來，外婆堆滿笑容的問道：「今天怎麼這麼早回家啊？」

黃伊眼裡閃著錯綜複雜的神情，鬱鬱寡歡的說：「我只是回家一下，等等就要出去了。我接了一個大案子，這陣子可能會比較忙。」

外婆見黃伊拉長著臉，還以為她不開心，原來是因為工作繁忙而心煩，於是微笑說：「我知道妳忙，不過，忙也別忘了吃飯，一起吃吧。」

黃伊長嘆口氣，朝外婆勉強笑說：「我去換個衣服，妳先吃，別等我了。」

擔心黃伊因公事忙碌不好好照顧身子，外婆露出責備的表情：「忙也要保重身子。」

心情跌宕谷底，無處發洩心中的悶氣，讓黃伊不想再聽嘮叨的話，她語氣極為不耐煩的說：「我知道。妳不要替我擔心！」

外婆靜靜觀察黃伊的言行，知道此刻的她不想被人打擾，於是若無其事的說：「好，好，我把午餐放在桌上，妳要記得吃飯唷。」

黃伊疲憊的點點頭，突然記起什麼，目光炯炯的對外婆說：「如果艾伯來找我，不要讓他進門，不論我在不在家，妳都告訴他，我不在。」

外婆疑問的看著黃伊，語氣試探：「妳跟阿伯鬧彆扭囉？」

黃伊本想開口對外婆說出事情的原由，但又怕自己說出口，惹得外婆心煩，左右為難之際，臉色一沉說道：「外婆，妳就先依我的話做啦，以後我再告訴妳為什麼。」

外婆見黃伊欲言又止，嘴上叨念著：「唉，什麼事情都不說清楚。」說著，轉身走到餐廳。

黃伊沮喪的朝房間走去，想起親生父親竟然對自己說謊，一股難以言喻的酸楚湧上心頭，將門關起鎖上，淚水滑落臉龐，靠著門竟似溺水般全身虛脫無力，她疾奔向前，將自己摔到床上，拿過枕頭把頭埋在裡面，放聲痛哭。

為什麼？為什麼？為什麼？為什麼？為什麼？

如果Albert沒有做什麼非法的事情，為什麼要隱瞞自己是Golden Dawn的人？

佐莉絲明知道Albert是槍殺她的罪犯，為什麼不肯親口告訴我？

對父親無條件的信賴，在親眼見到他走出心靈宮殿的剎那，完全破滅了。對佐莉絲隱瞞殺手的真相，也使她對佐莉絲的友誼開始動搖。此刻的自己究竟能相信誰、信任誰？

同時被親人與朋友背叛的感受，讓黃伊起了一股衝動，想揪出兩人千刀萬剮一番，以洩心頭之憤。

而被至親欺騙，那種椎心的痛楚、失落、困惑、憤慨，使黃伊怒火中燒，就算將Albert碎屍萬段，仍不足以洩去心頭之忿。

鬱積著一股怨氣，黃伊恨不得現在就衝到Albert面前，將他痛打一頓，斷他一、兩根肋骨、打歪他的鼻梁，拿著槍指著他的頭，逼他一五一十的把事情交代清楚！

但是，若親眼所見之事不如自己所想的那樣，這麼魯莽衝動的行為，將會造成什麼後果呢？

黃伊進退兩難之際，突然湧起一股尋死的念頭。

或許，就這樣走了，撇下什麼都不管，心裡便不會這麼難受。

只可惜現在的自己，只能將頭埋在枕頭裡，不停的哭，不停的哭……

心灰意冷之際，最不想見到的人就是Albert！如果再見到他，真不知道自己在衝動之際會做出什麼連自己也無法控制的事情？

想起自己陪著佐莉絲從旅館回家之後，問她什麼都不回答。想必是憎恨自己將設計圖交給了Golden Dawn的首腦人物。如果佐莉絲肯早點告訴自己，Albert就是Golden Dawn的準代理達人，那麼自己就不會把設計圖交給Albert，更不會在今天親眼見到Albert在「心靈宮殿」的當下，內心受到如此沉重的打擊。

她心情苦悶的痛哭許久，身心疲憊之際，哭著哭著，便迷迷糊糊的睡著了。

當黃伊再次醒來時，臉龐貼著濡濕的床單，她將臉用力的在濕透的床單上左右抹著。

痛哭一陣後，苦惱的心情稍稍舒緩，但滿心蒼涼、孤立無援之感依舊縈繞心頭。

緩緩坐起身子，雙眼浮腫的朝掉落地上的紙袋看去。

那是長官交代要給佐莉絲的資料……

該去見她嗎？

如何面對她呢？

想起佐莉絲交代設計圖給自己的時候，千叮嚀、萬囑咐，那般為自己安危著想的神情，現在變得極為諷刺。如果是朋友，為什麼不提醒自己以避免犯下這樣的錯誤？若是她能早些告知，那麼我便不會把設計圖交給Albert……又或許，佐莉絲也不知情？

不可能！佐莉絲被人抓去嚴刑拷問，怎麼可能不知道抓了她的人是誰呢？而她在調查自己的身世時，應該早就知道Albert是自己的親生父親，為何隱瞞這個事實，不肯明說？她還用「不見面，不通電話，互不相識」甚至沉默的迴避行為，難道她對我連基本的信任感都沒有嗎？

黃伊這下子將怒氣全轉嫁到佐莉絲身上，她非要找佐莉絲問個明白，究竟她是把自己當成朋友還是敵人。

念頭至此，黃伊怒氣沖沖的拿起手機，撥了電話給佐莉絲，電話接通後，佐莉絲語氣輕柔的說：「您好，我是佐莉絲。」

黃伊聽見她的聲音，憤懣低沉的說：「我是黃伊，長官要我把資料交給妳。」

聽見黃伊不友善的口氣，佐莉絲停頓了會兒後問：「妳要怎麼交給我？」

黃伊冷淡的說：「我送去給妳，妳在家嗎？」

佐莉絲淡淡答道：「我在家，那就麻煩妳了。」

黃伊沒回應任何話，就掛上電話。

緩緩站起身後，連衣服也沒換，蹲下身撿起資料，臉色陰沉的走出房門，準備到佐莉絲面前，好好的問個明白。

一口氣衝上了佐莉絲的家裡，只見她身穿浴袍、頂著白色毛巾坐在沙發上頭，態度悠閒的看著電視。

黃伊用力把門關上，將手上的資料甩在佐莉絲面前的茶几上頭，怒氣沖沖的吼道：「佐莉絲，今天我們把話說清楚！妳究竟把我當成什麼人？」

佐莉絲轉過頭，皺眉看向黃伊：「怎麼了嗎？」

黃伊睜大眼瞪視，跨大步站到她面前，怒目低頭罵道：「妳以為妳自己很了不起嗎？裝模作樣的把我弄得團團轉。為了我的安危著想？我看妳根本就是一個騙子，專門把信任當成遊戲的騙子！」

佐莉絲眼神冷淡的凝視惱怒幾近瘋狂的黃伊，默不作聲。

黃伊見她沒有說話，憤懣不平的伸出雙手，緊緊抓住她的雙肩，一把將瘦弱的佐莉絲從沙發上拉起，面目猙獰的叫囂：「妳要我去『心靈宮殿』，我去了，結果我看到什麼？看到我父親成了他們的貴賓，而他就是Golden Dawn的準代理達人Albert J. Borg，這下妳開心了吧？這下妳的計謀得逞了吧！」

佐莉絲忍住左胸傳來的劇痛，面無表情的看著因傷心而極度憤怒的黃伊，沉默不語。

黃伊失去理智的繼續罵著：「妳明知道這個事實，為什麼就不能早點告訴我？妳口口聲聲說我們是朋友，為什麼還故意隱瞞我父親是罪犯的事實？我告訴妳我手上要辦的祕密案件內容，妳卻裝得什麼都不知道，虛情假意的拿了張設計圖給我，還故意跟我切割關係。好了，我現在犯下了嚴重的錯誤，妳開心了吧？妳滿足了嗎？幾次問妳誰要對妳不利，妳卻故作神祕的什麼都不說，現在我知道了，就是我的親生父親。這樣究竟對妳有什麼好處？妳說話啊，沉默就代表妳默認欺騙我的事實，是嗎？」

佐莉絲嘴角帶抹冷笑，凝望著黃伊：「妳要對我說的只有這些嗎？」

黃伊見她一副事不關己的模樣，心中氣極，恨不得甩她幾個巴掌似的狠狠瞪著她，咬牙切齒的前後搖晃佐莉絲的身子，語氣怨毒說道：「我真恨不得拿刀捅妳幾下，用拳打斷妳的鼻樑，把妳踹到趴在地上站不起來！我把妳當成朋友看待，妳究竟把我當成什麼？玩具嗎？奴隸嗎？」佐莉絲身子被黃伊用力搖晃，使得繞著頭髮的白色毛巾緩緩鬆開掉落，一頭烏黑的髮絲披在肩上，咬牙抿嘴的忍著傷口傳來的劇痛，額間開始冒出細小的汗珠，雙眼冰冷的看向黃伊。
長髮披散在身後的佐莉絲對黃伊冷笑說：「妳真的會相信我說的話嗎？」
黃伊額際的汗水汩汩的流下臉龐，一張臉因憤怒而漲紅著，她瞪著冷笑的佐莉絲說：「之前的我一定會相信，但是現在，妳說什麼，我都不信！」
濕髮微乾的佐莉絲毫不動氣的說：「如果妳不信，我說什麼都沒有意義，不是嗎？眼見為憑，凡事講究證據，不是親眼所見，就算說出口，也無法取信於人。」
黃伊聽見她這麼說，證實了稍早自己內心對佐莉絲始終不願意明說的臆測，究其原因就在於沒有證據。如今，她親眼見到父親被「心靈宮殿」的人奉為貴賓，不僅證實了名冊上的事實，也讓自己內心對他僅存的信念落空。證據確鑿，根本不容自己有任何偏袒他的餘地。
佐莉絲的一番話，像是一桶冰水瞬間澆息了黃伊的滿腔怒火，她頹喪的鬆開手，低著頭，眼淚不爭氣的滾落臉頰。
佐莉絲欠身站穩後，伸手摀住傷口，嘆口氣說：「卸妝後的真相不見得美麗，但卻真實。不管妳怎麼看待我，我都沒意見。」說完，緩緩轉身，坐回沙發。
黃伊這時像個無助的孩子般突然放聲大哭，佐莉絲側過頭凝視她，眼神中盡是不捨，但僅能漠然以待，忖思後，轉過頭逕自看著電視。
黃伊大聲號哭了許久，聲音漸漸弱了下來，最後只剩低泣，她緩緩走到佐莉絲身旁坐下，語帶哽咽的說：「對不起，弄痛妳了。」
佐莉絲雙眼盯著電視，語氣溫柔的說：「沒事的。」
黃伊淚眼模糊的說：「我該怎麼辦？」
佐莉絲疑問的轉過頭看著她說：「什麼意思？」

黃伊啜泣道：「妳是我的朋友，他是我的父親，我不知道要怎麼做才是對的。」

佐莉絲沉默了許久，才緩緩說道：「我記得聖經裡記載了一個故事，這個故事說著：大衛與約拿單兩人是好朋友，但是約拿單的父親掃羅王卻想殺害大衛，迫使約拿單必須在親情與友情之間做出選擇，妳覺得他會怎麼選？」

黃伊神色驚慌的問：「妳的意思是要我捨棄友情嗎？」

佐莉絲語氣淡然的說：「這種難題沒有任何人可以替妳做決定！順著妳的心意吧。我無法提供意見……」

黃伊凝視著佐莉絲淡漠的神情，一陣昏眩、胸口熱血急湧，既驚又懼的再問道：「如果我選擇親情呢？」

佐莉絲淡然處之的微笑道：「這也是人之常情，不是嗎？」

黃伊神情怔然的說：「如果我真的這麼做了，妳還會把我當成朋友看待嗎？」

佐莉絲眼神溫柔的看著她，語氣無半分訝異的說：「我們一直都是朋友，不是嗎？」

聽見佐莉絲這麼說，黃伊神情淒然的站起身，轉過身背對她，嘆息道：「我說了這麼多辱罵妳的話，真是對不起，妳自己好好保重，我……我先回去了。」

佐莉絲凝視著黃伊頹喪的背影，自知再多解釋，也無法安慰她尷尬羞慚的心情，因此語氣冷淡的說：「嗯，不送。」

黃伊靜靜的站立了會兒，默不作聲的緩緩離去。

佐莉絲目送黃伊離開，伸手拿起遙控器關上電視，神情凝重的拿起資料及白色毛巾，披著長髮，摀著傷，氣喘噓噓的緩緩起身，腳步蹣跚的朝房裡走去。

黃伊垂著腦袋、有氣無力的坐進車子裡，雙眼凝視擋風玻璃，佐莉絲提及的故事不停在耳畔及腦海裡迴盪，她茫然若失的惶恐自問：「當事情發生的那天，我會怎麼做？我會昧著良心把槍口指向佐莉絲嗎？」

黃伊腦中一片空白……

總有一天，她會親身面對這樣的困境！

那天來臨時，她有勇氣對始終敬愛又依戀的父親開槍嗎？還是會毫不留情的射殺佐莉絲？

專案小組的成立會議明天將要召開。專案小組成立之後，透過成員們分頭調查，所有的真相便會漸漸展開，到時那些自己不願意面對的真相，便會一一呈現眼前。她真能毫無偏頗的對父親展開追捕嗎？

「大義滅親」這種道德問題，用嘴說說容易，若要付諸實行，黃伊沒有自信能狠下心去對付自己的親人。

神情黯然的黃伊伸手取出腰間警徽，凝神看著，突然一陣惱怒的將警徽狠狠甩到一旁，伏在方向盤上低泣。

懊惱、悲慟、為難、恐懼的情緒齊湧心頭。

懷著這樣的心情，不可能公正不阿的辦理這個案子！

事情演變至此，該是時候找長官深談！

於法，自己已失去擔任這個專案負責人的資格。於情，自己也無法面對這種左右為難的困局。

若想隱瞞長官硬是扛起這個責任，未來更艱困的難題橫在面前，她也無法處理……黃伊想著想著，淚水又滑落臉龐。

管斯灃在辦公室裡批閱公文，聽見敲門聲，蓋上公文，擡起頭，語氣低沉的說：「進來。」

黃伊開門後，低著頭走了進來，順手把門關上，靜靜站著。

管斯灃皺眉看向愁眉不展的黃伊，沉思了會兒，出聲道：「過來坐下吧。」

黃伊哭喪著臉，走到桌前拉開椅子坐下。

管斯灃疑惑的問道：「出什麼事了？」

黃伊半晌不語，強忍住哀慟的心情，哽咽的說：「長官，我想我不適任國際刑警組織交辦的案子。」

管斯灃揚眉驚訝，關切之情溢於言表：「怎麼說？」

黃伊低頭沉聲說著：「依據《警察偵查犯罪手冊》中的偵查守則第八條，我與犯罪嫌疑人有親屬關係，應予迴避。」

管斯灃詫異道：「妳跟誰有親屬關係？」

黃伊擡起頭，眼眶含淚說：「今天我們在心靈宮殿見到的『貴賓』其中一人，就是我親生父親，而他也是此次國際刑警組織查緝的Golden Dawn組織的準代理達人Albert J. Borg。」

管斯灃見黃伊似乎痛哭過的模樣，知道她初次遇到這種棘手的案件，不知所措的慌張情緒，乃是人知常情。他心中不捨、語氣溫和的說：「如果是這樣，那麼妳應該要迴避此案。」說完，雙手交叉橫放胸前，皺眉沉思。

黃伊低下頭，用手拭去眼淚，半晌不語。

管斯灃明白黃伊對於此案甚為重視，如今因親生父親牽涉在內而不能繼續調查，內心肯定萬分難受，儘管國際刑警組織指名要她辦理此案，但事關案件的公正性，若是不迴避而造成調查結果失效，身為知情長官的自己也該負起連帶責任。

管斯澧想了想，隨即開口說：「明天專案小組的召集，妳還是過去吧。人員的分派由妳公布，接下來，妳就跟我互換案件，妳接手辦理連續殺人案，我則替妳主持國際刑警組織交代的案子。」

黃伊聽了之後，不禁疑惑的問：「這樣可以嗎？我應該退出那個案子。」

管斯澧微笑道：「妳辛苦了一陣子，人員分配的部分，妳早已有了想法，我明天先聽妳的簡報，了解妳調查的過程，這樣比較容易進入狀況。而妳的工作至此，並沒有迴避的需要，所以妳不用擔心。」

黃伊略為猶豫的說：「可是我對連續殺人案的部分，完全沒有概念。」

管斯澧微笑的說：「案情部分，妳去找佐莉絲討論就好，她已經看過所有相關細節及屍體。對了，她的傷勢好些了嗎？」

黃伊臉色鐵青的怯聲道：「應該好多了。」想起剛剛怒氣沖沖的對佐莉絲動手，連她綁著頭髮的毛巾都給搖掉了，現在的她，應該痛得全身發抖吧？想到這裡，黃伊內心一陣愧疚。

管斯澧見她臉色慘白，不禁問道：「怎麼了？是不是又發生什麼事？」

長官肯接手辦案，使自己得以避開直接面對父親與佐莉絲兩難的抉擇，黃伊心中沉重的負擔略為減輕。但她想起自己屢屢對佐莉絲擺出咄咄逼人的態度，內心又感到極度羞愧。此刻不好意思直接跟長官報告自己魯莽的行為，黃伊臉色略為蒼白的說：「沒什麼事情，佐莉絲的傷勢，我會密切注意，請長官放心。」

管斯澧見黃伊欲言又止，想必兩人間又有什麼爭執。關於女孩間的吵鬧，不知該從何處插手，只好嘆息說：「好吧，妳自己拿準，還有事要報告嗎？」

黃伊無語的搖搖頭。

管斯澧點點頭說：「明天下午會議結束後，我會跟妳交接案子，就這樣吧。」

黃伊緩緩站起身，低聲說：「是，長官。」立在桌前許久，嘘口氣垂頭喪氣的轉身離開。

管斯澧見她似乎受到頗大的打擊，不禁搖頭嘆息。想了想，翻開公文，繼續批閱。

黃伊走出管斯澧辦公室，想起自己如此無禮的對待佐莉絲，滿心愧疚的拿起手機正準備撥電話跟她再次道歉、問問她的傷勢是否無礙，但凝望著掌中的手機，猶豫了下，苦笑想著，就算她接了電話，面對自己滿是歉意的態度，肯定會安慰自己「沒事的」、「還好」之類敷衍的話。尋思至此，不禁興趣缺缺的收起手機。身為朋友，自覺在佐莉絲面前，像是個吵鬧不休的小女孩，心裡既羞慚又自責。

佐莉絲面對任何驚險荒誕的事情，從不見她有激烈的情緒起伏。自己剛剛對她發出不滿憤懣及充滿污衊的怒吼，她也沒反駁，僅維持一貫的冷靜態度面對，她的思維邏輯確實與一般人不同，這點讓年齡與她相仿的黃伊自嘆弗如。

想起要與她連手辦理殺人案件，之後兩人必定會密切聯繫，該想個辦法好好向她道歉，不然日後見面，氣氛肯定尷尬。

黃伊走到辦公桌，坐在椅上，滿腹心事的將鎖在抽屜裡的資料取出，心不在焉的看著。

17 地下宮殿

一座位於地下的宮殿，在本體的建築結構內外間留了約一人大小的縫隙，上頭布置了許多燈具，當燈亮時，光線透過彩繪玻璃往內透去，形成類似光柱般光束，使整座宮殿呈現出既神祕又威嚴的感受。

走進圓型頂部帶有拱心石設計的大門，先是見到兩列共五對細長高雅的柱廊，這種柱廊稱為「愛奧尼亞式柱」，其特色是柱頭有一對向下的渦卷裝飾，為希臘古建築的三種柱式之一。因柱身纖細秀美，又被稱為女性柱。「愛奧尼亞式柱」常被建築師用來裝點最偉大的女神，像是勝利女神神廟，便採用了這種柱廊。此宮殿為彰顯女王的神聖，因此將支撐宮殿的柱子仿傚「愛奧尼亞式柱」的型式雕塑而成，分列在宮殿的兩旁。

宮殿中，白色洗石子砌成的牆中刻著瓶型欄杆、花欄石雕等等仿巴洛克式華麗又精美的裝飾，使整座宮殿交雜了中古世紀教堂與皇室氣息，在磅礡氣勢中隱約透露出些許宗教神祕感。

位於門正對面的龍形皇座，本身雖是檜木製，但整張椅子用金色亮光漆彩飾，璀璨耀目，令人不能直視。椅旁高豎著如錐般的兩只尖柄，彷彿尖槍般護衛著坐於皇座的王者，靠背板既長又高，上頭的龍形圖並未點睛，但不減其威風凜凜的姿態，鮮活的幾乎躍椅而出。龍爪伸出成為扶手，椅腿上還帶了一條托泥，可使坐於皇座上的王者將腳踩在上頭，顯示其優雅又威嚴的儀態。椅背後方的壁畫則是象徵宮殿信仰重心，一座玫瑰十字聖殿的畫像。

宮殿正中央的地板，有著一個鑲嵌於地上的大型五芒星圖樣，每條線間隙約有五公分寬，像是個能上下移動的大型裝置，線條縫隙中隱約滲出陣陣徹骨之寒氣。

此刻的宮殿，燈火通明，皇座位在五個階梯之上，下頭左右分列二人靜立。

皇座旁站著一位身材結實修長、態度恭敬的男子，隨時聽從端坐於皇座女子的差遣，這名女子神情肅穆、眼神略睥睨的朝下看著眾人。

她朝男子點頭示意。

男子朝她行禮，身子筆挺仰頭，聲音清朗的唱著名：「林岱雲……」

此時靜立在左側的頭一位女性答道：「在。」

男子又喊了聲：「蕭韻……」

靜立在左側的第二位女性答道：「在。」

男子繼續喊著：「李迦紊……」

靜立於右側的第一位女性答道：「在。」

男子最後叫著：「曾勻梅……」

站立在右側第二位女性，語氣略為低啞的答道：「在。」

男子面無表情的朝坐在皇座上的女子說：「女王，所有人都到了。」

女王神態威嚴的看著下面低著頭的四人說：「嗯。據說今天總會派人到『心靈宮殿』進行調查，幸好他們應對得當，並未讓總會人員有所懷疑。但我們仍舊要提高警覺，以防他們對『心靈宮殿』起疑心，否則這裡很快就會被總會的人發現。從現在起，所有人行事作風要儘量低調，知道嗎？」

四人齊聲回答：「是!女王。」

女王微微點頭，靜默半晌，轉頭朝左側看去，語氣擔憂的問道：「岱雲，那張草圖妳怎麼處理？」

岱雲態度恭敬，低頭朝女王行禮說：「回報女王，屬下已經將它丟棄。」

女王皺眉責備道：「妳怎麼不用火燒掉它？」

岱雲帶著微笑低頭說：「女王，您放心，那張草圖就算不用火燒，也沒人能看得懂。我早已妥善的把它處理掉了，請您不用擔心。」

女王沉吟許久，嘆息道：「據『心靈宮殿』的人說，總會現在已經派人到全世界各地的分會調查，這張草圖，絕對不能讓任何人發現。」

靜立右側的曾勻梅聽見女王這麼說，身子微微顫動了下，女王見她神情有異，眼角微微抽搐、疑問的凝視她半晌，按捺住心中的疑惑，女王不動聲色的朝左側看去，開口問道：「蕭韻，有關方陣的圖形，繪製完成了嗎？」

蕭韻神態恭敬的朝女王行禮說：「女王，屬下已經繪製完成，請女王過目。」說著便從長褲的口袋中取出一張紙，用雙手舉過頭頂。

女王滿意的點頭說：「很好，no name 去拿過來給我。」

男子朝女王行禮答道：「是。」轉向左側，邁開腳步走下階梯，用大拇指與食指從蕭韻雙手呈送的紙張縫隙間，輕輕捏住，抽出紙張，轉過身走上階梯，雙手恭敬的輕輕夾住紙，彎身舉過頭待女王伸手取閱。

女王凝視眼前的紙，興奮之情展露臉上，伸出的手微微顫抖的拿過紙張，雙眼緊緊盯住上頭的圖樣，像是看痴了似的，揚起的嘴角不停抽搐，半晌才喃喃說：「就差兩個，就差兩個了。」

所有人雖不明白女王在說什麼，但見她如此興高采烈，紛紛朝女王說：「恭喜女王，賀喜女王。」

no name 嘴上祝賀女王，但他臉色陰森，毫無喜悅之情。

女王欣喜的伸手示意：「好，好，當我成就之後，好處妳們個個都少不了。到時，總會算得了什麼，no name 你說是嗎？」

no name 彎身上前一步，朝女王行禮笑說：「女王是未來的神人，我們的仰望，屆時總會的小達人，非妳莫屬。」

女王伸出手，頭微傾向右側，愛憐的撫摸no name的臉龐，心滿意足的說：「no name，只有你最清楚我的心意，這個世界上除了他之外，我就只有你了。」

no name充滿笑意的臉略略僵住，轉動眼珠迅速朝下瞥了眼，隨即凝視女王道：「我會永遠在您的身邊，我最愛的女王。」

此時，原本低著頭的李迦紊微微擡頭仰望，神情黯然的看著no name。

女王銳利的目光，環顧在場每個人的神情，將她們的心思盡收眼底。她緩緩將手擺放在雙腿上，帶著溫和且威嚴的神態說：「妳們都是我最親近的人，這段時間辛苦妳們了，妳們先下去休息吧。」說話的同時，女王內心仔細盤算底下每個人可能的動向。

所有人彎身恭敬的行禮道：「謝謝女王。」說完，腳步後退的朝宮殿外走去。

當no name挺起身子，轉身準備離開時，女王叫住他：「no name，你過來。」

聽見女王叫他，no name腳步立刻停下，回身走到女王身邊，低垂雙眼，彎身靜候女王的指示。

女王待其他人離開宮殿之後，原本和善威嚴的表情，突然變得猙獰扭曲、臉孔抽搐的對著no name輕聲說：「我覺得曾勻梅最近行為頗為奇怪，你替我盯著她。」

no name表情陰森的低聲回道：「是。」

女王帶著使人生懼的可憎面容，語氣怨毒的說：「如果發現她有什麼不對勁的地方，你知道該怎麼做吧？」

no name雙眼冰冷的看著腳尖，點頭表示明白。

女王露出邪氣的笑，咬牙切齒的說道：「所有人都是我們的最佳人選，記得你先前做的，不准失手。」

no name帶著蒼白毫無血色的臉蛋微笑說：「我知道，女王。」

聽見no name的回答之後，女王這才鬆口氣說：「唉，你也到了該談感情的時候了，似乎有對象了唷？」

no name笑容迅速僵在臉上，沉默許久才說：「女王，您才是我的最愛，沒有人可以取代您在我心中的位置。」

女王眼珠骨碌碌地轉了幾轉，打量他一眼，冷不防歇斯底里的罵道：「你胡說，明明就看見你跟別人眉來眼去，你騙得了我嗎？」

no name被女王這麼一罵，嚇出了一身冷汗，心中惶惑不安，細長手指緊握得泛白，全身癱軟的跪在女王腳邊，心緒慌亂的將額頭靠在她的足背，顫聲道：「沒有這種事，女王請息怒。」

女王毫無憐恤、惡毒的怒罵道：「要是讓我發現你對我說謊，你知道後果是什麼?」

no name像是失去依怙的幼童般，心生恐懼，神情茫然的急忙回答：「女王，沒有這種事，no name絕對不會背叛您的。」將額頭緊緊靠在女王的足部，雙手像是溺水的人般胡亂攀住女王的衣服不住顫慄。

女王表情嘲諷的看著no name，似笑非笑地睨著他，突然微笑道：「你知道就好，這才是我的心肝寶貝，起來吧。」

no name神情惶恐的弓著身子，跪在地上，急喘著氣，半晌站不起身，滿臉淒然怯懦的擡起頭看著女王。

女王冷眼盯著no name，許久才伸出手輕輕撫摸他弓著的身子，柔聲說：「去吧，去休息，我在這裡坐一下。」

no name驚懼的心情在女王的撫慰下，稍稍平靜，他點點頭，勉強撐起身子，腳步踉蹌的轉身離開。

女王看著no name離去的背影，凝視著地上的五芒星，緩緩舉起手中方陣圖失神的看了許久，喉際「哼」了聲，咧嘴輕笑，突然神情狂喜的開口狂笑，笑聲迴響在整座宮殿之中，久久不停。

三樓的高度因為風切效應的關係，使得強風不停從破碎的三扇玻璃窗外吹進屋內。

從心靈宮殿回來後，Albert便不發一語的靜靜坐在黑色單座沙發上沉思，臉色異常的凝重。

R.J.坐在另一個沙發座中凝視Albert，默不作聲的尋思：佐莉絲安全了嗎？舊傷未癒，又添新傷，真是令人擔心。很想待在她身邊，等她清醒，但是又怕這樣的行為引起Albert對自己的猜疑，只能憑著對佐莉絲的信心，將她安置在那裡，等待有人發現她。

Albert這麼沉默，該不會又在想著如何處置佐莉絲吧？今天那些警察，其中一個不正是Albert的女兒？Golden Dawn裡資深的會員眾多，Albert此行竟會特別指名要我這個位階極低的成員陪同，這個決定引起其他資深會員極度不滿，他的目的究竟何在？是為了顯示他的權威地位？還是別有用意？看來Albert除了找回玫瑰十字架之外，心裡肯定還在盤算什麼。他絕對不會停止追殺佐莉絲，除非他的目的達成。但是，他追殺她的真正目的何在？在這個老狐狸身邊，凡事都得小心，不然連我都自身難保。

Albert此時突然站起身，朝R.J.說：「立刻聯絡總會，讓他們派幾位專業級的殺手過來。另外……」轉過身朝身後四人說：「你們現在立刻到外頭去，隨便找間旅館住，有什麼事情，我會透過電話通知你們。」

身穿黑衣的四人，面面相覷後，齊聲回答：「是。」隨即進房收拾行李。

Albert臉色難看到極點的對R.J.說：「我們離開這裡，另外找個地方住。」

R.J.若無其事的緩緩站起身答道：「好的。」朝自己房間走去。

Albert目光深不可測的凝視R.J.背影，心機深沉的突然大聲說道：「妳知道我為什麼指名要妳陪我來這裡嗎？」

R.J.背對著Albert心裡一陣驚慌，但語氣平靜的回答：「我不知道。」

Albert陰沉的情緒突地一百八十度大轉變，態度一派悠閒的開心大笑說：「很好，想知道為什麼嗎？」

R.J.緩緩轉過身看著Albert，態度從容的說道：「你願意說，我就聽。」

Albert滿臉邪氣的笑著：「因為妳不喜歡服從命令……」

R.J.一聽，臉色一沉，半晌不語。

Albert冷笑說：「我喜歡不服從我命令的人，這種人只要運用得當，殺傷力道會更強。」

R.J.聽出Albert的話中有話，在恐懼中強作鎮定，無暇顧及他的瘋言瘋語，面帶微笑道：「我去收拾東西了。」轉過身後，緊抿著沒有血色的唇，臉色蒼白的走向房間。

Albert咧嘴笑看R.J.離去，許久，才從西裝的內袋裡取出設計圖，一改適才狂傲猙獰的神態，臉色凝重，頓時老了十多歲，步履蹣跚的扶著沙發，將身子緩緩安置在椅上頹坐著。

幾十年來，眼見組織成員們個個坐擁金山銀山、權傾天下，自己也曾動過念頭想效法他們。令人目眩神迷的財富、地位，使他漸漸迷失真正的自己。欣見自己終於攀升至權利財富的中心，彷彿被鬼迷了心竅般，忘情恣意的享受眾人的注視。但今天驚見Rosita在自己被眾人簇擁的現場，他差點失去以往的鎮定，眼睛探觸到她眼眸中充滿失落、懊惱、憤怒的種種情緒，Albert彷彿像是失風的竊賊般，內心驚慌的程度就像被萬箭穿心般既惶惑又痛不欲生。那一瞬間，Rosita引以為傲的父親已不復存在，他現在的身分是總會的領導者，更是警察極欲逮捕到案的重大罪犯。

凝視微顫雙手中的設計圖，想著自己即將升任為總會的領導者……那個集權勢、地位於一身的職務，其權利等同於梵諦岡的地下教宗，既能呼風喚雨，更是無所不能！多少人夢寐以求的地位，如今終於落在自己身上。但這真的是自己要的嗎？如果就任為代理達人，他與Rosita勢必不能和平相處，這是他當初拋棄妻女的初衷嗎？

緊握著手中的紙張，Albert起了一股豁出去的氣魄，冷冷一笑的想著，妻女算得了什麼？世界即將臣服於我的腳下，這是我一展抱負的重要時刻！

Albert睜大了炯炯有神的雙眼，表情猙獰又邪氣的想著：「只差一步，我便能掌握全世界的生死大權！所有人都將臣服於我的腳下！隱身在Golden Dawn三十二年，幾乎心灰意冷的我終於等到這一天，不論成為神或平凡人，只有走到最後一步，才能知道！十年前的事情功敗垂成，如今，我更不能輕言放棄，接下來事情將如何發展，還是個未知數，我不能將自己埋葬在Rosita的憤慨中。」

想到這裡，Albert朝空中展開雙手，眼中閃爍著瘋狂的光采，令得他的眼珠看起來像是閃爍不定的璀璨寶石，咧嘴獰笑得彷彿已經將全世界捏在他的雙手之中。

18 專案小組成立

黃伊將車停妥，遙望外貌極為簡陋的鐵皮屋，神情緊張的匆忙走去。

進入鐵皮屋內，黃伊眼睛一亮，站在入口處，內心讚嘆著。

外貌雖簡陋又平凡，經過長官的打點，裡頭設備一應俱佳：全新的辦公桌椅、電腦配備，電話通訊器材，專案小組的辦公室裡配置了最先進的器材用品，所有一切井然有序。

黃伊肅然起敬的振作精神，露出欣然的表情看向裡頭的人員。成員們在自己的座位上翻閱資料，只有朱增年及冷若水站在一旁頗為無聊的四處張望，恍然不知被指派到這裡做什麼。

看著東張西望的他們，黃伊神情無奈的搖搖頭。

冷若水見黃伊進門，忙帶著甜甜的笑容說道：「長官好。」

黃伊朝她點點頭，其他人聽見冷若水的說話聲，停下手邊的工作，紛紛起身朝她行禮，此起彼落的說著：「長官好。」

黃伊朝他們點頭示意。

雖已不再是這個案子的負責人，但尚未交接前，她仍舊是這個案子的主持人，更何況管斯澧希望她把初步的事情辦妥。於是她強振起精神朝在場的人問道：「還有缺什麼設備或資料？盡快報告。」

成員們各自看了手邊的儀器與資料，齊聲回報：「沒有，長官。」

黃伊站在門邊，微笑點頭：「我們等管隊長到場之後，再做簡報，你們先請坐。」

朱增年拉著冷若水坐在一旁的椅上，拿了資料交給她，要她翻一翻。冷若水低聲對他說：「不用看啦，等長官簡報完就知道了。」

朱增年頗無奈的搖頭，低頭翻閱資料。

冷若水帶笑看著黃伊，黃伊佯裝沒看到的站在門邊。

管斯澧從外頭走進來，筆挺的制服襯著他令人望之肅然起敬的氣勢，站定在黃伊的身邊，轉過頭對她說：「怎麼樣，有缺什麼？」

黃伊行禮後說：「謝謝長官，目前為止沒有欠缺什麼。」

其他警員見隊長到來，紛紛起身朝管斯澧齊聲喊道：「長官好。」

朱增年和冷若水也起身說：「長官好。」

管斯澧點頭，不自覺的露出嚴謹神態：「坐，請黃伊副隊為我們做簡報。」隨意找了張椅子坐下，朝黃伊示意進行簡報。

黃伊朝管斯澧點頭致意，繞過四張沒有隔板的ＯＡ桌後，走到裡頭的白板旁，拿起白板筆寫下了工作標的：

四位可疑人士：Golden Dawn的殺手。

Golden Dawn準代理達人Albert J. Borg及同行成員R.J.。

監控出入境人士及Golden Dawn分會心靈宮殿。

黃伊寫完之後，凝視著白板上的字，「Albert J. Borg」在雙眸中不停的放大，一陣酸楚湧上心頭，閉閉眼，徐緩的吐氣，放下白板筆，神情嚴肅的轉過身，朝所有在座的同事說道：「國際刑警組織指名由我來辦理這件跨國毒品案件，他們主要的目標就是一個名為Golden Dawn的組織。國際刑警組織懷疑Golden Dawn製造並販賣毒品，而此組織翻譯為中文稱作『黃金黎明』，所以我們的行動名為『黃金黎明』。」

黃伊抿著嘴停頓了會兒，環視在座的人，只見所有人專注的聽著，便繼續說道：「據調查，這個組織平時以宗教結社的形式存在，但由於他們的宗教性活動中，似乎與迷幻藥的散布有極大的關係。上次我們曾破獲類似他們組織的心靈成長中心，這次我們將直接針對隸屬於總會下的分會『心靈宮殿』進行調查。由於Golden Dawn目前已有六人入境，包括他們組織最高指揮者準代理達人Albert J. Borg及一名女性成員R.J.，其餘四位應該是專業級殺手。他們此行的目的不明，目前暫且懷疑他們正在追殺一名女性。所以各位在辦理此案時，務必小心自身安全，彼此談及此案，以行動代號稱之。各位的行動必須保密，不能對外透露此案的任何細節，各位明白嗎？」

所有人齊聲回答：「明白。」

只有冷若水舉手說：「我不明白。」

黃伊表情嚴肅開口說：「冷警員有什麼不明白的地方？」

冷若水滿臉疑惑的說：「什麼是『以行動代號稱之』啊？」

黃伊皺眉神情稍稍露出不耐，心裡覺得這個案子有冷若水參與，肯定已經搞砸一半。真不明白長官為什麼硬要這個傻蛋參加？

黃伊冷淡的回答：「冷警員，有關妳的問題，等等我會請朱警員跟妳詳細解釋。其他人有沒有什麼問題？」

眾人皆搖頭表示沒有問題。

黃伊頗為滿意的點頭說：「好，那我先跟大家介紹專案小組的成員。」從自己的右手邊開始介紹起，將手掌平放朝右手邊第一位的男性警員伸去，對所有人說：「這位是林滔然警員。」

一位短髮直豎、帶點稚氣、臉蛋上都是痘疤、粗眉、眼神耿直的年輕男性站起身，朝大家行禮，又坐回椅上。

黃伊拍手致意，繼續介紹：「接著是江棟豪警員。」

一位戴著銀框眼鏡，斯文具書卷氣息、頭髮略長、劍眉、雙眼炯炯有神的男性緩緩起身，朝大家行禮，坐回椅上。

黃伊同樣拍手致意，微笑介紹：「接著介紹祁虹靖警員。」

一位綁著馬尾、留著瀏海、耳戴銀色耳環、有著帶笑大眼的年輕女性，俏皮的站起身，朝大家搖搖手，帶著稚氣的微笑坐回椅上。

黃伊拍手致意，態度恭敬的說：「還有汪杏瑩警員。」一位具有媽媽氣質的女性，披著及肩的頭髮、彎月眉、杏眼、神情和藹的緩緩站起身，朝大家行禮，坐回椅上。

黃伊拍手致意，笑意頓失的略略停頓了會兒，才開口介紹：「後頭這兩位是朱增年警員及冷若水警員。」

朱增年頗為拘謹的起身朝大家行禮，冷若水則是神情興奮臉上堆滿著笑容，朝大家揮手致意，若不是朱增年拉她坐下，她極有可能要發表長篇的「感言」。

黃伊輕輕拍了二聲，隨即收手，正色道：「接下來指派各位任務：江警員負責調查四位可疑人士：Golden Dawn的殺手，盡全力將他們逮捕到案，林警員負責支援江警員。祁警員負責監控出入境可能是Golden Dawn成員者及Golden Dawn分會心靈宮殿的行動。汪警員則負責調查Golden Dawn準代理達人Albert J. Borg及同行成員R.J.的落腳處，有必要時，申請武裝警隊支援將他們逮捕到案說明。至於朱警員及冷警員的工作就是負責跟監佐莉絲，將她的一舉一動隨時跟本案負責人報告。大家對於指派的內容有沒有不明白的地方？」

除了冷若水忙舉手外，所有人都搖頭。

黃伊內心嘆息，語氣冷淡的問道：「冷警員有什麼問題嗎？」

冷若水困惑的說：「雖然我跟佐莉絲住在一起，但她不讓人跟上跟下的耶，我要怎麼跟監啊？」

黃伊冷眼瞪著她說：「冷警員，有關妳的問題，等等我會請朱警員跟妳詳細解釋。」

冷若水還想發問，朱增年忙拉住她的手，示意她坐下不要說話。冷若水心不甘、情不願的坐下，嘟著嘴瞪了朱增年一眼。

管斯澧眼神略微驚訝的看著冷若水，緊抿著嘴皺眉沉思。

黃伊朝其他神情專注的員警說：「如果各位沒有問題的話，『黃金黎明』行動立刻開始。各位隨時報告進度，此案務必在一個月之內結案，另外，由於我因某些原因必須迴避此案，接續此案的負責人，將由管斯澧隊長擔任，日後直接向管隊長匯報進度，簡報到此，散會。」

話一說完，成員們齊聲道：「是，長官。」

黃伊朝眾人點頭示意，緩步朝管斯澧走去。管斯澧緩緩起身，雙眼凝視朝自己走來的黃伊。

四位專案小組成員，留在辦公室裡的低頭查資料，紛紛展開各自的任務。

朱增年拉著冷若水急忙的走了出去。

黃伊站定在管斯澧面前，管斯澧微笑看著她，揮手示意要她同自己走到門外，兩人並肩沉默的走到鐵皮屋外幾步之遠，管斯澧才開口對她說：「連續殺人案的卷宗，我已經放在妳的桌上。妳交給我的資料，我已經看過，接下來，妳就專心調查殺人案吧。」

黃伊苦笑道：「多謝長官，我會努力的。」說完，心情沉重的低垂著頭。

管斯澧沉默半晌，緩緩嘆氣：「別讓私事影響工作，盡力就好，知道嗎？」

黃伊感慨的擡起頭回答：「我知道了，多謝長官指教。」

管斯澧凝視著她憂傷的臉，點頭說：「不送了。」

黃伊勉強微笑行禮說：「長官請留步。」

管斯澧擺擺手說：「去忙吧。」

黃伊朝管斯澧行舉手禮，轉過身踱步離去。

管斯澧目送她離開，神情凝重的轉身走進鐵皮屋內。

地下宮殿主殿門外左右兩側各自是一條彎延曲折的甬道，狹隘的甬道兩側沿著堅硬的岩壁鑿出一間間房間，整齊有序的排列著，站在外頭朝主殿向左看去，兩列對立的房間，在右側由裡朝外依序是女王、林岱雲、曾勻梅所住。左側由裡朝外依序為no name、蕭韻、李迦紊等人居住。

由主殿向右看去，從甬道望內看，左側是三位不知去向的成員所住，右側由外向裡依序排列的是浴室、廁所、餐廳、垃圾收集室。

這些房間，除了女王及no name的房門是用特製的塑鋼門及屋內有衛浴設備之外，其他人居住的房間皆是普通鐵門，沐浴及如廁必須離開房間使用外頭的公用浴室及廁所。

地下宮殿似乎還在擴建，女王是否仍會陸續挑選高級成員進入居住？

女王究竟是憑著什麼條件挑選所謂的「高級成員」？這個標準，大概只有女王自己最清楚。被挑選入住的成員，必須過著與世隔絕的生活，除非必要，不能離開地下宮殿一步，就算要離開，也得經由女王批准，才能自行離去。

女王生性多疑、性格詭譎、喜怒無常、自私無情，根本無從猜測她的心中究竟在算計些什麼。面對這樣的人，曾勻梅的心中常常有股莫名的驚懼。

最近左側三個房間裡的人一直都沒有出現，不知道她們究竟發生什麼事？還是她們申請女王批准她們離開了呢？今天唱名的時候，no name竟然說全員到齊？這件事在曾勻梅心中不斷發酵，讓她感到無可言喻的惶恐逐漸吞噬著自己的身心。

由於女王嚴禁住在地下宮殿的人交談，居住於此的所有人，見面也止於點頭微笑，對於彼此的來歷完全不清楚。

住在像是囚牢般的地下宮殿約有三個月之久的曾勻梅，滿腹疑惑，她不清楚自己為什麼會被挑中進入地下宮殿居住。而她更不明白，為什麼自己會簽下那種古怪不近人情的切結書。當女王要自己簽名的時候，自己好像著魔似的毫無抗拒的遵從她的意思，拿著筆的手像被一股鬼使神差的力量牽動著，眼睜睜的看著自己不受控制的手在切結書上簽名。

居住在此處一陣子，成天像是個孤魂野鬼般，不是到宮殿對女王歌功頌德，就是在房間裡頭發呆。外頭是何年何月何日，完全不得而知，生活寂寥到幾乎讓人窒息。切結書上談及的「閉關清修」形同「軟禁」，在這個像是冥界的宮殿裡，絲毫得不到所謂的平靜，反而常有死亡近在眼前的迫切感。曾勻梅不時懊悔著，當初為何簽下那種怪異的切結書。

女王近來常讓no name不停提及「神人」、「小達人」，看來她似乎妄想掌握整個宗教界，成為新世紀的救世主。當她成就時，在這裡的人能得到什麼「好處」呢？

女王似乎特別信任no name、林岱雲、蕭韻！有些事情只交代給她們去辦，讓經歷過些世面的曾勻梅，內心充滿著疑惑：他們究竟在進行什麼不能讓我們知道的事情？

曾勻梅緩緩走回地下宮殿的房間門前，神情鬼祟的四處張望許久，才拿出鑰匙開門走進房裡。進門後，留個細縫，眼珠在縫中四處探看，確定四下無人，才緩緩的將門關起，輕輕鎖上。因過於緊張而屏息不敢呼吸，直至此刻才敢自由的吐吸著。

空乏無聊的生活，總要找些刺激的事情做做，不然這樣下去，索然無味的「清修」成了「癡呆」的同意詞，讓喜愛搜集「祕密」的曾勻梅，悶得幾乎產生憂鬱的病症。

想盡辦法搜集祕密的曾勻梅，無法從no name處得到些什麼祕密，目標轉向林岱雲與蕭韻，默默跟蹤她們，果真得到不少搔到癢處的祕密。

曾勻梅像是要取出什麼神祕寶物般，舔著略乾的雙唇，兩手微顫輕巧的從桌子抽屜裡拿出二張紙，打開檯燈，戴著老花眼鏡，仔細研究好不容易取回的二張圖。第一張圖是林岱雲在某天神祕兮兮的將它丟在後頭垃圾收集室時，曾勻梅尾隨其後，躲在凹穴處待她離去許久，趁四下無人時悄悄進入收集室，翻著垃圾，拾起紙張碎片，細心珍藏的寶貝。花盡心思拼湊出原本圖樣的時間，讓曾勻梅在乏善可陳的生活中，激活出一股生命火花。成形的圖樣，上頭似乎是一個十字架，曾勻梅日以繼夜的思考著它的作用與真正的模樣。想起林岱雲對女王說：沒人能看得懂她畫的草圖！曾勻梅蔑視的笑笑，她們真是太低估別人的智慧了。照這張草圖來看，十字架肯定是寶石做成的珍品，雖然不知道它的用途，但是光憑上頭的寶石，肯定能賣得好價錢。曾勻梅帶著貪婪的笑容，看著十字架草圖許久，接著她將目光移至第二張紙上頭。

第二張圖是今天蕭韻交出去的方陣圖。曾勻梅也是費盡心思尾隨著蕭韻幾天，每當她倒垃圾的時候，便去偷翻垃圾，撿起幾乎碎成粉末的紙片，拼湊出來的圖樣。這圖上頭寫著一堆英文字母，自從拼湊成可能的原圖之後，曾勻梅每天都花時間仔細研究，不知道自己是否拼湊得當還是拼錯了圖樣，曾勻梅始終研究不出圖上頭的字代表些什麼？蕭韻回答女王已經繪製成圖，代表蕭韻應該知道這些英文字各自代表的意思。她低頭忖度著，宮殿背後肯定隱藏了什麼不為人知的醜惡事，求人隱私若渴的曾勻梅，絕對不會放過宮殿中的祕密。就算不知道這個方陣圖的意義，但是已經足夠自己打發寂寥的時間。

而握有這兩張草圖，等於咬住女王的痛處，曾勻梅單純的把它們當成是自己保命的武器。有了這樣的武器，面對時刻襲上心頭的死亡威脅，增添了一些安全感。

祕密，可以用來保護自己，也能用來傷害別人。

搜集愈多祕密，並能善用祕密，不僅能成為自身的籌碼，運用得當還能成為保護自己的利器。握住一堆祕密，能使陌生人成為知己密友，也能讓敵人伏首稱臣，祕密，正是一個銳不可當的武器。

曾勻梅手上握有兩個可令宮殿致命的祕密，她咧嘴微笑的想：「若是拿這些祕密去威脅女王，想必大有好處。」

看著眼前二張草圖，曾勻梅露出極為欣慰又讚佩自己的神情。

19 跟監佐莉絲

冷若水氣呼呼的碎念：「神氣什麼啊？真是……早知道就不要答應接這個任務，搞得滿身穢氣！竟然找我這名神探去做這種無聊的事情？」

朱增年跟在她身後，連聲嘆息說：「這種事很好啊，做得好，說不定有機會升官耶，妳這人真是笨。」

冷若水想起黃伊當眾蔑視自己的表情，心裡忿忿不平，不想理會朱增年的勸說，胸口悶著一股氣走上二樓，開門後自顧自走進去，也不管朱增年走在身後，隨即將門一甩。

朱增年還在想著該如何勸冷若水消氣，沒留神她把門使勁的關上，害他伸進門的腳被灰色鋼門一夾，臉皮皺成一團、痛的叫不出聲，忙伸手大力將門推開，抱著痛腳，跳進了屋裡。

雙手抱著右腳痛得打轉的朱增年，手指向冷若水，咬著牙，漲紅的臉，怒目瞪著坐在沙發上頭繃著臉的她，半晌說不出話來。

冷若水挑眉、冷眼看著朱增年說：「奇怪耶，你最近怎麼沒事老往我這裡跑啊？還好佐莉絲今天不在家，不然，肯定叫你噴鼻血。」

朱增年忙扶著板凳坐下，「嗯、嗯」的擠出話說：「唉唷，我不用噴鼻血，腳已經瘀血了！痛，痛，痛！」

冷若水倏地站起身，朝他走過去，朱增年甩頭不想理會她的關心，怎知她九十度一轉，走去將門關上。

朱增年心灰意冷的想：「就知道妳是個沒血沒淚的女人！要妳的關心，可能等到世界末日都還等不到。」

冷若水關好門，朝朱增年「哼」了聲，又坐回沙發上，悶悶不樂的嘟著嘴。

此時，佐莉絲穿著一身的C牌的寬鬆黑色長袖洋裝，踩著夾角拖，開了房間的門走出來，見到朱增年臉色漲紅的抱住右腳，不禁甜甜一笑說：「被門夾腳了啊？要不要用冰塊敷一下？」

朱增年窘迫的笑說：「喔，好啊！我自己去拿。」說完，跛腳站起身，打開冰箱取出冰塊。

佐莉絲走過來的同時，從廚房流理臺抽屜裡取出個塑膠袋，放在方型桌上：「用它裝冰塊吧。」

朱增年正好瞧著冰塊發呆，聽見佐莉絲這麼說，臉上喜悅的跛過來：「謝謝。」拿起塑膠袋，又跛腳走去冰箱取冰塊。

佐莉絲手上拿著幾張紙，走到慣坐的沙發旁，對冷若水說：「今天這麼早回來啊？」

冷若水氣呼呼的不想說話。

佐莉絲邊冷笑邊坐進沙發，關心問道：「怎麼了？又是朱警官惹妳生氣？」

冷若水拉長臉說：「不是啦。」

佐莉絲滿臉疑問帶笑的嬌聲說：「說來聽聽嘛。」

冷若水臭著一張臉，見佐莉絲想聽她說自己的委屈，歪嘴說道：「就是啊，今天下午黃長官開了一個會，然後要我跟朱增年跟監妳啦。」

朱增年才一跛一跛的捧著冰塊走到板凳旁，聽見冷若水這麼說，霎時一愣，裝有冰塊的塑膠袋整個摔在地上，冰塊碎裂濺得滿地都是……

佐莉絲揚眉斜眼瞥見朱增年一臉呆滯，帶著滿臉的笑意，繼續聽冷若水滔滔不絕的說：「我就有問題啦，所以我很有禮貌的舉手發問：什麼是『以行動代號稱之』？還有啊，我說妳不喜歡有人跟前跟後，要怎麼跟監妳啊？」

佐莉絲睜大眼冷笑問：「那麼，黃警官怎麼回答妳呢？」

冷若水瞪了呆立的朱增年一眼說：「我覺得長官對我有偏見！長官說，我的問題，她會請朱增年跟我詳細解釋。工作內容本來就要解釋一下，不是嗎？更何況妳常常搞消失，我和朱增年怎麼跟監妳啊，對不對？她既然身為長官，多少也要指導我一下嘛。朱增年還說這是很簡單的事情，真是氣死我了。」

佐莉絲轉過頭看著呆若木雞的朱增年，微笑說：「朱警官，妳教若水怎麼跟監我了嗎？」

朱增年嘴唇顫抖、臉色發白，像個機器人般的回答：「我……我想已經不用教了。」像是剛打了敗仗的戰士般，神情沮喪的低下身把碎冰塊撿起來，拿著塑膠袋坐回板凳上，敷著痛腳，欲哭無淚的低頭不語。

佐莉絲朝冷若水笑笑說：「這是個很簡單的工作啊，其實也不用朱警官教妳，妳就跟在我身邊吧。」

冷若水神色驚喜的說：「喔，真的唷，原來是很簡單的工作，那我誤會長官了。」說著，氣憤的表情瞬間變成輕鬆開懷的燦爛笑容。

佐莉絲恬靜的笑說：「妳們下午開會，說了些什麼？」

朱增年聽見佐莉絲開口問冷若水事關機密的行動內容，陡然一震，直起身子，神色焦急的想舉手制止她發言，才張嘴大叫：「不……」的剎那，冷若水早已用著光年般的速度，將機密行動的內容對佐莉絲全盤托出，害朱增年眼前突然一片黑暗、全身癱軟昏眩，直想朝地上躺去。

「今天下午開會內容，就是什麼Gold……唉唷，我不會唸那個英文啦，就是『黃金黎明』行動，說什麼調查專業殺手，還有兩個外國人的行動。」冷若水說到這裡，突然精神抖擻的賊笑說：「佐莉絲，我跟妳說唷，那個黃長官退出這個案子了，說是要管隊長接她的案子，妳說奇不奇怪？」

佐莉絲冷笑道：「嗯，很奇怪，為什麼呢？」

冷若水態度認真像與佐莉絲在探討真相般，神情嚴肅的搖搖頭，嘆息道：「我也不清楚。」

佐莉絲瞧了幾近昏倒的朱增年一眼，冷笑說：「這麼奇怪的事情，我們就不用傷腦筋了。」

冷若水覺得佐莉絲說的話很有道理，皺眉點頭說：「對唷，不要傷腦筋。」

佐莉絲拿過桌上的一枝原子筆，在白紙上畫圖。

冷若水好奇的挪動身子朝茶几靠去，探看佐莉絲畫的圖案，問道：「妳在畫什麼啊？」

佐莉絲沒有回答，靜靜的一筆筆描繪著。

冷若水皺眉，靜靜看著佐莉絲畫的圖，努力思考她畫的是什麼？

佐莉絲凝神揮筆，停筆後看著略為成形的圖樣許久，擡起頭，冷冷一笑，順手將圖推到冷若水面前，問道：「妳知道這是什麼嗎？」

冷若水接過圖，將紙上下左右轉動著，全神貫注的思考。

佐莉絲凝視冷若水，等待她的回答。

盯著圖看了許久之後的冷若水，突然想到什麼，大聲說：「我知道，我知道這是什麼！」

佐莉絲驚喜的問：「妳知道這是什麼嗎？」

冷若水帶著猶豫又略微肯定的語氣說：「我媽常常拿這個來翻動炒好的油飯。咦，好像也有用它來翻菜園裡的土呢。這是叉子啦，不過用來炒油飯的叉子，大都是用木頭做的，要是翻菜園裡頭的土，大部分都是鐵做的。」

佐莉絲疑問的說：「有什麼差別嗎？」

冷若水轉動眼珠，想了想，嘟著嘴，點頭說：「有啊，鐵做的會導熱，炒到一半會燙手，木頭做的比較不會燙手，炒出來的油飯特別好吃唷。要是用木頭做的四指叉翻菜園裡的土，比較容易斷啦，其實都可以用。」

佐莉絲恍然大悟的說：「嗯，原來這不是一般的園藝叉。」

冷若水看她似乎沒見過這種東西，頗覺好奇的問道：「佐莉絲，妳沒見過這種東西嗎？」

佐莉絲搖搖頭，微笑說：「我沒見過，這種東西國外比較少見，通常都是用長柄的五指叉。」

冷若水看著她驚訝的問：「喔，妳是在國外長大的唷？」

佐莉絲露出甜甜一笑說：「嗯，對了，這種四指叉都有著像手掌一樣的柄嗎？」

冷若水看著圖說：「我媽賣油飯的時候，都是用這種四指叉挖油飯啦，它的柄很像手掌。我媽用來翻菜園的小鐵叉子，只有一根長柄，沒有像木頭做的飯叉有掌柄。」

佐莉絲靜靜沉思了會兒，朝敷著痛腳的朱增年說：「朱警官，能不能麻煩你一件事？」

陷入半昏迷的朱增年，此時緩緩擡起頭，雙眼迷茫的問：「什麼事？」

佐莉絲冷笑道：「我想請你替我查一查，大約二十幾年前的舊案子中是否曾經出現過殺人案中的屍體上帶有四個孔狀的懸案？」

朱增年茫然的點頭說：「這個不太好查，要花點時間。」

佐莉絲神情嚴肅的說：「可能要請你花點精神，盡快給我答案。」

朱增年無精打采的想：「這個白痴冷若水已經把我的任務說出來，任務曝光，也不能跟監佐莉絲。既然佐莉絲願意讓她跟著，那麼就讓冷若水自己去跟監佐莉絲好了，省得花心思跟冷若水受苦，這下我可落得輕鬆，查案去算了。」想了想，接著苦笑說：「沒問題，我會盡力去調查。」

佐莉絲微笑道：「謝謝你。」

朱增年垂頭喪氣的嘆息道：「我想我該走了。」說完，拿著裝滿已化成冰水的塑膠袋，跛著腳站起來。

佐莉絲朝冷若水說：「若水，你不送朱警官嗎？」

冷若水正想回答時，朱增年語氣失落的說：「不用了，我自己慢慢走就好。」心裡又想：「成事不足、壞事有餘的冷若水，要是她過來幫忙，冷不妨的扭一下她大大的屁股，把我撞下樓去，說不定我會因此傷重住院。還是識相點，趕緊離開，保住一條小命重要。」想到這裡，不禁嚇出一身冷汗，跛著腳，急忙離去。

冷眼看著朱增年神速離開的冷若水，沒好氣的說：「哼，我也沒說要送，脾氣這麼大。」

佐莉絲想著朱增年此行的任務被冷若水說了出來，心情落寞又失了面子，這才急著離開。可惜冷若水完全不明白他的難堪，還冷嘲熱諷的譏笑他，惹得佐莉絲揚起嘴角會心一笑。

冷若水提到黃伊離開Golden Dawn的案子，想必黃伊內心的煎熬平撫不少。佐莉絲替她感到安慰，臉上的笑意更深。

「若水，妳吃晚餐了嗎？」

冷若水氣得忘記吃晚餐，這才覺得肚子「咕嚕、咕嚕」的響著：「喔，還沒耶，餓了。」

佐莉絲緩緩站起身：「我們一起去買晚餐吧，對了，我請客唷。」

冷若水一聽佐莉絲要請客，倏地站起身，碎步走到她身邊說：「小心點，我們慢慢走，不急，妳的傷還沒好呢。」

佐莉絲冷笑說：「我沒事，走吧。」

冷若水急忙跑去開門，歡喜的說：「耶，吃晚餐了。」

佐莉絲微微一笑，走出門去，冷若水跟在她身後，忙把門關起來。

黃伊坐在辦公室裡，研究著連續殺人案的卷宗，口袋裡的手機突然震動了一會兒，她內心驚嚇的忙取出手機，看著手機顯示著一封新簡訊，擔心又來了類似上次的求救簡訊，於是急忙打開訊息看著內容：「殺手，H飯店一五〇六、一五〇七。」

黃伊凝視著簡訊內容，神情疑惑的想：「誰傳這個簡訊給我？難不成是佐莉絲？」忙查閱簡訊的傳訊者，不是從佐莉絲手機傳出。這個陌生的號碼主人是誰呢？

內容寫的「殺手」？指的是誰呢？難不成是上次出手救佐莉絲的人再度傳簡訊告知槍殺佐莉絲殺手的住處？他的目的是要自己去抓這些專業殺手嗎？

黃伊尋思：「這個案子目前由長官辦理，我還是將簡訊的訊息交給長官處理好了。」邊想邊起身朝管斯澧辦公室走去，突然想起長官應該坐鎮在專案小組的辦公室裡，於是拿起手機準備撥電話給管斯澧，突然停止撥電話的動作，念頭一轉，想起專案小組的辦公室離佐莉絲家頗近，若是走一趟專案小組辦公室，順道轉去拜訪佐莉絲，看看她現在如何，是否對自己失態的行為已經釋懷？這樣的行程安排，頗為妥當。

黃伊低頭沉思許久，想了想，臉上帶笑的下了決定，於是急忙走到辦公桌前，將桌上的卷宗整理好，隨即匆忙的趕往專案小組的辦公室。

開車途中想起冷若水曾經提過，佐莉絲愛吃熱的仙草，為了道歉，不妨在途中買了去陪罪。

靜立在專案小組的辦公室旁許久，不停見到有人進進出出，眾人忙碌嚴謹的神情，想起自己剛開始跟著長官時，也常忙得不可開交，凡是有關案情的蛛絲馬跡，長官絕不輕言放過，務必要查個清楚，方能罷休。這次國際刑警組織的案子，有長官坐鎮指揮，不出一個月，事情必能結案。

黃伊自覺慚愧。對於輕易放過犯罪微跡線索、方便行事的態度，不僅差點錯失偵破羅家一案背後的毒品流通案件，如今，還緝捕不了槍殺佐莉絲的罪犯。尋思至此，拿起手機，緊抿著嘴，快步走進辦公室，朝坐在小組辦公室裡的管斯澧而去。

低頭不停審閱資料的管斯澧撫額沉思著，黃伊站定桌前，猶豫著是否該打擾長官的思考，但是這通簡訊攸關那些專業殺手的行蹤，事態急迫，黃伊頓了頓，還是輕聲喊著：「長官好。」

管斯澧表情凝重的擡頭問道：「有事嗎？」

黃伊把手機交給管斯澧，指著上頭的簡訊說：「長官，我收到一則簡訊，請您過目。」

管斯澧接過手機，低頭查看簡訊，驀地一驚，朝江棟豪喊了聲：「江警員，你過來一下。」坐在位置上忙著鍵入資料的江棟豪停下手邊的工作，立刻站起身走過來：「是，長官。」

管斯澧把手機交給他：「趕緊查一下簡訊的來源，調派人手過去抓人。」

江棟豪答道：「是，長官。」接過手機之後，便轉身回到座位，調查簡訊的發送地點及號碼，另外又和身旁的林滔然交談了下，林滔然立刻打電話請求支援人手。

管斯澧看著等待手機的黃伊，詢問著：「案子進行的如何？」

黃伊回報：「正準備找佐莉絲談一談。」

管斯澧「嗯」了聲：「一切小心。」

江棟豪拿著手機過來交給黃伊，並朝管斯灃說：「這個門號是拋棄式手機所發出，查不到使用者，林警員已經派人支援，我們準備出發抓人了。」

管斯灃點頭，立刻起身道：「我跟你們一起去。這些都是專業級的殺手，裝備要帶齊全。」

江棟豪行禮答道：「是，長官。」

管斯灃凜然的動動手，微笑說：「好久沒有辦這麼大的案子，終於可以展展身手。」

黃伊擔心的說：「長官，請您小心。」

管斯灃點點頭朝外頭走去：「去辦妳的事吧。」說完，人已經離開辦公室。

望著他離去的身影，黃伊對於自己不能參與此案頗有遺憾，但又對父親涉案一事耿耿於懷，想來想去，滿心躊躇的緩步離開。

20 刑求之處

電鈴聲響起，冷若水坐在餐桌旁吃著甜點，疑惑的自問：「這麼晚還有誰來啊？啊，該不會是朱增年又來了？」放下手中的湯匙，忙起身跑去拿話筒。

「誰啊？」帶著鄙夷的語氣問著。

「黃伊。」

冷若水心中一驚，納悶的想：「長官這麼晚還跑來做什麼呢？」邊想，邊開門，倏地駭然的輕聲說：「該不會是來看我跟監佐莉絲的進度吧？」

冷若水忙不迭的小跑步到佐莉絲房門前，輕輕敲門說：「佐莉絲，黃長官來了。」

佐莉絲的房內沒有人回應。

冷若水狐疑的想：「她不會睡著了吧？還是她從窗子跑走了呢？」尋思至此，急忙轉動門把，但佐莉絲從裡頭上了鎖，冷若水開不了門，心情緊張的自言自語道：「唉唷，不會跑走了吧？明明一起吃完晚餐回家進了房間，我甜點都還沒吃完，這麼短的時間裡頭，她能跑去哪裡呢？要是佐莉絲不見了，這下子怎麼跟長官交代啊？」心裡忐忑不安，嘟著嘴，一臉頹喪的站在門邊，準備迎接黃伊上樓後對自己的斥責。

黃伊手上提著三個飲料杯進門，看向站在門邊神情閃爍、低頭不語的冷若水，疑惑的問：「發生什麼事了？」

冷若水語氣愴然的說：「長官好，我……不知道佐莉絲有沒有出去。」

黃伊一臉驚訝的問：「妳不是在家裡看著她？怎麼會不知道呢？」

冷若水低頭看著自己的雙手，神態扭捏：「我們剛剛吃飯回來後，她進房間裡，就沒出來了。她房門鎖上，不知道是睡著還是跑出去？」

黃伊看著她頭痛的問：「佐莉絲習慣翻窗戶出門嗎？」

冷若水大氣不敢喘的囁嚅道：「我不知道耶。」

黃伊神情不耐煩的大聲問道：「冷警員，妳除了『不知道』之外，還有什麼是『知道』的？」

冷若水嘟著嘴、無辜的低頭不語。

此時，佐莉絲的房門開了。她穿著一身黑色緊身皮衣、長褲，手腕上帶著銀色寬版手鐲，腳上穿著真皮厚底馬丁靴，頭髮紮成馬尾，神情輕鬆的走了出來。見到黃伊，臉上帶笑的說：「喔，黃警官這麼晚了還不休息嗎？」

冷若水滿臉驚喜、嘴上碎念道：「唉唷，妳在家唷，敲門沒回答，害我以為妳不在。」

佐莉絲微笑說：「我怎麼能讓妳的任務失敗呢？」說著，便走到慣坐的沙發位置坐下，轉頭問黃伊：「有事嗎？」

白了冷若水一眼，黃伊將身後的門帶上，從提帶裡拿出飲料杯，放在餐桌上對冷若水說：「給妳的。」

冷若水緩緩上前，動作遲疑的打開杯蓋，一臉驚喜的叫道：「熱的燒仙草耶。」

黃伊走到佐莉絲身邊坐下，替她將飲料杯蓋掀開後，語帶歉意的說：「剛買的，還是熱的。」

明白心高氣傲的黃伊，對於昨天登門斥罵自己一事，耿耿於懷，拉不下面子跟自己道歉，又想不出好辦法表示自己的誠意，最後只好用這種方式求和，著實費了她不少心思。

黃伊送上湯匙，佐莉絲微笑接過：「謝謝妳費心。」拿起飲料杯，舀了一匙往嘴裡送。

眼見佐莉絲微笑接過自己親手送上的湯匙，似乎已不介意自己先前無禮的行為，黃伊稍稍鬆口氣，順手拿起燒仙草來喝，邊喝邊想起剛剛佐莉絲對冷若水說「我怎麼能讓妳的任務失敗呢？」的那句話，臉色一沉，直覺口無遮攔的冷若水，肯定又把交代給她的任務及「黃金黎明」行動的機密內容對佐莉絲全盤托出，令她不自覺搖頭嘆息。

為了證實自己的看法無誤，黃伊對佐莉絲說：「妳應該知道我退出Golden Dawn一案了吧！」

佐莉絲停下喝飲料的動作，轉過頭朝她看去，帶著甜甜一笑，默然不語，接著又緩緩低頭吃燒仙草。

果真如此！

黃伊臉色一沉，停下吃東西的手，低垂著頭在心裡暗罵：「冷若水這張嘴，真是什麼祕密都鎖不住。」無奈機密外洩，黃伊擡起頭說：「既然妳已經知道這件事，那麼我就不用多做解釋。隊長和我互換案件，我現在接手辦理連續殺人案。」

佐莉絲絲毫不訝異的點頭說：「嗯，一切順利嗎？」

黃伊雙眼低垂，沉思了會兒說：「我來是想找妳討論一下案情。」看向淺笑的佐莉絲，上下打量她的穿著，質疑道：「這麼晚，妳要去哪裡？」

佐莉絲淡淡一笑說：「我有點事情想出去一趟。」

「什麼事情非要這麼晚出門去辦？」黃伊驚訝的問。

佐莉絲放下飲料杯，沉默半晌，轉頭朝黃伊微笑不語。

夜已深，佐莉絲傷勢未癒，黃伊瞧了眼正埋頭吃東西的冷若水，不禁搖頭嘆息，冷若水辦事如此不牢靠，如果任她跟著佐莉絲出門，肯定是個累贅，黃伊不放心的開口說：「既然妳非要出門，那麼我也跟妳一起去。」

佐莉絲搖頭說：「若水陪我去就好，妳先回家休息吧。」

黃伊看著冷若水背影，無奈道：「我還有問題想問妳，既然妳要出門查案，我們就在路上討論吧。」

佐莉絲蹙眉拿起飲料杯，喝了幾口燒仙草，沉思著。

黃伊未聞佐莉絲回應自己，不論如何，還是堅持要跟著佐莉絲出門，於是拿起燒仙草邊喝邊說道：「我剛剛收到一則簡訊，說是殺手在H大飯店，現在長官已經帶隊過去抓人了。」

佐莉絲臉色大驚的轉過頭，疑惑的問：「同個號碼傳出的簡訊嗎？」

黃伊搖頭說：「不清楚，只知道傳簡訊的手機是隻拋棄式手機。」

佐莉絲放下飲料杯，將身子靠向椅背，雙眼凝望前方，整個人彷彿沉浸在某件事上頭，完全忘了身邊的冷若水及黃伊。

黃伊知道佐莉絲在思考事情時，就算天塌下來也驚動不了她，索性大口喝著燒仙草，等她想通之後再說。

足足過了十幾分鐘，佐莉絲才伸手拿起燒仙草，緩緩吃著。

黃伊細細咀嚼著口中的粉圓，心想：「反正我就是賴著不走，妳想到哪裡，我就跟著去，看妳要怎麼趕走我。」

佐莉絲吃了幾口燒仙草，冷笑道：「我想那裡應該都空了。」說著，轉過頭朝黃伊微笑說：「妳有問題要問我，等這件事辦完後再問，走吧。」放下手中的食物，站起身，朝冷若水說：「若水，妳也一起來。」

冷若水吃完了甜點及燒仙草，吁口氣，轉過身，手緩緩撫著胃說：「好，不過，今天晚上我不要吃宵夜了，好飽唷。」

黃伊冷眼瞪著冷若水，心想：「我喝了半杯，佐莉絲才吃幾口，妳竟然把整杯燒仙草都吃光了，肚量還真大。」

佐莉絲微笑說：「不會吃宵夜，只怕要妳多運動一下。」

冷若水站起身，一副「沒問題」的表情，朝佐莉絲說：「晚上風挺涼爽，出去動一動也很好，順便減肥。」

黃伊聽了差點「噗嗤」的笑出聲，忙伸手摀住嘴，輕咳兩聲，站起問道：「開車?」

佐莉絲笑說：「嗯，麻煩妳。對了，等等要請妳依照我說的路開，到達地點後，立刻與管隊長聯絡，請鑑識科的人員前去。」

黃伊滿頭霧水的看著佐莉絲，不明白她這麼晚要去何處，還要長官及鑑識科的人過去，一臉狐疑的問：「妳要去哪裡？」

佐莉絲冷笑說：「妳不是一直想知道我被人在何處用刑拷問嗎？我現在就帶妳過去。」

黃伊當下一驚，想起父親可能在場，臉色瞬間大變。

佐莉絲見她鐵青著臉，挑眉問：「妳還想跟去嗎？」

黃伊當下心頭亂成一片，神智昏沉之際，想起佐莉絲受到父親辣手狠心的拷問，胸口湧出一股懊惱之氣，雖離開「黃金黎明」這個案子，不代表日後能不面對父親所犯下的罪行，既然遲早都要面對，何必苦苦逃避呢？

經過這幾天的思考，黃伊心中漸有大義滅親的覺悟。因此揚起頭，微笑說：「有什麼好怕的？」說完，搶過身開門下了樓梯，突然又從門邊閃出頭朝佐莉絲一笑道：「我到樓下等妳。」俏皮的吐舌，身影隨即消失。

佐莉絲見黃伊不再為父親的事情苦惱而心神煩亂，嘴角帶抹冷笑，緩緩走下樓。

冷若水走在佐莉絲後頭，邊關門邊說：「嗯，跟監的人好像都走在最後面。」稍停了下腳步，等佐莉絲走到一樓門口時，才開始邁步下樓。

黃伊待佐莉絲與冷若水兩人跟上後，才朝停在路旁停車格中的轎車走去。開了鎖，坐進駕駛座，疑問的看著坐進後座的佐莉絲：「不坐前面嗎？」

佐莉絲從皮衣口袋中抽出一條黑色的手巾，將眼睛矇上說：「我跟若水坐後頭，妳照平常的速度開車，不要太快，我會告訴妳要怎麼開。」

黃伊見佐莉絲用黑色手巾矇住雙眼，應該是想憑記憶到那個地方，轉過身啟動車說：「好，我知道了，照妳的指示開車。現在要怎麼走？」

佐莉絲沉默半晌說：「先直開，接著右轉。」

冷若水一臉茫然開口問：「現在要去哪裡？」

黃伊看著後照鏡朝冷若水說：「妳不要說話，安靜坐好。」

冷若水忙噤聲，坐正在車子裡。

佐莉絲接著說：「前面是不是有座高架橋？」

黃伊看著前方道路回答：「嗯，是有座高架橋。」

佐莉絲點頭說：「開上去，往前開差不多五分鐘之後，看到第一個交流道下去。」

黃伊照著佐莉絲所說，開上高架橋，沿著路開了約五分鐘，果真看到一個匝道，她轉動方向盤朝匝道開去。

過了半晌，佐莉絲開口問：「是不是有個紅綠燈？」

黃伊立即回答：「一下橋就看到了。」將車速放慢。

佐莉絲接著又說：「看到紅綠燈後，先右轉，慢慢往前開，如果見到可以左轉的地方，馬上左轉。」

黃伊答了聲：「知道。」看到一個路口，轉動方向盤左轉過去。

佐莉絲這時又說：「往前開約十五分鐘，若是見到有管理員駐守門口的高級住宅，就停車。」

黃伊回答：「好。」

當車子往前開了一陣子，黃伊見到符合佐莉絲所說的高級住宅，將車朝路邊緩緩靠去，熄火停車，轉過身問道：「現在呢？」

佐莉絲解開綁著眼睛的黑色手巾說：「讓我下車。」接著對冷若水輕聲說：「若水，要下車了。」

呆坐在佐莉絲身旁的冷若水已經進入夢鄉沉睡，聽見佐莉絲喊她下車，雙眼惺忪的眨了眨，一時間不知道如何將鎖上的車門打開。

黃伊將中控鎖解開後，冷若水迷迷糊糊的開了車門，下車站好，佐莉絲下車後，朝管理員的小房間走去，開口問：「請問三樓C座，現在有人住嗎？」

黃伊見佐莉絲下車，鎖上車門，跟了過去。

冷若水揉揉眼，見車子上鎖，只好打著呵欠走過去。

管理員將窗戶打開，回答道：「這戶好幾天沒人住了。」

黃伊和冷若水站在一旁聽著佐莉絲與管理員的對話。

佐莉絲問道：「原本是外國人住的嗎？」

管理員點頭回答：「嗯，好像是住戶的朋友，有事嗎？小姐？」

佐莉絲微笑說：「這兩位警官想進去看看，方便幫忙開門嗎？」

管理員見佐莉絲笑容可掬的模樣，又朝黃伊及冷若水看了眼，低頭想了會兒才說：「嗯，好吧，剛好他們把鑰匙放在我這裡，既然是警官要看，我帶妳們進去好了。」轉身跟一旁的其他管理人員交代一聲，開門走出管理站。

佐莉絲微笑問道：「我們可以將車子暫停在門口嗎？」

管理員點頭，伸手示意她們跟著，邊移動腳步朝三樓C座走去。

佐莉絲腳步輕盈的尾隨管理員走去，黃伊神情嚴肅，手握著腰際的槍，準備一有狀況就拔槍射擊。

冷若水雖穿著警服，但是她什麼裝備也沒帶，只能跟著她們後頭走著。

管理員邊走邊說：「這戶先前好像出了什麼事，有槍聲、玻璃窗破裂的巨大聲響，所以住的人才搬走的吧。」

黃伊聽見管理員這麼說，心頭一揪，尋思：「肯定是為了殺佐莉絲才開的槍。」朝周圍看去，約有二層樓高的樹叢環繞著大樓，圍牆旁就是住戶開車出入的人行道及馬路，黃伊當下思考著佐莉絲可能的逃亡路線。

管理員帶著佐莉絲一行三人到三樓C座，開門後，隨即開燈，一陣陣強勁的狂風襲身而來，冷若水被冰涼的夜風吹的直打寒顫。

佐莉絲眼神冰冷的看著屋中的一切：破裂的三扇玻璃窗灌進來的強風，將窗簾吹的像海浪般拍打著牆壁，除了牆上各角落的監視器已被拆除之外，其他像是仿歐式壁爐型的屏風、一臺液晶電視、可移動的兩個黑色單座沙發及小茶几，全都留在原處。

黃伊上前查看，只見地上彷彿被人約略的擦拭過，血滴痕跡尚可用肉眼辨識，屋內的一堆玻璃碎片，上頭帶著殘留的血跡，黃伊立刻將手機拿起，撥電話給管斯澧。

電話接通之後，耳邊傳來語氣低沉的聲音：「管斯澧。」

黃伊急忙報告：「長官，我找到嫌犯拷問佐莉絲的地點了，請你聯絡鑑識人員來一趟。」

管斯澧一聽，語帶驚喜的問：「在哪裡？」

黃伊移開手機，轉身問管理員：「請問這裡地址是……」

管理員回答：「木柵路四段九號。」

黃伊點頭回報：「這裡是木柵路四段九號的三樓C座。」

管斯澧停頓了會兒說：「妳在那裡等我。我先押解犯人回警局，再帶鑑識人員一起過去。」

黃伊精神抖擻的回答：「是，長官。」掛上電話，這才發覺自己該送佐莉絲回家，急忙又想撥電話。

佐莉絲伸手阻止黃伊撥電話，開口微笑說：「隊長要妳在這裡等他過來嗎？」

黃伊舉著手機，面露歉意的說：「是的。」

佐莉絲笑答：「我跟若水坐計程車回去就好，妳一個人在這裡，沒關係嗎？」

黃伊點頭說：「不要緊，我一個人就可以了，還是妳想一起等呢？」

佐莉絲見身旁頻打呵欠的冷若水，接著笑說：「不好意思，我們還是先回去休息。」

黃伊眼神冷淡的看向睡眼惺忪的冷若水，嘆息道：「只好這樣，我再跟妳聯絡，有些問題要請教妳。」

佐莉絲朝身旁面露倦容的冷若水說：「若水，我們走吧。」說完，轉身緩緩離去。

睏盹的冷若水朝黃伊慵懶的報告：「長官，我要繼續跟監佐莉絲了，再見。」話沒說完，轉過身緊跟著佐莉絲離開。

黃伊沒好氣的看著冷若水離去的背影，碎念說：「哼，分明就是回家睡覺，還跟監呢。」

見佐莉絲及冷若水離開後，靜立一旁的管理員面有難色的說：「警官，妳需要我留下嗎？」

黃伊轉頭朝他強帶笑容說：「不好意思，你可以先離開。」

管理員對黃伊微笑點頭示意，轉身離去。

獨自一人留在空蕩蕩的屋內，涼風不停吹進來，黃伊感到陣陣寒意，這股徹骨的冰冷是內心對於親生父親的失望而生起。揪疼的心，落寞的望著屋內，黃伊踱步穿梭在各個房間中，每拉開一個抽屜，不知為何，心頭驀地一痛，便如給人重重一擊般，使她呼吸急促。

想尋找什麼？黃伊完全沒有頭緒，更不敢想像。

強忍椎心痛楚，邊查探著，怎料，房裡乾淨的連張紙屑都沒有。三間房裡除了雙人床及簡單的書桌外，別無長物。

眼神緩緩掃過空無一人的房間，黃伊思索著：父親住在哪間房裡？他帶著什麼樣的心情住在這裡？他睡得安穩嗎？

緩緩退出房間，黃伊獨自靜立在毫無人氣的屋子中央，閉上眼，冥想著住在這屋內所有人的行動。

父親坐在哪裡發號施令？很難想像他用什麼樣的表情看著身受重傷的佐莉絲？又是用什麼樣的態度對佐莉絲嚴刑拷問？此刻，黃伊腦海中盡是父親慈善的面容。

對於一個已無反抗能力的女子都可以心狠手辣的痛下殺手的父親，會不會從自己手中得到設計圖後，接著六親不認的對我下毒手？他會不會放過年邁的外婆？

身受重傷的佐莉絲又是如何逃過這樣的折磨？再回到這個地方，難道不怕父親在這裡等待她嗎？她經歷了幾近頻死的重傷，怎麼能夠彷若從沒發生過這種事情般冷靜自若呢？

黃伊想著這些令她心生疑懼的事情，一陣昏眩，頹喪的走到單座沙發坐下，右手撐著額頭，低頭沉思之際，恍然見到沙發縫隙裡閃爍著光芒，黃伊眼睛一亮，忙伸手去摸索，竟發現一枚彈殼，黃伊心頭一震，從口袋中取出一條手帕，將彈殼撿起仔細一看，似乎是九釐米口徑的槍所射出？她神情嚴肅的站起身，把找到的彈殼謹慎收起，等待鑑識人員到來，把這枚彈殼交給他們。

看來這群人雖謹慎的收拾了現場，但是尚有遺漏之處，黃伊將滿腹躊躇的心情收拾起，開始四處找尋可能的證物。

21 等待被殺的心情

過去曾經看著自己孩子動手術的情景：先是全身麻醉，送進開刀房，身上蓋著綠色毛巾，嘴上套著氧氣罩，神色猶如睡著般安詳。

接著醫生舉著手術刀往做了記號的肌肉上直直劃下，瞬間肚皮上的肉裂開一道，血像漏水的水管般，不停的泉湧出來。在旁親眼目睹這驚心觸目一刻的自己，只覺一陣翻肚噁心、目眩暈昏之際，全身差點癱軟的朝後頭的地上直直倒下。

如今，自己動彈不得的躺在地上，只剩雙眼猶能自行轉動外，癱軟如泥的身體完全不聽腦袋的使喚。

沉重的身子像個巨型的鐵牢般困住輕靈的腦子，耳不聞聲、鼻不知味、口不能張，只剩雙眼驚懼的轉動著。曾勻梅這才真的感受到人具有靈魂，身子只是個臭皮囊。

曾勻梅萬萬沒想到，當成保命籌碼的祕密，竟成為自己喪命的主因！

在千思萬想、深思熟慮後，她在某天對女王半開玩笑、語帶威脅的提及那兩張草圖事情的剎那，還來不及擡頭看女王臉部表情的瞬息間，突然一陣天昏地暗……再次睜開眼，就已身在此處。

她眼珠子極盡可能的往下盯著舉著刀、帶著邪惡氣息的男子，他微揚頭，咧嘴笑看自己，沒有眼白的雙眼布滿黑色，活生生像個從地獄迸出來的惡魔，完全看不出他現在的感受，那抹淡淡又彷彿是習慣性的一抹微揚嘴角的笑，使他更像奪命的幽冥使者。路燈太過昏暗，加上今天半彎的月亮，曾勻梅只能從微光中偶爾閃現的表情，猜測他現在準備做的舉動。

雖然心底曾懷疑他是這種人，卻屢屢因雙眼見他和善怯懦的微笑給矇騙過去，如今他蹲在自己身旁，手持閃著寒光的利刀，上下揮舞，不知道他在自己身上做了什麼？曾匀梅像個待宰的羔羊般，心中驚駭至極，自覺活命機會幾乎微乎其微，而她的肉體卻又動彈不得的癱躺著，連大聲呼救的聲音也發出不來，只能任他在這個臭皮囊上為所欲為。

等待被殺的心情，就好比在醫院等候醫生通知自己罹患不治之症般，惹得腦神經寸寸緊張。既期待能夠有一線生機，又知道完全沒有希望似的，周身靜謐的使人心驚膽顫。只要有什麼聲響，就嚇得全身軟酥酥，呼吸急促的彷彿已經朝死神懷裡躺去。

完全無法彎身探看他此刻的行為，曾匀梅不禁顫慄起來，這個顫慄已不是從身體發出，而是清醒的腦子自主性的感受。她已經感受不到心臟的跳動，卻能感受到怦怦的心驚膽顫。曾匀梅雙眼閃爍著極怒又恐的神采，等待生命隨著時間一點一滴的流逝。

只覺得身子上的肌肉被刀子劃開，細微的「嘶嘶」聲像是塑膠布被割裂般，傳進腦海中，但劇痛感卻傳達不到腦部，讓動彈不得的曾匀梅冷汗直冒、哆嗦不已。

夜風的寒氣直灌入體內，接著覺得身體有層極厚的東西被掀開，帶著套頭帽T的他低著頭，動作緩慢又小心翼翼，此時，曾匀梅突然覺得身體裡頭的五臟六腑被人用力翻攪了下，接著風再度灌進裡頭，似乎有個器官被取了下來……隨即在她眼前出現了一大塊滴著鮮血的陳年棗泥色彩、外皮鮮亮的肝臟，曾匀梅不停轉動著雙眼，眼神中露出駭異驚愕的目光。

他的聲音彷彿飄盪在世界盡頭般的空氣中，細微的猶如蚊蚋的嗚聲，彷彿低喃自語又或是說給聽不見任何聲音躺在地上的人般，懷著滿腔的柔情，開口說著：「我只拿這個東西，其他的留給妳。啊，妳鮮血中的味道真香！別怕，不會再有人傷害妳了，我會永遠保護妳的！為了讓所有人知道妳這麼愛我，我就讓妳躺在這裡，當成妳對我愛的宣言！再見了！我親愛的家人。」

曾匀梅聽不見他的聲音，更看不清楚他在說什麼？但她從沒親眼看過人類活生生的肝臟，最多見過市場豬肉攤吊掛的豬肝。如今親眼目睹自己的肝臟被他捧在手中，曾匀梅心中驚駭又恐懼的差點昏厥過去。她不停的在腦海中叫罵著：你快把我的肝還給我！我還不想死啊！把我的肝拿走了，我還能活命嗎？你在胡說八道什麼？我一點都聽不見。你快把我送到醫院去啊，救命啊，救人啊，有人殺人了。誰來救救我啊？曾匀梅內心急切的直吶喊，但臉部依舊鬆弛癱軟、無法張口呼救。

正兀自狂聲疾呼的時候，曾匀梅覺得自己的下腹有什麼東西既緩又慢的穿透進去，一股生命之流向外狂洩的瞬間，又是一陣既慢又緩的力量把某種東西拉出來，曾匀梅看著他拿著一只滴著血流、烏金般的四指叉，分不出那烏亮的叉子是什麼材質製造而成，只見他雙手緩慢的摩娑著，待血均匀的覆裹於叉上，依戀又沉醉的握著叉子許久，他彎下身，那雙漆黑瞳仁朝自己驚駭至極的雙眼凝望著：「好好睡吧，笑得更燦爛一點。」這些話似乎是道別的語言，又像是祝福。

曾匀梅見到他一張一闔的嘴，卻聽不見任何一個字！此刻的她，只希望他能夠發發佛心，送自己去醫院。曾匀梅心情焦灼的雙眼大睜且急遽的轉動著……

只可惜，曾匀梅的心聲，他並沒有聽見，說完話，他的手中多了瓶水，接著便將水澆灌進她的鼻孔中。

應該發嗆的曾匀梅，腦中的感受器隱約覺得一股液體倒流入額際，一陣溫馨的香味透入腦海，還想掙扎活命的曾匀梅，此刻再也想不起自己是在睡夢中，還是清醒著，她睜著眼，帶著濃烈的微笑，意識漸漸消失。

經過昨夜的搜證，黃伊穿著睡衣、身心俱疲的直想賴在床上，壓根不想起床。但想起殺人案的細節尚未與佐莉絲討論，只好勉強從床上爬起，準備前往佐莉絲家。

才一起床，正巧手機大聲作響。

黃伊拿起手機，驚見是管斯澧的來電，急忙接聽：「長官好！」

管斯澧聲音頗為緊張的交代著：「妳簡訊中提到的殺手一共有四人，我在他們住的地方起出兩把SVD狙擊槍、四把Glock九釐米手槍，另外，祁虹靖查到今天有八位疑似Golden Dawn的人員入境，這些人員不在名冊上頭，有可能是另一批專業殺手，妳趕緊提醒佐莉絲小心，有什麼事情，我會再告訴妳。」說完，電話立即掛上。

黃伊原本惺忪的雙眼，被管斯澧的來電驚醒一半，聽完了管斯澧說的話，整個人簡直驚嚇到從床上彈跳起身。

八位專業級殺手！

若是加上父親及那名外國女性，這樣就有十位下手冷血兇殘的人。負傷的佐莉絲跟粗枝大葉的冷若水，怎麼應付得了這群人呢？

黃伊神情惶惑的急忙拿起手機，撥電話給佐莉絲，無奈她的手機又轉入語音信箱，黃伊焦急不安、皺眉忖思：該不會佐莉絲已經出事了？

心下一急，忙撥電話給朱增年，鈴聲響了許久，朱增年沒有接聽電話，連著幾通電話都無人接聽，使得黃伊的心情猶如熱鍋上螞蟻般焦躁惶恐，忘了臥房窗戶未關，便急忙脫下睡衣、換上制服，該做的梳洗動作全沒做，一股腦開了門就往房外衝去。

瞧著牆上的時鐘，已經是早上九點鐘，外婆似乎已經外出。黃伊不由分說的就衝出家門，雙腿飛奔至轎車，開門坐進駕駛座，啟動車子準備朝佐莉絲家疾奔而去。

正當黃伊轉動方向盤，準備用力踩下油門的瞬間，手機突然響了起來，她不耐煩的伸手接起，耳中聽見警員的報告：「長官，有一位姚姓女士來局裡找隊長，她說她是心靈宮殿的負責人，隊長說日後此案交由您負責，她現在局裡，您是否可以先進局裡一趟呢？」

黃伊心中咒罵著：「什麼時間不來，偏偏挑這個時候找我，可惜我跟隊長互換案子，不處理也不行。」語氣嚴肅的回答：「好，我馬上到。」掛上電話之後，黃伊心頭鬱結的想：「都怪我上次無聊的時候把冷若水的手機號碼刪掉了，下次再見到冷若水，肯定要把她的手機號碼留下，不然，佐莉絲動不動就關機。」

黃伊緊抿著嘴，神情憂慮的把方向盤往反向一轉，急踩油門，車子便急駛而去。

黃伊神情嚴肅的走進警局，遙見一位中年婦女在員警的陪伴下，正在做筆錄，黃伊走過去，朝中年婦女說：「我是黃警官，您是……」

中年婦女神情緊張的站起身，看見黃伊，嘴上親切的說：「啊，您是上次跟管隊長一起來心靈宮殿的警官，看見您真是太好了。」手指向桌上的一疊紙張，愁眉不展的繼續說：「自從管隊長和您來過之後，宮殿連續好幾天接到這種恐嚇信，上頭說要把心靈宮殿給炸了。警官，您說我們該怎麼辦？」

黃伊身子緩緩挪向辦公桌，低下頭，目光嚴厲的看向桌上攤放的紙張，上頭盡是用印刷字體拼湊出來的句子：

心靈宮殿妖言惑眾，炸之而後已。
妖魔鬼怪之處，吾炸之方休。
殺人宮殿，應用火燃之。

黃伊擡起頭看向中年婦女皺眉問道：「請問妳怎麼稱呼？」
中年婦女臉色蒼白的勉強微笑答道：「我是心靈宮殿的負責人，姚嬌美。」
黃伊神色凝重的低頭拿起桌上的原子筆，將紙張翻了面，仔細看過後，神情嚴肅問道：「這信是郵寄的？還是直接丟到心靈宮殿？」
姚嬌美略帶憂心的說：「這些紙是直接放在入口處，我們調閱過入口的監視器影像看過，沒有見到可疑的人。」
黃伊揚眉驚訝道：「怎麼可能？」
姚嬌美搖頭嘆息說：「我們工作人員看過好幾次，每次當我們會堂靈修的會員離開之後，就會在地上發現這種紙張。」
黃伊疑問道：「會不會是妳的會員做的事？」
姚嬌美神情堅定的回答：「不會的！我們會員不會做出有辱於神的事情。」
黃伊看著姚嬌美不知打哪裡來的自信，竟會口出此言，不禁好笑道：「妳這麼確定嗎？」
姚嬌美帶著一種神聖的表情說：「我可以肯定，會員經過多年的靈修，不可能對神有絲毫的懷疑，他們絕對不會做出這樣的事情來污衊神。」
黃伊內心十分擔心佐莉絲目前的處境，急切的想找到她，對於姚嬌美的說詞，她決定用公事公辦的態度面對，於是開口對姚嬌美說：「不管妳如何確定，這些恐嚇信是用親自投遞方式讓妳發現，所以我合理的懷疑是貴會會員所為。為了避免遺憾的事情發生，我會派警員過去搜證，這些恐嚇信留在警局，待鑑識人員鑑定。」
姚嬌美面有難色的半晌不語。
黃伊看著半晌不語的姚嬌美，心知她對於心靈中心全然奉獻的心，但都已經親身來找警員辦案，所有的事情就交由警察處理即可。難道她只是想找警察求個安慰？既然找上門，警方若沒有行動，日後傳了出去，眾人又要對警方的辦案態度多所質疑，於是當機立斷的開口說道：「希望姚館長能配合調查。」

姚嬌美只好點頭答應。

黃伊這才鬆口氣朝員警說：「把這些紙送到鑑識科採證，另外派警員跟姚館長回去進行調查與搜證。」

警員答道：「是，長官。」接著便對姚嬌美說道：「請跟我來。」

事情處理完畢，掛念佐莉絲的黃伊轉身離去，行走間突然想起某事，停住腳步，口氣急切的連聲叫住準備離開的警員說：「我有急事外出，有什麼後續的事情再向我報告。」

警員回身答道：「是，長官。」轉身又繼續帶著姚嬌美離去。

黃伊目送他們離開，心中不禁轉念想著：「這座心靈宮殿還真多事。」心裡嘟囔著，轉過身邁開腳步，身形匆忙的直奔車子而去。

22 跟監帥哥

冷若水鼾聲正響時，夢裡傳來一陣敲門聲，鼾聲停頓幾秒鐘，她舔舔嘴唇、翻個身繼續睡覺。直到敲門聲不停傳進耳裡，她才從睡夢中驚醒，發覺自己不是做夢，真的有人在敲著自己的房門，她微睜眼，掀開被子，夢遊似的下床，嘴上懶洋洋回應著：「喔，來了。」步伐蹣跚的走向房門。

門一開，看見佐莉絲站在門前穿著一身黑色緊身皮衣、長褲，腰際間環著一只黑色皮製腰袋，手腕上帶著銀色寬版手鐲，腳上一雙真皮厚底馬丁靴，長髮紮成馬尾垂在身後，神采奕奕的看著冷若水。

冷若水瞇著眼，打了呵欠問：「妳還沒睡唷？」

佐莉絲微笑說：「我已經起床了。」

冷若水伸了懶腰又問：「有什麼事嗎？我還沒睡飽耶。」

佐莉絲笑說：「我是怕妳沒有執行任務，被長官責備，所以特別過來叫妳起床。」

冷若水睡眼惺忪中聽見「被長官責備」五字，猛然驚醒，雙眼大睜的看著佐莉絲說：「喔，妳要出去唷？」

佐莉絲點點頭。

冷若水神情慌張的說：「妳等我一下，我馬上就好。」說著，連房門都忘了關，轉身脫下睡衣，壯碩身軀、雪白的胸罩及加大白色內褲，毫不羞澀的在佐莉絲眼前晃動著。

冷若水絲毫不害臊的行徑，惹得佐莉絲輕聲嘆息，低垂雙眼，搖頭微笑：「若水，不要穿制服唷，換一套黑色的衣褲，我在客廳等妳。」說完，轉身向客廳沙發走去。

佐莉絲這麼叮嚀，冷若水心情急切的翻箱倒櫃，好不容易找出一件黑色短T恤、運動長褲，匆忙的將衣褲穿上身，揉揉雙眼，抓起房裡桌上的鑰匙、手機、小皮夾走了出來，坐到佐莉絲身旁，又打了個呵欠。

「要去哪裡啊？」冷若水用手背抹去眼淚問道。

「我要去跟監一位帥哥。」佐莉絲甜甜一笑說。

冷若水眼睛一亮，從半夢遊狀態中完全醒了過來，驚喜的側過身問：「哇，原來跟監是這麼美好的事情。欸，妳要跟監什麼帥哥啊？」

佐莉絲冷笑說：「到時候妳就知道。對了，妳還可以跟帥哥要電話喔。」

冷若水心頭飄過一陣暖意：「啊，這麼好唷？」

佐莉絲又說：「還可以騎著妳的摩托車跟他一段路。」

一早起床，就聽著佐莉絲說了這麼多令人心花朵朵開的喜事，她開心的叫道：「真的啊？賺到了，賺到了。這個好，這個好！」興奮的叫著，突然想起什麼，猶豫的說：「可是，長官有交代，妳的傷還沒好，不能坐『噗、噗』耶。」

佐莉絲笑說：「沒事的，我還沒坐過摩托車呢，讓我嘗試一下嘛。」

冷若水嘟著嘴說：「喔，是妳說的唷，到時候長官要是……」

佐莉絲接著說：「我就說是我要坐摩托車的，好嗎？」

一想起要跟監帥哥，冷若水神情嚴肅的站起身說：「既然這樣，我們立刻出發吧。」說完，倏地走去開門。

佐莉絲緩緩起身問道：「若水，妳不用吃早餐嗎？」

冷若水一臉正經的說：「辦案要緊，早餐不吃沒關係啦。」

佐莉絲冷笑說：「好，我們走吧。」

冷若水騎著摩托車帶著佐莉絲來到心靈宮殿外頭，她瞧著氣勢磅礡的獨棟建築，不禁詫異說道：「帥哥住在這裡唷？」

佐莉絲身形輕靈的一躍下了摩托車，脫下安全帽，神情嚴肅的看著宮殿，半晌不語。

冷若水將摩托車停在建築外頭的三梨公園旁，走到佐莉絲身邊問：「要去哪裡找帥哥啊？」

沒有回答冷若水的問題，佐莉絲將脫下的安全帽順手放在摩托車的坐椅上，凝神朝建築物望去，靜靜站立著，似乎在等待什麼，一雙眼睛緊盯著心靈宮殿的入口處。

不久，心靈宮殿長方型的廊道上出現一位西裝筆挺、身形急促朝入口處走出、步伐生風的男子，正巧朝著冷若水及佐莉絲站立的位置走來。

見到男子的身影，原本面無表情的佐莉絲這時嘴角微揚著一抹冷笑對冷若水說：「帥哥過來了，妳上前去跟他要電話吧。」

冷若水聽見佐莉絲這麼一說，即刻將雙眼朝四周探望，只看到一位年輕的男子正急促的朝自己走過來，她的神情突然間略顯嬌柔、情不自禁的朝前走了幾步，原本迷濛的雙眼此時突然像只望遠鏡般，把逐漸走來的這位年輕男子的面貌仔細的欣賞了一番：濃眉大眼、帶著羞澀笑容、臉頰掛著酒窩、唇厚齒白……冷若水內心不禁嘆息的想著：極品啊！真是人間極品啊！

冷若水沉醉於他如同天使般的神采，神情呆滯的看著愈走愈近的帥哥，獨自陷溺在自我幻想的「愛情」感受中，完全忘記佐莉絲跟她說過的話。

佐莉絲蹙眉看著年輕男子漸漸走近，又見冷若水失神的呆站著，萬般無奈中，移動身子，向前跨步擋住他的去路，微笑說：「您好，請問這裡是心靈宮殿嗎？」

若有所思的年輕男子驚覺有人擋住他的去路，不禁皺眉，凝神看著眼前的兩位女性，隨即帶著優雅的語氣道：「是的，後頭的建築物就是心靈宮殿。」

佐莉絲睜著無辜的雙眼，指著冷若水說：「我朋友想到這裡來了解一下，請問進去需要辦理什麼手續嗎？」

年輕男子聽見佐莉絲這麼說，這才噓口氣，微微一笑：「不需要什麼手續，只要有一顆虔敬的心就夠了。」

冷若水帶笑、失神的看著年輕男子，嘴上喃喃的叨念著。

瞥見冷若水失魂落魄的模樣，佐莉絲略帶歉意朝年輕男子說：「請問您是……」

年輕男子稍稍一愣，驚覺自己失態，於是露出習慣性的笑容，馬上從西裝上衣的口袋裡頭取出名片盒，拿出兩張名片分別遞給佐莉絲及冷若水說：「這是我的名片，我叫陳一揚，是這裡的執行長。」

佐莉絲斜眼看了下眼神迷濛的冷若水，伸出手接過陳一揚遞過來的名片，順便將冷若水的那張也拿了過來，朝陳一揚點頭示意：「謝謝執行長，我帶她進去。」

陳一揚露出燦爛笑容，客套的說：「不好意思，我有點事情要辦，先走了。」說完，朝她們點頭行禮，閃身疾行離去。

冷若水隨著陳一揚的離去，像只木偶轉動著身子，佐莉絲伸手在她眼前晃晃，朝她一笑說：「若水，替妳要到電話了，趕緊騎摩托車追他吧。」

冷若水神情恍惚、眼神迷離的問：「追他？要追他做什麼？」

佐莉絲表情冷淡的說：「再不追，他就開車走了唷。」說完，順手拿起摩托車上的安全帽。

冷若水突然恍然大悟的回過神說：「這樣唷，趕快……趕快追。」一個轉身，忙坐上摩托車，戴上安全帽，神情緊張的發動車子，佐莉絲輕身一躍的坐在摩托車後頭，戴上安全帽說：「不要騎太快，跟著他車子後頭慢慢騎。」

冷若水急忙回答：「好。」說完，催了油門，摩托車跟著陳一揚的車子後頭追去。

陳一揚車行急速的朝前開，冷若水的摩托車急催油門吃力的跟了他一段路之後，陳一揚的車速漸漸緩了下來，接著竟將車開到路旁停車。

佐莉絲望見陳一揚的車速變慢，微露笑容、屏氣凝神的安坐在摩托車後座，靜待即將發生的事情。冷若水見前頭車子突然停車，冷不防的急按煞車將摩托車停在路中央，神情夢幻的等著陳一揚走過來。

陳一揚眉頭緊鎖的神情帶著些許不悅，佐莉絲趁此時朝左右探看，只見摩托車左前方不遠處停了幾輛計程車正在候客，佐莉絲帶著冷笑暗暗計畫著下一步的行動，雙眼看向漸漸走近的陳一揚。

陳一揚走到摩托車旁站定，朝冷若水及佐莉絲看看，勉強撐起一個微笑，禮貌性的詢問：「還有事嗎？」

冷若水一見到面露微笑的陳一揚，原本神采奕奕的模樣頓時又陷入失神狀態。

有了先前的經驗，對於冷若水這般神魂顛倒的模樣，頗覺好笑，既然冷若水無法開口說話，只好由自己親口詢問，於是佐莉絲神情輕鬆的朝陳一揚微笑問道：「是這樣的，我朋友想問你，可以說是你介紹入會的嗎？」

原本帶著防備心態的陳一揚，聽見佐莉絲的問話，稍稍鬆懈了下，隨即帶著淺笑道：「沒問題，妳拿名片給入口處的姐妹，告訴她們就好。」

佐莉絲露出歉意的微笑，點頭說：「不好意思，謝謝你。」

陳一揚再次開懷的露出犬齒、酒窩，燦爛的笑說：「小事一樁，不用客氣，願神祝福妳們。」說完，點頭示意，轉過身的剎那，陳一揚露出若有所思的表情，步伐急促的朝車子走去。

冷若水兀自沉浸在幸福的愛情幻想中，佐莉絲脫下安全帽說：「妳先回去，我還有事要辦。」縱身一躍，下了摩托車，順手將安全帽放在摩托車坐椅上，一刻不停的疾奔至停在路旁的計程車，隨意挑了一輛閃身坐進去，計程車立刻開上馬路尾隨陳一揚急馳而去的車後追著。

冷若水失神呆滯的看著遠去的車子，完全沒留意佐莉絲已經離開。

陳一揚的車子緩緩駛進一處廢棄的空地旁，停車後，神情頹喪的徒步向前走去。

搭乘計程車的佐莉絲要求司機保持約有五個車身的距離跟蹤著陳一揚的車子，當陳一揚將車停妥下車後，佐莉絲見前方有片矮圍牆，便請求計程車司機繼續向前開去，等計程車被圍牆遮住後，佐莉絲立刻請司機停車，隨即匆忙下車回頭朝陳一揚下車的地點疾奔而去。

陳一揚的心思似乎被什麼煩心事佔據，完全沒注意有人尾隨在身後。

佐莉絲潛伏在矮牆邊，心裡納悶著陳一揚來到這片空地的目的為何？

她在沉思的同時，邊四處張望，急尋可容自己藏身之處，朝空地望去，正巧在空地的邊緣處有一棵枝葉茂盛、樹幹粗壯的大樹。佐莉絲不禁揚起一抹冷笑，這正是一處極佳的藏身之地，她望望漸漸遠去的陳一揚，躡起腳步，微微輕躍幾步，閃入樹幹陰影處，接著縱身一躍，將身子隱於茂密葉片中一只微粗的樹枝上，俯躺其上，接著從皮製腰袋裡取出小型高解析度的望遠鏡，將雙眼貼著望遠鏡，調整焦距，查探陳一揚的行動。

從高解析度的望遠鏡中，佐莉絲清楚的看到陳一揚走至空地的正中央後隨即停下腳步，左右查探。佐莉絲見他舉止怪異，立即將望遠鏡的視距調近至他全身，寧神閉氣的仔細看著他的舉動。

陳一揚查看完四周後，便靜靜站在空地正中央處，神情凝重的蹲下身，用手撥開地上的枯葉，佐莉絲隨著他的動作，繼續縮小望遠鏡的視野，透過望遠鏡，佐莉絲發現在枯葉的正中央的地上有個鐵板。為能看清楚鐵板下的機密，佐莉絲小心的調整望遠鏡的視角，當陳一揚拉開鐵板後，佐莉絲看到一個像是計算機的按鍵驟然彈起，她立刻將望遠鏡的焦距調到鍵盤上，仔細盯著陳一揚接下來的行動。只見他用手指按下幾個數字，佐莉絲默記了數字後，又將視角放大至空地，原本空無一物的空地突然緩緩朝上揚起，出現一個深邃的步道，佐莉絲皺眉看著這突如其來的通道，內心琢磨著。

陳一揚警覺的朝四處探看，確定四下無人，才緩緩起身，身形快速的進入步道中，當他走進去後，這個類似某處的入口處又緩緩的往下蓋上，放眼望去，該處依舊是個荒涼的廢棄空地。

佐莉絲從望遠鏡後將雙眼移向空曠的廢墟，緩緩將望遠鏡收起後，一個輕輕的翻身，仰躺在樹枝上頭，沉思許久後，帶著恍然大悟後的一抹極深的笑意。

23 不能公開的戀情

no name靜坐在自己房裡，耽溺在幻想中滿足的笑著。此時突然響起敲門聲，他陡然從幻想中驚醒，皺眉轉頭朝門看去，隨即一個彈跳起身急忙上前將門拉開一條縫，從門縫朝外看去時，只見李迦紊神情緊張的左右探看，見門開了，慌張蒼白的臉蛋上，既大又黑的雙眼哀求的朝no name看去，no name心中一驚，忙開門把李迦紊拉進房內，然後焦急的朝門外伸出頭張望，仔細聆聽甬道間有沒有奇怪的聲音傳來，確定沒有其他聲響，許久才緩緩把門輕輕關上。

身高一百八十二公分的no name靠在門上盯著身高僅到他胸口的李迦紊看去，眼神裡既是無奈又是愛憐的看著她，放低聲音細語問道：「妳找我有什麼事？妳知道女王不准我們私下交談。」

李迦紊搓揉著雙手，擡起頭露出哀怨的眼神看著no name，語氣沉鬱的說：「我知道女王的規矩，今天來，只想弄清楚一件事。你對我的感情是真是假？」

聽見李迦紊的問話，no name低下頭，扁著嘴，神情像是被責罵的孩子般，半晌沒有回答。

李迦紊極度不滿的略略大聲斥喝道：「你說話啊！」

像是怕李迦紊的聲音傳出門外去似的，no name猛然擡起頭，神情緊張的跨步上前，張開雙手將迦紊抱起，像是舉著小女孩轉圈圈戲耍般，將迦紊的身子反轉過來背對著門，伸出手摀住她的嘴，在她耳旁「噓」了聲，低沉道：「不要那麼大聲。」

no name感到如雨點般溫熱的水滴滴落在手背上，神色驚慌的忙將迦紊身子反轉過來，心頭沮喪又難受的哽咽問道：「怎麼哭了？不要哭。我是真的喜歡妳，我發誓是真的。但是，女王不准，我怕她對妳……」

李迦紊一聽見「女王」二字，憤慨的掙開了no name的擁抱，用著氣音厲聲說：「你都是個成人了，難不成什麼都要經過她的准許才能做嗎？」

聽見迦紊憤怒的語氣，no name眉頭緊鎖、心神煩躁的說：「我說了，妳也不會懂的。」

李迦紊又氣又憤的進逼質問：「我不懂？如果我不懂，你可以解釋給我聽啊。」

no name嘆息，神態頹靡的說道：「要不是女王，我怎麼可能遇到妳？怎麼可能吃得飽、穿得暖，還能人模人樣的走在路上？今天我有的一切，全是她和爸爸給予我的，我除了她之外，不可以愛上別人。」雙手垂在身側，臉色陰鬱的彷彿世界末日即將到臨。

原本怒氣沖沖的李迦紊看見no name這麼沮喪的模樣，頓時生起一股憐惜的心情嘆道：「養育之恩，當然勝過一切。但是，你也不能因為這樣，而漠視自己的感情。當初我會願意進入地下宮殿，全是因為你的緣故。不然，這個詭異又充滿鬼魅氣氛的地方，誰想進來呢？」迦紊說著，想起每晚不能安睡的心情，忍不住將顫抖的雙手緊緊環住自己的身子，極力按捺著不安的情緒。

no name無法一言道盡苦澀的心情，只好低著頭，不敢直視李迦紊的目光。

李迦紊看著no name這副令她心疼的模樣，撇開自己的不安全感，輕聲嘆了口氣，鬆開緊抱住自己的雙手，既是責備又是柔情的蹙著眉，緩緩靠近他的身子，雙手放在他的手臂上，踮起腳尖，閉上眼，情不自禁的將唇貼上no name那紅潤的厚唇。

溫熱嫩唇的觸感從唇瓣傳進腦海中，no name全身僵硬，吃驚的睜大眼看著李迦紊放大的臉龐，雙眼中反映著她暈紅的雙頰、嬌羞神態、閉眼沉醉的模樣，一股從未經驗過的感動從心底傳了出來。no name心神蕩漾之際，萬般情意湧上心頭，難以言喻的蠢動正從他小腹直竄頭頂，腹際間陣陣酥麻，好似有股電流鑽動著，令他生起從未有過的男子氣魄用力將李迦紊楚楚可憐的身子抱住，緊緊將她擁入懷裡，鼻子嗅著她身上的淡淡幽香，no name的臉蛋此刻閃耀著光彩、驚喜，他不能自已的恣意吻著她，迦紊輕聲的嘆息從喉際傳了出來，兩人拋開內心中所有的恐懼與害怕，互相擁吻，享受著心靈互繫當下，彷彿這一刻便是生死離別之際，他們不顧一切的將雙唇交疊，探索著彼此的身體，連呼吸都成了多餘的點綴。

no name的唇朝迦紊的頸項往下吻去，迦紊對於他終於能放開心胸的將情感投注自己身上，此刻哪還管得住對於no name的渴求?她任他朝自己的胸際間吻去，迦紊眼神迷離的輕聲喚著：「啊，好舒服。」

迦紊連連的輕聲呻吟，更令no name生起一股更大的渴望，停下動作，一把橫抱起迦紊，將她放在自己床上，眼中的熱情彷彿想將迦紊生吞活剝般，被激起慾望的迦紊臉頰緋紅的伸出雙手迎接即將爆發的情感，仰起的臉蛋帶著一股熱切的期盼，no name帶笑凝望著她，整個人俯身壓住迦紊的身子，低吼的朝她身子輕咬，迦紊蠢動的慾念像洪水般從體內奔竄而出，她輕聲嬌喘：「啊……」

女王的嘴臉被no name丟到天邊，現下眼前及心裡全都被迦紊佔據！

no name再也不想禁錮自己對迦紊的情感。不知道有多少次幻想著自己和心愛的她走在一起，哪怕是無語的並肩前行都好，而不是把這樣的情感埋藏在心底，不敢讓人知道。迦紊的愛像溫暖的春風，將他的人生從幽冥的地府帶上了人間，他不再是孤魂野鬼，而是一個堂堂正正「人」！一個有著魅力的男人！面對自己喜歡的人，no name心中情濤洶湧，很想將此刻變為永恆，他難以自制的開始幻想著擁有一個溫馨的家，而家中的爸爸是no name、媽媽是迦紊，然後有一堆狗狗貓貓、小鳥雞鴨，再也沒有任何的恐懼與害怕。那是一種亙古的平安與喜樂。永恆、永生！

正當no name沉溺在幻夢裡的時刻，地道中突然傳出一陣細微的開門聲，耳尖的他聽見聲響，猛然從幻夢中驚醒過來，停下所有的想法及動作，神情警戒的轉動眼珠，瞬間收起柔情的臉孔，換上了一副肅殺的神情，他充滿情絲的口氣霎時轉為冷淡的低語對著神情迷離的迦紊說：「不要出聲！」

他像是變了一個人似的起身，躡手躡腳的朝房門走去，先是將耳貼在門上聽了許久，接著緩緩將門開了道縫隙，冷漠的雙眼從門縫中朝外探看，只見女王的房門正輕輕掩上。no name倒抽口冷氣、臉上滿是驚駭，全身發顫的輕輕將門關上，隨即轉身，神情肅穆、腳步急促的朝床邊走去，低下身粗暴的拉起仍沉醉在情慾中的迦紊。被no name這麼用力的拉起身，迦紊不禁開口低聲抱怨道：「你弄痛我了。」

no name忙舉食指按在迦紊嘴唇上頭，示意她不要說話。接著替她整理身上的衣服，用著氣音說：「女王回來了，出去的時候要小心。」

聽見no name這麼說，迦紊頓時從慾望中回神，原本白皙的臉蛋嚇得鐵青、噤若寒蟬的不住發抖。

no name不管迦紊全身顫慄的如風吹樹葉般，即刻揣起她的身子，躡手躡腳的走到房門前，動作極度緩慢的轉動門把，儘量做到不出聲音的緩緩將門打開，甩頭示意她離去。

迦紊不敢再出聲，忙踮著腳尖、動作小心的急速離開，離去前猶自朝no name深情的望了一眼，no name神情緊繃的忙揮手後，急忙輕輕將門關上。

迦紊立在甬道上輕聲嘆息，雙手緊緊抱住身子，神情落寞的朝自己房裡走去。

當迦紊進房關上門後，女王的房門突然緩緩開啟，她臉色極為猙獰的怒目瞪視著靜謐的甬道。

黃伊處理完姚嬌美的事情之後，心情忐忑的開車急奔至佐莉絲家。車一停妥，便快步衝到一樓紅門前，狂按著門鈴，不久，門鈴傳來一聲極其甜蜜的聲音：「誰啊？」

黃伊極為訝異的睜大眼，心想：冷若水竟然在家，那麼佐莉絲應該沒有外出才是，為什麼不開手機呢？

黃伊邊揣測著多種可能，邊朝對講機語氣嚴肅的說：「我是黃伊。」

門鈴那端突然沒了聲音，冷若水突然將話筒掛上，接著門開了。

黃伊皺著眉暗自在心裡罵道：做賊心虛，肯定又出了什麼問題！她大力的推開門，三步併作兩步的上了樓，尚未站定時，便見冷若水兀自站在門旁，低頭迎接她。

看見冷若水這副模樣，黃伊當下心頭涼了半截，站在門外神色凝重，毫不客氣的開口問道：「佐莉絲人呢？」

冷若水期期艾艾的半晌說不出話來。

黃伊皺眉、怒氣沖沖大聲吼道：「妳跟監的人呢？」

被黃伊這麼一吼，冷若水全身冷不防一顫，語氣遲疑的說：「啊，就是……」

黃伊擔心佐莉絲隻身在外，若是遇上那十位專業殺手，她怎麼應付得來？而這位身負跟監任務的人，竟敢放著工作不做，獨自任佐莉絲一人在外頭亂跑，一時怒極語塞，再開口時，幾乎用著發狂似的咆哮聲質問道：「冷警員，妳能不能完整的向我報告？」

冷若水心想，橫豎都要挨罵，索性全講出來，長官罵完就算了。想到這裡，她嘟著嘴說：「是，長官。佐莉絲叫我起床跟監她，說我們要去跟監一位帥哥，所以我用『噗、噗』載她去啊。然後，她就要我先回家，自己坐計程車去跟監帥哥了。」

黃伊懊惱又無奈的說：「冷警員，『跟監』的意思，就是要妳跟蹤佐莉絲去了哪裡，妳怎麼會聽她的話乖乖回家呢？哪有人跟監跟到讓當事人知道？妳真是太丟警察的臉了！」

冷若水自責的低聲說：「是，長官。」

黃伊接著又大聲罵道：「佐莉絲的傷還沒好，叫妳不要用摩托車載她，妳還不遵命，現在人跟丟了，妳怎麼交代？」

冷若水囁嚅的答道：「長官，我有拒絕佐莉絲的請求，可是她說沒事。」

黃伊憤慨的說：「妳跟著她住了這麼久，難道不知道她就算傷重到快死了，也會跟妳說她沒事的嗎？妳怎麼這麼糊塗？現在有一堆人要殺她，妳就讓她一個人到處亂跑，到時候她再出事，我看妳怎麼向隊長交代。」

冷若水心下一驚，忙問：「什麼？有人要殺佐莉絲唷？」

黃伊怒氣沖沖的說：「不然，長官派人跟監她做什麼？長官的意思就是要有人隨身保護她啊。唉，她去了哪裡，妳知道嗎？」

冷若水無辜的回答道：「不知道耶。」

黃伊聽見她的回答，怒極攻心的破口大罵：「老是說『不知道』，妳到底有什麼事情是『知道』的？」

冷若水哭喪著臉，嘴翹的老高，悶不吭聲，靜靜站立一旁。

黃伊罵完後，知道從她口中問不出佐莉絲的行蹤，心情焦急的轉身準備下樓之際，突然想起什麼，停下腳步說：「冷警員，把妳的手機號碼告訴我。」

冷若水低頭承受黃伊連串的責罵，一時間沒聽懂她說的話，兀自頹喪的站立著。

黃伊轉過身見冷若水完全沒反應，當下又大吼：「冷警員，擡起頭看著我。」

冷若水大吃一驚，神情惶恐的擡起頭盯著她，臉色嚴肅的答道：「是，長官。」

黃伊煩躁至極的對她說：「把妳的手機號碼告訴我。」

冷若水雙手顫抖，忙從運動褲的口袋中拿出手機，怎料一陣緊張，竟將手機滑了出去！

黃伊眼尖，跨步上前，接住手機後，神情無奈的搖頭，用冷若水的手機按了自己的號碼，不一會兒，黃伊手機大聲作響，黃伊低頭看著手機上顯示的號碼，隨即將號碼儲存，瞪了冷若水一眼，然後將手機送到她面前。冷若水顫巍巍的伸出手接過，黃伊正準備轉身下樓，卻見佐莉絲緩緩的拾級而上。黃伊怒中帶喜，稍鬆口氣問道：「妳跑去哪裡了？手機為什麼不開？」邊問，邊退至門邊。

佐莉絲才進門便聽見黃伊在二樓對冷若水所發出的怒吼聲，她沒回答問話，嘴角帶抹冷笑，不發一語的從兩人面前錯身走進屋內。

黃伊見她安然無事的回了家，雙眼大睜瞪了猶自站在門邊上的冷若水，隨即邁開腳步急忙走進屋裡。

冷若水雖低垂著頭，但一雙眼不停骨碌碌的探查身邊的訊息，等到佐莉絲與黃伊雙雙進屋之後，便踩著小碎步，邊將門給關上。

冷若水將身體貼靠在門上，語帶沮喪的說：「佐莉絲，妳到哪裡去了？剛剛長官說很多人要殺妳耶，我看妳還是乖乖讓我跟著好了。」

聽見冷若水這麼說，黃伊一股氣又提至胸口，回過頭，惡狠狠的再瞪了她一眼。

冷若水扁扁嘴，露出無辜的雙眼回看黃伊。

佐莉絲沉默的走到廚房拿起兩只水杯，倒了熱開水，朝著自己慣坐的沙發位置走去，身形輕盈的轉身坐下。順手將另一杯熱水放在茶几上，朝黃伊說：「說了這麼多話，坐下來喝杯水吧。若水，妳自己去拿妳愛喝的飲料。」

冷若水斜眼看著黃伊，身子黏著四方桌邊繞過去，開了冰箱拿出自己愛喝的汽水，又沿著桌邊走回來坐在板凳上，扭開瓶蓋，安靜的喝了一大口，雙眼像在做眼球運動似的轉動著。

黃伊目光緊緊盯冷若水好陣子，才將注意力放在佐莉絲身上。既然她安然無恙的回到家裡，黃伊心頭的一把怒火漸漸退去，緩步走到佐莉絲身邊坐下，拿起茶几上的水杯輕啜一口，隨即握住杯子轉過頭凝視佐莉絲嘆息道：「妳的手機為什麼常常不開機啊？有急事找妳，還真不知道從何找起。」

佐莉絲若無其事的輕啜幾口水，語氣平淡的問：「有什麼事這麼急著找我？」

氣頭過之後的黃伊猛然想起管斯澧的來電，一陣憂慮浮上心頭，側過身朝佐莉絲焦急的說：「妳記得我跟妳說過有人傳簡訊告知我殺手的住所嗎？」

佐莉絲再喝口水，然後將水杯放在茶几上，彷彿事不關己的問道：「嗯，怎麼了嗎？」

黃伊瞧見她這麼輕忽這件事情，語氣沉重的說：「那天妳帶我到那間高級住宅，我在單座沙發的縫隙裡發現一枚九釐米口徑的彈殼，長官稍早來電通知我，那四位殺手分別持有兩把SVD狙擊槍、四把Glock九釐米手槍，證實了先前槍殺及挾持妳的都是他們。另外，又有八位疑似Golden Dawn的專業殺手入境，他們應該是想用更強的火力，務必要成功的狙殺妳。」

佐莉絲面無表情的看著前方，沉默不語的思考著。

黃伊憂心忡忡的叮嚀道：「佐莉絲，妳千萬不要把這些事情當成兒戲看待，好嗎？這群人來意不善，妳這樣獨自外出，若是發生上次的槍擊事情，如何是好呢？」

聽見黃伊擔心的語氣，佐莉絲嘴角揚起一抹冷笑道：「放心，沒事的。」

佐莉絲似乎不把這些專業殺手放在眼裡，黃伊情急之餘一股火氣湧上心頭，口氣十分憤怒的開口責備：「妳老是說沒事的，要是真的發生……」

佐莉絲截了話問：「妳不是有連續殺人案的問題想問我嗎？」

黃伊被她這麼一問，頓時無言以對。佐莉絲壓根不把近在眼前的死亡威脅放在心上，這讓黃伊不禁憂慮起來，心情鬱結的說：「這群人不是泛泛之輩，難道妳真的不怕死嗎？」

佐莉絲淡然的答道：「該來的總是會來，提早擔心做什麼？妳想問我什麼？」

對於她的回答，黃伊無從置喙。

此時，萬般無奈的黃伊舉起杯子，心情鬱悶的喝著水，沉默不語了半晌。面對危險都如此淡然處之的佐莉絲，就算替她著急到跳腳，也只能搖頭嘆息。

既然佐莉絲轉了話題，黃伊只好開口問道：「我只是想問妳知道些什麼？」

佐莉絲淡然笑說：「原來是這樣。我想，Golden Dawn的案子及連續殺人案之間，肯定有什麼關係。」

佐莉絲的回答引發了黃伊的好奇心，將殺手的事情丟在一旁，急忙問道：「妳怎麼這麼確定？」

佐莉絲冷笑說：「直覺罷了。」說完，又沉默不語。

黃伊記起稍早的事情，開口說：「今天早上，心靈宮殿的館主姚嬌美來找我，說是有人恐嚇她要炸掉心靈宮殿。」

佐莉絲蹙眉，側過身、挑眉看著黃伊，帶著冷笑說：「什麼人做的呢？」

黃伊見她對殺人案的興趣勝過近在眼前的死亡危險，不禁苦笑的看著神情認真的佐莉絲，接著將思緒轉移到稍早前的事情上，左思右想後說：「她帶了幾張用印刷字拼貼成的恐嚇信，上頭都是什麼：妖言惑眾，炸之……妖魔鬼怪，炸之……殺人宮殿，火燃……全是一些文言文，總之就是想炸掉心靈宮殿的意思。我懷疑是內部會員做的事情，不然，有誰能在監視器下頭，丟了恐嚇信，還能不見身影？」

聽完黃伊的陳述，略微狐疑的伸手從茶几上拿起杯子，不停的轉動著，沉默半晌後隨即冷笑說：「嗯，妳說的頗有道理，只怕是自家人想炸了這個地方，毀滅什麼證據吧。」

黃伊不懂佐莉絲為什麼這麼說，疑惑的問道：「妳也覺得是她們內部會員做的事情？」

佐莉絲面朝黃伊露出微笑說：「下次館長要妳前去心靈宮殿的時候，也帶我一起去吧。」

黃伊頗為歡喜的說：「妳能一起去，當然是最好的。」說完，斜睨一旁在喝飲料的冷若水說：「不過，她就不必去了。」

冷若水一直在板凳上默默聽著她們的對話，直到黃伊說「她就不必去了」這句話時，突然回想起那位迷死人的大帥哥，即刻發出聲音抗議道：「為什麼我不能去？」

對於一直在搞破壞的冷若水，黃伊實在沒有太多耐性理睬她，斜眼瞪著冷若水，沒好氣的答道：「放妳假，不好嗎？」

冷若水倏地起身，將汽水瓶用力的放在餐桌上，神情嚴肅的說：「人民褓姆沒有放假的權利！」

佐莉絲心裡明白冷若水想跟去的原因，不自覺的在心中會心一笑。若是黃伊說的死亡危機真的近在眼前，而冷若水又自願跟去，多個人便多份力量。想到這裡，嘴角揚起微笑開口對黃伊說：「她的任務不就是跟著我嗎？既然她想去，就別阻止她了。」

黃伊忖度著：「她去不壞事才怪！佐莉絲為什麼要她跟著呢？真是不懂這個難搞女人在想什麼？」深深嘆息後，開口說：「是，人民褓姆最好不要過得太輕鬆，應該把本份做好。」

冷若水驚見黃伊答應，神情嚴肅的立正站好答道：「是，長官。」

見事情都安排妥當後，黃伊全身放鬆的靠躺在沙發上。凝視著冷若水，突然想起分派跟監任務的有二人，應該存在的朱增年怎麼不見人影？黃伊神色驚慌的坐直身子「咦」聲說：「跟監不是朱增年和冷若水一起搭擋的嗎？怎麼現在只剩她一人呢？」

黃伊如此問道，佐莉絲帶著微笑躺進沙發隨口說道：「我有些事情請他幫忙，反正有若水在就好了。」

佐莉絲如此輕描淡寫的帶過這件事情，黃伊聽在耳中，心裡臆測著肯定是冷若水封不住口，將長官交代的任務內容全盤托出給佐莉絲知道，這樣一來，任務曝了光，朱增年怎麼可能繼續跟監的任務，這時候佐莉絲請他幫忙查案，當然只能答應，免去尷尬。

黃伊不禁在心中長聲嘆息。冷若水不只是在佐莉絲面前像個透明人似的一覽無遺，更令人嘖嘖稱道的還有她那張「漏風嘴」，不僅藏不住自己的祕密，連同旁人及工作的機密都可以免費提供給佐莉絲「參考」。跟監佐莉絲的任務，交代給這兩人，簡直是白費功夫，長官肯定不明白這個道理，才會把這項艱鉅的任務交給他們。算了，現在有自己與佐莉絲連手辦案，一來能與她討論案情，二來也算是順便跟監她，若真是發生了事情，自己也能在第一時間處理。

黃伊坐在沙發上靜靜思考著，下意識的喝了口水。

此時，黃伊的手機突然響起，匆忙放下手中的水杯，拿起手機按下接聽鍵開口說：「我是黃伊。」

電話那端傳來朱增年語氣急切的聲音：「長官，又發現屍體了。」

黃伊臉色大驚：「什麼？在哪裡？」

朱增年回答：「在辛亥路上的空地旁，位置我等等傳給您。」

黃伊皺眉說：「好，我們馬上過去。」掛上電話後，側身朝佐莉絲說：「連續殺人魔又殺人了，一起去嗎？」

原本正在沉思的佐莉絲聽她這麼說，蹙眉回答：「好，請等我一下。」說完，起身朝房裡走去。

黃伊轉過頭朝筆直站立的冷若水微笑說：「要一起去嗎？」

聽見有屍體，冷若水臉色慘白，嘴唇顫抖，不由自主的猛搖著頭。

黃伊鄙夷的笑說：「妳不是說：人民褓姆沒有放假的權利。走吧，一起去。」

冷若水眼睛骨碌碌的轉動著，邊開口說：「有長官在佐莉絲身邊，我想我還是放假好了。」

黃伊聽見她的回答，一股怒氣衝上心頭，大聲斥喝道：「盡挑些輕鬆事，放什麼假？上車一起去。這是命令！」

不敢違抗長官的命令，冷若水愁眉苦臉、唉聲嘆息的說：「是，長官。」

黃伊見她身穿便服，口氣不悅的喝令：「去換上制服，帶好裝備。」

冷若水心不甘、情不願的緩緩轉身，朝房間走去，語氣沮喪的說道：「是，長官。」

佐莉絲走出房間，關上門，見冷若水哭喪著臉回房去，蹙眉問道：「她也要去嗎？」

黃伊坐在沙發上，擺出一副長官的姿態，語氣冷淡的說：「嗯，她一起去。」

本想開口替冷若水求情，但看黃伊一臉怒氣，回想稍早黃伊在門前對冷若水大吼小叫，於是便打消念頭，站在一旁等著。

冷若水換好制服走了出來，一臉像是上戰場送死的可憐模樣，惹得佐莉絲無奈的在心底替她嘆息。

黃伊見冷若水換好制服，瞪了她一眼，立即起身，示意她跟著。冷若水朝佐莉絲哀求的看了眼，佐莉絲聳肩擺手，微笑以對。冷若水想起之前看過的屍體，不禁吐了舌，一陣噁心。

佐莉絲安慰她說：「放心，我帶了上次那種香水，聞一聞，保證妳不會吐出來。」

冷若水喃喃道：「還是佐莉絲最好。」說完，兀自跟著黃伊下樓。

佐莉絲轉過身將門關上，嘆息的尋思：「這人殺人的目的何在？看來，只能加快調查速度，避免再有人枉死。」接著緩緩下樓。

24 飛車追擊

黃伊鳴著警笛急駛，佐莉絲坐在副駕駛座沉思，冷若水坐在後座，皺眉看向窗外，想起那些令人做噁的屍體，忙舉起手，猛拍自己雙頰。

佐莉絲聽見幾聲清脆聲響，嘴角帶抹冷笑，低頭從大手提包裡拿出一只小瓶子，旋開瓶蓋後，幽雅的香氣瞬間充滿車內。

冷若水聞著車內的味道，心情頓時輕鬆起來，鼻翼一張一闔，猛吸著這奇特的香味。

黃伊聞著這個味道，緊繃的身子緩緩鬆懈，開口問道：「佐莉絲，妳這個香水是用什麼做的？」

佐莉絲拿著瓶子，冷笑說：「天然香料濃縮後製成的香精。」

冷若水在後座不禁心曠神怡的說：「啊，還是天然的最好！」

黃伊突然想起上次去心靈宮殿中聞到的香味，皺眉說：「還好妳讓我們聞過這個香水，上次去心靈宮殿的時候，我和長官也聞到一陣怪異的香味，那位陳一揚執行長說，那是薰衣草的味道，我看八成是騙人的。」

佐莉絲將瓶蓋旋緊後，把瓶子放進手提袋中，冷笑說：「不一定啊，說不定真的是薰衣草的香味。」

黃伊突發奇想的說：「我懷疑這些販毒集團把這些有毒的迷幻藥，摻入香精，讓這些毒品藉由空氣散播，就像那些金光黨人一樣，騙人聞了之後，就不由自主的受騙上當。妳說有沒有這種可能？」

佐莉絲微微一笑：「黃警官這麼厲害，連這種事都能想透。」

被這麼一誇，直覺佐莉絲認同自己的說法，不禁開口笑道：「唉，案子辦多了，見識自然多一些。」說到這裡，車子突然劇烈的左右搖晃，黃伊用力握緊方向盤，出口罵道：「誰開車不守交通規則，竟敢衝撞執勤中的警車？」

佐莉絲皺眉向車窗外看去，見到右側有一輛黑色轎車緊緊跟著，隨即朝左側看去，也是同款的黑色轎車，心中暗暗叫慘，隨即開口說：「黃伊，趕快呼叫支援。」

黃伊面帶疑問的說：「為什麼？」話還沒問完，又是一陣撞擊。車內三人身子劇烈的左右晃動著。

佐莉絲語氣嚴厲的說：「我沒猜錯的話，左右這兩輛黑色轎車裡，坐的就是妳說的八位專業殺手，快，呼叫支援。」邊說，邊伸出右手，取過黃伊的警槍，又朝冷若水說：「若水，快把槍拿出來。」

黃伊見到平素遇事冷靜的佐莉絲竟如此慌張，直覺她的猜測肯定是真，於是邊穩住車子，邊拿起車上的對講機，忙請求支援：「呼叫總部，遭到歹徒追擊，請求支援。重複，遭到歹徒追擊，請求支援，地點，辛亥路……」還沒說完，左右車窗突然遭到子彈連續射擊。

冷若水嚇得哇哇大叫，手持著槍摀住耳朵，忙鑽到車座下頭，只可惜壯碩的身子，卡在座位及縫隙之中，動彈不得，嘴上仍持續的尖聲大叫。

黃伊本能的屈著身子躲開子彈的射擊拿著對講機，不停告知地點，一邊用單手緊握方向盤控制方向，造成車身不穩的蛇行向前開著，丟掉對講機，雙手握緊方向盤，腳踩油門加速前進，神情專注的看著車道向前急駛，想甩開跟在兩旁的黑色轎車。

佐莉絲手持著槍，放下車窗，探頭出去，用槍瞄準右側轎車的輪胎，射了幾槍，對方也降下車窗，架上機關槍對準黃伊的車，一陣掃射。佐莉絲鬆開安全帶，忙護住黃伊右側，扯下車座上頭的頂部，當成擋箭牌，阻擋掃射的子彈。

黃伊左側的轎車不僅開車撞過來，還用著機關槍掃射，幸好黃伊的車窗是防彈式玻璃，只被子彈射裂成放射狀。冷若水持續的尖叫硬擠到車座下，佐莉絲手持的槍已沒了子彈，神情緊張的問：「有子彈嗎？」

黃伊大聲吼道：「沒有了。」

佐莉絲將槍放回黃伊腰際，車身不停晃動之餘，她手伸向冷若水持槍的手，一把搶過槍後，又朝右側轎車的輪胎射去，這一槍射穿了轎車左側的前輪，轎車車速過快，導致車身失去控制的朝路邊撞去，車子引擎蓋冒著煙，佐莉絲神色大喜，對黃伊說：「把車窗降下。」

黃伊大叫：「不行，妳這樣太危險，我將車子迴轉。」雙手使勁的轉動方向盤，警車一百八十度大轉彎，佐莉絲手持著槍，對準原本在左側的轎車輪胎一陣射擊。

黃伊轉過頭，忙用倒退檔開車，沿路閃避行進中的車輛。

佐莉絲將身子倚在車窗上，對準轎車的前輪胎放出兩槍，正中兩個前胎，急駛中的黑色轎車先是一個前翻，再連續幾個翻滾，整輛車子底座朝上的橫在路中央，引擎蓋冒出白煙。佐莉絲嘴角一陣冷笑，突然她看到先前撞上路邊，引擎蓋冒煙的那輛轎車車旁，有兩位黑衣人持著M224式六十釐米的迫擊炮，朝黃伊車子瞄準。

佐莉絲大驚失色的狂喊：「黃伊、若水，快跳車，快跳車！」

黃伊不知道她見到什麼如此驚慌，急忙踩住煞車，警車在高速行駛中突然緊急煞車，車身不停的打滑迴轉，佐莉絲替黃伊拉開車門，伸手解開她的安全帶，用腳一踹，將黃伊踹下了打滑中的警車，毫無準備的摔出車外，黃伊忙用手護住頭，連翻了好幾圈，直到撞上路間的行道樹，才停了下來。

冷若水驚慌失色的看著黃伊被踹下車，不禁張大口睜眼看向佐莉絲，佐莉絲皺眉大喊：「若水，妳要我踹妳，還是自己跳車？」

冷若水臉色蒼白、全身發顫的開了車門，手指著自己，然後閉上眼，朝車門一竄，飛撲出車外，在地上滾了幾圈，隨即用雙手雙腳急忙朝行道樹爬去。

眼見黃伊與冷若水安全的離開警車，佐莉絲冷笑的深吸口氣，提起手提包，看準落地點，便開了車門，腳點車座，縱身一躍，閃電般的凌空一飛，動作輕巧的幾乎像是體操選手般迅速又完美的落地。就在佐莉絲離開警車之後，迫擊炮從天而降，將黃伊的座車轟成一團烈火。

砲擊後，佐莉絲還想追嫌犯，可惜人已逃逸不知去向，她跑至車底朝天的轎車旁查看，翻車的幾人血流滿面的躺在座位上昏迷不醒。她冷冷一笑，轉身離開。

佐莉絲朝著行道樹跑去探看冷若水及黃伊，由於冷若水自己跳車，加上身材壯碩，僅受了些皮肉擦傷。而黃伊被自己一腳踹出車子，雖然她緊緊護住頭，但撞上行道樹的她，此刻躺在地上昏迷不醒。

佐莉絲蹲下身探探黃伊鼻息，緊張的神情稍稍鬆懈，冷笑的朝一旁痛的大哭的冷若水說：「若水，快叫救護車。」

冷若水「唉唷、唉唷」的呻吟，抱著右手的左手從口袋裡拿出手機，撥了電話：「救命唷，有兩個人受傷，警察受傷啦！」

佐莉絲見支援的警車到來，將手槍還給冷若水，微笑說：「妳跟黃警官去醫院，有什麼事情，再打電話給我。」

冷若水滿臉掛淚的朝佐莉絲點頭，吞嚥口水，哽咽的繼續朝手機說：「救人唷！」

佐莉絲帶著冷笑看看四周，便走向路旁，伸手招了計程車，朝朱增年說的命案現場而去。

朱增年心情焦急的在封鎖線外頭來回走著，只見一輛計程車開了進來，他臉色凝重的朝前走去，本想上前要計程車開走，不料卻見佐莉絲下了車。朱增年登時一愣，計程車倒車出去，佐莉絲走了過來，微笑問道：「屍體在哪裡？」

朱增年疑問的說：「黃長官呢？她怎麼沒有一起來？」

佐莉絲淡然的笑說：「剛剛路上出了車禍，我讓若水跟她去了醫院。」

朱增年一聽，表情擔憂的朝佐莉絲上下打量了番，語氣關心的問道：「妳還好吧？有沒有受傷？長官她們的傷勢如何？」

佐莉絲微笑說：「我沒事，謝謝你的關心，我想她們的傷應該不嚴重。」

朱增年沉吟道：「我還真有點擔心她們。這樣吧，等妳看完之後，我們一起去醫院好了。」

佐莉絲點點頭：「你真貼心，對了，屍體是什麼時候被發現？」

朱增年伸手示意佐莉絲跟他走，領著她走到封鎖線裡說：「就在今天一早，有巡警經過，聞到一陣臭味，走進來一看，就看到這具屍體。」邊說，邊摀住鼻子。

佐莉絲從手提包中取出香精瓶，又拿出一條白色手巾，將香精滴在手巾上，朝朱增年微笑問道：「要一些嗎？」

想起上次佐莉絲給的香精可以止吐，朱增年忙點頭，伸出手掌。

佐莉絲倒了一滴在他手掌上，香味立刻散了出來，朱增年把手掌捂住鼻子深深吸了一口，然後吁口氣說：「可以抹在臉上嗎？」

佐莉絲微笑的點頭。

朱增年雙手搓揉一番，將掌中的香精往臉上抹去，閉著眼，深深吸口氣說：「嗯，好香啊，感覺舒服多了，謝謝妳。」

佐莉絲收起香精瓶，把手巾摀住口鼻說：「不客氣，我們走吧。」

朱增年走在前頭，邊說：「死者的模樣跟先前發現的屍體大致相同，只是身上缺的器官不一樣。」一來到屍體旁，悄悄看了佐莉絲一眼，驚覺她完全沒有懼怕的神情，緩步走近屍體旁，蹲下身全神貫注、眼睛直盯屍體的模樣研究著，心中不禁佩服她的膽量。

佐莉絲瞧著屍體被兇手在鎖骨用刀子橫切一道，然後再劃開肚臍以上的位置，雙手張開，像個十字架一樣的躺著，子宮的部位有著四個孔，臉上帶著濃郁的微笑。

佐莉絲開口問道：「死者少了什麼器官？」

朱增年不想盯著慘不忍睹的屍體瞧，別過頭去說：「這個死者少了肝臟。」

佐莉絲凝視屍體，突然像是有了什麼發現似的，又開口問道：「前三個死者的手，被發現的時候，雙手是握著拳嗎？」

朱增年歪著頭想了一下，開口回答：「沒有，手掌都是張開的。」

佐莉絲走到屍體旁邊，低頭看著緊握著拳的屍體，眉頭深鎖，接著伸手從手提袋中拿出一雙塑膠手套，將雙手套進去後，轉過頭說：「請替我拿著手提包。」

朱增年驚訝的看著她，心想：「她該不會想去摸屍體吧？膽量真大！」忙伸手接過手提包，只見佐莉絲蹲下身去，戴著手套的手用力掰開死者緊握的拳，裡頭赫然出現一張紙條。

佐莉絲大膽的舉動，引起朱增年的好奇，移動腳步將頭湊上前看她在做什麼。

佐莉絲驚見紙條，小心翼翼的取出後，將紙張攤開，神情凝重的看著紙張上頭的英文字。

朱增年看著小紙條上頭寫的東西，好奇問道：「這是什麼啊？」

佐莉絲沒有回答問話，神情專注的盯著屍體沉思，不久又擡起頭朝死者握拳的另一隻手看去，沉思一會兒，隨即站起身朝屍體另一側走去。

原本對屍體淒慘的死狀既驚又懼的心情，隨著佐莉絲膽大心細專注研究屍體的行為，全給拋到腦後，朱增年好奇的跟在她身後，看看接著還會發現什麼。

佐莉絲蹲下身，用力掰開死者緊握的拳，同樣的，裡頭又出現一張紙條。朱增年彎身湊上去看了一眼，不禁開口說：「這張畫的是十字架耶。」

專注且小心翼翼的取出紙條，將紙張攤開，佐莉絲表情沉重的看著紙條上的圖案許久。

沉思一會兒，佐莉絲緩緩起身冷淡的說：「好了，我看完了，我們離開吧。」邊說，邊脫下塑膠手套，將兩張紙條分別收在手套中。
朱增年將手提包還給她，疑惑的問：「這樣就看完了？」
佐莉絲神情凝重的點頭說：「嗯，我看完了，到時候要麻煩你將驗屍結果告訴我。」
朱增年滿臉疑惑的問：「妳看屍體想找什麼嗎？」
佐莉絲淡然一笑說：「我已經看到我想看的東西了。對了，到時請你問問法醫，死者身上的四個孔中，是否有木屑的殘留。」
朱增年不解的回答：「喔，好的。」
佐莉絲從手提袋中取出一個塑膠袋，將手套裝了進去，朝朱增年微笑說：「去醫院看看黃警官及若水吧。」
朱增年這才想起車禍的事情，急忙說：「好的，我打聽一下她們在什麼醫院。」
佐莉絲點頭跟著他一起離開屍體旁，走出封鎖線。
朱增年向一旁留守的警員說：「把屍體送去法醫那裡。」隨即撥電話詢問冷若水及黃伊在哪家醫院治療。
佐莉絲步伐緩慢，邊走邊沉思。
朱增年問到冷若水及黃伊就醫的醫院，神情喜悅的說：「我查到了，我開車送妳過去。」說完，舉手示意佐莉絲跟他一道離開。
佐莉絲點頭，跟在朱增年身後緩緩走著。
第一次和佐莉絲同車，朱增年緊張的一句話都說不出來。
他雙眼直視前方，卻用眼角餘光偷偷瞧著佐莉絲的側臉，此刻的她凝望著前方，兀自沉思。

就是有那種連沉默都令人覺得屏息的女人。

佐莉絲的美，不光是外表的美，那股從內在透露出的智慧光芒，還有善解人意的心，全部加總起來，構成了一副美麗女人的畫像，而這副畫的主角正活生生的坐在自己右邊的副駕駛座上頭。

真是賞心悅目啊！

朱增年不禁在內心暗暗嘆息。

連沉默的氣氛都令人覺得愉快，要是警隊裡多幾位這樣的女警，那該有多好？至於冷若水那型，還是少來一些為妙。

朱增年沉醉於美人在旁的喜悅，不禁想找些話題與佐莉絲聊天，卻不知該如何開始？突然想起佐莉絲交代自己辦的事情，已經查出來了，於是朱增年帶笑的開口說：「佐莉絲，上次妳要我查的事情，我已經查到幾個案子，不知道是不是妳想要的資料？」

聽見朱增年這麼說，側過頭目光炯炯的看著他：「你說說看。」

朱增年露出得意的笑容說道：「首先是一件二十年前在基隆七堵地區，曾經發生過一件奇怪的案件。那個地方相當偏僻，一對婆孫兩人死在不明的兇器下，據資料顯示，他們屍體上遍佈著孔狀的洞，死因皆是失血過多。」

佐莉絲揚眉再問：「孔狀的洞？排列整齊嗎？」

朱增年被這麼一提問，不禁覺得自己在查案件時總是忽略細節的探索，心裡暗自覺得難堪，皺眉帶著歉意說：「我只查到存檔的文字紀錄，不然這樣吧，我再回去調出檔案圖片好了。」

佐莉絲微笑說：「那就麻煩你了，我想看一下屍體的圖片，可以的話，連同驗屍報告一起給我好了。」

朱增年開心的回答：「沒問題，我一拿到資料，立刻送去給妳。」

佐莉絲甜甜一笑說：「真的太感謝你了。」

被美女這麼誇獎，那種屬於男性的優越感猛然生起。但想起自己大意的後果竟能再添機會與佐莉絲接觸，朱增年既開心又有點不好意思的笑說：「每次辦案都找妳幫忙，這點小事，不算什麼。」說著，突然想起另外查到的事情，接著說：「對了，那個案子還有個小插曲，命案發生後隔天，有人發現一位六歲的男孩沉在附近的池塘裡，等警察到現場把他拉上來之後，才發現他只是在昏倒在池塘中，可能是天色太晚跌到池塘裡，再加上池塘的水太冷，所以他就這樣凍昏過去，經過調查，發現他是一家天主教堂走失的孤兒。」

佐莉絲蹙眉問道：「喔，有那位孤兒的名字及照片嗎？」

對於這種案情外的小插曲竟引起佐莉絲的注意，朱增年暗自開心，覺得自己扳回剛剛對於案情輕忽的丟臉情境，微笑說道：「嗯，那孤兒好像叫一揚？我再去查一查。」

佐莉絲接著又說：「可以給我那家天主教堂的地址嗎？」

朱增年心想：這不過是個小事件，不知道佐莉絲那麼關心無關殺人案的事件要做什麼？但是美女開口要求，朱增年堂堂一介警察，又是位充滿男性氣概的男人，沒有猶豫多久，便勉強笑說：「沒問題，這些資料，等我搜集齊全之後，一起交給妳。」

佐莉絲笑說：「那就麻煩你了。」

朱增年帶點傻氣的搔搔頭說：「別客氣，這是我份內的事情。」本想與佐莉絲話家常，怎知話題卻只在案情上打轉，令他頗有無奈之感。

佐莉絲轉過頭看向前方，嘴上繼續問道：「那麼另外幾件案子呢？」

既然和佐莉絲無法閒話家常，朱增年便用回答長官問話的方式繼續說：「還有一件發生在桃園復興鄉的山上，那裡有戶種田的農家，死者陳屍在農田裡，正面及背面都布滿了孔，也是因為失血過多死亡。另外，在臺北市郊的一座農舍裡，也同樣有一件死者身上都是孔狀傷口的案件，這位死者胸口至腹際間布滿著孔狀傷口，同樣是失血過多致死。」

凝神聽著朱增年說的幾宗懸案，佐莉絲雙眼凝視前方，沉默不語。

儘管只能與美女聊案件，但兩人共處時能說上幾句話，也算稍稍滿足了內心的遐想。醫院已在視線之內，朱增年面帶微笑的迭聲道：「我目前就查到這幾宗尚未破案的案子，醫院到了，我去停車，妳先上去吧。」

佐莉絲冷笑說：「我等你一起上去。另外，我們進病房前先做個簡單的消毒，以免把病毒帶進病房。」

這才想起自己與佐莉絲才剛從命案現場趕過來，內心不禁佩服她的細心，朱增年笑著說：「嗯，遵命！」

佐莉絲恬靜一笑，轉過頭靜靜凝視前方。

25 文字方陣

冷若水躺在病床上，不停低聲呻吟。

黃伊經過摔車、翻滾後昏迷，所以還沒清醒過來。醫生做了精密檢查之後，依舊擔心她有輕微的腦震盪，所以讓她住院觀察一晚。

朱增年和佐莉絲並肩走進病房。冷若水見到佐莉絲，呻吟聲突然變大，哀號說：「佐莉絲，我的右手骨折了啦。」

佐莉絲聽見冷若水這麼說，不禁皺眉上前探看右手裹著石膏的她，柔聲問：「這麼嚴重？醫生怎麼說？」

冷若水兀自感傷，淚水流下臉龐，撒嬌似的朝佐莉絲幽幽的說：「醫生說手斷掉要好幾個月才會好，他替我裹了石膏固定。妳看……」指指上了石膏的手，佐莉絲本想上前細看，不料朱增年一個跨步上前，嘲諷的笑說：「唉啊，這是一個光榮的紀錄，我搶頭香先來簽個名唷。」說完，從制服口袋裡拿出一隻原子筆，將自己名字簽在雪白的石膏上頭。

冷若水像趕蒼蠅似的朝朱增年大吼：「誰要你簽名啦！走開。」氣的嘟嘴，流著眼淚的雙眼牛眼般瞪著他，朱增年壓根不理會冷若水的驅趕，緊抓著石膏笑著簽名。

佐莉絲停住腳步，雙眼帶笑的看著這對寶互相打鬧，許久才緩緩轉頭看著昏迷不醒的黃伊，問道：「黃警官怎麼還沒醒過來？」

冷若水揮不開朱增年的手，滿肚子火氣，別過頭不理會他，語氣憂慮的說：「醫生怕長官有輕微的腦震盪，要她住院觀察一晚。」

佐莉絲微蹙眉問：「很嚴重嗎？」

冷若水唉聲嘆氣的回答：「長官還好啦，只要醒過來不會想吐、說話清楚就沒事了，像我就比較慘啦，要好陣子才能恢復呢。」

佐莉絲安撫著冷若水，微笑道：「真是辛苦妳了，那麼我就在留在這裡陪妳們一晚吧？」

冷若水急忙回答：「不用啦，不用啦，長官有我陪就好了，雖然妳沒有受傷，但是今天被車子撞了這麼久，又跳上跳下的，妳也累了，還是回家休息好了。」

佐莉絲微笑說：「我不累，等黃伊醒過來，我再走。」詢問簽完名、在一旁竊笑的朱增年：「你呢？要留下嗎？」

瞧瞧病房裡全是女生，朱增年搔頭傻笑說：「不了，我回去處理事情。」

佐莉絲微笑點頭。

朱增年朝冷若水說：「明天來接妳出院吧。」

冷若水喊疼喊累了，攤躺在病床上，有氣無力的說：「不用你來接啦，有佐莉絲在就好了。」

原本堆滿笑容的朱增年臉色一沉，心想：「不知好歹的傢伙，要不是念在同事一場，我才不來呢。」看著宛如貴妃般躺著的冷若水，朱增年神情無奈的轉過頭朝佐莉絲笑笑說：「不好意思，我先走了。」

朱增年轉身欲走，佐莉絲順口說：「我送你一程，順道替她們買些東西吃。」

被冷若水拒絕的朱增年聽見佐莉絲主動提出要送自己一程，原本不悅的心情瞬間轉變為驚喜，臉上帶笑，忙說：「好啊，好啊，我載妳去。」

冷若水躺在病床上，瞥見朱增年臉上笑容燦爛，冷言冷語的在一旁吐嘈：「別怪我沒跟你說唷，我們家的佐莉絲不讓你追的。」

不想讓自己的好心情被冷若水的「臭嘴」給弄擰，朱增年佯裝沒聽見，逕自大步走了出去。

佐莉絲朝冷若水笑說：「我一會兒就回來。」說完，便和朱增年並肩走出去。

冷若水喃喃叨念著：「沒安好心的死『朱』！」

此時，黃伊幽幽醒來，一陣頭昏眼花，天旋地轉的像是跳芭蕾舞般轉著圈，脖子痛得不得了，急忙閉眼靠在枕頭上，整個身體像被塞進滾筒式洗衣機裡攪了幾圈、內臟甩成一團、筋骨彷彿被人狠狠扭成麻花似的，全身上下沒一個地方不痠痛。她忍不住輕聲呻吟，冷若水的吶喊聲遙遠的猶如從另個空間傳來般，凝神細聽之後，才聽清楚：「長官，長官，妳還好嗎？會不會想吐啊？」

黃伊閉著眼，嘴上一開一闔，聽不清楚自己是否正確的說出：「沒事。我只是頭昏，妳還好嗎？」

聽見長官關心自己，冷若水眼淚差點流了下來，哽咽的說：「我的右手骨折了，其他都還好。醫生說啊，我們兩人要留院觀察一晚，明天檢查沒事的話，就可以出院回家了。」

冷若水的聲音清楚的傳進耳中，黃伊吁口氣又問：「佐莉絲人呢？她有沒有怎麼樣？她有沒有受傷？」

知道黃伊的狀況似乎沒有想像中嚴重，冷若水開心的說：「長官，妳放心啦，只有我們兩人受傷，她沒事，她現在去買東西給我們吃了。」

聽見佐莉絲沒事，黃伊鬆口氣，安心的躺著。

冷若水的話匣子一開，便停不下來。原本有氣無力的她為了交代事情的經過，精神抖擻的轉過身說：「長官，妳都不知道發生什麼大事了。那些歹徒真的有夠過份，竟然用砲把妳的車子給炸掉了。」

黃伊一聽，忘卻身子傳來陣陣痠痛和天旋地轉的昏沉，詫異的忙坐起身，睜開焦距模糊的雙眼朝冷若水看去，失聲道：「什麼？用砲炸了我的車？他們用的是什麼砲？」

冷若水見黃伊如此激動，掙扎的坐起身解釋：「不是沖天砲啦，不過，那個砲確實是從天上掉下來的。」

昏頭轉向的黃伊忍不住又躺回床上，重複著冷若水的話：「從天上掉下來的？能夠在平地使用的砲彈，應該是輕型迫擊砲。沒想到他們為了要殺掉佐莉絲，竟然動用這麼兇惡的手段。」想到這裡，顧不得自己的身體的不適，急忙起身翻找……

冷若水見黃伊似乎在找手機，於是開口說：「長官，妳要找手機唷？先用我的好了。」說完，伸出手將病床旁櫃子上的手機拿起來，傳給黃伊。

黃伊雙眼模糊的看著冷若水的手，舉手抓了半天，還是搆不著，冷若水乾脆翻下床將手機送到她手裡，開口說：「長官，妳現在還看不清楚，我替妳打電話啦，幾號？」

沮喪的將手機推回給冷若水說：「我要打電話給隊長，妳知不知道他的手機號碼？」

冷若水嘟嘴回答：「我不知道耶。」

就在她們互推手機的同時，佐莉絲走了進來，看見冷若水下了床，黃伊醒了，不禁微笑說：「妳們想打電話給誰啊？」

黃伊睜眼看著影像重疊的佐莉絲，微笑說：「妳沒事，真是太好了。」

佐莉絲笑說：「妳們受了傷，要多休息。若水，這是滷味，妳想在哪裡吃？」邊說，邊拎著一包香噴噴、熱騰騰的食物問道。

冷若水開心的笑說：「我這邊有個小桌子，我躺在床上吃就好了。」

佐莉絲將食物放在床頭櫃上，騰出手扶冷若水回到床上，接著將一張可以掛在兩旁的横板放在病床中央，把滷味倒進碗中，拿隻叉子給她：「這樣用左手也能吃唷。」

冷若水心滿意足的笑說：「對啊，叉子好用。」說完，飢腸轆轆的埋頭吃起滷味，瞬間忘記原本正要替黃伊撥打電話的事情。

佐莉絲走到黃伊身邊，微笑說：「我替妳買了牛腩飯，要我餵妳吃嗎？」

聽見佐莉絲要餵自己吃東西，黃伊表情略為羞怯的放下手機說：「我不餓，我想先打電話給隊長。」

佐莉絲笑說：「我已經跟管隊長聯絡過了。他告訴我，這些人確實是祁警員通報剛入境的八位專業殺手，其中三位逃走了，兩輛車的駕駛死亡，三人現在被拘禁中。另外，我跟外婆通了電話。」

黃伊大驚失色，急忙問道：「妳怎麼跟外婆說？」

佐莉絲歉然道：「我只能實話實說，但是我告訴她，妳明天就可以出院了，我會留在醫院照顧妳，請她好好休息。她聽了之後，便安心許多。」

黃伊皺眉不開心的說：「幹嘛告訴她這種事，讓她替我擔心？」

佐莉絲冷笑說：「總不能騙她吧？誠實是最好的解釋。管隊長等等會到醫院來看妳。」

黃伊頹喪的躺回床上，語氣低沉的說：「不用勞煩他親自過來。」

佐莉絲拉張椅子，坐在上頭，接著說：「他堅持要來，我也沒辦法，只可惜妳的車被迫擊砲炸毀了。」

黃伊帶著訝異的語氣，坐起身用著失焦的雙眼看著佐莉絲說：「果真是迫擊砲？他們從哪裡弄來這種違禁品？」

佐莉絲凝視黃伊，面無表情，半晌不語。

黃伊心中忐忑不安的嘆息說：「車子被炸壞的事情不重要，人沒事就好。只是，我真的不懂，究竟妳做了什麼事情，能讓他們動用這麼兇狠的手段想致妳於死?這才真是令人擔心的事情。」

佐莉絲冷笑道：「沒什麼好擔心，還是先把殺人案查個清楚比較重要。」

黃伊一陣昏眩，閉上眼躺回床上問道：「妳去過命案現場了嗎？」

佐莉絲回答：「去過了。」

黃伊接著問：「有什麼頭緒嗎？」

佐莉絲微笑說：「妳啊，先把飯吃了，有什麼眉目，我自然會告訴妳。」

黃伊賭氣的回答：「喔，妳受傷的時候，還不是什麼都不管的拚命查案，我才不過受點輕傷，妳就要我休息，這樣不對吧？」

佐莉絲輕聲笑說：「我這是替外婆說的唷。妳啊，趕緊把身子養好，別讓外婆擔心。」

佐莉絲把外婆的名號擡出來，黃伊只好無奈的幽幽說道：「我躺一下，等等再吃。」

不強迫黃伊，佐莉絲微笑說：「好吧，就再睡一會兒。」

黃伊不再接話的靜靜躺著，不久便沉沉睡去。

佐莉絲見她睡了，便將她握在掌中的手機取出來放在床頭櫃上。轉過頭見冷若水吃的起勁，微微一笑，坐在椅上吁口氣後，理理心思，突然臉色一沉，伸手從手提包中拿出塑膠袋，神情凝重的看著，沉思一會兒，便起身到護理站要了兩只乾淨的塑膠手套，走回病房，將椅子轉向床頭櫃，雙手戴上乾淨的手套後，小心翼翼的將裝有命案線索的手套解開，取出裡頭的兩張紙，其中一張是寫著英文字的圖樣。

佐莉絲仔細的研究上頭的英文字：

S OBOS
OLEHO
BEDE B
OHELO
S OBOS

佐莉絲依稀記得曾在哪裡看過這樣的英文字方陣，但一時間又記不起來。她低頭沉思，想從記憶深處將這個似曾相見的方陣圖找出來。

這時，冷若水出聲說：「佐莉絲，可不可以麻煩妳……」

佐莉絲目光炯炯的轉過頭看向她。

冷若水不好意思的說：「我吃完了，突然覺得想睡覺。」

脫下雙手的塑膠手套，佐莉絲面無表情的起身，過去替她將桌上的東西收拾好，順便將橫板收起放在床旁。

冷若水深吸口氣說：「嗯，好好吃喔，謝謝妳唷，晚安。」說完，躺在床上，漸漸沉睡。

佐莉絲靜立在冷若水床旁一會兒，接著面無表情的轉過身坐回椅上，雙眉緊鎖的盯著文字方陣思考許久，仍舊無法想出什麼，嘆口氣，先把方陣擱在一旁，戴上手套，把另一張圖拿出來。

不用佐莉絲苦苦思量，這張畫中的物件，就算化成灰燼，她也能在瞬間指認出那是什麼！這張畫中的物件正是Golden Dawn總會的玫瑰十字架。當年R.J.單獨至Golden Dawn投誠時，親手奉還的信物，就是這只十字架。

為什麼這名死者手上會有這只十字架的圖稿呢？

上次見到R.J.時，她親口說了玫瑰十字架失竊，是否跟繪製這張草圖的人有關？

佐莉絲凝視著眼前這張圖稿，思緒移至從心靈宮殿所拿回的身分證號及成立至今的所有會員名冊，她思索著前三名死者的共同處：同血型、同月同日出生、同為志工。

前三名死者在心靈宮殿的志工名單中，已經被剔除在外。經過比對，還有另外四名被除名的志工，除了其中一人之外，剩餘三人全是和已死之人同血型、同月同日出生。究竟這些人有什麼樣的關聯呢？這些奧妙的巧合之中，背後有著什麼樣的陰謀正在進行？

思考著已有的線索、若有所思將這些毫無關聯的單獨事件檢視一遍……彷彿有道電光閃過腦海！佐莉絲猛然記起自己曾讀過Golden Dawn成立的歷史文獻，文獻中約略記載著有關魔法師的力量來源。

難道這個英文字方陣是「亞伯拉梅林護符」！

佐莉絲不敢置信的急忙將方陣取過來，睜大雙眼細細瞧著。

「亞伯拉梅林護符」就是使用英文字母組成的方陣圖，又稱為「復活方陣」。根據文獻記載，「亞伯拉梅林護符」是一種能夠產生奇蹟的文字方陣。傳授此魔法方陣的指導者指示，在未得到聖潔的護法天使的知識和口才前，絕不可以使用此種方陣，否則將會帶給使用者不幸。文中也提及若是魔法信徒要安全的使用「亞伯拉梅林護符」，必須先以苦行僧的生活方式追求聖潔的護法天使，這樣的生活至少要經歷六個月，直到天使出現在魔法師面前，傳授魔法師控制善、惡精靈的技術，方能安全的使用「亞伯拉梅林護符」。若有人不信這樣的使用方式，略過苦行而冒然使用此方陣進行復活儀式，將帶給使用者極深至苦的不幸。

書中也提過，中古世紀曾有魔法信徒為了使死後的妻子復活，特別在手臂上繪出此文字方陣，而據書上記載，該名信徒的妻子復活後沒多久，這位魔法信徒卻突然發瘋並自殺身亡。雖然不知道文獻中的記載是否有事實的根據，但這種方陣深得愛好魔法者的信賴，不停的流傳至今。

佐莉絲神情驚怖的屏息凝神看著繪有英文字圖樣的紙張……

腦海裡不停的浮現文獻紀錄的字字句句，佐莉絲驚駭的倒抽口寒氣，緊盯著眼前這張方陣圖，仔細回想文獻中的方陣圖樣，這兩張方陣圖案，除了使用的英文字母不同之外，兩者繪製的型態與文字組合幾乎是如出一轍！

佐莉絲臉色鐵青的陡然站起，心臟怦怦猛跳，呼吸不自覺的急促起來，雙眼如盯著仇敵般，凝視眼前這張充滿文字的方陣圖。

死者手上同時握有這兩張圖樣，究竟代表什麼意思？

難不成又有人想使用這種魔法方陣讓死者復活嗎？

佐莉絲全身發顫的駭然想著：玫瑰十字架、魔法復活方陣、Golden Dawn、心靈宮殿，玫瑰十字架不會沒有原因的遭竊，復活方陣也不會無故出現，代理達人的就任典禮、心靈宮殿被人恐嚇，這些絕對不是單獨的事件，其中必定有什麼理由讓它們串聯在一起！

線索一一浮現眼前，轟然如雷霆般炸遍佐莉絲的腦海，漫天掩蓋而來的急迫感，使得左胸近鎖骨處的槍傷傳來一陣劇痛，佐莉絲伸手摀住傷，一陣昏眩，全身癱軟的坐倒椅中，呼吸艱困的大口喘息。顧不得疼痛，忙撐起疲憊的身子趴在床頭櫃上，雙眼盯著那張方陣圖。

如果真如所想，這張方陣圖是「復活方陣」，那麼S、O、B、L、E、H、D，究竟代表什麼？

難不成這些英文字母與連續殺人案有所關聯嗎？S、O、B、L、E、H、D是分別代表著已死及未死的人嗎？

像是失去水的魚，不停的努力喘息，佐莉絲感覺自己幾乎窒息般無法呼吸，但此刻，腦中的思緒卻無比的清晰，前三名死者的名字不停的浮現眼前。

彷彿靜立在虛無的空間，被這些中文字環繞，佐莉絲置身在另個空間，將所有的中文姓與名全翻成英文：W、Y、T、K、P、S、W、Y、Z，這些字母與方陣圖中的英文字兩相對照下，赫然發現，這些字母中僅有一個字母與「復活方陣」相符，那麼「復活方陣」與連續殺人案應該沒有關係。而連續殺人案是單獨的案件嗎？殺人犯為什麼要持續的殺人並奪取器官呢？

佐莉絲仔細思考後，又推翻了自己的想法：不對，「復活方陣」明明是在死者的手中被發現，肯定與連續殺人案有某種程度的關係！如果依此思考，連續殺人案必定是依照「復活方陣」的方式進行殺戮的行為，但「復活方陣」又與被害者有什麼關係呢？是按著「姓」還是「名」而排列出這樣的方陣，還是依照著其他的什麼來排列？

漸漸覺得自己呼吸不到任何的空氣時，胸口的劇痛也漸漸消失。

佐莉絲的腦海中浮現出瑰麗的玫瑰十字架。黃金黎明會失竊的玫瑰十字架又與中古世紀流傳的「復活方陣」有何關係？這兩者應該風馬牛不相及，根本是沒有任何意義的聯結。

就在佐莉絲陷入幾近窒息而昏迷的時刻，管斯澧走了進來，驚見佐莉絲癱軟在床頭櫃前，管斯澧臉色焦慮，忙上前扶起她，口氣擔憂的問：「發生什麼事？妳還好嗎？」

佐莉絲臉色慘白發青的已無呼吸，窒息似的睜大雙眼，管斯澧神情焦急的忙將她橫著抱起，朝護理站跑去。深怕佐莉絲就這麼死在自己眼前，管斯澧額間汗珠直冒，情緒失控的大叫失聲：「快，快拿氧氣罩過來！」

護士見警察態度慌張大吼大叫的跑到護理站，個個大驚失色，急忙拉過床、抓起氧氣桶跑過來。管斯澧將佐莉絲放在病床上，看著她雙眼呆滯、毫無氣息的躺著，忙大力拍打她的臉蛋大叫：「醒醒，快呼吸啊。」

護士們邊拉開擋在病床邊的管斯澧，邊替佐莉絲套上氧氣罩、打開氧氣桶。過了一陣子，停止呼吸的佐莉絲突然大大的喘口氣，咳了幾聲後，呼吸才漸漸穩定，呆滯的雙眼，眼珠子緩緩的轉動，朝管斯澧看去，強撐起一抹微笑說：「我沒事，讓你擔心了。」說完，撐起身子想下床。

管斯澧見她脫離險境後，調整了自己先前急躁的態度，表情和緩的朝護士們道謝後，轉過身，臉色一沉，看著佐莉絲，語氣怒極的命令道：「躺好！不准下床。」說完，逕自推著病床回到冷若水及黃伊的病房裡。

佐莉絲見管斯澧怒氣沖沖，自覺身子還需要一陣子才能恢復，便緩緩躺回床上，等著呼吸更為平順後再下床。

等病床推進黃伊及冷若水中間的隔簾，管斯澧拉過椅子，坐在上頭，臉色凝重的半晌不語。

黃伊被周遭的聲響吵醒，睜開雙眼，眼前一切都已恢復正常，頭昏的狀況也消失，轉過頭驚見佐莉絲竟躺在病床上，不禁忙坐起身，又見管斯澧臉色沉重的坐在面前，整個人突然怔住，腦筋一片空白。

黃伊語氣疑惑的開口說：「長官，發生什麼事了？」

管斯澧面色凝重說道：「佐莉絲剛剛昏倒在床頭櫃上頭，我讓她躺在這裡休息。」

黃伊驚訝的轉頭看向臉色蒼白、雙眼緊閉的佐莉絲。氧氣罩下的她，呼吸平穩，黃伊喃喃地說：「她昏倒了？是有人對她做了什麼嗎？」

管斯澧無奈的說：「她的傷還沒好，太過勞累，差點就窒息死了。」

黃伊皺眉的看著靜靜躺著的佐莉絲，想起佐莉絲為了救她和冷若水拼了命的模樣，在這樣的時刻裡還趕去看屍體，真的太過逞強。若不是她現在躺在自己身旁的病床上奄奄一息的模樣，黃伊壓根就忘了她的傷勢尚未痊癒。

黃伊急切的問道：「那她現在……」

管斯澧面色凝重的說：「應該沒事了。」眼神一轉，看向黃伊關切的問道：「妳呢？覺得如何？有哪裡不舒服？」

黃伊忍住身子痠痛的感覺，報告說：「剛剛還不太舒服，現在好多了。」

管斯澧鬆口氣點頭說：「那就好，佐莉絲已經向我報告事情經過。妳的公務車被炸了，我這臺讓妳用。另外，在逃的三名殺手，江棟豪及林滔然已經展開追捕，相信他們跑不了多久。汪杏瑩目前還查不到那兩名外國人的落腳處，我已經要求她盡快查出地點。對了，祁虹靖查出之前心靈宮殿的負責人姚嬌美和林岱雲去年中旬曾經出境到英國，不知道對殺人案的案情是否有幫助？」

佐莉絲原本靜靜躺著聽管斯澧說話，順便調息，但一聽見祁虹靖調查出的事情，突然睜開雙眼，掙扎的坐起身。

管斯灃見她想起身，立刻上前扶起佐莉絲問：「妳要做什麼？」

黃伊在一旁疑惑的看著佐莉絲。

佐莉絲抓住管斯灃的手臂，把氧氣罩拉開，神情緊張的問：「你說心靈宮殿的負責人姚嬌美和林岱雲，去年中旬曾經出境到英國？」

管斯灃疑問的點頭說：「是啊，怎麼了嗎？」

佐莉絲伸手撥開一旁的氧氣桶，急忙下床看著床頭櫃上的紙條，靜靜站立沉思了許久，好一會兒，嘴角漸漸閃現一抹冷笑。

管斯灃擔心佐莉絲又會昏倒，隨即站在她身後焦急的問：「發生什麼事？妳發現什麼線索？沒事了嗎？」

佐莉絲深深吸吐了幾次後轉身，神態自若的微笑說：「我沒事了。抱歉，讓您擔心。」

管斯灃看著臉色漸漸紅潤的佐莉絲，語氣責備道：「要妳好好休息，妳偏不聽。」

佐莉絲微笑說：「等這些案子辦完後，我一定會好好休息。」

管斯灃搖頭嘆息：「真是不聽話。要不是我正好趕到，妳還有命辦案嗎？妳的倔強真是遺傳啊。算了，我懶得像個糟老頭一樣叨念妳們，沒事就好。」

佐莉絲滿臉無辜的看著管斯灃。黃伊則是坐在床上，低垂著頭深深自責。

三人一陣沉默。

此時，冷若水震耳欲聾的鼾聲終於傳進三人耳中，管斯灃的注意力瞬間被這鼾聲弄得六神無主，頭疼的撫額，無奈的說：「她受了傷還能睡得這麼香，真是不容易啊！我去問問護士，有沒有辦法可以治治她的打呼聲？」說完，倏地轉身走出病房。

黃伊語氣擔憂的問：「小佐，妳真的沒事了嗎？」

佐莉絲微笑說：「這是之前的槍傷，不算痊癒，只是偶爾會發作一下，沒事的。」

黃伊憂心忡忡的說：「妳剛才躺在病床上，臉色很嚇人呢。」

佐莉絲歉然道：「我會多注意身體。對了，牛腩飯要吃嗎？」

黃伊嘆息道：「好啊。」

佐莉絲伸手去拿，發現飯已經涼了，猶豫了下說：「我去把飯熱一熱。」

黃伊伸手拉住她說：「沒關係，我吃冷的就好，妳還是多休息一下吧。」說完，接過牛腩飯，拿過筷子，張口吃飯。

管斯澧拿了一個鼻夾進來，表情頑皮的朝黃伊及佐莉絲一笑，然後將它夾在冷若水的鼻子上，頓時，鼾聲變小，管斯澧微笑說：「挺管用的。好了，妳們休息吧，我把床留在這裡。」

佐莉絲搖頭說：「等等我推出去就好。」

儘管擔心佐莉絲的身體狀況，但管斯澧明白自己多說什麼也阻止不了她想做的事情，沉默半晌後，才嘆息說：「我來吧。妳們好好休息一晚，後天心靈宮殿的館長請黃伊過去一趟，我會派人跟妳一起去。」

黃伊內心叨念著：心靈宮殿又有什麼事情要我去？那館長還真是令人厭煩啊！但她滿嘴塞著食物，無法發問。

佐莉絲表情疑惑的問道：「她要黃伊過去做什麼呢？」

管斯澧無奈的說：「唉，還不是懷疑有人要炸她的宮殿，跑一趟也好，省得她疑神疑鬼。」說完，將身上的鑰匙拿起來，拆下車鑰，放在黃伊的棉被上：「車子給妳用。」

黃伊慌忙之際，囫圇吞下嘴裡的一口飯，隨即問道：「長官，你將車子給我，你要怎麼回去呢？」

管斯澧淡淡笑說：「伸手牌啊？路上有計程車還有公車呢。」

佐莉絲不禁輕聲笑說：「想不到嚴肅的管隊長竟然這麼幽默。」

管斯澧無奈的嘆息道：「我的『嚴肅』都是被屬下說出來的，我才不是那樣的人。」說完，準備推著病床離開，佐莉絲跟著過去：「我送您出去。」

管斯澧搖搖手說：「妳去休息。這裡不比家裡的床舒服，能睡就睡。養足精神，還要對付這些兇悍的殺人狂。」

想起連續殺人案的事情，佐莉絲霎時停下腳步，沉默一會兒才微笑說：「那就勞煩您了。」

管斯澧背對著她們不再回話，擺擺手，逕自走了出去。

黃伊開口說：「長官說得對，陪病床又冷又硬，要不要跟我擠一張病床啊？這樣也暖和些。」

佐莉絲淡淡一笑說：「妳自己睡吧，我還有些事情要想。」

黃伊把最後幾口飯全塞進嘴裡，鼓著嘴，下床要去丟垃圾。佐莉絲上前接過後，微笑說：「妳休息吧，我來就好。」說完，拿著垃圾轉身離開。

整嘴塞滿食物的黃伊見她走出病房，用鼻子長嘆了氣後，躺在床上，慢慢的咀嚼嘴裡的食物。

26 冒煙的手工醬油

Albert氣急敗壞的在旅館中來回走著，三名黑衣男子帶著傷，面無表情的筆直站在一旁。

R.J.站在另一側，雙手交叉胸前，眼神冷淡的看著Albert，不發一語。

Albert終於停下腳步，目光凌厲的朝三名黑衣男子看去：「為什麼你們殺不了一個瘦弱的女子？八個人竟然殺不了三個女人？我看總會根本就是派你們來壞事，想拔掉我代理達人的位置。」

R.J.語氣低沉的開口說：「難道你不覺得自己的女兒沒死，是值得慶幸的事情嗎？」

Albert轉過頭瞪著R.J.，眼角抽搐的說：「只要是擋住我升任代理達人這個位置的人，全都該死，就連是我親生的女兒也一樣！妳不要以為佐莉絲逃得過。」

話鋒一轉，Albert朝三名黑衣男子叫囂：「你們最好小心點，不要讓這些警察抓走，不然，你們乾脆自殺算了。走，全都給我走！一群窩囊廢！」

三名黑衣人被Albert吼得心慌意亂，腳步匆忙的接連離開。

Albert瞋怒瞪著離去的三人，靜立的看著門沉思許久後，突然轉身，目光陰惻惻的看向R.J.，嘲諷的笑說：「妳以為妳的心意我看不出來嗎？自從妳進入總會之後，我們每個人都盯著妳。妳是最大的嫌疑犯，妳到總會投誠的目的何在？是不是為了保住那個女人的命？」

R.J.淡漠答道：「我替總會賣命這麼多年，竟然是得到這種評價？就算我怎麼辯解，也不會有人相信我所說的話，你愛怎麼想就怎麼想……」話未說完，Albert跨一大步，扯住R.J.的金髮，往後一拉，一柄銳利小刀擱在她白皙的喉際，語氣陰森的說：「任妳如何強辯，我們都不會相信妳！要我相信，除非妳能在我眼前，親手殺了她！對了，是用槍指著她的太陽穴，打得她腦漿迸出，我才會相信妳的忠誠。」

R.J.絲毫沒有掙扎，神態自若，微笑的說：「如果是這樣才能取信於總會和你，沒問題，我會用槍將她的腦袋打穿，接著連你的女兒也一併殺掉。」

Albert冷笑說：「很好，如果妳能做到這樣，總會那邊，我自然會替妳說話！」

R.J.語氣平淡的說：「請放開我。」

Albert鬆開手、放下小刀，邊玩著刀，邊緩步走著：「現在，我們先盯緊心靈宮殿，至於殺她們的事情，我會安排。」

R.J.盯著Albert的身影，心中盤算，但神情依舊冷漠。

Albert眼神閃爍著陰晴不定的神采，想起黃伊，臉色陰鬱地沉思著。

黃伊開車送冷若水及佐莉絲回家後，才回到自己家中。

一進門，只見外婆兀自發呆、整個人精神頹靡的坐在客廳沙發上，往日奕奕的神采不再，臉色黯沉的哭喪著臉。看見黃伊進門後，眼神中才稍露出喜悅之情，忙上前拉著她左右看著，關心問道：「還好嗎?沒事吧?哪裡受傷了?」

見外婆受驚，心中不忍，黃伊抱住外婆古稀的身子，柔聲道：「外婆，我很好，沒有受傷。」

外婆推開黃伊，從臉上看到腳尖，又從腦後看到腳跟，又看黃伊笑笑的站在自己面前，這才鬆口氣、開心的笑說：「我擔心死了。佐小姐打電話來說妳出院了，我還以為她說的是安慰我話呢。來、來，趕緊吃個豬腳麵線過過運。」拉著黃伊到餐桌旁，只見桌上擺著一碗熱騰騰的豬腳麵線、一副筷子，外婆忙要黃伊坐下，自己拉過椅子坐在一旁，笑著看她。

心頭湧上一股暖意，眼睛一酸，紅了眼眶，伸手拿起筷子，朝外婆說：「要不要一起吃?」

外婆「呸」了幾聲，語氣責備的說：「給妳去壞運氣的，我又沒事，吃這個做什麼？」

黃伊低頭掀了掀嘴角，夾起麵線，緩緩吃了幾口。

外婆盯著她吃麵，叮嚀道：「多吃幾口，霉運去得快。還有啊，妳出事的事情，我已經告訴阿伯了，他有去看妳嗎？」

聽見外婆這麼說，一口麵從嘴中噴出來，黃伊神色大驚的問：「外婆，妳、妳跟誰說我出事了？」

看見黃伊這麼驚訝，外婆疑問的回答：「妳爸爸，阿伯啊。女兒出事，爸爸在臺灣，怎麼可以不知道呢？」

黃伊又氣又怒，大聲說：「外婆，我不是跟妳說過，阿伯來找我，我不會見他的，怎麼妳還把我出事的事情，跟他說？」

外婆滿頭霧水的說：「唉唷，父女之間有什麼隔夜仇啊？吵完了，過了就算了。嗯？」

不想讓外婆知道Albert的惡行，強忍住怒火，點頭勉強笑說：「算了，既然妳都已經告訴他，話也收不回來。不過，我再說一次唷，妳不要跟艾伯聯絡，知道嗎？」

外婆見黃伊似乎瞞著自己什麼，嘆息道：「唉，好啦，好啦，從今天起不跟阿伯聯絡就是了。」

聽見外婆的勉為其難的允諾，黃伊這才低頭吃麵，心想：「Albert知道自己及佐莉絲沒事，肯定又會找上門來。現在冷若水受傷，佐莉絲的傷勢尚未痊癒，這次的攻擊力道之強，若非佐莉絲機警，這下子連我的命都不保。想必Albert為了殺佐莉絲，連父女之情也不放在心上。」嘴上吃著熱騰騰的麵線，但內心的寒意卻像極地嚴寒的冰霜般襲身，迫使黃伊禁不住打了個寒顫，睨了下帶著微笑的外婆，益加感到一陣揪心的苦楚及惶惑不安。

冷若水因受傷而放公假，平時活蹦亂跳的她，突然空下來待在家裡閒閒沒事做，簡直悶的發慌！坐在餐桌旁，望著窗外的炎炎烈陽，如此風和日麗的好天氣，讓坐不住的冷若水很想趁著晴空萬里的大好天氣出門逛街。但是手上的石膏提醒著她是位傷患，不禁又唉聲嘆息的往屋內張望。

佐莉絲自從房裡出來後，就穿著一身白色浴袍，包著白色頭巾，靜靜坐在沙發上，拿著紙條發呆，不知道在想什麼？這樣專注研究案情的時候，冷若水就算請舞龍舞獅在她身邊喧鬧，也吵不醒專注思考案情的她。

枯坐在日曬強烈的餐桌旁，冷若水眼神飄忽的看著桌上的玻璃瓶，那只瓶裡裝著從老家帶上臺北、母親手工釀製的醬油。這陣子忙壞了，壓根沒注意到醬油的保鮮方式。凝神注視醬油瓶的冷若水，突然覺得醬油怪怪的？揉揉眼後，仔細再看，再也忍不住大聲叫道：「唉唷，醬油怎麼會冒煙啊？該不會是壞掉了吧？」說完，伸出左手去拿，瓶身燙手，冷若水「唉啊」一聲，忙縮手摩擦臀部說：「喔，好燙唷！忘掉要放冰箱了，要壞掉了啦。」

原本全神貫注思考案情的佐莉絲，驀地聽見冷若水大聲嚷嚷，閉閉眼，轉過頭看向她。

冷若水像是第一次見到奇景般，嘴上叨念著：「怎麼會這樣呢？冒煙唷？該不會醬油也會『屍變』吧？」

佐莉絲皺眉緩緩起身走過去，當她站在桌邊凝視著玻璃瓶中醬油的化學反應……

玻璃瓶、手工醬油、太陽照射、化學反應，玻璃、太陽、反應……

突然間，佐莉絲的腦海中閃過一個想法，這個想法讓她全身不禁微微一顫。

再次凝神細看玻璃瓶，那在瓶中微微冒煙的醬油煙霧，散布在半個空玻璃瓶中。佐莉絲不禁想起玫瑰十字架中心的那顆寶石：被五條線分割的寶石。

整個玫瑰十字架由琉璃製造而成！唯獨環繞中心的那一圈是特別使用玻璃材質所塑造。中心玻璃製成的大圈中又分別規劃為四個略小的圓圈，每個小圈環繞著更小的一圈，共形成四層圓圈。位於中心的圓圈則是圍繞著小十字架，十字架中心是一顆被五條線分割的寶石，沒有文字，僅有像是象徵十字架光環般突出四個尖角。

小十字架中心鑲著的那顆寶石分割成五個等分，象徵五芒星的五等分。其他三層圓圈上都刻有希伯來文字，僅有中間的那一圈，完全沒有任何文字。

這樣特殊的材質構造，是否有其他的用途？若是透過強光照射這片玻璃，強光透過玻璃聚於一點，引起的燃點是否可能造成物質的化學變化？催化物？

看著玻璃醬油瓶，在剎那間似乎想通了什麼，原本嚴肅的表情突然露出甚深的笑意看著冷若水，嘴上柔聲說：「若水，妳真的很厲害。」

冷若水滿臉疑問的看向佐莉絲，雙眼半睜的說：「忘了把醬油放進冰箱裡，有什麼好厲害的啊？我看這個醬油不能吃了。這不是外面工廠做的耶，是我媽親手用黃豆釀的。」

佐莉絲輕鬆的笑說：「真可惜，這種手工的醬油，很容易產生化學變化，既然壞了就丟掉吧。」一伸手拿起醬油瓶，走到廚房將它丟進垃圾桶。

看著佐莉絲一點都不怕燙似的，拎著醬油瓶就這麼丟進垃圾桶，冷若水無奈的嘆息說：「下次叫老媽寄兩罐上來，我一罐，妳一罐，如果又忘了放冰箱冰，到時候妳可以拿我的來吃，我也可以拿妳的來用。」

從廚房走過來的佐莉絲甜甜一笑說：「好啊，我還沒嘗過這罐醬油的味道呢。」

冷若水根本沒理睬她說了什麼。無聊的她只要有人願意對談，就可以一掃先前悶的發慌的心情，於是開口接著說：「欸，不是我要說我媽的好話。她的手藝唷，真的是天下沒人能比，她親手做的飯菜，怎麼都比外頭店家賣的好吃。要是我沒考上警察，就會跟她一起在鄉下賣小吃。其實想想，這樣也不錯啊。至少不會像現在這樣，裹著石膏坐在這裡，想出門逛街，又怕痛。咦，人呢？」擡起頭看著四周，突然發現佐莉絲從眼前消失了。

佐莉絲趁冷若水發表長篇大論的時候，緩緩走進房間裡去了。

冷若水一抓到說話的時機，便講得入神，完全忽略了佐莉絲的舉動。

「都不說一聲就離開，害我像個傻瓜一樣，一直說。」冷若水自覺無聊的叨念著。

正在碎念的時候，電鈴響起。冷若水百無聊賴的起身，拿起話筒問道：「誰啊？」

「朱增年。」

冷若水輕聲說：「好色『朱』又來了。」由於受傷在家真是太無聊，哪怕是完全不認識的陌生人按電鈴，自己也肯定會想辦法跟他東聊西扯。正好朱增年親自送上門，也就勉為其難的接受一下他的騷擾。想了想，冷若水開門後，便走到板凳上坐著等他上樓。

朱增年神清氣爽的跑了上來，見到冷若水臉上寫著「無聊」兩個字，不禁帶笑的將身後的雙手舉了起來說：「看，我帶什麼給妳？」

斜眼一睨，除了牛皮紙袋外，就是一袋食物：「什麼？」

朱增年將門關上，把食物放在餐桌，一件件取出來獻寶：「有汽水、泡麵、還有滷味、關東煮……」

冷若水絲毫不起勁的看著，語氣冷淡的說：「謝謝你唷。」

驚覺冷若水竟然對食物完全沒興趣，朱增年嚇出一身冷汗，走上前，盯著她瞧：「怎麼了，摔壞腦袋了唷？」

冷若水有氣無力、語氣嬌柔的說：「你才摔壞腦袋！天氣這麼好，好想出去走走唷。」

聽見冷若水用著撒嬌的語氣跟自己說話，不禁憨笑著搔搔頭，突然間像是想到什麼好主意般挑眉笑說：「想出門逛街嘛，不然，等等我載妳出去巡邏，怎麼樣？」

一聽見朱增年要帶自己出去逛逛，冷若水不禁開懷的笑了一下，猛然間腦海中浮現一堆死相淒慘的屍體，霎時收起笑容、興趣缺缺的說：「巡邏唷？那我還是待在家裡睡覺好了。」

朱增年見冷若水一點都不像平常般活潑，頗為憂心說道：「睡太多也不好啦。」

冷若水不以為然的扁嘴道：「總比看到屍體好囉。」

覺得她這麼害怕屍體，不禁好笑的勸說：「唉，那也不是常有的事情啊。」

冷若水覺得朱增年心情這麼好，肯定不是因為自己的關係，於是表情漠然的說：「你是來找她的吧？」

被冷若水戳破自己的來意，朱增年臉色微紅、略帶窘迫的說：「我確實有資料要交給她，但是我真的是專程來看妳的，妳看我還特地帶了這麼多食物……」

冷若水搖著裹著石膏的手，轉過頭朝佐莉絲的房間，扯開嗓子大叫：「佐莉絲，朱增年來找妳了。」

話才說到一半，冷若水不給面子的就扯嗓大叫，朱增年閉上嘴、臭臉瞪著她，心想：「才不過受點小傷，就跩的像太后似的。」雙手垂在身側，靜靜的看著冷若水的後腦勺。

喊了幾次之後，佐莉絲才緩緩開門，身上穿著一套七分袖純白色洋裝，腳上踩著夾腳拖，神清氣爽的走了出來，見到朱增年沉著臉站在餐桌旁，微笑道：「朱警官這麼早？」

朱增年強撐起滿臉笑容說：「不早了，都快到午餐時間了。妳要的資料我都找齊了，喔，對了，妳要我問法醫屍體的傷口是否有木屑的殘留，法醫的回答是『沒有』，不過他有說，傷口處遺留有血跡的殘屑，他送去化驗之後，發現了前四名死者的ＤＮＡ反應。」邊說，邊走上前將手上的牛皮紙袋交給佐莉絲。

聽完朱增年轉述法醫的說法，接過紙袋略略沉思了會兒，隨即笑說：「謝謝你。」說完，輕盈的轉過身，逕自走到沙發坐著，抽出資料研究。

打量了專注的研究資料的佐莉絲，回頭看了眼毫無精神的冷若水，杵在屋內彷彿是個多餘的無聊男子，朱增年嘆口氣說：「那，如果沒事的話，我先走了。」

冷若水垂著頭，淡淡的說：「不送。」

朱增年頗感無趣的轉身欲走，此時佐莉絲突然擡起頭對冷若水說：「若水，悶在家裡挺不開心，要不要跟朱警官出去走走啊？」

冷若水搖頭嘆息道：「不要。」

佐莉絲微笑說：「不然，妳幫我到麵店買碗麵回來，好嗎？」

像是被什麼怪異的事件嚇了一跳，整個人差點從板凳上跳起來，語氣極為吃驚的說：「咦，妳會吃午餐唷？」

佐莉絲見冷若水這麼驚訝的模樣，不禁輕聲笑說：「我不用吃飯的嗎？」

冷若水頗不好意思的嘟嘴回答：「我很少看妳吃東西，還以為妳是仙女下凡，不食人間煙火呢。」

聽見冷若水這麼形容自己，佐莉絲忍俊不住的傳出一陣清脆笑聲：「我有吃，只是妳剛好沒看見。」

冷若水無奈的起身說：「好吧，既然仙女要吃飯，我也去買碗麵好了。」

朱增年停下腳步，轉頭看著冷若水，滿臉疑惑的問：「那我帶來的東西……」

冷若水斜睨他一眼，毫不留情的說：「欸，你常到我家『叨擾』，這些食物就當成你下次來的存糧吧。」

朱增年滿臉無奈的想：「這婆娘還真會計較！不過，男子漢大丈夫不跟婆娘計較，正所謂大人有大量。難得請佐莉絲一頓飯，乾脆就這樣吧。」微笑的對冷若水說：「那這樣好了，這頓飯我請啦，怎麼樣？」

冷若水歪著頭、舉著裹石膏的手，語氣懶散的回答：「隨便你。」說完，也不等朱增年跟上，就逕自走出大門。

為了趕上冷若水，朱增年口氣急促的朝佐莉絲說：「有問題再告訴我，我先走了。」不等佐莉絲回答，忙追著冷若水後頭走了出去。

等他們離開之後，佐莉絲拿起資料，沉思半晌，隨即用手機撥了電話出去。

「天主堂，您好，請問要找哪位？」接話者口氣溫和的問道。

「您好，我想找院長，請問她在嗎？」

「請稍等，我替您轉接。」

佐莉絲嘴角一抹冷笑，靜靜坐著等待。

27 毀掉神的殿堂

黃伊坐在房間的床上發呆，手機傳來一個極短響聲，拿起手機看了一眼，心中奇道：「最近怎麼這麼多簡訊啊？」

查閱簡訊內容：K旅館，殺手三人。

看完簡訊內容，急忙坐直身子查閱簡訊傳送者，呿，又是不知名的號碼。

黃伊不禁拿著手機杵著下頷忖思：「究竟是誰頻傳這樣的簡訊給自己呢？先是救佐莉絲，再來又是殺手的住處，這次同樣也是殺手住處，看來，Golden Dawn裡頭有內賊呢。」邊想，邊下床：「不知道這個人是誰？如果他們內部鬧內鬨，那麼這件案子指日可破了。」尋思至此，不禁微微一笑。

起身換上制服，準備將手機拿到專案小組辦公室，讓長官追查門號，順便調派人手去抓嫌犯。

黃伊此刻突然想起佐莉絲。

該順道去探望她嗎？

這個難搞的女人不知道用什麼方法說服長官？真是好奇！長官原本指派兩名警員跟著自己前往心靈宮殿調查恐嚇案，自己還想著該怎麼說服長官讓佐莉絲陪同前往，左思右想之際，突然一個大轉折，長官竟改口告知佐莉絲將陪同自己前去調查恐嚇案，究竟長官和佐莉絲交換了什麼意見，讓這位鐵令如山的長官瞬間改了命令？

不過，好奇歸好奇，這種類似詐騙般的小案子，要自己領著一群警察去查案，還真是浪費公帑！反正自己原本就屬意由佐莉絲陪同前去，這樣一來省去遊說長官的口舌，何樂不為？既然明天就要見面，今天就省去探望的過程，辦完事後直接回家休息好了。

默想許久，黃伊整理好身上的制服，走出房間、離開家，朝專案小組辦公室而去。

no name在門外猶豫許久，幾次舉起手又頹然放下。

不知道即將要面對什麼事情的no name，不停揉搓冒汗的雙手，好不容易下了決定，懷著忐忑的心情舉起手輕敲女王的房門，許久，只聽見女王在房裡頭傳來一陣低沉的回應：「進來。」

no name佇立門外，大口吸吐了幾次，緩和緊張的心情後，才開門準備走進去。

甫一開門，眼前的景象讓他一時間忘了自己的驚恐，也忘了將身後的門關上。

女王穿著一身紅色幾近透明的薄紗坐在梳妝臺前，身上的黑色胸罩及三角內褲隱約可見，五十四歲的胴體依舊凹凸有致。

從梳妝臺的鏡子裡瞥見no name雙眼緊盯著自己，沒把門關上，不禁露出淫蕩的微笑，語氣嬌柔的說：「進來啊，把門關上。」

自覺失態，no name雙頰緋紅的低垂雙眼，跨步走入房裡，回過身將門輕輕關上，背對著女王，臉靠著門，雙眼不停的轉動。

黑色短髮在髮角處略有白絲，女王不以為意的拿著梳子緩緩的理順髮絲，表情妖媚的朝鏡中的自己看著，眼神流轉之際，盡是滿意的神采。待她不捨的瞧完鏡中的自己後，才緩緩將手中的梳子放在梳妝臺上，既優雅又緩慢的起身朝no name走過來。

no name一直背對著女王，喉際因吞嚥口水而不停的上下蠕動。

女王嬌媚的聲音從他背後傳了過來：「轉過身來啊，為什麼不轉過身來看著我？」

女王的聲音彷彿是神聖的旨意般，令no name不得不遵從這樣的指令。他全身僵硬的像個機械人般艱困的移轉身體面對女王，神情既憂慮又害羞的低垂著頭，不敢直視女王。

嘴角帶抹魅惑的微笑，語氣嬌媚的說：「no name擡起頭來看著我！你覺得你眼中的我，如何啊？美嗎？誘人嗎？」

緊握雙手，幾乎想用千斤頂將自己的頭往上吊起，額際冒出細小汗珠，強迫自己將頭擡起來看著女王，no name雙眼無神的朝女王後方看去，語氣微顫的回答：「女王是未來的神人，我們的仰望……」

不等他把話說完，女王將身子撲進no name結實的身軀上，雙手將他套頭的帽T緩緩拉開，接著把衣服的拉鍊往下緩緩拉開，他腹際結實的六塊肌露了出來，女王目光貪婪的看著結實的肌肉，一雙媚眼朝no name看去，溫柔的說：「我不是要你來歌功頌德，我想聽你親口說，我很美，我很誘人。」

no name全身僵直的像具冰冷的屍體，嘴裡喃喃道：「女王，妳很美，很誘惑人。」

女王伸手將他的頭往下拉，讓他的視線俯瞰著自己幾近裸露的身軀，no name雙頰暈紅的看著她狐媚的雙眼及軀體，呼吸急促的恍若喘息。

女王張口微微呻吟道：「no name，這個世界上除了他之外，就只有你最清楚我想要什麼。你會背叛我嗎？」

從旖旎的春夢中驚醒，他連忙回答：「女王，no name絕對不會背叛妳的，絕對不會。」神情惶惑的看著女王。

女王愛憐的撫摸著他的臉龐，嬌聲說：「唉唷，看你怕成這樣。」將他的手拉起放在自己的腰間，細聲道：「你知道，我最愛你了。對嗎？」

看著女王認真又甜美的模樣，他鬆懈的默默點頭，雙手擺在女王的腰際，緩緩的扶著。

像個純真的小女孩般，女王將雙手圈住no name的頸項，邪氣的笑了笑：「如果，我想要你，你也會對我產生愛意嗎？」說著，女王將雙唇貼上了他的厚唇。

女王自動獻吻，這個舉動使no name內心如臨颶風般驚駭不已。但是他不能違抗女王對他的任何動作及命令，於是他只有睜大雙眼，看著女王一臉陶醉的吻著自己。

帶著一縷細絲掛在唇邊，女王眼神迷離的看著no name，又朝他的身子親吻著。no name不敢動彈的任女王在自己身上恣意妄為，心中的驚恐，使他不停的冒著汗珠。

女王把雙手放在他的私密處，將自己裸露的身子盡情的在no name身上摩娑，被女王這麼恣意的挑逗，身為男人的情慾漸漸高升。

摸著no name漸漸變硬的下體，女王滿足的嘆息道：「你對我也會有感覺啊？」邊說，狐媚般的雙眼邊朝他看去。

no name不停吞嚥著口水，氣喘噓噓、嘴唇微乾、語氣嘶啞的說：「女王，妳才是我的最愛，沒有人可以取代妳在我心中的位置。」

聽見no name這麼說，女王突然一個轉身朝後退了一步，將身上的紅色薄紗一拉，緊緊裹住身子，冷笑說：「no name，這是你的真心話嗎？」

驚見女王終於從自己身上離開，no name頗為窘迫的把衣服拉鍊拉起，戴上帽T，伸出舌舔舔乾裂的嘴唇，正色道：「是的，這是我的真心話。」

女王凝視著他，臉部肌肉突然抽搐起來，接著歇斯底里的大聲吼道：「你胡說，你以為你騙得了我嗎？」

聽見女王大聲詈罵，no name不禁雙腿一軟，跪倒在地，眼神惶恐的看著她。

女王怒目瞪著no name，咬牙切齒的說道：「我已經再三叮嚀你，這裡頭所有人都是我們精心挑選的，你竟然敢對她有感情，還敢說我是你的最愛，你要騙誰？」

no name渾身發顫的回答：「沒有這回事，沒有，女王，沒有。」

女王蔑視的笑說：「我即將成為神人，你說沒有的事，難道我就不知道嗎？你看看，我只不過對你稍稍挑逗一下，你的身體就有反應。只要是女人，隨便對你動個手，你是不是就跟剛剛一樣，接著，她再慫恿你什麼，你就要造反啦？」

no name搖頭如風吹書頁般，顫聲連答：「不會的，不會的。女王，no name絕對不會背叛妳。」

女王眼角抽搐、歪嘴咧牙，語氣盛怒中又帶著命令：「如果你口口聲聲說不會背叛我，很好，我成為神人的日子快到了，最後那個人你準備什麼時候動手啊？」

no name心頭一涼，跪倒地上，神情茫茫，嘴唇發顫的半晌說不出話來。

女王威嚇道：「說話啊？為什麼不說話？」

強忍住心中的驚恐，no name結結巴巴的說：「只……等……女王……妳下……下令。」

女王怒不可遏的「哼」聲說：「很好，明天我就要見到最後的物件，聽到了嗎？明天！給我出去！」

no name急忙用兩腳兩手齊步向後匍匐退去，拉開門後，驚嚇的用狗爬方式出了女王房間。

女王蔑視的低聲笑著，笑著，聲音漸漸大了起來，最後，她的笑聲竟迴盪在甬道中，久久不停。

一路爬到女王對面的房間門旁，雙眼含淚的咬著唇，像個無助的孩子般，翻身坐在門前，止不住的淚水滾落臉龐。他想起那個弱小的自己被那群小弟弟做的彈弓射死的當下，死時的那種痛苦，像是一顆溫熱的心被人剖開挖出，只剩空蕩蕩的身體。no name無聲的不停落淚，他的心猶如被鎖在寒冰窖裡，陣陣陰寒的地獄氣息凝結周身。

他已身在地獄，若非是她帶來的一絲暖陽，他早已不知世上還有「溫情」的存在，若是連她也被帶走，那麼他就真的只剩下一具空蕩的身軀，連靈魂都被摧毀的行屍走肉，還能剩下什麼？

想到這裡，手掌被自己的牙啃掉了一塊肉卻渾然不覺痛，他無聲的落淚，低著頭彷彿承受被彈弓亂射的痛楚。

一大早就到佐莉絲家報到，冷若水的鼾聲依舊響徹整間屋子，黃伊不禁皺眉搖頭。真該要佐莉絲用長官拿來的夾子，夾住冷若水的鼻子，讓她不要發出這麼恐怖的噪音。不知道佐莉絲怎麼忍受這種震耳欲聾、彷彿雷聲般的鼾聲？

朝沙發望去，佐莉絲身穿黑色緊身皮衣、長褲，手腕上帶著銀色寬版手鐲，一雙真皮厚底馬丁靴，頭髮紮成馬尾，坐在老位置沉思。

走到她身邊坐下，黃伊臉帶笑意的說：「怎麼，最近老穿這套衣服？不穿名牌衣了嗎？」

佐莉絲從沉思中回神，轉過頭朝黃伊看去：「嗯，要走了嗎？」

「是啊，跟姚館長約好時間了。」突然想起什麼，黃伊說：「妳不覺得冷若水的鼾聲很吵嗎？」

佐莉絲冷笑答：「我沒聽見呢。」

黃伊驚訝的說：「都把天花板的灰塵給震下來了，妳竟然沒聽見？真有妳一套。」

佐莉絲緩緩起身道：「走吧，別遲到了。」

黃伊朝冷若水房間望去，問道：「怎麼，小冷不去唷？」

佐莉絲淡淡一笑：「她手受傷，不去也好。」說完，轉身朝門走去。

黃伊委屈的說：「我也受傷了耶，為什麼我就非去不可？」

佐莉絲站在門邊，微笑說：「妳是長官啊。少了妳，不就什麼事都做不成？」

一句「長官」的稱號，壓著黃伊無奈的嘟嘴走出門，喃喃說道：「是啊，長官不好當呢！」嘆氣後，便朝樓下走去。

佐莉絲手拿小型黑色提包，輕輕將門帶上，緩緩朝一樓走去。

黃伊轉動方向盤，嘴上碎念：「隊長的車子不好開，方向盤好重，改天要去調整一下。」

佐莉絲坐上車，依舊沉默不語的想著事情。

一大清早就像個隱形人般不發一語，黃伊見她沒聽自己的叨念，似乎不關心自己的傷勢，於是想了個辦法，讓她從沉思中醒過來，於是順口說道：「嗯，昨天我又收到匿名簡訊了，那三名漏網的殺手，已經被拘禁。欸，妳知道嗎，又是拋棄型手機唷。」

聽見黃伊這麼說，果然立刻有了反應，佐莉絲皺眉說：「難不成Golden Dawn的人起了內鬨嗎？」嘴上說著，心裡直替R.J.擔心。

見佐莉絲有了動靜，黃伊頑皮吐舌的微笑說：「呵，跟我的想法一樣。如果不是鬧內鬨，哪有這麼好的事情，一直通報消息給我們知道呢？」說著，邊啟動車子朝前開去。

佐莉絲臉色鐵青的凝視前方，一語不發。

黃伊開著車，沒多久就到了心靈宮殿，一直保持沉默的佐莉絲突然開口說：「把車停在外頭，不要開進去。」

黃伊疑問的說：「為什麼不停進去？裡頭空間這麼大。」

佐莉絲神情凝重的看著眼前這棟莊嚴的建築，嘆息道：「我怕這是個引君入甕的陷阱。」

像是嗅到什麼犯罪氣息般，黃伊神情興奮的說：「喔，難不成妳認為Golden Dawn的人會在這裡動手嗎？」

佐莉絲嘴角帶抹冷笑，沒有回答。

凝視靜默不語的佐莉絲半晌，黃伊聳肩說：「好吧，既然妳這麼說，就聽妳的，我把車停在外頭。」

佐莉絲將安全帶鬆開，拿起手提包，下車等待黃伊。

黃伊將車上鎖後說：「走吧，我帶妳去見姚館長。」說完，腳步朝心靈宮殿的長廊走去。

佐莉絲面無表情的跟在她後頭。

兩人來到心靈宮殿入口處的長桌前，坐在桌後的一位女性遙望黃伊及佐莉絲走過來，神情焦急的站起迎上前：「請問是黃警官嗎？」

見這位志工神情緊張的模樣，黃伊心生疑惑，開口說：「我是黃伊，發生什麼事情？」

志工慌忙的說：「因為最近常常有人恐嚇要炸掉這裡，所以館長已經疏散所有會員，剩下的志工都在裡頭尋找是否有可疑的東西？」

黃伊朝佐莉絲看了一眼，佐莉絲凝視眼前志工，不發一語。

黃伊聳聳肩對志工說：「妳們館長找我有什麼事？」

志工苦惱的搖頭說：「我帶妳們去見她，請跟我來。」

黃伊及佐莉絲跟著志工身後走著，佐莉絲神態嚴肅的四處觀看。進入會堂，放眼望去，所有的志工們，紛紛跪著、站著、踩著高架梯，神情專注的尋找，連牆角彎處都不放過。

姚嬌美也趴在地上朝屋角查探，直到志工將黃伊及佐莉絲帶到她身後，喊了聲：「館長，黃警官來了。」

聽見警官到來，姚嬌美蓬頭亂髮的站起身來，雙手揉搓了會兒，將短髮順了順，苦笑道：「黃警官，不好意思，我實在太害怕有人受到傷害，所以請這些志工們幫忙尋找可疑的東西。」

佐莉絲冷眼看著眼前的姚嬌美，仔細觀察她的言行舉止。

黃伊笑著答道：「館長如此善良的心，我想所有會員都非常感謝妳。不知妳找我有什麼事？」

姚嬌美從口袋裡拿出幾張紙交給黃伊，神情擔憂的說：「這幾天，幾乎早中晚都撿到這樣的紙條，不知道是誰這麼憤恨的想毀掉神的殿堂。」
黃伊伸手接過紙條，將紙條送到佐莉絲面前，沒想到她雙眼緊盯姚嬌美，對遞過來的紙條一點都不感興趣。
佐莉絲神情嚴肅的出聲問道：「怎麼不見陳執行長呢？」
姚嬌美聽見她問起陳一揚，臉色稍稍變化了下，隨即微笑說：「他替我去辦事了，今天不會進來。」
佐莉絲目光銳利的看著姚嬌美，冷笑說：「什麼事情這麼重要？連神的宮殿快被炸了都不管？」
姚嬌美柔和的眼神突然變得極為冰冷，像是深沉的冰潭，令人摸不透她的想法。這個細微的變化，全被佐莉絲看在眼裡。姚嬌美語氣輕柔，微笑說：「也是跟神有關的事情，今天一定要辦好，不然幾天之後，我們要迎接神的到來，少了那件東西，就不成敬意了。」
佐莉絲眼神緊盯姚嬌美冰冷的目光，淡淡問道：「迎接神的到來？」
黃伊見她們唇槍舌劍的交談方式，忙開口打圓場：「這些紙條跟先前的差不多，館長，妳們要怎麼找出可疑的東西呢？」
姚嬌美冰冷的目光轉向黃伊時，眼神瞬間變得極為溫和：「請黃警官來，就是希望能夠提供我們更多的意見。」
聽姚嬌美這麼說，黃伊不禁為難道：「我對這種事情沒有什麼經驗，很難提供什麼意見。」
姚嬌美領著黃伊到會堂內部，佐莉絲緊盯著姚嬌美的舉動，姚嬌美朝黃伊說：「黃警官，妳替我們想想，歹徒有可能將炸彈放在哪裡呢？」
既然已經來到此處，而姚嬌美又如此看重她的意見，黃伊內心有些飄飄然的認真思考著，雙眼四處張望。

原本想藉由對話挑出姚嬌美的破綻，卻因黃伊轉移話題只好暫且作罷，佐莉絲依舊緊盯姚嬌美的一舉一動，完全不把她的話聽進耳裡。

此時，姚嬌美的手機突然響了起來，她微笑說：「警官，妳慢慢看，我去接個電話。」

黃伊兀自沉思炸彈的藏匿處，邊點頭示意。

姚嬌美邊朝外走邊瞪了佐莉絲一眼，那股肅殺的氣息，使佐莉絲驀地想起Albert的那雙眼。朝姚嬌美離開的身影看去，只見姚嬌美原本緩慢的步伐，在掛上電話之後，突然間成了小跑步，就在此時，姚嬌美再次拿起手機，準備撥電話。

佐莉絲皺眉轉念的同時，口中不禁大喊：「大家快出去，炸彈要爆炸了。」

黃伊滿頭霧水的看著佐莉絲，她急忙伸出右手拉住黃伊的手，朝外狂奔，眾人聽見佐莉絲這麼一喊，紛紛停下手邊工作，神情慌張的忙往外跑，有些人因為太害怕，張口大聲尖叫。

被拉著跑的黃伊，看著佐莉絲朝前疾奔的步伐，像是炸彈已經爆炸般，心裡直納悶的想：「佐莉絲怎麼知道炸彈要爆炸了呢？她從哪裡看出來的啊？」

沒多久，一陣巨響從會堂的天花板傳來，來不及跑到外頭的人，紛紛因為劇烈的震動搖晃而跌倒在地，佐莉絲無暇顧及後頭的人，朝黃伊喊道：「快呼叫支援，請消防隊來。」

黃伊驚訝於佐莉絲超準的直覺，腳步疾奔之際，拿起手機，撥號狂叫：「發生爆炸案件，信義區三梨公園旁……」還沒講完，就覺得一股巨大的推力直接襲上背部，後頭的勁風差點使黃伊撲倒在地，幸好佐莉絲連拉帶拖的握住手，黃伊僅是踉蹌一步，接著又朝外頭跑去，接連幾聲巨響，震動力道之強，令人站不穩腳步，後頭一團滾燙的熱浪朝佐莉絲及黃伊捲了過來，奔跑的步伐成了空中慢步，強烈的氣浪將兩人掀了起來，直往外頭噴去，佐莉絲抓不住黃伊的手，兩人各自被爆炸的氣浪捲至空中轉了幾圈後，直朝黃伊停在公園旁的車頂墜落。

不久前才經歷摔車的事件，沒想到事過一天，又遇到爆炸案。這下子，黃伊哀嘆自己真的得吃上幾天豬腳麵線、多拜幾回關公，免去這陣子的驚險遭遇。從高處摔至引擎蓋上的黃伊，頸部肌肉像是拉傷般疼的連轉動都不行，一身骨頭似乎摔碎崩解，使黃伊痛的咬牙切齒，動彈不得的直挺挺躺在引擎蓋上，看著天空四處散開的火花及煙塵，忙閉眼屏息。

佐莉絲被氣浪襲捲至半空中，只見她抱住雙腿、轉了幾圈之後，隨即朝車旁站穩，沒像黃伊跌成人板似的，躺著不能動。佐莉絲站直身子，左右張望一番，目光緊盯一處，腳步沒停的就朝該處跑去。

站在心靈宮殿外頭往內瞧的姚嬌美，臉上閃現驚駭又帶著極度狂喜的笑容，看著像煙火般四散開來的灰塵，耳邊聽見有人跑過來的聲音，神情瞬間又露出一副欲哭無淚的模樣。

佐莉絲在千鈞一髮中捕捉到姚嬌美從狂喜轉為難過的表情，疾奔的步伐漸漸緩了下來，走到姚嬌美身旁，臉上帶著冷笑說：「館長，我們已經通知消防隊前來救援，黃警官因爆炸受了傷，我們先走一步。」

姚嬌美轉過身對佐莉絲神情哀戚的說：「真的有人要炸我們宮殿啊，我們的兄弟姐妹啊！」

佐莉絲目光冷淡的看著姚嬌美，淡然的說：「節哀。」說完，便轉身離去。

姚嬌美斜眼看著佐莉絲的背影，嘴上仍舊哀慟的哭號著：「快救人啊！」接著緩步走向已被炸垮的心靈宮殿。

佐莉絲走到黃伊身邊，將她的頭扶起，冷淡的問：「還好嗎？」

黃伊「嗯、喔」的說：「最近真的走霉運耶，不是摔車就是遇到爆炸。」

佐莉絲淡淡一笑說：「我扶妳起來？」

黃伊身子被爆炸威力弄得簡直快散開了，躺了一陣子後，才漸漸恢復知覺。藉著佐莉絲的攙扶，好不容易從引擎蓋上滑了下來，腳才著地，隨即癱軟的坐在地上。

佐莉絲將她手臂繞過自己的頸項，開口說：「我來開車吧。」

黃伊擡頭看佐莉絲，疑問道：「妳會開車？」

佐莉絲微笑點頭。

黃伊握住手機的手僵硬的得用另一隻手拉開，呻吟的從口袋裡將車鑰拿出來，解鎖後交給佐莉絲。

佐莉絲將她扶進副駕駛座，繫好安全帶，自己朝駕駛座走去，坐進車內啟動車子，往租處開去。

車子離開時，正好與幾輛消防車擦身而過。

28 少女的屍體與魔獸的誕生

黃伊躺在佐莉絲家的沙發上，全身疼痛的連呼吸都覺得困難。但是身體的疼痛抵不過她對佐莉絲種種的行徑的好奇：佐莉絲怎麼知道炸彈要爆炸了呢？還有，佐莉絲竟然會開車？她什麼時候學會開車的呢？兩人同樣被炸彈威力迫擊，為什麼佐莉絲沒像自己一樣狼狽？

很想張口問佐莉絲這些問題，但是，現下連呼吸都覺得不舒服，還是乖乖躺在沙發上休息。

這次出乎意料的爆炸，多虧佐莉絲警覺性高，在爆炸之前就拉著自己往外跑，不然，現在消防隊員應該在瓦礫堆裡努力翻找自己的屍體。

原本還以為是姚嬌美大驚小怪的胡謅有人想炸掉心靈宮殿這種無聊的宗教被害妄想念頭，再不然就是詐騙集團搞錢的新花招。如今心靈宮殿化成斷瓦殘垣，連自己都差點命喪其中，這下子可不能對此事等閒視之了。那麼究竟是誰想炸了心靈宮殿？動機何在？為錢？還是宗教教派間的仇怨呢？

姚嬌美拿來的紙條還真的不能輕輕放過，那可是找出嫌犯的線索及證據。黃伊躺在沙發上頭，思緒不停的繞著這些事情打轉。

冷若水坐在板凳上看著躺平在沙發上的黃伊，不禁「嘖、嘖」嘆息道：「長官，妳還真是多災多難耶。前天摔車，今天被炸彈炸傷，唉唷，真是可憐唷。」

知道冷若水是替自己叫屈，但聽在黃伊耳裡，總覺得從她嘴裡說出來的話，不知怎麼的聽過後特別刺耳，還會有股「回嗆」的衝動，只可惜全身的痠痛令她只能癱軟的躺在沙發上，連嘴都懶得張開。

而佐莉絲自心靈宮殿回來，把自己扶上樓安置在沙發休憩後，便像尊木雕般坐在沙發上頭沉思。

就在此時，黃伊手機響了，她艱困的伸出手接起，語氣虛弱的說：「黃伊。」

朱增年慌張的聲音從電話另一端傳了過來：「長官，又……又發現屍體了。」

黃伊聽見「屍體」二字，顧不得身體的疼痛，一個翻身坐起，忙振作精神問道：「什麼？又殺人了？」

朱增年呼吸急促的說：「是的，這次的死者跟前幾次不太一樣，長官，佐莉絲應該會想看看。」

黃伊皺眉問道：「屍體在哪裡？」

朱增年語氣急切的說：「在軍功路上一處建築工地旁。」

黃伊簡潔的回答：「知道了，我會帶佐莉絲過去。」話一說完，立刻掛上電話朝佐莉絲看去：「又有死屍了。」

佐莉絲依舊維持著原本的坐姿，半晌不語，整個人彷彿像尊雕像。

黃伊心中一陣不祥，顧不得身體的痠痛，忙挪動身子將手伸到佐莉絲的鼻子前方探探呼吸。

正當黃伊把手放在佐莉絲的鼻頭前，一口熱氣噴在她的指臂上，佐莉絲開口嘆息道：「第五具了。」

黃伊急忙縮回手，神態窘迫的說：「唉，妳不說話，害我以為妳怎麼了。」

佐莉絲面無表情的看著前方。

冷若水深怕黃伊「命令」自己一起前去看屍體，原本輕鬆愉快的表情，瞬間揪成一團，搖晃裹著石膏的手，痛苦的說：「喔，我的手好痛唷，我想我還是不要去了。」

聽見冷若水這麼說，黃伊表情一陣睥睨。

一直沉思的佐莉絲像是被冷若水的聲音驚醒，突然目光銳利的朝她看去，出聲問道：「若水，妳說妳發現的幾具屍體，分別是少了什麼器官？」

冷若水被佐莉絲突然出聲的問話給嚇了一跳，扁嘴說：「唉唷，還好我中飯還沒吃。想起那幾具嚇死人的屍體，真是……」

黃伊沒好氣的說：「佐莉絲是在問妳，屍體少了什麼器官？」

冷若水歪著頭，想了許久說：「第一具是少了胃、第二具少了血液、第三具少了心臟……」

佐莉絲喃喃說：「第四具少了肝臟。」

冷若水無辜的回答：「喔，我不知道第四具少了什麼。」

佐莉絲沒頭沒腦的開口問話後，整個人又陷入沉默。

黃伊好奇的盯著佐莉絲瞧，不知道她接下來會說些什麼，這樣的好奇心讓她連身體的疼痛都拋在腦後，身體直朝著她斜靠過去。

沉默不語的佐莉絲似乎想到什麼似的，猛然擡頭朝黃伊看去，問道：「胃的英文是什麼？」

還以為佐莉絲有什麼驚人之見，原來問的是這種問題。黃伊滿頭霧水的想了一下，緩緩說道：「好像是Stomach。」

冷若水眨眨雙眼，疑惑的說：「咦，佐莉絲，妳不是在國外長大的嗎？英文應該不錯吧？」

沒有回答冷若水的問話，急忙拿起桌上的原子筆，在白紙上頭寫著：「Stomach、血液Blood、心臟Heart、肝臟Liver。」

佐莉絲凝視著眼前幾個英文字，倒抽口氣，看著擺在一旁的紙條：S、O、B、L、E、H、D。

彷彿置身在另個時空的佐莉絲，瞬間被這些英文字及字母圍繞著，凝視這些字母，忖度著：死者身上少了的器官，取器官英文名稱第一個字母S、B、H、L，兩相比對下，的確與方陣中的幾個英文字母相符！那麼E呢？還有D呢？耳朵的英文是Ear，食道的英文是Esophagus，表皮的英文是Epidermis，眼睛的英文是Eye，三角肌的英文是Deltoid，輸精管的英文是Ducts deferens，指神經的英文是Digital never，十二指腸的英文是Duodenum，不對，依照魔法信徒的做法，應該只會使用五個器官，那麼只出現一次的D字究竟是人體器官的什麼部位呢？還有O字又代表什麼意思？

如果不是按照「姓」與「名」的組合，那麼「復活方陣」的字母極有可能是按照死者被取走器官的英文字母所構成。照正方型方陣的排法，此方陣共分成兩層，兩層正方型圍繞著中間的一個只出現過一次的英文字母D，若是依循著這樣的思路往下走，第一位死者失去的是Stomach，Stomach的S位於正方型的四個角，第二位死者失去的是Blood，而B字被排在S中間，從最外層來看，S、B兩個器官的第一個英文字被排在最外圍，而這兩名死者也是最先被發現。

「復活方陣」乃是用來使某人死而復活，那麼正中央只出現過一次的英文字母，會不會是復活者的器官英文字母呢？若的確如此，排除中間只出現過的一個D字，第二層出現的英文字H是第三位死者失去的器官Heart，取其第一個英文字母H，第四位死者失去的器官Liver，取其第一個英文字母L，那麼正巧與第二層正方型的四個角上頭的H、L二字恰恰符合。

想到這裡，佐莉絲猛然擡起頭對黃伊說：「走吧，去看第五具屍體。」

黃伊見她寫下這麼多個英文字，神情疑惑的說：「屍體跟英文字有什麼關係啊？」

佐莉絲神情嚴肅的說：「別讓朱警員等太久，我們趕緊過去吧。」說完，倏地起身朝門走去，黃伊勉強忍住身體的不適，踉踉蹌蹌的急忙跟了過去，回頭喊了聲：「門給妳關啊。」

冷若水「喔」了聲，竊笑道：「唉唷，還好沒叫我去。」邊笑，邊起身去關門。

由於黃伊才經歷過炸彈的洗禮，所以車子順理成章讓佐莉絲駕駛。

黃伊坐在副駕駛座，指著路，佐莉絲車速飛快的朝前開去。平時開車的人，一下子成了坐車的人，總覺得佐莉絲開車的速度過快，黃伊心驚膽顫說：「開慢點啦，耶，小心左邊的車子……」

佐莉絲神情專注的開著車，根本沒理會黃伊緊張的心情。

知道佐莉絲為了破案，十分急切的想看到屍體，明明六十公里的車速，卻覺得佐莉絲狂踩油門的力道彷彿已把車子加速到一百公里以上，自覺擔心過度的黃伊為了轉移注意力，開口問道：「小佐，妳剛剛寫了一堆英文，又像排字謎一樣把字排成正方型，究竟是在研究什麼啊？」

佐莉絲雙眼緊盯前方車況，神情嚴肅的回答：「我覺得有人利用宗教儀式殺人。」

黃伊皺眉問：「什麼宗教儀式？」

佐莉絲蹙眉說：「在Golden Dawn成立之前，許多人嚮往所謂的玄學，因此鍊金術及魔法結社盛行，當時曾經流傳一個稱為『亞伯拉梅林護符』的方陣，這是一種能產生奇蹟的文字方陣，曾有魔法信徒為了使死後的妻子復活，特別在手臂上繪出此文字方陣，所以信徒敬稱它為『復活方陣』。」

第一次聽到這種超乎理性與科學的事情，不禁悠然神往的忘了佐莉絲開車的速度，黃伊問道：「真有這種事？那麼使用方陣之後，那位信徒的妻子真的復活了嗎？」

佐莉絲神情嚴肅的點頭說：「妻子是死而復生了，但沒多久那位信徒神智瘋狂的自殺身亡。這種方陣若沒經過護法天使的守護，私自擅用方陣使人復活，只會害人害己。我在第四位死者手中，看到了復活方陣草圖，當時我便猜測，這個連續殺人犯將會殺害五名受害者，果然，現在出現第五位死者。」說著，佐莉絲慨然長嘆。

聽見佐莉絲這麼說，黃伊不禁笑逐顏開的說：「那這樣他就不會再殺人了，是嗎？」

聽見黃伊愉快的語氣，佐莉絲微慍道：「若是這樣那就好了。可是妳有沒有想過，要是使用這個方陣而不能讓想死而復生的人復活的話呢？這樣是不是又將有另外五名受害者出現？」

鮮少聽見佐莉絲的語氣中帶著怒氣，黃伊暗暗吃驚，恍然大悟的說：「對喑，那這樣死的人不就以五的倍數往上加乘？」

聽見黃伊的話後，佐莉絲臉色凝重的用力踩著油門，車子急速往案發現場狂奔。

在封鎖線外等了很久，始終不見佐莉絲及黃伊到來。朱增年焦急的來回走著，終於一輛車出現在眼前，他面帶喜色迎上前去，只見佐莉絲神情嚴肅的下了車，快步走到朱增年身邊，黃伊則動作緩慢的下車，舉步維艱的往前移動。

看見佐莉絲到來，緊張的神情稍稍鬆懈，朱增年微笑的迎上前，還來不及開口寒暄，佐莉絲便急忙開口問道：「你說的屍體在哪裡？」

朱增年伸長脖子看看後頭緩慢走著的黃伊，遲疑的問：「不等長官嗎？」

佐莉絲皺眉說道：「她會跟上的。」

朱增年見她急著想看屍體，便朝後頭緩慢走著的黃伊喊了聲：「長官，我先帶佐莉絲過去了，妳慢慢來。」

黃伊在後頭擺擺手，示意朱增年先過去。

這才領著佐莉絲來到封鎖線後頭，手朝裡頭一指：「就在那裡。」自己則站在原地，沒有陪同上前查看的意思。

佐莉絲神情凝重的疾步前行，在鐵架的圍籬後見到一具屍體癱躺在地上，眼睛的部位只剩下黑色的窟窿，身上不見先前四具屍體的慘狀，衣服整齊的穿著，但子宮部位卻留下密密麻麻的孔穴，死者嘴角依舊帶著深深的微笑。失去眼睛的死亡微笑，令屍體格外陰森。

佐莉絲先是仔細研究屍體的外觀，接著往前走一步，緩緩蹲下身，仔細研究死者身上的孔穴。這些看似雜亂無序、密密麻麻的孔穴，彷彿呈現某種有秩序的排列？

佐莉絲凝神看了之後，伸手從口袋裡取出一條軟尺、塑膠手套，戴上手套後，用軟尺測量著孔與孔的間距，猛然發現，看似雜亂無章的孔穴，實際上是以四個孔為一排的距離，往死者身上亂插後造成的錯覺。

依據朱增年調查出的幾個具有孔狀屍體的懸案，佐莉絲排除桃園復興鄉、臺北市郊農舍這兩件命案後，只留下基隆七堵婆孫的命案與這宗連續殺人案的屍體做比對。

佐莉絲看著屍體，回想起基隆的命案，照片裡那對婆孫兩人屍體上致命的孔穴，也是以這種方式呈現。

佐莉絲驚奇的想：這位殺人者為什麼不按著先前的模式，取走死者的器官後再剖開這位死者的身體，讓她以獻祭似的模樣死去，而僅留下這些雜亂無章孔穴呢？

佐莉絲凝視眼前這位年輕少女的屍體，心中生起一陣疑惑。

若是兇手第一次殺人，心中驚恐之餘，朝被害者身上亂刺，不過是想致被害人於死地罷了。但是這位兇手殺害四人，手法已臻爐火純青，為何獨對這名少女使用著第一次殺人的手法，令她致命呢？

難道兇手在殺害這名少女時，心中充滿驚恐而無絲毫的愛意與敬意？是因為過於害怕，造成他心神喪失，只想盡快致她於死，反而拋開殺人時那種享受的心情？

佐莉絲想起法醫曾說過，這名兇手是用著「享受」與「愛」的感覺在殺人。那麼對於這名少女，兇手為什麼使用這麼激烈的手法，急於致她於死呢？兇手不愛她嗎？還是兇手太愛她呢？

佐莉絲滿臉困惑的緩緩站起身，脫下手套，將軟尺捲進手套中，不發一語轉頭就走。

好不容易走到屍體旁的黃伊，見佐莉絲轉身離開，不禁嘆息著又往回走。

朱增年見她身影急促的離開，不禁疑惑的喃喃問道：「看完了嗎？看完了唷。」接著張口朝佐莉絲問道：「佐莉絲，妳看完了嗎？」

佐莉絲倏地停下腳步，轉頭朝朱增年微笑的說：「我看完了，你辦完事後，到我家來一趟吧。」說完，一個轉身又朝前走去。

朱增年聽見這話，咧嘴朝她離去的背影喊道：「好，好，沒問題，我等等就到。」

黃伊步履蹣跚的走著，瞥見朱增年笑得如此開心，嘴上不禁叨念：「小冷說的好，佐莉絲不會讓你追走的，既然他等等就到，那我也待在那裡，看看佐莉絲想做什麼？」邊說，邊想辦法追上疾走的佐莉絲。

Albert雙眼盯著電視看，突然間狂罵道：「心靈宮殿竟然被人炸了?究竟是誰幹得好事？」

R.J.看了新聞，語氣冷淡的說：「心靈宮殿被炸，這下子玫瑰十字架要從何找起呢？」

Albert氣得關上電視，目光如劍般朝R.J.看：「就朝妳最關心的那個人身上找！」

R.J.面無表情的說：「我們手下的人全給抓走了，要不要再從總部調些人手過來？」

Albert臉上帶著邪氣的笑說：「不用了，從總部調人過來太浪費時間！對付她，我們兩人足足有餘。殺不了她，大不了我們同歸於盡。」

R.J.心中大驚，她寧願Albert調派人手過來，也不願與佐莉絲正面衝突。這下子，他肯定鐵了心，非要佐莉絲的命不可！

Albert見R.J.沉默不語，冷笑說：「怎麼，怕了嗎?怕露出馬腳嗎?」

聽見Albert嘲諷的語調，R.J.語氣冷漠的回答：「要怕什麼?既然你這麼決定，憑我和你的身手，不相信奪不走她的命。」

Albert得意的冷笑說：「很好。那我就找個地方，把她解決了。」

R.J.冷眼看著他，極力展現出一副事不關己的態度說：「殺了她，要怎麼找玫瑰十字架呢？」

Albert乾笑幾聲後說：「我早知道玫瑰十字架在哪裡了。殺了她之後，我自然有辦法拿回來。」

R.J.瞪著得意洋洋的Albert，內心極度憤怒的想：「既然知道玫瑰十字架在哪裡，為什麼要對佐莉絲下這樣的毒手呢?」胸口急速起伏，深吸口氣平撫內心的不滿，語帶平靜的說：「那就好。不然殺了人又沒找到玫瑰十字架，總會那邊就不知道怎麼交代。」

Albert嘴角微揚的朝R.J.冷笑說：「原來妳還把總會放在眼裡啊？」

R.J.佯作無奈的嘆氣道：「不管怎麼說，我對總會仍舊是忠誠不二。」

Albert冷笑說：「希望妳說的是真心話。」

R.J.冷眼瞪著微笑的Albert許久，才別過頭看向窗外。

Albert冷笑著，深邃的雙眸中帶著一股淡淡的憂愁。

no name跪在地上，將頭深埋在枕頭中。想起迦紊哀傷的雙眼，他的心像是被一把刀直直插進去般，痛得他眼淚直流。

女王的命令絕對不能違抗！

但對迦紊的愛，卻是刻骨銘心。

迦紊的一顰一笑，迦紊的呼吸、迦紊的舉動、迦紊的神韻、迦紊的微笑、迦紊的嬌嗔、迦紊的髮絲，總是牽動著no name內心深處的一絲良善，彷彿修女般聖潔的純真，而今隨著迦紊的消失，全都失去了。

女王的命令絕對不能違抗。絕對不能！

但女王給予no name的是什麼呢？

愛？養育？溫暖？

再也不是了！那些隨著過去漸漸消失，隨著迦紊的死而埋葬了。

如今的no name只能成為地下宮殿的幽靈，徘徊在這個幽靜陰森的地獄裡，永遠不見天日！

no name，no name，no name！我即將成為no name了！

永遠成為一名幽靈、黑暗使者、冥界的成員！埋藏吧！我所有的一切。

no name緩緩將頭從枕頭中揚起，從此刻起，他再也不是一個人，不是一條狗，而是一位來自地獄深處的幽靈使者。把身為人的一切全都丟棄吧。從今而後，就只有no name一個人。

no name不自覺的從喉際發出一陣號叫聲，一種類似野獸低鳴的吼叫聲。

29 復活方陣

從命案現場回家後，佐莉絲便坐在老位置，時而沉思、時而伏在茶几上寫字。將冷若水及黃伊晾在一旁，無視她們的存在。

冷若水見黃伊雙眼盯著她瞧，便咧嘴一笑說：「長官，我跟妳說啦，只要佐莉絲在想事情，天塌下來，她也不會理妳的啦。」

黃伊看著將石膏手搖來晃去的冷若水，沒好氣的說道：「這種事不用妳說我也知道。」

冷若水趕緊「補充說明」的笑說：「這種時候唷，妳在她旁邊說什麼話她也聽不見。」

黃伊冷眼看著笑得開懷的冷若水說：「難怪她從來不知道妳的鼾聲這麼大。」

冷若水瞬間收起笑容，面無表情的抗議道：「哪有，長官，妳不要亂說話破壞我的名譽唷。」

黃伊雙眼骨碌碌的轉動：「破壞妳的名譽？我可是不亂說話的。我有人證，要不要我請他過來證明一下？」

冷若水神情嚴肅的說：「好啊，妳叫他來啊，這可是有關我名譽的重大事件耶。」

黃伊眼神飄忽的說：「這樣挺好，等等，我請管隊長過來一趟。」

冷若水一聽，嘴張的老大，瞠目結舌的說：「隊長？隊長怎麼會知道？」

黃伊「哼」了聲說：「摔車那天，我們不是住在同一個病房嗎？妳睡得像死豬一樣，連隊長來了，妳都不知道。」

冷若水嚥了口水，左右看看，立刻將話題轉移到自己的傷處，哀聲說道：「唉唷，我覺得手又好痛唷。」揪著臉，忙抱住右手呻吟。

黃伊「哼」聲說：「還名譽呢？我看只有佐莉絲受得了妳那種震耳欲聾的鼾聲！」

冷若水嘟著嘴，不敢再接話。

黃伊與冷若水的拌嘴聲音，絲毫傳不進佐莉絲的耳中。

佐莉絲全神貫注的盯著復活方陣的英文字思考：S、O、B、L、E、H、D。

自成一個空間的佐莉絲，身處在英文字母中，不停的思索。

第五具屍體的出現可以證實「復活方陣」的確是用死者器官的英文名的第一個字母排列而成。S是Stomach，B是Blood，H是Heart，L是Liver，E是Eye。

第二個正方型分別以E做為H與L中間的連結，並以此為兇手的後期殺人標的，那麼第一個正方型排列中的O字是代表什麼？如果用連結的概念思考，那麼O字是否只是單純的連結符號？

第二個正方型器官名字緊密連接，代表圍繞復活者所需要的主要器官，那麼第一個正方形便是次要器官，次要器官若以單純的符號做連結，那麼用形似鑰匙環扣的O字做為象徵，也不無可能。

思考至此，第一個正方型與第二個正方型的謎團解開了。但是正中央的D字又做何解釋？是復活者身上的器官英文的第一個字母嗎？那這名復活者又是誰？

佐莉絲的思緒不停的從已有的資料中搜尋，又從資料轉到五名死者與心靈宮殿。

心靈宮殿為什麼會被炸毀？放炸彈的人目的何在？姚嬌美今天提到陳一揚替她去辦一件跟神有關的事情，那會是什麼事情？幾天之後，她們要迎接神的到來，少了那件東西，就不成敬意了。什麼東西跟迎接神的到來有關？

心靈宮殿發生爆炸案之後，先一步逃到外頭的姚嬌美在眾人面前傷心不已的模樣，分明是佯裝出來的，而她那瞬間的喜悅是為何而起？

「復活方陣」需要擁有聖潔護法天使知識和口才的聖人才能主持儀式的進行，除了教宗之外，還有誰能主持？教宗不可能主持這種邪教的儀式，若是真有這種人，這人肯定非黃金黎明結社的小達人莫屬。

小達人具備了主持復活方陣儀式的能力。但是Golden Dawn自從上任小達人過世之後，近百年來都無人能勝任這個位置。結社不能沒有小達人來主持社務，故而小達人的事務改由代理達人來主持，這個決定來自Golden Dawn內部高層的共識。

依照Golden Dawn的傳承，每任小達人必須製作出專屬自己使用的玫瑰十字架。也因此，歷屆就任的小達人必須展示象徵此一職務的十字架，奠定自己在Golden Dawn的龍頭地位。由於製作玫瑰十字架的過程是歷屆小達人口耳相傳，並無紙本記載，所以自從上任小達人過世之後，這個十字架的製作過程漸漸失傳。雖然有人曾依記憶錄下製作過程，但玫瑰十字架的特殊之處，就在於小達人本身對十字架的構思，並非物件本身。而目前Golden Dawn總會的玫瑰十字架乃是由上任小達人親自製作所遺留下來的物件。既然無人接任小達人此一崇高地位的職務，也無人製作出新的玫瑰十字架，因此Golden Dawn總會的玫瑰十字架其地位與價值，幾乎被社員們哄擡至具有崇高的象徵性質，甚至等同於小達人的存在，玫瑰十字架可說是近於神的象徵與實質的意義。而第四位死者手中的兩張草圖，一張是Golden Dawn總會的玫瑰十字架，一張是復活方陣，她本身又是心靈宮殿的志工，這樣的組合算是一種巧合嗎？

依據資料顯示，姚嬌美的先生不久前因肝癌過世，她先生名字叫做林登汕，出生於一九五三年六月六日，血型O型。

目前五名死者的生日、血型，全與林登汕相吻合，除了出生年不同外，五位女性全是六月六日出生，血型O型。

如果這一切都是為了讓某人復活，那麼所有的線索都指向心靈宮殿的主持人姚嬌美的先生林登汕。

若是把林登汕翻譯成英文名Lin Deng Shan，L、D、S。

佐莉絲將L、D、S與方陣的英文字進行想像連結。

復活方陣中已經有了L與S，為避免字母重複導致復活方陣失效，所以繪圖者才使用林登汕英文名字中的D字嗎？還是使用林登汕的什麼器官名稱做為復活方陣中的主要字母呢？

佐莉絲想到這裡，全身陡然一震！再次仔細查看復活方陣。

SOBOS
OLEHO
BEDEB
OHELO
SOBOS

如果以第一種方式進行字母選擇，儀式進行者選擇了Lin Deng Shan中間那個字的英文字母，這樣就能解釋D字的意義了！

如果以第二種方式進行字母選擇，那麼儀式進行者究竟取了林登汕的什麼器官呢？

到底復活儀式的幕後主使者運用的是哪一種方式？

設若以第二種方式做為選擇，那麼就沒有必要摘取被害者的肝臟！為什麼殺人兇手要選擇胃、血液、心臟、肝臟及眼睛這幾種人體器官呢？難不成他們想讓死者復活之後有新的臟器可供使用？換句話說，他們希望復活者是健康的人？果真如此，那麼D字所代表的意義絕非死而復活者臟器的英文名字，這麼說來，就只剩下第一種選擇。

思索至此，佐莉絲全身陡然一震，臉上帶著喜悅的笑容！

沒錯，這樣一來復活方陣的謎團終於解開了，從這個結果推斷，心靈宮殿絕對脫不了犯罪的嫌疑。

目前僅存一個疑問需要解開，這個謎團才會令人有滿意的解答。

佐莉絲深深吸了口氣，放鬆緊繃的身子躺進沙發，帶著冷笑，目光四處遊移，這時才發現有四雙眼睛朝她看著，不禁疑問的看著冷若水及黃伊問道：「怎麼了嗎？為什麼這麼看我？」

黃伊伸了懶腰、打呵欠道：「我們在等妳從案件中醒過來。」

冷若水捧著手，嘟嘴說：「天都黑了，我肚子好餓唷。」

佐莉絲面露微笑對她們說：「嗯，朱警官不是要過來？請他順道替我們買晚餐吧。」

冷若水無趣的說：「那隻死『朱』過來做什麼？」

黃伊在一旁冷言冷語的接話：「妳家佐莉絲要人家過來的啊。」

冷若水睜大眼說：「啊！不會吧，佐莉絲，妳眼睛瞎了唷？朱增年這種貨色，妳也要？」

佐莉絲帶抹微笑，不說話。

冷若水瞇眼說：「妳真的被他牽走了唷？不要啦，我改天替妳找個好對象喔，不要選他啦。」

黃伊帶著狡黠的表情，拿起手機撥號，電話接通後，用著極度溫柔的語氣說：「朱警員，我是你的長官。我們三個女人在家裡等你等到快餓死了，替我們帶晚餐過來吧。」

朱增年一聽，臉色瞬間漲紅，身邊的同事見到他耳根紅通通，不禁各自竊竊訕笑。

朱增年怒瞪了他們一眼，忙說：「是，長官，請問妳要吃什麼？」

黃伊忙朝佐莉絲及冷若水揮手說：「快，快，點餐了。」

冷若水聽見有晚餐吃，忙叫道：「我要一碗牛肉麵！」

佐莉絲微笑說：「榨菜肉絲麵。」

黃伊對手機說：「二碗牛肉麵、一碗榨菜肉絲麵，就這樣，趕快過來，餓死長官，看我怎麼整你！」

朱增年神情緊張的回答：「知道了，長官。」

冷若水點完餐之後，神情焦慮的勸道：「唉唷，我親愛的佐莉絲大人，不要選朱增年啦，這隻『朱』什麼女人都好，妳選了他，包準不幸福啦。」

佐莉絲滿臉疑問的笑說：「若水，妳為什麼這麼肯定呢？」

冷若水「嘖、嘖」說道：「妳選了他，就好像一朵鮮花插在牛糞上，不僅帥哥傷心，連我們這種女人也會傷心啊。」

佐莉絲恍然大悟的點頭說：「原來是這樣啊。」

冷若水開了話題便停不下來的接著說：「為了不要讓那麼多人傷心，我勸妳還是不要選他比較好。我知道妳心腸好，一定不忍心我們傷心流淚唷。」

聽冷若水這麼說，黃伊內心倍感贊同，不禁點頭稱道。

佐莉絲面有難色的說：「可是，我不找他，還能找誰呢？」

黃伊眼神飄忽的說：「誰都好吧，我贊成小冷的說法。」

冷若水疑惑的看著黃伊：「小冷是誰啊？」

佐莉絲瞇著貓樣的雙眼笑說：「妳啊。」

冷若水滿頭霧水的發問：「我為什麼是小冷呢？」

佐莉絲微笑解釋：「黃伊小名叫小伊，我呢，就是小佐，所以就順口稱呼你為小冷，妳不覺得這樣的稱呼頗有趣的嗎？」

冷若水叨念著：「那朱增年不就叫『小朱』？」

黃伊突然瞪了冷若水一眼，插嘴說道：「這個稱呼只有女生可以用，男生不准。」

冷若水「嘿、嘿」笑著：「那這樣我們不就是小來小去的啦？」

黃伊扁扁嘴，無奈的再瞪了她一眼。

佐莉絲面帶微笑看著她們。

黃伊突然想起什麼，急忙將身子朝佐莉絲挪近了些，面帶好奇開口問道：「欸，佐莉絲，妳剛剛沒說為什麼找朱增年啊。」

佐莉絲挑了眉，解釋道：「因為若水的手受傷，妳身子又被炸彈威力波及的關係而不舒服，找妳們去不太好吧？」

黃伊覺得她拐彎抹角的沒把話說清楚，身子伏在沙發扶手上耍賴說：「小佐，就別賣關子了。你們到底要去哪裡啊？」

佐莉絲停頓了一會兒，歪頭思考許久，才揚起一抹冷笑說道：「我找朱增年去挖墳。」

冷若水一聽，臉色一沉，立即噤聲，半晌不語。

黃伊睜大雙眼，滿臉驚怖的看著佐莉絲：「妳……妳要去挖墳？挖誰的墳？」

佐莉絲神情輕鬆的說：「姚嬌美的先生，林登汕的墳。」

黃伊不解的開口問道：「為什麼要挖他的墳？」

佐莉絲雙眼凝視前方，嘴角帶著莫測高深的微笑說：「等我挖完墳，就可以到心靈宮殿去找兇手了。」

看著佐莉絲的微笑，黃伊神情更加迷惑的問道：「可是，心靈宮殿已經被人炸掉了，不是嗎？」

佐莉絲冷笑道：「表面的心靈宮殿炸垮了，但是真正的心靈宮殿還存在。」

黃伊好奇的問道：「那真正的心靈宮殿在哪裡啊？」

佐莉絲表情凝重，語氣冷漠的說：「等我事情確定之後，就帶妳去。」

黃伊覺得她總是把案情留一手，不讓自己先知道詳情，頗為掃興的說：「喔，又賣關子。不過，還好妳沒找我去挖墳。」

佐莉絲淡然一笑說：「妳吃完飯就回家休息吧，我跟朱增年辦完事後就會回家。」

冷若水在一旁聽了半天，始終沒聽見佐莉絲提到自己，這才撫撫胸口安心的說：「還好，妳沒找我去，真是的，還以為妳喜歡他呢。」

佐莉絲甜甜一笑問：「喜歡他有什麼不好呢？」

冷若水厲聲道：「不准，妳喜歡他，我死給妳看！」

黃伊冷冷說：「喜歡可以啦，愛上就不行。」

佐莉絲滿臉困惑的問：「為什麼我喜歡他，妳們個個都這樣呢？」

「因為我們不准！」黃伊用嘴呶呶，要冷若水回答。

冷若水理直氣壯的說：「因為我們是好朋友。見到好朋友做了錯誤的決定，我們一定會上前阻止。」冷若水甩頭朝黃伊看去，黃伊在旁低頭拍手。

佐莉絲心中頗感動的說：「謝謝妳們，我的好朋友。不過選擇朱警官，為什麼是錯誤的選擇？」

黃伊咧嘴笑道：「我們管的事情不多啦，就挑男朋友這種事，肯定要管的。朱增年這個人，不准列在妳的考慮範圍之中！」

佐莉絲恍然大悟：「那我也要管妳們交男朋友的事情嗎？」

冷若水與黃伊齊聲說：「我們的感情事妳可以不用管，但妳的，我們一定要管。」兩人說完，對空拍掌，比著V字說「耶」。

佐莉絲眨眨眼，無辜的說：「這樣好像有點不公平，不是嗎？」

冷若水擺出一副老大姐的口吻說道：「我看妳啊，跟案件結婚好了。每次追案子跟追愛情一樣，鍥而不捨，窮追猛打的。」

黃伊頗有同感的點頭說：「我也這麼覺得耶！連受了重傷還在解案情，真是拚命三娘啊。對了，小佐，妳喜歡什麼樣的男生啊？」

冷若水在一旁敲邊鼓的說：「對啊，對啊，說出來我們好替妳找。」

佐莉絲微微一笑說：「我對這種事還沒有想法。」

冷若水搖頭扁嘴的說：「要是讓我媽聽到唷，肯定當下就打電話給媒婆安排相親的事情。」

佐莉絲似乎不懂什麼叫做「相親」，只見她一臉困惑的看著冷若水。

黃伊見她不懂，馬上解釋：「就是找個妳不認識的男生，坐在一起聊天、吃飯，喜歡就可以開始談感情的那種儀式。國外不是很盛行那種Blind Date嗎？那跟我們的相親基本上是一樣的事情啦。」

佐莉絲恍然大悟的點頭，略帶微笑的問黃伊：「那妳喜歡哪種男生啊？」

黃伊嘟嘴，歪著頭想了半天：「我也不知道耶。」
佐莉絲看向冷若水問道：「那妳也要相親囉？」
冷若水擺擺手，滿臉嫌棄的說：「緣份這種事情，很難說，不過，妳千萬不可以選朱增年就是……」
佐莉絲搖頭嘆息道：「既然兩位好朋友都覺得朱警官不能選擇，看來『相親』這種方式也不見得有用。」
冷若水正打算接話時，黃伊轉動眼珠覺得現在正是個好機會，可以將一早的疑問全倒出來問佐莉絲，於是開口搶問道：「對了，我覺得很奇怪，怎麼今早的爆炸威力對妳好像沒影響啊？」
佐莉絲淡淡一笑說：「因為我穿了這件特製的衣服啊，防水、防彈、防火、防刀。」
黃伊一臉驚訝的說：「哇，這麼神奇的衣服！什麼材料做的，我也做一件穿穿。」
佐莉絲沒有回答黃伊的問題，只點頭說：「好啊，把妳的身材尺寸量給我，我替妳訂做一件。」
冷若水聽見有這麼神奇的衣服，連忙開口說道：「這麼神奇的衣服，我也要一件。」
佐莉絲笑答：「好啊。」
問了第一個問題，接著又問第二個：「還有，妳怎麼知道炸彈要爆炸了呢？」
佐莉絲聽了黃伊的發問，臉色倏地一沉，目光冷冽的說：「因為姚嬌美接了一次手機又撥了一次手機。」
黃伊不明白的問：「炸彈要爆炸跟姚館長接了一次手機又撥了一次手機有什麼相關呢？」
佐莉絲無奈的微笑說：「等我們到了心靈宮殿，一切的事情我會全部讓妳知道！」
黃伊嘟嘴看著佐莉絲說：「老是賣關子，現在讓我知道不行嗎？真是……對了，妳怎麼會開車啊，平時只見妳坐計程車，妳什麼時候學會開車的啊？」

冷若水見自己終於有機會說話，忙搶答道：「長官，這妳就不知道了。我們家佐莉絲是在國外長大的，開車難不倒她的啦。」

聽見冷若水說的話，黃伊滿臉驚訝的看著佐莉絲說：「妳是在國外長大的？」

佐莉絲冷冷笑說：「怎麼了嗎？」

黃伊滿心好奇的問：「那麼妳家人都住在國外嗎？」

佐莉絲聽見這個問題，臉色微微一變，隨即微笑不答。

看著佐莉絲的微笑，黃伊突然想起她的「三不原則」：不談家世、不說工作、不聊感情。

黃伊自知自己再問下去，佐莉絲也不會回應半句，頓時失了興趣，嘆息道：「好啦，愛搞神祕，不問可以了吧？」

佐莉絲拋給黃伊一個感謝的微笑。

此時電鈴響起，冷若水起身去開門，只見朱增年從樓下跑了上來，手裡提著一堆晚餐，開心的說：「吃晚餐啦！」然後將提帶裡的東西一樣樣擺放在餐桌上。

冷若水跟在他身後，看著餐桌上的食物開口問道：「咦，怎麼有四碗？」

朱增年拿著湯匙、筷子，理所當然的說：「一碗是我的，其他三碗是妳們的。」邊說，邊將每個人的晚餐分配好。

冷若水走到朱增年面前，瞪他一眼說：「誰叫你在這裡吃的？」

朱增年嘆息的看向冷若水，無辜的說：「長官說妳們餓了，不是嗎？所以我把工作交代之後，連吃飯的時候都沒有，就趕緊去買來的耶。我為什麼不能在這裡吃啊？」

黃伊從沙發起身，慵懶的伸了腰後走上前，自覺身體的痠痛不如之前劇烈，折折雙手，準備餵飽自己的肚子，邊拿起自己的牛肉麵，邊對著冷若水說：「就說是找他挖墳，不是對他有意思，妳嘮叨什麼？吃飯啦。」拿起一碗麵後，對著朱增年微微一笑，隨即轉身回到沙發坐著準備吃麵。

朱增年聽見黃伊說了自己聽不懂的話，一臉迷惑的開口問：「什麼挖墳啊？」

冷若水沒好氣的瞪了傻愣愣的朱增年說：「就是去挖墳墓啦！等等麵不要全都吃完，留半個肚子，不然把吃下肚的麵全吐出來，很浪費耶。」說完端起自己的麵，抓雙筷子，坐在板凳上，掀開蓋子後埋頭吃了起來。

佐莉絲起身微笑的走上前，一語不發的端過自己的榨菜肉絲麵，轉身輕盈的回到沙發坐好。

朱增年自覺似乎有什麼苗頭不對之處，原本以為佐莉絲只是單純的叫自己來聊案子，沒想到買了晚餐之後，事情竟然發展到如此。朱增年整個人像是被冰凍在零下幾十度的地方，瞬間成了人柱，怔然了許久，才開口喃喃道：「挖……挖墳？」

30 深夜挖墳開棺

朱增年十分懊惱的想著：為什麼自己就是沒辦法拒絕佐莉絲開口說的任何一件事情呢？如果能夠對其中一件事情說「不」的話，現在也不會在這裡了。

堂堂一個警察，竟然跟著佐莉絲一起到墓地，做起偷挖墳墓這種不光明正大的事情。

朱增年握著鏟子，偷瞄了站在一旁神態悠閒、緊盯自己瞧的佐莉絲，不禁暗暗想著：有著貌如仙女般的外表，但行事作風，卻常常出乎一般男人的綺麗幻想，這種女人有哪種男人能夠追到手呢？唉，還是打消這樣的念頭，找個平凡一點的女人算了，這種女人就算追上手，自己也吃不消啊。

朱增年暗自嘆息的拿著鏟子繼續專心鏟土，但愈往下鏟愈是心驚膽跳，這種差事比起和冷若水一起外出吃宵夜難上百倍。

朱增年停下鏟土的動作，又偷瞄佐莉絲一眼，只見她神態自若的站在一旁，對圍繞身邊的一堆墓碑似乎沒什麼感覺。他伸出手背抹去額頭如雨滴般落下的水珠，背上汗水像條小河似的往腰際流去，匯聚成了一道小溪，然後朝褲腰奔流而去，在勞動量如此大的工作下，竟還感到陣陣寒意襲身，驚嚇之餘，朱增年急忙低頭加快了鏟土的動作。

當朱增年腦中一片空白的拚命往下挖時，鏟子前端突然撞上一個硬物，他嚇得手軟，雙手猛然鬆開鏟子，身子像只彈簧般朝穴外一跳，全身發顫的朝四周望著，深怕有什麼魑魅魍魎朝自己撲過來。

見朱增年跳上來，佐莉絲一抹冷笑、縱身跳下，蹲下身，伸手撥開腳邊的土，只見一副棺材在下頭。

佐莉絲朝朱增年揮揮手，他皺眉上前問：「怎麼了？」

佐莉絲微笑說：「可以幫忙將棺蓋打開嗎？」邊說，邊向上一躍。

朱增年臉色鐵青、神情為難的說：「喔，好啊。」但其實他內心正努力的搖頭說「不」！只可惜身體的動作與腦袋的指令不能配合。朱增年拿起鏟子又朝穴裡的棺材板使勁撬開，封死的棺木，在他用了吃奶的勁道猛力撬著時，漸漸鬆開。

雙眼驚恐的朝即將開啟的棺材裡瞄了一眼，等棺蓋開啟的剎那，朱增年忙閉上眼，用鏟子撐住棺蓋，鬆開手，身子忙爬上地，跪在一旁猛喘氣。

佐莉絲舉起手電筒朝棺材裡頭照去，凝神仔細看了棺木裡頭，雙眉一揚，縱身往下一躍，蹲下身子，仔細研究棺材裡的屍體。

朱增年實在不想知道棺材裡頭那具死人屍體腐爛之後的模樣，內心裡直喊道：穢氣，真是穢氣！好在冷若水有事先提醒自己不要吃飽，不然，現在肯定吐的滿地都是，在美女面前出這樣的糗，真是有失男子氣概。

此刻，朱增年突然想起什麼，急忙將雙手舉起合十，朝四處膜拜，心裡默念道：各位好兄弟們，我今日來此處冒犯，實在有不得已的苦衷，千萬別找上我，我在此先跟大家說聲抱歉，願你們萬事順心，寬容在下的諸多冒犯，失禮，失禮。

正當他默默膜拜的當下，佐莉絲站在他身旁，冷笑的輕聲道：「麻煩朱警官將棺蓋放回原位。」

閉目凝神請求好兄弟原諒的朱增年，聽見佐莉絲突如其來的請求，驚嚇的彈跳起身，在漆黑的夜裡羞紅了雙頰，不停揉搓雙掌，苦笑回答：「好，沒問題，我立刻就做。」

佐莉絲欠身讓他過去。

朱增年皺眉微微畏縮的將鏟子拉過來，沉重的棺蓋立刻蓋上，像是忙著趕赴約會般，急忙將地上的土鏟回去，挖啊挖，伸出腳踏平墳土後，心裡才漸漸恢復踏實的感覺，這時他轉過身，清清喉嚨對佐莉絲說：「找到妳想找的東西了嗎？」

佐莉絲站直身子微笑回答：「找到了，我們可以走了。」

朱增年聽見這句「我們可以走了」，忙不迭的拿著鏟子，用手拭去額際的汗，滿心歡喜又覺得好奇的問道：「妳想在棺材裡頭找什麼？」

佐莉絲順口回答：「屍體。」

朱增年心中一驚，覺得佐莉絲的膽量還真大，於是試探的問道：「妳找到了嗎？屍體沒爛掉唷？」

佐莉絲帶著微笑點頭，沒有回答朱增年的問話，隨即從手提包中取出一條手巾交給朱增年說：「辛苦你了，擦個臉吧。」

朱增年接過手巾，聞著手巾上頭淡淡的香水味，鬆口氣，自顧自的說道：「幸好有找到，不然這樣挖墳，可不吉祥啊。」說完，把手巾朝自己的臉上抹了抹。

佐莉絲朝他微笑說：「謝謝你陪我跑這一趟。」

聽見佐莉絲的輕柔音調，朱增年的男子氣概又升溫起來，咧嘴微笑道：「沒什麼，能為妳服務這是我的榮幸啊，我們走吧。」站挺身子扛起鏟子，腳步急促的朝墳墓群外頭走去。

佐莉絲緩緩跟在朱增年後頭行走，沉思的臉上露出一抹冷笑。

黃伊在佐莉絲家吃完晚餐後，直接回家休息。連續幾日經歷了摔車、爆炸等接踵而至危害生命的事件，好不容易能夠安穩的躺在家裡溫暖舒適的床舖上睡覺。

在自己的家裡睡覺，少了冷若水震徹雲宵的鼾聲打擾，更不需時刻憂慮佐莉絲的性命安危，這一覺睡得她全身筋骨舒暢，連被炸彈波及的痠痛也消失無蹤。黃伊打算繼續賴在床上，就算窗邊鳥兒吱喳飛過、陽光已曬在床邊地上，仍無法終止她酣甜的睡意。

儘管不願從香甜夢鄉中醒來的黃伊，但擾人的手機聲不停的傳入耳中，讓她火冒三丈、不得不暫停睡意，雙手緊抱棉被、閉著眼，伸手四處摸索，終於在床腳邊上摸到褲子，迷迷糊糊之際，撈出手機，接通電話，語氣慵懶的說：「我是黃伊。」

電話另一端傳來熟悉的聲音，但語氣陰沉的彷彿是自冥府打來的電話：「Rosita，把佐莉絲帶過來，我在烏來山上等妳。」

黃伊聽著聽著，突然驚醒，睜大雙眼忙坐起身叫道：「Albert，你想對佐莉絲做什麼？烏來什麼地方？」

當黃伊出聲問出這串問題的同時，電話早已經斷線，連續的「嘟、嘟」聲打散了睡意濃郁的她，張大雙眼看著掌中的手機，昏沉的腦袋不停的迴響著Albert的聲音。

他要我帶佐莉絲過去，難不成想讓我親手送佐莉絲赴死嗎？不行，我怎麼可以這麼做？既然Albert打電話給我，我自己去就好，不必帶佐莉絲一起去。

忖思至此，掌中的手機突然作響，黃伊面色凝重的立刻接了起來，語氣低沉的說：「黃伊。」

佐莉絲冷淡的語調從電話的另一端傳了過來：「妳接到他的電話了嗎？」

黃伊心中嘎然一驚，急忙開口問道：「妳也接到Albert的電話嗎？」

佐莉絲停頓了會兒，才開口輕聲笑道：「原來他也給妳電話。」

黃伊急切的勸說：「佐莉絲，妳不要理會他說的話，我自己一個人去就好，妳千萬不要去。」

佐莉絲在電話的另一端似乎輕輕的嘆了口氣，足足有半晌時間，沒有開口說話，似乎在考慮什麼，不久，語氣平靜的說：「妳來接我吧。」說完，立刻掛上電話。

黃伊不明白佐莉絲為什麼要親自前往，急忙回撥，接連幾通去電，她似乎硬下心不接自己打去的電話，這樣的舉動令黃伊氣極攻心的將手機摔在床上。

「明明知道是去送死，為什麼還要去？」黃伊胸口急速起伏的咒罵著。

平復不了心中的惶惑，黃伊雙眉緊皺，前思後想，隨即拿起手機撥電話給管斯澧。

「管斯澧。」電話另端傳來一位沉穩的男士聲音。

黃伊語氣急促的說：「隊長，Golden Dawn那兩名主嫌出現了，他們在烏來山上。」

管斯澧一聽，語氣顯得有些緊張，立刻反問：「詳細位置呢？」

黃伊整個人頹靡的屈著身子，表情沮喪的說：「詳細位置應該只有佐莉絲知道吧？可是她現在不接手機。」

管斯澧嘆口氣，沉默半晌後說：「烏來這麼大，要從哪裡找起？」

黃伊突然一陣電光閃過，急忙說道：「長官，不然你鎖定我的手機發訊處，這樣就可以找到我們。」

管斯澧語氣頗為振奮的答道：「好，就這麼做，我立刻調派人手過去支援。」

黃伊臉上帶著微笑，精神抖擻的說：「謝謝長官。」

管斯澧語氣沉重的說：「在我們支援沒有到達之前，切記不要莽撞行事！」

黃伊神情嚴肅的回答：「是，長官！」

管斯澧似乎還想說些什麼，電話那端始終沒有掛上，最後輕聲說：「一切小心。」說完，便掛上電話。

明白長官擔心佐莉絲的安危，卻又說不出口的尷尬，黃伊內心暗暗對自己說：放心，一切有我在，肯定沒問題。

有了長官的支援，黃伊心中踏實許多，從床上跳起，急忙穿上制服，細心的替手槍裝上子彈，準備就緒後，心情焦急的衝出家門。

黃伊將車子開到佐莉絲家樓下巷口，尚未拉上保險桿的剎那，佐莉絲就已站在她的車旁靜候著。

將車停妥，極不情願的看著站在車旁的佐莉絲，凝視她半晌。

車外的佐莉絲面無表情的看著車門，舉手輕敲車窗。

對固執己見的佐莉絲，黃伊直搖頭，無可奈何的嘆口氣將車門打開。她彎身坐進車裡，拉上安全帶，坐正在副駕駛座，等了一會兒，見黃伊不開車，便開口，用著極其冷淡的語氣說：「遲早都要發生的事情，早點面對不是很好嗎？」說著，雙眼凝視前方，不再說話。

黃伊將手放在方向盤上，慍怒道：「叫妳不要去，為什麼堅持要去？明知道他打定主意不讓妳活下去，妳這麼一去，後果會是什麼？」

佐莉絲沒有回答黃伊的問話。

黃伊見她一派靜默以待，氣極的索性將車子的保險桿拉上後說：「妳告訴我原因，我才開車。」接著便熄火，把身子甩進駕駛座裡，雙眼看著前方。

佐莉絲面如冰霜的看著遠方，語氣百般無奈的嘆息道：「我一定要去。」

黃伊伸手拍著方向盤，咆哮的問道：「為什麼？」

佐莉絲眼神中露出些許憂慮，嘴角帶著冷笑說：「到那裡之後，妳就會明白。」

黃伊怒氣沖沖的側過身，雙眼盯著佐莉絲大聲吼道：「明白什麼？明白妳專程送死的原因嗎？」

佐莉絲神情堅定的回答：「妳要這麼想，我也沒辦法阻止，走吧，在烏來往福山方向。」

黃伊大力拍打方向盤，賭氣吼道：「我不去，我偏不去。」

佐莉絲深吸口氣後，語氣溫柔的安慰道：「在山上解決，總比在人來人往的馬路上好得多，走吧。」

經佐莉絲這麼一提，黃伊猛然想起上次飛車追逐的事件。若是他們這次出動更強大的武力，遭殃的就不只是她們，一旁無辜市民的性命也會受到威脅。想到這裡，黃伊有種被打敗的感覺，頹喪的啟動車子，沉默不語的轉動方向盤往前開去。

佐莉絲身穿黑色緊身皮衣、長褲，手腕上帶著銀色寬版手鐲，一雙真皮厚底馬丁靴，頭髮紮成馬尾，靜靜坐在副駕駛座上沉思。

路上除了指示黃伊方向外，佐莉絲一語不發。

黃伊照著指示，將車開往烏來福山，佐莉絲指著前方說：「把車停在這裡吧，從這裡開始只能步行前去了。」

黃伊沉默的熄火，逕自下車，佐莉絲下車走到車子前方，黃伊驚見她沒帶任何武器，連平時慣用的手提包也沒拿，不禁皺眉問道：「妳怎麼什麼都沒帶啊？要赴死亡之約，至少也帶把長刀或是匕首之類的武器防身吧！」

佐莉絲露出苦笑說：「該帶的武器我都帶了，剩下的就只能隨機應變。」

黃伊歪頭看著身無長物的佐莉絲：一身緊身衣裹著身體曲線畢露，哪裡還有可能藏著武器？

黃伊不禁搖頭嘆息，打開車門，彎身進車裡，拿出一把電擊槍，關上車門後，走到佐莉絲身邊，將電擊槍送到面前，但她絲毫不領情的搖頭拒絕。

黃伊冷眼瞪著她，扁扁嘴順手將電擊槍放在身上說：「我替妳帶著，要用直接拿。」說完，便將車上鎖，筆直站著等候。

佐莉絲朝身後的步道看去，沉默半晌後，轉過頭對黃伊神情嚴肅的說：「進去之後，手機訊號就失效了，妳趁現在打電話給管隊長吧，讓他知道我們最後的地點。」

黃伊不禁失笑道：「果真是佐莉絲，還真清楚我一大早做了些什麼事。等我一下。」從口袋裡拿出手機撥號，電話接通，管斯澧著急的問：「妳們已經到了約定位置了嗎？」

黃伊語氣嚴肅的答道：「到了，不過不是約定的地方，再進去就收不到訊號了。」

管斯澧停頓了會兒，接著說：「位置我們記下了，人員已經在路上，我等等就到。記得，小心行事。」

黃伊擡起頭看著佐莉絲的背影，語氣無奈的說：「知道了。」

管斯澧似乎急著調派人員來此，電話掛的又急又快。

黃伊看著掌中的手機，原本是救命的希望，此刻竟成了多餘的裝飾，緊緊握住手機，深深嘆息。

轉過頭見黃伊通話完畢，便朝她說：「跟著我，約定地點在裡頭。」說完，腳步輕盈的往山裡走去。黃伊見到一堆石階，滿臉沮喪的跟在後頭，無奈的想著，佐莉絲面對這樣的死亡之約，竟半點疑懼都沒有，往前走的步伐既冷靜又堅定，反觀自己，一路上既怒又懼，跟佐莉絲的沉穩比起來，簡直太過孩子氣了。黃伊不禁舉起手，拍拍胸膛，對自己說：欸，黃伊，有什麼好怕的？今天就豁出去，大幹一場！右手緊緊握住腰際的手槍，直給自己打氣。

細長的山徑往上直走，經過高聳入雲的樹林，突然來到一處空曠之地。黃伊不禁看著眼前一望無際的砂礫平臺，佐莉絲停下腳步朝前望去，神情警戒的說：「就是這裡。」

黃伊走近她身旁，好奇的問：「妳怎麼知道這裡？」

佐莉絲語氣冷淡的回答：「他傳了地圖給我。」說著，邊朝崖壁前走去，黃伊與佐莉絲背對背的朝後頭退去，將腰際的手槍拿起，舉在面前，以防有人從背後偷襲。

佐莉絲在崖壁前停下腳步，黃伊靠上她的背，倏地一驚，忙轉過頭想知道她為什麼突然停步，只見佐莉絲探頭朝崖底望去，黃伊走到她身邊，伸長脖子往下看，不禁霎時呆愣一下。

崖邊沒有任何護欄，一個不小心就可能跌到萬丈深谷之中。谷底溪水湍急，綠幽幽的溪水拍打著谷底的崖壁，激出許多浪花。不知溪底深淺的黃伊，心頭驀地一驚，不自覺的向後退了幾步。

佐莉絲冷眼看著湍急的溪流，臉色沉重的皺起眉頭。腦海浮現過去身陷海底的強力漩渦，肺臟被巨大壓力扭擠的幾近爆裂的感覺，死亡的經歷猶如昨日才剛發生般，驚懼的往事令她胸口急速浮沉、面色蒼白。

如夢魘般緊緊啃蝕自己的記憶，此刻令佐莉絲心悸不已。或許對死亡的記憶太過懼怕，迫使她心中的疑惑一直未曾解開，此時再次面對驚濤駭浪的溪水，佐莉絲不禁再次檢視深藏於心底的迷惑：若是Albert這麼急切的想致自己於死地，那麼當初他將陷入假死的自己裝入屍袋時，朝自己腦部補上一槍，一切便告終了，也省去現下大手筆的耗費人力、心思，飄洋過海的追殺自己。這點道理，精明的Albert不可能沒算計過，但他為何會犯下如此大錯？肯定不是對自己心軟所致，難道他隱藏了什麼不欲人知的祕密嗎？

若是他有心追殺自己，何苦等到現在才現身？當年R.J.將自己從深海中撈起時，Albert應該早就知情。這十年的歲月裡，他有無數次機會可以不用吹灰之力的殲滅自己，為何要等到今日才親自出手？難不成跟他就任代理達人一事有關？

代理達人的就任儀式，除了要就職之人手持玫瑰十字架外，還需要一份經由就任者精心設計出來的設計圖，兩種寶物齊備，方能就任此職。當年設計圖一事後，便沒有人知道她的下落。而她為何要自己與R.J.前去Golden Dawn總會盜取設計圖？她又是怎麼知道Golden Dawn總會裡精心設計的通道及暗器？是誰告訴她這些資料？

當我們成功拿到設計圖，正準備離開時，為什麼是Albert出現而不是其他Golden Dawn的高階成員出手緝捕我們？若是這個設計圖事關Golden Dawn總會的存亡，保存設計圖的密室怎會無人看守？

十年來，自己也曾反覆思量此事，不只發覺當年密室周邊的防盜裝置太過粗糙，似乎有人精心策劃那次的盜取事件。如果這個幕後主使人不是她，那麼又是誰請她盜取這個設計圖呢？而她拿了設計圖之後，究竟去了哪裡？幾經多方查探都無法得知她的下落。一個好好的人不可能就這麼憑空消失？還是她也遭到狙殺，屍沉大海了呢？若真如此，設計圖的正本如今流落何處？

佐莉絲尋思至此，面色凝重的搖頭否定自己的想法。

不可能，除了我們之外，沒有人知道是她帶走設計圖！我不可能說出這個祕密，R.J.更不可能。究竟Evans家族，為何盜取玫瑰十字架及設計圖呢？這個謎團，或許只有Albert本人最清楚。祖父因為盜取玫瑰十字架遭到狙殺，而她將玫瑰十字架交由父親帶回國後，我們一家人也遭遇不測，最後連她也行蹤不明。

二個家庭就因為Golden Dawn的十字架及設計圖，支離破碎。若是連黃伊都算在內，那麼這三個破碎的家庭全因Golden Dawn所致，究竟是誰在幕後主導？三通簡訊又是誰發出來的呢？引發Golden Dawn內鬨者是誰？國際刑警組織為何要黃伊調查Golden Dawn？這一切似乎被什麼人所操控，而這個幕後的操縱者，究竟是誰？

佐莉絲望著溪水陷入沉思，突然一陣劇痛驚醒沉思中的她，不禁張口大喊，身子朝前一撲。

黃伊耳邊響起一陣震耳的鞭聲，又聽見佐莉絲大聲，忙轉過身，朝前看去，只見父親手持細長的鋼鞭舞動著，眼見佐莉絲又將再度被鞭打，黃伊雙手握槍大聲吼道：「住手，住手！爸爸，求求你住手。」

Albert冷笑著，完全無視黃伊的請求，又一鞭朝正狼狽起身的佐莉絲揮去，佐莉絲左身受鞭一擊，還沒站穩的腳步，又朝前撲倒。

黃伊見Albert不肯停手，忙搶上前，以身護住佐莉絲，邊攙扶她站起。

佐莉絲臉色蒼白的摀住左胸，咬牙忍痛，張眼向前看去，只見Albert一人正在舞動手中的鋼鞭，卻不見R.J.的身影。

佐莉絲顧不得身上的劇痛，開口大喊：「R.J.人呢？」

Albert冷冷一笑，沒有回答。

掙開黃伊的手，佐莉絲扶著左胸，緩緩走向Albert，冷冷的說道：「你要我來，我已經來了，我問你，R.J.人呢？」

Albert冷笑答：「我要妳來，是要妳的命，不是跟妳玩換人遊戲。」

黃伊眼見Albert手持鋼鞭，心頭一涼，忖思：「醫生說佐莉絲左胸曾有被鞭笞過的傷痕，上次在旅館也見她身上被人鞭打，這個人果真是Albert，我的父親。」想到這裡，不禁眼眶泛紅，想起上次問過佐莉絲，親情與友情該如何選擇？其實自己根本就不需要問這種蠢問題，因為在自己內心深處依舊是偏袒著父親，曾有那麼一瞬間，她覺得犧牲佐莉絲的生命也無所謂。朋友，自幼渴望能有知心好友，而今呢，卻在這位好友為自己付出一切之後，自己早已在精神上背叛了她！真是一大諷刺。

佐莉絲腳步徐緩的走到Albert的面前，黃伊的雙腿直發軟，無力舉步上前阻止她前去送死，而Albert對自己的哀求恍若未聞，一心想奪走佐莉絲的生命，此刻的黃伊，耳邊迴響著自己追問佐莉絲的問題：「如果我真的選擇了親情，妳還當我是朋友嗎？……我們一直都是朋友，不是嗎？」腦海迴盪著自己的問題與佐莉絲的回答，黃伊舉著槍的手，不禁發顫。

開槍啊，黃伊，朝Albert開槍啊！黃伊不停在自己的內心中吶喊，但舉著槍的手顫巍巍的，始終無力按下扳機。內心的另一股聲音朝自己哀號著：不行，他是Albert，我的親人，我最深愛的父親，我下不了手。

黃伊像是一尊舉著槍的石雕，淚水沿著臉龐淩流而下

佐莉絲腳步蹣跚的走到Albert面前站定，臉色蒼白的說：「你說要用我的命來換R.J.，我已經照

你說的來了，她人呢？你該不會說話不算話吧？代理達人？」

Albert停下舞動鋼鞭的手，將鋼鞭夾在腋下，面帶邪氣的笑容，伸出手將佐莉絲的下頷擡起，大聲笑說：「妳們之間的感情還真是濃郁啊！妳不怕死的來到我面前，只是為了救她嗎？如果我已經對她下了殺手，現在的妳又能拿我如何？」

佐莉絲的身體因著劇痛微微發顫，雪白的左手染上一陣鮮紅，血正順著手臂滴落地面，她聽見Albert這麼說，面色驚懼、露出怒意的說：「你對她做了什麼？R.J.人呢？你殺了她嗎？」

Albert看著佐莉絲蒼白的臉蛋蒙上憤怒的表情，不禁微怔的開口問道：「她值得妳犧牲自己的性命來救她嗎？她值得妳這麼做嗎？」

佐莉絲咬著嘴唇，毫不猶疑的張口回答：「她值得！而且我今日來此，不只為了將她帶回我的身邊，我還想聽你親口說出真相！」

Albert不禁失聲大笑，縮回手，面帶疑問的看著佐莉絲：「真相？什麼真相？妳好大的口氣，想把她帶回妳的身邊？那也得看妳有沒有本事逃出我這關。」

「什麼真相？我不相信你不清楚我想知道什麼！真相就是，你殺不了我的真相，還有，你為什麼急著殺我的真相。」佐莉絲目光炯炯的看著Albert，一個字、一個字的把話說完。

聽佐莉絲說完，Albert沒來由的心中一驚，臉色大變，睜大眼，帶著不可思議的表情，看著她冷笑的面孔，神情怔然的想著：「她……她不可能，絕對不可能！」

Albert怔了一下後，瞬間扯嗓狂笑：「什麼真相？真相就是我要殺妳！」

佐莉絲說話的同時，雙眼緊盯Albert的表情變化，當她捕捉到Albert瞬間訝異的表情及吃驚的神態，埋藏在心中的疑問已經有了答案，冷笑道：「看來，年歲漸老的你似乎再也無力藏住事情的真相，這還多虧當年的你沒親手殺了我。」

Albert像是見到惡魔般，嫌惡的看著她，咬牙抿嘴，猛然伸手推開站在面前的佐莉絲，冷笑說：「事實根本不是妳所想的那樣，妳根本不知道什麼才是真相。」

一陣清亮的聲音從佐莉絲身後傳了過來：「Albert，你放了佐莉絲，不然我就讓她死在我的刀下。」

佐莉絲聽見身後的聲音，臉色驚喜的轉過頭看，只見R.J.略微狼狽拿著小刀抵住黃伊的脖子。

R.J.臉上帶著泥土朝佐莉絲急切的大喊：「Dressing，妳快走，我沒事。」帶著憤憤不平的語氣對Albert喊道：「你以為把我綁在樹上，就能困住我嗎？真是太小看我了！你想讓我眼睜睜的目睹你殺Dressing的過程，才能顯示我對Golden Dawn的忠誠？這真的是太荒謬又可笑的笑話！我告訴你，只要你死了，忠誠與否的問題，根本就沒人在乎！你說過你喜歡不服從你命令的人，因為這種人殺傷力道更強，你說對了！今天我就殺了你，之後就不會再有人懷疑我的身分問題。」

佐莉絲聽見R.J.想殺Albert，擔心Albert會先發制人，轉過頭看了他一眼，只見Albert從腰際拿出手槍，朝R.J.瞄準，佐莉絲心頭一驚，忍著劇痛飛撲上前想制止他開槍，電光石火間，Albert手中的槍聲響起，佐莉絲大叫失聲：「Christina，小心啊！」

Albert不顧自己親身女兒黃伊的生命安危，逕自開槍射殺R.J.，被R.J.挾持的黃伊看在眼底，開始後悔自己的選擇。面對敬愛的父親冷酷的背叛，黃伊一陣心灰意冷，持槍的手盪在身側。此刻，若是身後這名女子下手割開她的喉嚨，黃伊也不會再做任何的反抗。

R.J.右肩中槍，抵住黃伊脖子的刀鬆落墜地，槍擊力道使她一個轉身，朝崖壁跌了下去。

佐莉絲驚見R.J.落崖生死未卜，一股怒氣湧上心頭，忘卻身上的劇痛，奮力奪取Albert手中的槍，兩人正在扭打之際，Albert又開出一槍，佐莉絲腹際中彈，癱軟的躺在他身上，Albert狼狽的撐起身子，推開不知生死的佐莉絲，緩緩起身，臉上帶著邪氣的笑容朝黃伊走去。

黃伊含著淚看著朝自己走來的Albert，只見他手舉著槍對準自己心臟不停的走近。看著父親冷峻無情的臉龐，往日的慈愛已不復見，一股難以言喻的絕望毫不掩飾的湧上心頭，黃伊不停顫抖的雙手緊緊握住槍，緩緩的舉起朝Albert瞄準，此刻的她目光寒冷的看著Albert，心中不再有絲毫猶豫的對準Albert的心臟扣下扳機，Albert中槍的剎那，仰躺倒地之際猶自按下扳機對著黃伊射出一槍，黃伊右臂中彈，一陣劇痛使手上的槍掉落地面，後退幾步，踩空了地面，身子落下谷底。

Albert左胸中槍，臉上帶笑、直挺挺的朝滿是礫石的地上躺了下去。

被槍彈擊中腹部的佐莉絲，昏迷半晌，漸漸清醒過來，勉強撐起身子，緩緩站起，四處張望，不見黃伊，只見Albert躺在地上動也不動。她步伐蹣跚的走到Albert身邊蹲下，仔細探視了他的臉孔，又伸手摸摸他的身體，面帶疑惑的沉思了會兒，隨即急忙起身，腳步踉蹌、身子搖晃的朝崖邊跑去。

她憂心忡忡的探頭朝谷底看著，原本憂慮的表情，突然露出驚喜。

黃伊及R.J.用左手拉住崖壁間的凹陷，努力的想往上爬。

佐莉絲見到兩人緊抓著崖壁，神情喜悅的沉思半晌，隨即舉起手臂將手鐲裡的暗器射出，手鐲射出鋼絲鍛鍊的細索，將兩人拉著崖壁的手繞住，接著取出靴子裡的小鋼棒，後退幾步，將鋼棒插進滿是砂礫的地面，按下鈕後，鋼棒朝地底鑽去，佐莉絲搖搖鋼棒確定穩固之後，便將細索繞了鋼棒幾圈，接著朝崖壁走去，蹲下身對R.J.說：「Christina，妳說過就算我身在地獄，妳也會想盡辦法把我救回來，對嗎？」

使盡全力用左手攀著崖壁藉以求生的R.J.，突然聽見佐莉絲這麼說，已經十分慌張的神情益加驚惶失色，不顧自己落水的危險，張口大喊：「Dressing，妳不要亂來。下面是水，妳不能掉下去！」

佐莉絲恢復一貫的冷靜，嘴角揚著一抹冷笑說：「十年都過去了，不試試怎麼知道呢？」

右手臂中槍的黃伊，左手攀著崖壁的指節寸寸發青，聽見一旁的外國女人這麼驚慌的喊著，忍著痛擡起頭對佐莉絲狂叫：「佐莉絲，妳又想做什麼?」

佐莉絲像是交代後事般對兩人說：「Christina，黃伊，妳們記住一件事。Albert的屍體千萬不能解剖，不能放進冰庫。最好能找個舒適的地方讓他躺著。」

黃伊聽見佐莉絲竟然對手段兇殘的父親如此以禮相待，回想起自己沒有在第一時間對她伸出援手，內心羞愧又憤怒的叫道：「對個死人這麼好做什麼?」

向來處事鎮定的佐莉絲，不會沒有來由的說出這種話。R.J.心中充滿疑問，但現下不是開口問問題的好時機。凝視她眼中的堅定，直覺佐莉絲為了救她們兩人的性命，不知會做出什麼傻事，心中一驚，忙開口回答：「Dressing我知道了，妳不要做傻事，放開我，我可以自己上去。」

黃伊見身旁的外國女子這麼喊道，驀地一驚，不知道佐莉絲又想做什麼事，連聲說道：「佐莉絲，妳想做什麼?我自己可以上去，妳不要亂來。」

佐莉絲身子搖晃的站起身說：「好，那就試試看吧。」邊說，邊朝崖壁往下走，鋼索拉著R.J.及黃伊的身子往崖上去，而佐莉絲雙手扯住鋼索往谷底下走去。

R.J.右肩中槍，但她見佐莉絲不顧一切想救自己的心情，跟過往一樣，再也忍不住思念之情，想把佐莉絲抱在懷裡，R.J.艱困的舉起中槍的右手環住佐莉絲的身體，眼淚不停的流了下來：「Dressing，妳不要這樣。放開我，放開我！」

黃伊不清楚這名外國女子與佐莉絲的關係，佐莉絲想救她，情有可原，但自己對佐莉絲的行為，根本不值得她用生命來救，忍住欲哭的心情，落寞的說：「不對，應該是放開我才對。」

佐莉絲彎著手腕，緊緊握拳，對她們笑說：「親情與友情，該怎麼選擇呢?」

聽見佐莉絲的問話，黃伊心中一陣羞愧，低頭沉默不語。

R.J.冒著掉落萬丈深淵的危險，將頭靠在佐莉絲肩上，傷心的說：「我不選，我不選！」

佐莉絲帶抹冷笑說：「Christina，我也不選，因為兩邊我都不會放手。時間不多了，快上去。」

佐莉絲繼續朝下走去，R.J.及黃伊離她愈來愈遠。

佐莉絲執意如此，R.J.眼見她的手鐲漸漸鬆脫，為了爭取雙方存活的時間，R.J.強忍悲傷奮力的往上爬。

黃伊帶著沮喪的心情，一點一點被往上拉。R.J.站在崖邊朝黃伊喊道：「妳快點爬上來，不然Dressing快沒時間了。」

黃伊聽見這名外國女子大喊，勉強振作精神忍住疼痛往上爬去。

才一上崖，就見管斯灃帶著一批警力朝這裡過來，像是見到親人般狂奔向前忙對管斯灃說：「長官，快點過來，佐莉絲在下面。」

管斯灃一聽，神情嚴肅朝身後揮手，警員們快步向前跑著，管斯灃則舉步朝崖壁狂奔而來。

R.J.看著跑來的員警，絲毫沒有逃跑的舉動，反而趴在崖邊，大聲喊道：「Dressing，再撐一下，警察來了。」

佐莉絲見她們平安的上了崖，心情放鬆之餘，緊握的拳鬆開，左手手鐲瞬間滑落，而右手手鐲正一點一點的滑至掌中。

完全不顧自己是警方通緝的對象，反而一心想救佐莉絲。R.J.趴在崖邊驚見佐莉絲左手手鐲脫落，右手手鐲也逐漸滑脫，尖聲大叫，心情焦急的眼眶泛淚，轉過頭忙朝員警們大聲呼喊：「你們動作快一點，Dressing快撐不住了。」

黃伊往回跑向崖邊向下看去，只見佐莉絲似乎已經陷入昏迷般吊在半空中。

管斯澧站在崖邊看見佐莉絲吊在半空中，幾乎要落水而去，忙俯下身，伸手去搆那條維繫佐莉絲一線生機的細索。

就在此時，右手手鐲滑脫，昏迷不醒的佐莉絲就在大家眼前朝谷底湍急的水流墜了下去。眾人在崖壁前張大嘴、動也不動的看著她朝谷底掉去，直到一陣既沉又響的「噗咚」聲，從下頭傳了上來。

R.J.尖聲大叫、驚慌失色的朝谷底大喊：「Oh，No，Dressing！」淒厲又沉痛的呼喊，使在場的所有人莫不驚訝的朝她看去。R.J.隨即站起身，在千鈞一髮之際，不顧一切的縱身一跳，不久，谷底又傳來一陣既沉又響的「噗咚」聲，R.J.的身影瞬間消失在谷底湍急的水流中。

黃伊摀著受傷的右手臂，臉色蒼白的看著R.J.跳了下去，皺眉憂心忡忡的忖度了會兒：佐莉絲為了我連命都不要，我竟然還在這裡擔心跳下去會不會死？這算哪門子的朋友啊？就算是別人不知道發生什麼事，但我的心裡肯定不能原諒自己！那名外國女子不知道會不會對佐莉絲不利，若是落水的佐莉絲還有一線生機，恰巧被那女子撿了去，補上一刀，那這下子，我的良心要放在哪裡呢？口口聲聲說要做朋友，看來，我這樣的朋友不要也罷。

黃伊看著湍急的水流心臟怦怦直跳，口中急速吸吐著氣，內心似乎已經下了決定，語帶顫抖對趴在地上神情落寞的管斯澧說：「長官，佐莉絲說，那邊的屍體不能解剖，不能冰凍，找個舒適的地方讓他躺著。長官，你一定要記得唷，如果我沒能救回佐莉絲，這算是她最後的遺言。報告長官，我下去找人了。」說完，閉上眼，顧不得右手臂的劇痛，伸出左手掐住鼻子，忍住極度的恐懼，往後一退，助跑一段，接著縱身一躍，身子瞬間沒入谷底的溪水之中。

眾人見她們紛紛落水，個個面面相覷，直到管斯澧氣急敗壞的起身大喊：「還愣在這裡做什麼？快去請求援助，快找搜索隊！」

長官命令一下，眾人瞬間各自跑開。
管斯澧神情悽然的看著湍急的溪水，心情忐忑不安的懷著微薄的希望。

31 是敵人還是姊妹

離波光粼粼的水面愈來愈遠，湍急的水流正將自己捲入深淵，光點渺小到幾乎看不見，四周不再波動，僅剩幽暗潮濕環抱著沉睡的自己。

佐莉絲覺得自己彷彿躺在母親的懷抱中，母親恬靜的臉蛋正凝視著她。

黃伊落水之後，被湍急的水流拍打著，浮沉之際，只覺得眼睛被水猛烈穿刺，劇痛不已，鼻子灌進大量的水，嗆的額際陣陣痠痛。她不停舞動四肢，看似不深的溪水，怎料竟深不見底，兩眼睜不開，單手拚命朝前亂撥，雙腿努力向後狂踹，突然一口氣喘不過來，黃伊失去意識、全身癱軟的隨水流飄盪而去。

似乎有人在胸口用力擠壓著，使黃伊「哇」的將口中及胸臆間的水全嘔了出來。緊閉的氣息，隨著噴出口鼻的水，再度暢通。睜開模糊的雙眼，朦朧中一個身影急速朝旁走去。黃伊躺在冰冷的石塊上，眨眨眼，想釐清心中紛亂的思緒，耳中嗡嗡的鳴響中帶著身旁傳來的焦急叫聲，顧不得自己經歷了什麼事情，情急下緩緩用左手撐起痠痛不已的身子，循聲看去。

「Please, Dressing! Wake up.....Come on, Wake up, Dressing.....Don't leave me alone.....Don't leave me alone......」

吵雜不停的聲音，原來是那位外國女子驚慌的呼喊聲。

黃伊伸手揉揉雙眼，只見外國女子不停的用手壓在佐莉絲左胸，神情焦慮的呼喚著。

黃伊眨眨雙眼，甩甩頭，突然看見那女人張嘴朝佐莉絲的唇吻去！黃伊一陣害臊的別過頭，驀地想起父親說的話：「妳們之間的感情還真是濃郁啊！妳不怕死的來到我面前，只是為了救她嗎？」當下臉色一沉。

佐莉絲在崖上救我們的時候，問了句「親情與友情，該怎麼選擇」，她意指為何？黃伊一時間想不透，又擔心這名外國女子會對佐莉絲不利，忍住身體不適，再次朝身旁看去，只見女子神情焦急的朝佐莉絲嘴中送氣，不停說著：「Dressing, Wake up! Please! Come on, You can do it......」雙手打直，拚命朝佐莉絲的胸口按壓，驚見黃伊醒來，神情焦急的對她大吼：「妳，快點過來幫忙！」

黃伊動作遲緩的站起身，臉色沉重的朝她走去。摸索著腰際的手槍，槍袋中空無一物，驀然想起自己的手槍在中槍時掉在崖上！現下面對眼前這名不知是敵是友的女子，沒了武器，該怎麼辦呢？皺眉擔心的想：這下子不僅沒辦法保護佐莉絲，還要面對眼前跟父親一夥的罪犯。黃伊心中警惕著，準備一有狀況，就大打出手！

外國女子不停張嘴往佐莉絲的嘴裡送氣，黃伊防備著她，不敢過於靠近。

此時黃伊突然記起自己落水的過程：眼見這名外國女子縱身一躍落下谷底，擔心她會對佐莉絲不利，為了幫助佐莉絲避免被這名外國女子傷害，自己不顧一切的從崖上一躍而下，在湍急的水流中失去意識。似乎是這名外國女子對自己做了CPR，才讓自己清醒過來。現在見她情緒失控的拚命搶救昏迷不醒的佐莉絲，黃伊不禁疑惑的看著這名外國女子尋思：看她的樣子不像是想殺害佐莉絲，反而是不停在搶救佐莉絲的性命，到底這名女子是敵是友呢？

R.J.見黃伊站在自己身後，完全沒上前幫忙，氣急敗壞的轉過頭大吼：「妳呆頭呆腦的站在那裡做什麼？會不會CPR啊？」

黃伊口氣冷淡的說：「我當然會CPR。妳想對佐莉絲做什麼？」

R.J.心急如焚的瞪了她一眼，大聲斥喝：「妳沒見到我正在救她嗎？她只要落水就會昏迷不醒，我想救她都來不及，難道妳以為我要殺她嗎？」

黃伊瞪著R.J.，疑惑的蹲下身，神情防備的問：「妳要我做什麼？」

R.J.想也沒想的回答：「妳壓胸，我送氣給她。」

黃伊忍住右手臂傳來的劇痛，打直雙手按壓佐莉絲的胸口，冷眼看向R.J.，喃喃說著：「為什麼不是我送氣給她，妳來壓胸？」

不想理會黃伊這種幾近白痴才會問出口的問題，R.J.張口送氣給佐莉絲後，便低頭將耳朵靠在她口鼻間仔細聆聽，半晌才起身，神情懊惱的皺眉罵道：「現在是什麼時候了，妳還有空想這些？妳是想殺她還是要救她？」R.J.碧藍的雙眸恨恨的朝黃伊瞪著，罵完之後，又吸口氣再次往佐莉絲嘴裡送去。

黃伊邊按壓佐莉絲的胸口，邊對R.J.懷著敵意的說：「我怎麼知道妳是不是敵人？妳不是跟我父親一道的嗎？」

R.J.一心想救醒佐莉絲，對黃伊的話語恍若未聞，耳朵貼近佐莉絲的口鼻間，仔細聆聽。算了，如果她真的想殺佐莉絲，只消她雙手掐住脖子，然後用力一壓，半死不活的佐莉絲就會命喪黃泉了，何苦吆喝我過來做CPR？當下還是以救人為首要的事情！黃伊將自己滿腔的疑惑暫時擱下，專心的按壓佐莉絲胸口，耳邊突然傳來R.J.驚喜的叫聲：「Stop! Stop……」

黃伊忙停下手，朝R.J.看去，只見她緊緊抱住佐莉絲的頭，開心的叫著：「Dressing, You woke up!

Finally, Finally.....How I worry about you......」

漸漸甦醒的佐莉絲嘔了一口水在R.J.身上，雙眼微微睜開。

R.J.表情喜悅、語氣責備的說：「妳明知道自己落水會昏迷不醒，為什麼還做這樣的傻事？」

佐莉絲雙眼茫然，虛弱的說：「我以為自己不怕水了。」

見佐莉絲清醒過來，R.J.鬆口氣後，不禁開口罵道：「妳以為十年後這種心病就會不藥而癒嗎？上次見到我的時候，妳還嚇得全身發抖，這樣算是好了嗎？假死藥的效果只有一天，妳沉在海底幾乎接近一天，藥效過了後，妳清醒過來又溺斃，這麼恐怖的事情，我不相信妳能夠忘記。」

佐莉絲靜靜靠著R.J.的胸口，沉默不語。

R.J.邊說邊哭，語氣憤慨的說道：「上次妳為了救我，被Albert 凌虐，這次又為了救我，重傷還趕來見Albert，我真的不值得妳這樣做。」

R.J.的淚水滴落在佐莉絲臉上，才剛甦醒的佐莉絲眉頭深鎖的擡起頭看著她：「妳不要哭。不是沒事了嗎？」

不聽佐莉絲的勸說，眼淚止不住的滾落臉龐，R.J.的哭泣聲也漸漸大了起來：「沒事？要不是我跟著跳下來，妳早就溺死了，還說沒事？我不准妳再做這種傻事，嚇死我了，嚇死我了！」

黃伊扶著受傷的右手臂，開心的看向清醒的佐莉絲，本想過去探看她的情況，但R.J.像是抓住什麼心愛的人般，怎麼也不肯讓條路給黃伊過去，她只好隔著R.J.凝視佐莉絲，關切之情溢於言表。

R.J.邊哭邊將虛弱的佐莉絲攙扶站起，轉頭見黃伊雙眼瞪著自己又看著懷裡的佐莉絲，一副隨時準備開打似的模樣，淚流滿面之際，不禁「噗嗤」一笑，朝佐莉絲說：「她以為我想殺妳，愣在那邊想對我動手。」

搞不清楚眼前這名女子是敵是友之際，還被她嘲諷一番，滿心懊惱的黃伊抿嘴咬唇的朝佐莉絲看去，開口問道：「妳覺得怎麼樣?還好嗎?」

憑藉R.J.攙扶站起的佐莉絲瞥見黃伊神情戒備的模樣，嘴角揚起一抹冷笑，氣若游絲的說：「Christina，妳覺得讓她認為我們是敵人好呢?還是一對姐妹好呢?」

只顧著懷裡的佐莉絲是否無恙，才懶得理會黃伊怎麼看她，R.J.沒好氣的說道：「能夠把妳救醒，我才懶得管她怎麼想。我們本來就是表姐妹，什麼敵人不敵人?要是能殺妳，我就不用陪妳跳下來，讓妳直接溺死就好了。」

聽見R.J.的回答，黃伊霎時滿臉疑問的上下打量著她：一頭濕漉漉的金色頭髮、藍色雙眸、長睫毛、白皙肌膚、紅豔雙唇，明明就是一位標準的外國人。再看向佐莉絲：一頭烏黑的頭髮、挺鼻、鵝蛋臉，怎麼看都是東方人的面孔。怎麼這位外國女子會說她們是表姐妹?為什麼她要半路認親呢?真是黃鼠狼給雞拜年，不安好心。一臉狐疑的黃伊，拉長了臉，看著冷笑的佐莉絲。

心情放鬆後的佐莉絲，不想對此事多做解釋，雙眼一閉，癱靠在R.J.懷裡。

不知道湍急的溪水將她們帶到何處，只見天色漸漸暗了下來，荒山野嶺，又在湍急溪水旁的一個淺灘上，四下完全沒有生火的工具，自己也不懂得野外的生存之道。黃伊直覺濕漉漉的身子開始發冷，全身雞皮疙瘩都冒了出來，右手臂的傷又隱隱作痛，再這樣下去，不僅自己有生命危險，連同佐莉絲也岌岌可危。

R.J.一身深藍色緊身衣褲，把她姣好的身形完整的曝露眼前，此刻若是有男性在一旁，肯定會目不轉睛的看著她，但她抱著佐莉絲的身子也微微發顫。身受重傷的佐莉絲傷口還流著血，這樣下去，三個人會因為失溫而陷入生命危險。

黃伊皺著眉，靜靜看著前方的崖壁，突然一陣微弱的划槳聲傳進耳裡，黃伊不禁想著：可能是剛剛說話的聲音蓋過了划槳聲，肯定是隊長領人前來搜救!

再次凝神細聽，山谷中迴盪著細微的划槳聲及叫喚聲，確定無誤之後，黃伊神情喜悅的開口大叫：「有人嗎？我們在這裡，欸，我們在這裡。」

R.J.見黃伊大聲呼救，神情大喜的低頭探看雙眼緊閉的佐莉絲，輕輕搖動她，喚道：

「Dressing.....Dressing, Wake up.....」

彷彿沉睡般的佐莉絲對R.J.的叫喚完全沒有反應，R.J.驚覺情況不妙，心情焦急的扯嗓大喊：

「Wake up, Dressing! Stay with me, please, stay with me.....」

聽見R.J.的喊叫，心裡一急，顧不得身體的劇痛，黃伊開始扯開嗓子連聲呼救：「隊長，我們在這裡啊，快過來，我們在這裡。」

抱著昏迷不醒的佐莉絲，R.J.心情焦急的淚流滿面，邊朝佐莉絲聲聲叫喚，邊對黃伊吼道：「妳快點想想辦法啊，她又昏過去了。」

停下叫喊，轉過頭看著面無血色的佐莉絲，嘴上一呼一吸之際，傳出了陣陣白煙。黃伊既驚又懼的繼續放聲大喊：「我是黃伊，我是黃伊，有人在嗎？隊長，我們在這裡，救命啊！」

遠處傳來一陣騷動，接著有人從遠處喊道：「黃伊，我是管斯澧，妳在哪裡？」呼喊聲在山谷間陣陣迴響著，黃伊面露驚喜的大叫回答：「隊長，我在這裡！快點過來，佐莉絲傷重昏迷了！」

管斯澧的聲音從遠處傳來：「我很快就過來，妳繼續叫，這樣我們才能知道妳們的位置。」

聽見管斯澧傳來的聲音，像是抱住了救命的浮木般，兩行淚水開始止不住的落下：「隊長，我們在這裡，隊長，我們在這裡……」現在只有不停的呼救，才有活命的生機，黃伊不停的叫喊著。

划槳聲愈來愈近，黃伊抹去臉上的淚水，轉過身和R.J.一起攙扶著昏迷的佐莉絲，口中的呼救聲仍舊不停的叫喊著，內心焦急的等待管斯澧的救援。

被管斯澧帶領的救援隊救上岸的三人，在第一時間內全被送進醫院治療。

黃伊的右手臂遭到子彈輕輕擦過的皮肉傷，經過上藥及換上暖和的衣服，已經能夠行動自如。

R.J.被槍擊中右肩，傷勢不重，子彈經醫生手術取出，換上暖和的衣服及上藥之後，已無大礙，而她的恢復力極強，麻醉藥劑效力一過，便恍若無傷似的四處走動。她急切的想探視佐莉絲，卻因她是國際刑警組織的要犯，管斯澧特別將她隔離在病房中嚴加看管。但她無視自己是通緝犯的身分，理直氣壯的向管斯澧提出政治庇護的要求，並強烈表達自己要在佐莉絲身邊被看管的意願。

管斯澧擔心佐莉絲的生命安危，完全不睬這位通緝要犯屢次提出的請求。

黃伊身在醫院戒備，每次走過R.J.病房前，總是被她開門叫住，R.J.神情激動的請求黃伊代她向管斯澧求情。同是女子，見到R.J.憂慮的表情，再回想起佐莉絲不顧自己安危，冒著生命危險也要前去見Albert救出這名外國女子，爾後在谷底聽見她們親暱的對話，黃伊不自覺的想著，佐莉絲若是清醒過來，一定最想見到這名女子。幾番思量，黃伊允諾R.J.會替她請求管斯澧。當R.J.聽見黃伊終於願意替自己求情，囂張的氣勢緩和下來，竟含淚對黃伊開口道謝。百般無奈，黃伊對管斯澧口頭報告烏來山上所發生的事情，順帶替這名女子請命。

管斯澧在聽過黃伊提及這名女子自稱是佐莉絲的表妹後，表情十分訝異。又聽見黃伊說她在谷底拚命挽救佐莉絲的性命時，臉部表情更加疑惑，經不起黃伊再三的請求與保證，一向對罪犯施行鐵腕態度的管斯澧，只好特准這名通緝犯守在佐莉絲身邊，但前提是黃伊也必須在旁監視她的一舉一動。

黃伊領著R.J.來到佐莉絲的病床前，只見佐莉絲雙目緊閉、臉色蒼白的躺在床上。

Albert的兩鞭及一槍重創了佐莉絲的性命，幸虧佐莉絲穿著她自己精心設計的特製衣服，才幸免於致命的傷害。不過，舊傷未癒再度受到重創，虛弱的病體經不起Albert的折磨及溪水的寒氣而陷入昏迷，舊傷創口經醫生仔細檢查，幸好沒有感染的跡象，敷上藥劑後，醫生千叮嚀、萬交代要黃伊及R.J.讓病人好好休息，還特別為她開了營養劑及抗生素灌入點滴瓶中，替她補充體力及預防傷口發炎感染。

此時，佐莉絲毫無血色的臉蛋、緊閉雙眼的躺在病床上吊點滴。黃伊站在病床的另一側，冷眼看著R.J.皺眉心疼的輕撫佐莉絲額頭，低聲呢喃的在佐莉絲耳邊說話，由於聲音過於微細，使得站在一旁的黃伊聽不清楚她究竟在說什麼？

雖然軟了心腸代這名女子向隊長請求，並和隊長再三保證R.J.不會對佐莉絲有所不利。但內心卻對這名女子的意圖抱著懷疑的態度，若非見佐莉絲捨命救人，而R.J.在谷底不顧一切的想挽回佐莉絲的性命，她也不敢對說一不二的管隊長提出請求。既然已經拍胸保證，只好緊緊盯著R.J.的一舉一動，以免崖上的後悔事件重演。黃伊坐在一旁雙眼盯著R.J.瞧，見她絲毫沒有倦意的緊緊守在佐莉絲身邊，神態親暱，黃伊不禁納悶的想：「她真的是佐莉絲的表妹嗎？如果是真的，那為什麼兩人的長相如此天差地別呢？」

無視黃伊雙眼緊緊盯著自己瞧的R.J.，眼裡只有佐莉絲的存在，她不停的對佐莉絲親吻及撫摸，似乎希望藉由這樣的舉動，能夠喚醒沉睡的佐莉絲，而對於身旁的事情，完全不在乎。

處理完公事的管斯澧跨步走了進來，黃伊神情疲憊的忙起身行禮，輕聲道：「長官好。」

管斯澧朝她擺手示意，走近黃伊身邊低聲說：「這女子有什麼怪異的行為嗎？」

黃伊朝R.J.看去，若是此刻的她直接爬上床躺在佐莉絲身邊，黃伊也不覺奇怪，她對管斯澧低聲說道：「除了不停的親吻及撫摸外，她沒有什麼可疑的行為。長官，她自稱是佐莉絲的表妹，不知道是否屬實呢？」

管斯澧滿臉疑惑的沉默半晌，不久才喃喃說道：「她的身分有待查證，不過，他的父親確實是個英國人。」

黃伊在驚訝之餘，音調高了八度的尖聲說道：「長官，您是指佐莉絲的父親嗎？」

管斯澧舉手示意黃伊不要那麼大聲說話，隨即搖頭說：「不是，是佐莉絲的祖父。」接著輕移腳步，拍拍R.J.的肩膀，示意她到外頭談話。

R.J.轉過頭、眼神疑問的看了管斯澧一眼。管斯澧表情嚴肅的甩頭示意她跟自己出去，R.J.不耐煩的回過頭依依不捨的看了佐莉絲一會兒，才皺著眉頭緩緩轉過身和管斯澧並肩走了出去。

這名外國女子出了病房之後，黃伊終於有了與佐莉絲單獨相處的機會。她走到病床前，凝視著佐莉絲沉睡的面容，不自覺的搔頭傻笑說：「欸，原來妳的祕密這麼多，她既然是妳捨命相救的表妹，為什麼能舉槍朝妳的心臟射出子彈呢？看來，她是個壞心腸的表妹唷。」說著說著，不禁對沉睡的佐莉絲笑了笑，但一想起自己也對著Albert開槍，臉色一沉，心情瞬間悲傷不已。

此時，佐莉絲輕輕呻吟，緩緩張開雙眼。

驚見佐莉絲終於醒了，忙上前低頭問道：「佐莉絲，妳覺得如何？還好嗎？傷口還痛嗎？」

佐莉絲面無表情看著黃伊，氣若游絲的問：「Albert人呢？放在哪裡？」

聽見她清醒的第一句話，竟然是問Albert在哪裡？連表妹的傷勢也不管！真是不懂她腦袋裡頭裝些什麼？黃伊語氣極度不滿的說：「我不知道啦，這種事要問隊長。欸，妳嫌他凌虐的不夠嗎？一醒來就要找他。」

顧不得自己手臂上插著點滴針、身體虛弱的躺在病床上，佐莉絲雙眼大睜、臉色微慍的看著黃伊，用盡全身力量擠出一句話：「快告訴我Albert在哪裡？」

自覺在這件事情上愧對佐莉絲對自己的信賴，黃伊不禁嘆息道：「妳別一醒來就生氣啦。等我一下，我去找隊長問一問。」說完，垂頭喪氣的走到門外。

管斯澧正對著滿臉不耐煩的R.J.問話，黃伊走到管斯澧身旁報告說：「長官，佐莉絲已經醒了，她想知道我父親……」說到這裡，黃伊清清喉嚨改口道：「她想知道那名在崖壁上頭的死屍現在何處？」

R.J.聽見黃伊說佐莉絲已經清醒，也顧不得管斯澧還有話要問她，原本憂愁的臉上綻出燦爛的笑容，一轉身便狂奔進病房，管斯澧想伸手抓住她，不料她動作迅速的令管斯澧神色大變，立即朝病房裡走去，黃伊躊躇滿懷的跟在後頭走了進去。

一進病房就見佐莉絲低頭拔掉插在手臂裡的針頭，R.J.不禁雙眉一皺上前阻止。

管斯澧滿臉驚訝的看著佐莉絲的舉動，語氣極度不滿的喝道：「佐莉絲，妳在做什麼？為什麼拔掉針頭？」

佐莉絲一語不發的撥開R.J.的手，繼續拔掉手臂的點滴，R.J.見佐莉絲根本不聽人勸，只好搖頭嘆氣，皺著眉，坐在佐莉絲身邊，幫她把針頭從肉裡抽出來，替她壓住手臂上的針孔。

拔掉點滴的佐莉絲掙扎的起身，黃伊忙上前攙扶她，只見佐莉絲神情焦急的朝管斯澧問道：「隊長，Albert人在哪裡？」

管斯澧瞪了佐莉絲之後，搖搖頭不想理會她的問話。

佐莉絲心情急切的再度問道：「隊長，請您告訴我，Albert在哪裡？事關重大，請您立刻帶我過去。」

看著佐莉絲如此急切的神情，鐵腕的管斯澧態度軟化，凝神思考後，才開口回答：「我把屍體放在這間醫院的太平間裡。」

佐莉絲倒抽口氣，語氣驚慌的問道：「放在裡頭多久了？」

管斯澧面無表情的掐指算了算：「從妳們落水到現在，應該有五個小時了。」

佐莉絲神色慌張的急忙下床，朝管斯澧說：「請隊長帶我去看屍體。」

管斯澧本來還想說教，只見她穿著病人服還硬要下床，直覺事情頗有蹊蹺，向來冷靜的佐莉絲現在竟然驚慌失措，連身上受了重傷也不管，他面色凝重的說：「唉，妳這個人真是……好吧，我帶妳去看。」

R.J.滿臉疑惑的看著佐莉絲焦慮不已的神情，私下揣測她的心意，邊攙扶著她尾隨管斯澧後頭走去。

黃伊扶著佐莉絲的身子，想起被冰在太平間的父親，鼻頭一陣酸意。

藉著R.J.及黃伊的攙扶，佐莉絲呼吸急促、腳步蹣跚的向前走著，恨不得現在就能見到Albert的屍體。

四人來到太平間，管斯澧示意管理太平間的人將屍體從冰庫拉出來，當Albert的屍體呈現眼前時，佐莉絲用力掙開R.J.及黃伊的攙扶，腳步踉蹌的衝上前，低頭仔細瞧著Albert的屍體。只見Albert的臉色如同死人般蠟白，皮膚底下的血液已停止流動，心臟也不再跳動，但佐莉絲內心中隱約覺得有種異樣的感受從心底竄出來，面帶疑惑、目不轉睛的死盯Albert的臉瞧著。

沒多久，佐莉絲低頭看著Albert屍體的同時，嘴上說道：「Christina，妳過來。」

沉思的R.J.聽見佐莉絲喊她，邁開腳步緩緩走過去，面露狐疑的低頭看著Albert的屍體，一臉疑惑的開口問：「難道妳認為他是假死嗎？」

佐莉絲面色凝重的點點頭：「很像吧？」

對Albert恨之入骨的R.J.不滿的開口說道：「嗯，是很像。但他為什麼要假死呢？而這種藥他是怎麼得到的？」

佐莉絲吁了口長氣，冷笑說：「等他醒了，我再告訴妳。」說著，又低頭仔細研究Albert的屍體許久。

R.J.看著佐莉絲的表情十分複雜，眼神中帶著濃郁的喜悅與淡淡的憂愁。

管斯澧不懂佐莉絲為什麼對這具屍體這麼有興趣，皺眉暗自納悶。

黃伊神傷的靜立在他們身後，腦海裡淨是浮現父親舉著槍走近眼前的那一幕。

佐莉絲看了許久後才鬆口氣，擡起頭朝管斯澧微笑說：「隊長，我有件事想請求您，麻煩您交代醫生將這人身上的子彈取出來。」

搞不懂佐莉絲葫蘆裡賣的是什麼藥，管斯澧滿臉迷惑的說：「人都死了，這麼麻煩做什麼？」

佐莉絲語氣溫柔的回答：「隊長，這次就當成是我求您的，好嗎？」

黃伊臉色鐵青的走過來站在管斯澧身旁對著佐莉絲咬牙說道：「佐莉絲，這句話應該是由我口中說出來才對。」

佐莉絲面露極具深意的微笑對黃伊說：「先別急著下定論，有些事情，等明天去了心靈宮殿之後，就明白了。」

黃伊不解的看著佐莉絲，R.J.神情驚愕的對佐莉絲開口說：「心靈宮殿不是炸毀了嗎？我們要去哪個心靈宮殿啊？」

管斯澧不自覺的驚訝說道：「是啊，心靈宮殿不是炸毀了嗎？」

佐莉絲伸手摀住左胸，喘了幾口氣後，朝他們冷笑說：「你們看到的是屬於人間的心靈宮殿被炸毀，但是地獄的心靈宮殿正要開張。隊長，請您明天帶些人手，跟我走一趟吧。」

黃伊看著佐莉絲如此自信的說出這樣的話，又見她手摀著傷口，喘息不已，想起佐莉絲屢次伸手援救，一股憤慨之情油然而生，自告奮勇的說：「我也要去。」

R.J.語氣憂慮的對著佐莉絲說：「妳傷得這麼重，不要逞強好嗎？先休息幾天再說吧。」

佐莉絲眼神溫柔的看著R.J.說：「現在不是養傷的時候，再不趕去，只怕來不及了。」

R.J.嘆口氣說：「既然這樣，我陪妳一起去。」

佐莉絲朝R.J.冷笑說：「妳肯定要一起去的！但是黃伊，妳要不要多休息一下呢？」

黃伊瞧了R.J.一眼，心中不滿又略微妒忌的說：「她跟我一樣都是受了皮肉傷，為什麼她一定要去，而我不能去啊？更何況，我是這個連續殺人案的負責人，本就應該要到現場親自指揮，不是嗎？」

佐莉絲凝視著黃伊沉思了會兒，隨即微笑說：「好吧，妳想去就去，不過，Albert的屍體必需要有人看守才行。」

管斯灃對佐莉絲說：「既然妳這麼介意這具屍體，那麼我就派專案小組的四名成員在病房守著他吧。」

佐莉絲這才笑逐顏開的說：「太好了。如果時間剛好，應該趕得及回來。」

黃伊滿臉疑問：「什麼時間啊？」

R.J.看向黃伊，語氣冷淡的答道：「沒算錯的話，明天中午就知道了。」

佐莉絲柔聲對管斯灃說：「對了，還有一件事情要請求隊長的特別准許。」

管斯灃看著佐莉絲說：「什麼事情？」

佐莉絲眼神溫柔的看著站在一旁兀自生悶氣的R.J.說：「請您特別准許這位國際刑警組織的通緝犯在我身邊待上一陣子，直到連續殺人案及Golden Dawn的事情結束。」

聽見佐莉絲如此怪異的請求，管斯灃不禁挑眉驚訝的看了她一眼，怔然許久後，又將目光又移至這名外國女子身上，神情益加的迷惑，但是不好拒絕佐莉絲的請求，管斯灃舉手摩挲著下頷，沉默半晌後才說：「既然是妳親口提出的請求，我就允諾妳吧。」

佐莉絲嘴角上掛著一抹冷笑，對管斯澧說道：「感謝隊長成全。」

管斯澧兀自嘆息道：「真不懂妳的行事作風。現在，妳的要求我全都答應了，可以回病房去休息了吧？」

佐莉絲搖頭說道：「謝謝隊長的好意，但我必需要回家一趟。」

管斯澧及黃伊聽見佐莉絲這麼說，不禁雙雙駭然的看著她。

R.J.在一旁急忙勸道：「Dressing，妳想做什麼？為什麼不在醫院休息一晚？」

佐莉絲雙眼冷漠的盯著R.J.說道：「我有事情要回去一趟，妳呢？想和警官在醫院休息嗎？」

原本趾高氣昂的R.J.在佐莉絲面前，彷若一隻聽話的貓咪般，囂張的氣焰瞬間熄滅，一向執拗的脾氣，就算R.J.好言相勸或是厲聲責備，佐莉絲依舊一意孤行，R.J.萬般無奈之餘，只好低聲說：「妳那個家又沒有什麼藥。在醫院有醫生啊，萬一有個什麼事情……」

佐莉絲面若冰霜的對R.J.說道：「那好，我請管隊長派人看管妳吧，我自己回去就好。」

R.J.聽見佐莉絲這麼說，皺了皺眉頭回答：「Shit！好啦，我跟妳回去，這樣總行了吧？」

黃伊和管斯澧在旁聽著她們的對話，兩人面面相覷，黃伊見佐莉絲執意如此，便對管斯澧說：「既然佐莉絲堅持如此，那麼隊長，就由我送她們回去吧。」

管斯澧點頭允諾。

佐莉絲婉拒黃伊的好意說：「黃警官，妳受了傷，該好好的休息，我們坐計程車走就好。」

黃伊皺眉對佐莉絲說：「要不要到我家去呢？妳房裡只有單人床，還有一隻鼾聲震天的冷若水。」

R.J.斜眼睨了黃伊後，搶著回答：「多謝警官的好意，我不介意和Dressing擠一張單人床。」邊說，邊擡起頭朝黃伊挑釁的看了一眼。

黃伊嘴角微微抽搐，臉一沉、挑眉說：「那就算了，隨便妳們。」

管斯灃沉思了會兒說：「由我送佐莉絲回去，就這樣，我們走吧。」

佐莉絲見管斯灃已經退讓至此，也不再拒絕他的好意，於是微微一笑說：「那就勞煩隊長了。」

R.J.看著佐莉絲的側臉，緊抿嘴角，不情願的扶著佐莉絲尾隨管斯灃身後離開。

黃伊目送他們離去，心情沮喪的說：「這個從天上掉下來的表妹，還挺礙眼的。」說完，跟著他們後頭一起離開。

32 女王的下場

冷若水見到身穿病人服的佐莉絲回家，一臉驚喜的說：「佐莉絲，妳……妳旁邊怎麼多個外國女人?咦，妳的特製衣服呢？」原本想說「妳回家啦」，在看到佐莉絲身邊的R.J.，冷若水突然改了口問道。

R.J.身上同樣穿著醫院的病人服，雙眼不停的上下打量眼前這位身材壯碩的女性，面露嫌棄，微微皺眉說道：「什麼外國女人?我是她在英國的表妹。」說著，邊扶著佐莉絲跨步進門。

佐莉絲面色凝重走進門，沒有回答冷若水的問題，順手將門關上。

冷若水搖晃裹著石膏的手，站在餐桌前對佐莉絲露出笑容說：「妳說妳在國外長大，原來這是真的唷。」饒富趣味的繞著R.J.走一圈，堆滿笑臉，又說：「哈囉，外國來的表妹，妳好。」

R.J.態度高傲，無視冷若水的存在，扶著佐莉絲走進門後，便逕自和佐莉絲朝她慣坐的位置坐去，佐莉絲摀著胸口，微微喘息的坐在她身邊，不發一語。

冷若水見R.J.的習慣跟佐莉絲挺像，笑意更深的說：「哇，真的是一家人捏。」

像是在上演獨角戲般，冷若水自顧自的喜不自勝，而佐莉絲坐在沙發上休息半晌後，朝沉著臉的R.J.說道：「Christina，我倒水給妳喝？」

R.J.一雙碧眼凝神看著前方，邊搖頭說：「不用了，我很清楚妳家裡的擺設，我自己來。」說完，倏地站起身子，朝廚房走去。

佐莉絲看著自己一身病人裝扮，無奈的起身朝房間走去，進門前順口朝R.J.問道：「要不要進來換件衣服？」

拿著水杯喝水的R.J.急忙回答：「好。」腳步匆忙的走進佐莉絲的房裡。

佐莉絲等R.J.進房後，順手關上門。

自她們進門之後，便將冷若水當成隱形人般，完全沒理會她的存在。冷若水心裡頗不是滋味的「嘖、嘖」說：「唉唷，表妹可以進去，我們就不能進去，真是差別待遇捏。」邊說，邊搖晃裹石膏的手走到沙發坐下，兀自看著佐莉絲的房門發呆。

佐莉絲穿著一身黑色緊身皮衣、長褲，手腕上帶著銀色細手鐲，一雙真皮厚底馬丁靴，頭髮紮成馬尾，神情肅穆與R.J.一起坐在後座。

R.J.換上了與佐莉絲同款的黑色緊身皮衣褲，左手戴了只黑白條紋的手套，腳上穿著短靴，金髮綁成馬尾，嘴角揚著一抹微笑的看向車窗外。

黃伊開著車朝後頭問著：「是這條路嗎？」

佐莉絲開口說：「再往裡頭一些，看到一片廢棄的空地就是了。」

黃伊回答：「了解。」

原本帶笑看著窗外的R.J.，一轉過頭，眼神關切的看著佐莉絲，語氣嬌膩的問道：「Dressing，妳昨晚沒什麼睡，傷口還痛嗎？」

佐莉絲雙眼直視車窗外，搖搖頭。

看著佐莉絲不顧傷勢，急著想去找出殺人兇手，R.J.語氣不滿的說：「妳應該要在家裡休息。昨晚妳都沒有闔眼，加上那個女人的鼾聲，吵得連我都沒睡好，妳還是不要去吧？」

佐莉絲轉過頭，神情無奈的對R.J.笑說：「我自己會注意。」

黃伊的眼神雖直視前方，但耳朵卻專注的聽著她們的對話。

覺得佐莉絲並沒有把她說的話放在心上，R.J.索性側過身，語帶命令的說：「不管妳怎麼想，等這些事情結束之後，妳一定要跟我回英國去。我先警告妳，不用想逃走的事，這次我會緊緊跟在妳身邊！」

對於R.J.說的話，佐莉絲恍若未聞的兀自看著前方。

黃伊皺眉想：「回英國?還回不回來啊?看來這位表妹比佐莉絲霸道多了。」

R.J.說完話之後，凝視佐莉絲面無表情的側臉，別過頭看向窗外，兩人之間，沒有再交談。

佐莉絲說的空地到了，黃伊熄火後，看著一無所有的空地，轉過頭問道：「心靈宮殿在哪裡啊？」

沒回答黃伊的問題，佐莉絲逕自開了車門，緩緩下車。

驚見佐莉絲開門下車，R.J.皺眉急忙下車，用力甩了車門，緊追佐莉絲而去。

黃伊瞪著R.J.的背影，搖頭嘆息的下車，朝後頭幾輛沒有鳴警笛的警車揮手示意。

管斯澧神情嚴肅的下車，揮手指示持槍的眾人靜候他的命令，邁出步伐緩緩向前走，荷槍及武裝員警們則靜悄悄的朝空地移動。

這次的圍剿行動，管斯澧特別下令所有的員警都要穿上防彈衣，防範持有危險武器的歹徒亡命攻擊。

管斯澧走到靜立在佐莉絲後方的黃伊身邊開口問：「心靈宮殿在哪裡？」

黃伊恭敬的回答：「跟著佐莉絲就知道了，長官請小心。」

管斯澧表情嚴肅的點頭。

佐莉絲緩步走到空地的正中央站定後，四處張望，接著低頭踱步，凝神屏息的專心找著什麼……

R.J.亦步亦趨的跟在她身旁，神情警戒的朝四周看著。

佐莉絲突然停下腳步，揚眉冷笑的蹲下身，用手撥開其中一塊堆滿枯葉的泥土地，上頭出現一只土環。佐莉絲伸出右手將土環往自己身體的方向拉，土環帶著一片土塊被拉了起來，裡頭竟是一片鐵板，佐莉絲將鐵板拉開，一排按鍵彈起，佐莉絲微笑點頭看著鍵盤，憑著記憶回想著陳一揚按下的數字，依序輸入，空地突然發出巨響，出現一條往下延伸的步道。

看著倏地展現在眼前的步道，佐莉絲冷笑的緩緩站起。

R.J.被巨響微微震懾了會兒，隨即戒備的望著眼前的步道，表情既驚奇又疑惑。

遙望著眼前空地突然出現步道的黃伊及管斯澧，莫不皺眉驚嘆，管斯澧隨即揮手示意眾人往前走。

黃伊不自覺的想：佐莉絲說的心靈宮殿，難道在地下嗎？面帶疑問，黃伊率先跑向佐莉絲身後。

佐莉絲眼神冷漠的逕自朝前走去，R.J.凝視她的背影，不禁佩服的跟上前去。

地下宮殿！

富麗堂皇的地下宮殿，仿巴洛克式建築，做工精緻高雅，氣勢磅礴，聚集了神聖及宗教神祕感，比起原本的心靈宮殿更勝一籌。

燈火通明的地下宮殿，五個階梯上的皇座，活靈活現的龍形圖，像是隨時都會撲上前般逼真。進入地下宮殿的眾人，雙眼皆被這座宮殿美輪美奐的設計與裝潢震懾住，久久不能自已。

唯獨佐莉絲朝著宮殿正中央的地板走去，站在一個鑲嵌於地上的大型五芒星圖樣上，盯著間隙約有五公分寬的直線細看，來回走動，像在研究如何開啟這個大型裝置。

R.J.見佐莉絲獨自在這個詭異的裝置上走著，擔心有人埋伏，神情高傲的跨步走去，佐莉絲擡起頭看見R.J.走過來，急忙伸出手阻止她向前。R.J.停下腳步，微跺跺腳後，不情願的朝後退回原處，一雙碧眼不停的朝四周戒備的看著。

佐莉絲盯著五芒星下頭隱約滲出的陣陣寒氣，沉思許久，擡起頭朝皇座看去，凝視皇座的龍形圖，雙眼盯著龍爪狀的扶手看了許久，露出疑惑的表情，隨即疾步走到皇座前，搖動兩側的扶手，不料，這麼一搖，竟啟動機關，五芒星的圖案在眾目睽睽之下往五個方向縮了進去，從底下緩緩升起一座鋪滿乾冰磚的床，上頭躺了人，床的上方漸漸降下了一位雙手被綁在頭上的昏迷女性。

佐莉絲站在皇座旁朝緊盯著自己的R.J.點頭，R.J.這才露出微笑的跑過來。

警覺的緩步走到冰床旁，佐莉絲伸手一揮，射出一隻銀色的圓形暗器，「簌」的一聲割斷了綁著那位女性的繩索，R.J.輕輕一躍，伸手接住正往下掉的昏迷女性。

管斯澧見狀，朝後一揮手，兩名持槍的警員跑上前，從站穩的R.J.手中接過昏迷的女性，然後朝宮殿外跑去。

R.J.擔憂的看著佐莉絲朝冰床走過去，腳步匆忙的趕到她身邊，佐莉絲神情嚴肅，眉頭緊鎖的看著躺在被子下頭的人。伸出手掀開蓋在床上的黃色緞布製被子，往內一看，神情詫異的睜大雙眼，緊抿著嘴，面色微微動容。

R.J.順著佐莉絲的視線看向被子裡頭，突然神情變得極度驚愕、嫌惡，急忙伸出手肘遮住自己的口鼻。

佐莉絲將被子舉在半空中許久，才將被子整個拉開拋在一旁，只見這個人裸身，但肌膚被刀子從鎖骨劃了一道，接著又往肚臍劃開，肌肉左右掀開，空空的身軀之中，裝了心臟、胃、肝臟，在他的身旁還有擺放著一桶血。

佐莉絲從腰際取出一柄鋼刀，將這人的眼皮掀開，赫然見到一雙眼珠硬塞在黑色窟窿中。

原本緩緩走近五芒星裝置外頭的黃伊遙見這幕景象，一陣作嘔的感覺湧上喉際，忙伸手摀住嘴，連連朝後退了幾大步。

管斯澧站在離五芒星有段距離的位置，見到這種景象，不禁大開眼界般，雙眼睜得大如牛眼，不自覺的搖頭嘆氣。

站在管斯澧身後的眾員警，看見這種令人作噁的現場，有些後退幾步，別過頭去，伸手摀住口，強忍嘔吐的感覺。某些較為大膽的員警則持著槍，想上前一探究竟，但沒有長官的指令，也只能帶著好奇的心情，遠遠觀看那具令人嘆為觀止的屍體。

R.J.屏氣緊咬下唇，脹紅著臉，盯著一雙眼珠硬塞在屍體的眼眶中，表情像見到什麼鬼怪般厭惡至極的朝後連退了好幾步，霎時忘了佐莉絲單獨一人在床邊檢視屍體。

佐莉絲將鋼刀收起，稍稍走近，帶著冷笑看著眼前這具屍體，似乎所有的線索全都因為這具屍體的出現而有了解答。

就在此際，突然閃現一個人影，無聲無息的像隻蝙蝠般，從上頭飄落至佐莉絲身後，一隻結實的手臂緊緊勒住她的喉際，另一隻手拿著叉子指著佐莉絲的頸項，銳利的叉尖將佐莉絲白皙的頸部戳出血來，那人挾持著佐莉絲，緩緩朝左側退去。

R.J.被這突如其來的狀況震驚，困惑憤怒的看著眼前這位戴著帽T的人，不敢輕舉妄動的摸著腰際暗器，只待一有機會就對準目標射出，眼見對方將兇器刺進佐莉絲的頸子裡，深怕那人真的再使勁戳進去，那麼佐莉絲將有生命危險，R.J.為自己的大意自責，焦急的低聲叫著：「Dressing……」

管斯灃驚訝的看著這個突然間掉下來的人，一手舉著槍對準他，一手高舉遲遲不敢往下揮。

黃伊拔起手槍，對準戴著帽T的人，神情焦急的看著佐莉絲。

佐莉絲伸手拉開這人的手臂，但這隻手沉重的像塊鐵磚般，被他緊鎖喉際，直覺快窒息，忙用手肘向後一撞，頭朝上重搥，那人受到兩次猛攻，抽出叉子，鬆開手，身形往後退去，像個幽靈般，在瞬息間便失去蹤影。

佐莉絲蹲下身一陣劇咳後，用力地吸進幾口新鮮空氣。

R.J.見佐莉絲脫困，忙跑過去將她扶起，焦急的替她擦去頸部的血跡，隨即伸出戴著手套的左手，警戒的看著四周。

黃伊雙眼緊盯四周緩緩走過來，站在佐莉絲右邊，舉著槍朝前戒備。

佐莉絲咳完後，藉著R.J.的扶持，清清喉嚨開口大喊：「姚嬌美館長，妳不用再躲了，這個復活儀式不會成功的。」

黃伊聽佐莉絲這麼說，心中一驚，心想：「那位看起來毫無殺傷力的老女人，怎麼可能那麼孔武有力？」

R.J.疑惑的看著佐莉絲，有點失笑的想著這位曾接待過自己的分會會長。

管斯澧對佐莉絲喊出來的句子，完全摸不著頭緒，他朝身邊的一位荷槍員警耳語一陣，那名員警便領著幾位持槍的員警們，朝宮殿四周開始找尋攻擊的位置。

佐莉絲喊過之後，站直身子，靜靜等待著。

不久，姚嬌美從皇座後頭緩緩走了出來，神情無比莊嚴又猙獰。

R.J.神情傲然又不屑的看向姚嬌美，突然臉色大變，睜大雙眼盯著她手中握住的十字架，不由自主的開口喝道：「我命令妳，將那只玫瑰十字架交給我。」

姚嬌美無視R.J.的命令，一副高高在上的模樣，令黃伊咋舌稱奇。她現在的姿態與先前哀求自己辦理爆炸案件的和善模樣，簡直是天差地別。黃伊不禁懷疑這位姚館長是不是有位雙胞胎的姐妹？

眾人皆驚訝的看著從皇座後頭走出來的女人。管斯澧嘆息的感慨，最近辦理的案子，實在出乎自己的想像。但經驗老到的他，並沒有被眼前的景象給震懾住，依舊提高警戒的注意著先前像幽魂般的怪人的行蹤，也因此，他看到有個矮小的人影從宮殿的廊柱旁一閃而過，管斯澧默不作聲的拍拍身旁一位員警的肩，朝那人跑走的地方指了指，員警點頭，立刻快步追著想逃走的人而去，直到追到甬道時，才將這位身形矮小的女人捉住，帶上手銬，押著她走到管斯澧的身邊，管斯澧眼神冷冽的看著低頭不語的女性，朝員警點頭示意。

佐莉絲雖看著姚嬌美，但眼角餘光依舊沒放過身邊的動靜，當她看到管斯澧身旁低著頭的女性，嘴角的冷笑更加深刻。

姚嬌美目空一切的望著宮殿，眼神凌厲的尖聲道：「我是這裡的女王，妳是什麼人，竟敢稱呼我的名？」說著，邊揮舞著手上的十字架。

黃伊驚奇的看著姚嬌美手中拿著的那柄既閃亮又精緻的十字架。

佐莉絲站直身子，冷笑說：「我想妳應該是想成為女神吧？」

姚嬌美目光銳利的瞪著佐莉絲，仔細打量了她後，語氣不屑的說：「妳就是那天來的女人？」

佐莉絲看著她手中的玫瑰十字架，口氣冷淡的說：「依據古籍記載，沒有小達人主持的復活儀式，根本沒有任何用處，就算妳拿著玫瑰十字架，躺在乾冰床上的林登汕也不可能復活！」

姚嬌美瞠目欲裂的看著佐莉絲，咬牙切齒的恨恨說道：「我就是小達人，我就是神人，我主持的復活儀式一定有用。」

佐莉絲冷笑說：「如果妳真的認為自己是神人，何必殺害汪羽燦、高沛姍、黃亞珍、曾勻梅、李迦紊等五人，分別取下她們的心臟、胃、血液、肝臟、雙眼來幫妳達成復活儀式呢？妳現在還用蕭韻做為獻祭者，又與林岱雲到英國Golden Dawn總會盜取玫瑰十字架，種種惡行，不正代表妳根本就沒有神人的能力？這一切全是為了妳自以為是的復活儀式而做出卑劣的罪行，不是嗎？」

姚嬌美乾笑幾聲：「哼，沒想到妳對復活儀式的過程非常清楚。」

佐莉絲冷笑說：「我還知道妳在林登汕死後，便從心靈宮殿挑選出與他同月同日出生、血型相同的女性志工，然後將她們藏在這座地下宮殿，更於去年中旬趁著英國Golden Dawn總會舉行年會時，由林岱雲製造出玫瑰十字架的贗品，成功盜出了Golden Dawn總會的玫瑰十字架，這一切的目的全是為了讓林登汕能夠復活，我說的對嗎？」

姚嬌美眼角抽搐的厲聲問道：「妳怎麼知道的這麼清楚？」

佐莉絲冷冷一笑繼續說著：「第四位被妳教唆的人殺死的志工曾勻梅身上藏有兩張草圖，一張是由林岱雲所繪製的玫瑰十字架草圖，另一張，我想就是剛剛被弔在上頭獻祭的那位蕭韻所畫出的復活方陣。妳夠聰明，能夠解讀古籍上的復活方陣，還能依照自己的意思將方陣字母重新排列組合，並依照方陣上頭的字母，隨機挑選宮殿裡的志工，分別取出字母中所指向的人體器官。我能明白妳為了這個儀式付出了大把精神，但真正的復活儀式不必這麼麻煩，妳只需將復活方陣畫在身上即可，不需要殺人取其器官。」

姚嬌美出聲大罵：「妳懂個屁？這些獻祭者能夠被挑選上，是她們的榮幸。我即將要成為神人，有了獻祭的貢品，才能顯現出我的神聖！像妳這樣俗氣的凡人，怎麼能夠明白神人的心思！」

佐莉絲搖頭嘆息：「我想，妳一開始只是單純的為了使林登汕復活，但是事情演變到現在，復活方陣竟成了妳滿足妄想主宰全世界的藉口。所有人都在妳的胡思亂想中成了無辜的受害者，這個人還包括了妳的養子，陳一揚。」

姚嬌美朝佐莉絲「啐」了口水，眥目欲裂的瞪著她說：「妳胡言亂語些什麼？沒有陳一揚這個人，只有no name。」

佐莉絲繼續說著：「妳為了獨佔林登汕全部的愛，特別瞞著他做了結紮手術。在你們婚後第十年，從天主教堂收養了年僅十歲的孤兒一揚，成為妳的養子。這位男孩有個僻好，據天主堂的修女說，一揚在六歲的時候曾經走失過，被警察找了回來，之後，修女便發現他對於珍愛的動物都會用他不知從何處得來的木製四指叉將動物殺害。其實，這只四指叉應該是他因為心愛的寵物被孤兒院裡的孩童殺害的小鳥no name，心痛之餘，離院出走時，在基隆偏遠的地方，殺害一對婆孫後得來的武器。妳發現了他的祕密，便運用他純熟的獵殺技巧，指使他殺害這五名女性。但是一揚獨特的僻好，使他在殺人之後，習慣性的用四指叉戳入象徵女性特徵的子宮，藉此得到愛的感受。一揚原本在殺害前四名死者時，還帶著些人性，能夠欣賞死者的感受，但在第五位死者李迦柰身上，卻見不到他的人性，只剩下獸性。我想，妳是見不得養子有了愛人，所以才唆使他殺害心愛的女性吧？」

佐莉絲說到這裡，地下宮殿裡傳來一陣類似野獸低鳴的吼叫聲，淒厲中帶著陰森感，叫聲迴盪在宮殿裡，使在場所有人聽了盡皆毛骨悚然。

R.J.不禁略為驚駭的靠向佐莉絲，黃伊忙持槍四處探望。

管斯澧轉身交代所有人準備開槍，然後手持著槍面對著皇座方向，繼續聽佐莉絲說下去。

姚嬌美聽見這種詭異的叫聲，竟無半點害怕，反而極度興奮的大聲喊道：「no name，出來，到你深愛的女王身邊來。」

低鳴的吼叫聲持續著，眾人皆提高警戒、上下左右的四處觀看。

站在管斯澧身邊的矮小女人，聽見這近似野獸般號哭不停的聲音，不禁伸起被手銬銬住的雙手摀著耳朵，驚恐的全身顫抖，臉部因驚嚇過度而扭曲著。

姚嬌美朝宮殿呼喚幾次後，始終沒見到叫聲的主人出現，她目光如炬的瞪著佐莉絲怒不可遏的大吼：「no name只愛我一個，除了我之外，他不可能愛上任何凡人。」

佐莉絲冷笑說：「那是妳自以為是的想法！卸妝後的真相不見得美麗，但卻真實！妳對於一場愛上了李迦紊非常不滿，為了維持地下宮殿的運作，妳不僅要他殺了他心愛的女人，還為了掩飾這座地下宮殿，避免Golden Dawn總會的調查，特別炸毀隸屬Golden Dawn總會的心靈宮殿。為了精心策劃炸毀的行動，讓這個事件彷若似真般，還特地要求黃伊警官前去調查，妳的居心何在？無非就是希望有警察當場被炸死，這樣妳便有了鐵證，可以掩飾妳自導自演的這場恐嚇戲。這場爆炸戲的背後還藏有另一個目的，那就是妳為了掩藏Golden Dawn總會每年分派給分會的迷幻藥劑！這些死者死前的微笑，就是因為妳給了no name大量的迷幻藥，這類迷幻藥可以充當麻醉劑，所以死者在死前不會受到太大的痛苦。而no name在殺害前四位女性時，不禁可以恣意享受她們在死前優美的姿態，還能避免死者在驚慌恐懼下的掙扎所造成的失誤。如今，這些迷幻藥跟著炸彈灰飛煙滅，而妳一來不僅可以逃過警方的追捕，二來又能躲過Golden Dawn總會的調查，第三還可以擁有玫瑰十字架的真品，在這座地下宮殿稱王稱神。」

黃伊聽見佐莉絲這麼說，過度震驚的咬牙切齒、憤怒的罵道：「姚館長，原來妳不斷的要求我過去查案，目的在此啊！真是太可惡了，妳眼裡還有法律嗎？」

佐莉絲又說：「其實心靈宮殿與Golden Dawn總會的關係，只有玫瑰十字架與迷幻藥。姚嬌美妳大可以向警方檢舉Golden Dawn有販賣毒品的嫌疑，這樣一來，妳既能安全脫離Golden Dawn的控制，又能夠在妳地下宮殿繼續妳的千秋萬世，何苦傷害這麼多人命，逼得所有人跟妳玩一場神人遊戲呢？妳將林登汕的屍體從棺材中移放在此，讓妳心愛的人無法入土為安，妳這麼做，難道不怕他死不瞑目嗎？喔，對了，他的雙眼也被你給挖了出來，換上了李迦紊的眼睛，他已無眼可閉。妳如此大費周章的布置這一切，難道從沒想過，林登汕有可能不會復活嗎？假設他若真的復活之後，見到妳移情別戀，而他千辛萬苦的從冥府回到人間，他將作何感想？」

姚嬌美朝佐莉絲揮動著十字架，瘋狂大吼道：「妳這個妖魔鬼怪，快給我離開。」

佐莉絲冷笑說：「妳自導自演了一場爆炸案，絕對沒想到我能及時救出黃伊。這場爆炸案所使用的應該是遙控式的手製炸彈！妳裝模作樣的要求疏散會員，讓志工在裡頭找尋炸藥，這一切只是為了瞞過黃伊的眼，讓她死於非命。妳要一揚將炸彈裝置妥當之後，立刻打電話給妳，妳用他告訴妳的號碼，撥了通電話出去，炸彈就此爆炸。妳不僅可以遠離爆炸現場而不受任何傷害，還可以消遙法外，不被警察抓到辮子，這真是場非常精采的演出。妳的愛充滿了毒液，使得被妳所愛的人，全都遭到不幸。最可惜的就是一揚。原本可以導引他進入正常人的生活，卻因為妳對他的愛，讓他成了一頭野獸。妳繼續抱著玫瑰十字架在這裡做妳的神人大夢吧，這場夢中，所有的死者都會上場陪妳一起演出。黃伊及管隊長，我已經將所有案情交代完了，剩下的事情，就交由你們處理。Christina，我們走吧。」說完，便拉著R.J.的手，轉身離開。

姚嬌美齜牙裂嘴的大叫：「妳給我站住，我現在就讓妳看看復活方陣的威力。」邊尖聲大叫，邊將身上紅色法蘭絨長袍拉開，裸裎身軀，復活方陣那血紅色的字母就繪在她從胸口至肚臍處的體幹上，她語氣高亢的喝令著：「聽我的命令，從冥界而來的人，藉由這具新的身體復活。」

管斯澧持著槍本想走上前，見到姚嬌美滑稽的舉動，不禁停下腳步，皺眉鄙夷的看著。眾員警個個持槍朝姚嬌美瞄準，深怕她做出什麼怪異的行為。

黃伊神情嚴肅的持槍上前，才走到一半，見到姚嬌美突然脫掉衣服裸裎的軀體，一陣作嘔，忙將頭別過去，低垂雙眼，不想直視那具詭異至極的女人身軀。

佐莉絲拉著R.J.走到一半，停下腳步，面無表情的回頭望向姚嬌美，R.J.則是蹙著眉，側身看去，眼神中盡是嫌惡。

當姚嬌美脫下衣服，呈現身體上復活方陣的當下，那個像幽魂般的no name突然從半空中躍下，站在姚嬌美的身前背對著她，雙眼凝望著眾人。

那雙沒有眼白的黑色眼眸，看得在場所有人心驚膽跳，有些人步步後退，有些人則停在原地，把槍瞄準這個身材壯碩的男子，站在管斯澧身旁的矮小女人再也忍不住心中的恐懼，尖聲一叫後，便癱軟倒地昏迷。

現場一片寂靜，佐莉絲和R.J.雙雙站直身子，朝這個已化身成惡魔的男人看去。

no name揚起頭從嘴中發出類似野獸低鳴的吼叫聲，淒厲又陰森的不停狂叫，他的雙頰似乎帶著淚水。

姚嬌美面帶驚喜的朝no name命令似的大吼：「去，去把他們全都殺掉。乖，我的心肝寶貝。」

no name張口呼吼著，緩緩朝眾人走去，所有員警神情警戒，若是眼前這個罪犯一有任何行動，就扣下扳機，將他射成蜂窩。

但就在他步步朝前走的瞬間，猛然一個轉身，用四指叉戳進了姚嬌美的下腹，姚嬌美被這突如其來的攻擊，嚇得面目扭曲，又因為劇痛使得喉嚨發出「咯、咯」的聲音，no name步步走近滿身是血的姚嬌美，手中的四指叉不停的抽出又戳進她的腹際，他嘴中輕輕的低鳴，直到姚嬌美氣絕癱倒在皇座上。

這時no name高舉著四指叉，彷彿像是宣示自己的武器及力量般，面目猙獰的朝黃伊奔跑過來，黃伊忙向後退，手槍不停射出子彈。

管斯澧見狀，忙吼道：「快，快開槍。」

員警們一聽，忙舉起手槍朝no name射擊，一陣槍響後，no name全身中彈跪在地上，接著倒地不起。

佐莉絲冷眼看著這一切，面無表情的對R.J.說：「Christina，我去替妳把玫瑰十字架拿回來。」

R.J.伸出手擋住佐莉絲，語氣冷淡的說：「我自己過去拿。」說完，逕自走到姚嬌美的身旁，只見她雙眼翻白，臉部肌肉因為極度驚嚇而扭曲。R.J.伸出手，想從姚嬌美手中拉出十字架，沒想到她的手緊緊握住十字架的尾端，任憑R.J.怎麼拉都拉不出來。此時，佐莉絲的聲音輕柔的傳進她耳中：「妳看，只要這樣她就會鬆手了。」

佐莉絲用手壓了姚嬌美的手肘，反射神經使得她的緊握的手鬆開，R.J.拉出了十字架後，不禁低聲罵道：「Shit！死了還拿著十字架做什麼？作惡多端的人，別妄想上天堂。」

佐莉絲拍拍R.J.的背，微笑說：「我們走吧？」

R.J.點點頭，神情不屑的瞪了姚嬌美一眼，轉過身，跟著佐莉絲離開。

管斯澧與黃伊正在現場指揮員警搜證，佐莉絲和R.J.並肩步出地下宮殿。望著從樹後畫出一道半圓的彩虹，七彩艷麗變幻莫測，佐莉絲不禁輕鬆的對R.J.笑說：「我們該趕去探望Albert了。」

R.J.伸出手，輕輕擦掉佐莉絲頸部滲出的血滴，抱著十字架，皺眉擔憂的問：「妳究竟想做什麼？我恨不得他死，妳卻巴不得他活過來。」

佐莉絲愛憐的凝望R.J.，語氣平淡的說：「妳不想離開Golden Dawn嗎？」

R.J.跺腳抿嘴，像是被人抓到小辮子般，但又理直氣壯的看著佐莉絲，沉思半晌後才說：「妳知道我很想離開的，對嗎？不過，妳沒有告訴我為什麼要見Albert，一切免談。」

佐莉絲伸出手輕輕撫著R.J.姣好的臉蛋，微笑說：「一起過去見他之後，妳就知道了。相信我，好嗎？」

R.J.睜著狡黠的一雙碧眼盯著佐莉絲瞧，嘴角揚起一抹冷笑，耍賴的說：「要我相信妳，跟妳一起過去，可以，但是我有個條件。」

佐莉絲放下手，挑眉疑問的看著她。

R.J.冷笑說：「這次事情過後，妳要回英國陪我。」

佐莉絲收起微笑，面色凝重的說：「到Golden Dawn的總會陪妳嗎？」

聽見佐莉絲提及總會，R.J.倏地臉色一沉，突然覺得手中的十字架變得異常沉重，她低垂著頭靜默不語。

佐莉絲露出意味深遠的微笑，伸手將R.J.的頭擡起，看著皺眉困擾的秀麗臉龐，失笑說：「先把要緊事情辦完，我再考慮妳的提議，ＯＫ？」說完，縮回手，轉身離去。

R.J.面露疑惑的看著佐莉絲，心裡隱隱覺得她似乎知道些什麼？獨自握著玫瑰十字架站在原地沉思半晌，突然間，擡起頭，鬆開緊鎖的雙眉，眼神炯炯的盯著佐莉絲的背影，嘆息的跑著追上她。

33 玫瑰十字架的祕密

從地下宮殿直奔醫院的佐莉絲和R.J.，此刻並肩坐在病床旁靜靜等待Albert醒來。

據為他動刀的醫生說，Albert穿了一件防彈衣，因此子彈並未射入他的體內。所以醫生僅處理了Albert的皮肉傷，但Albert的死令醫生百思不解，不停的自問：既然Albert沒有中彈，那麼是什麼原因造成他的死亡？

佐莉絲和R.J.聽完醫生的說明，雙雙互視一會兒，各自帶著冷笑。

既然死因不明，卻又不能解剖屍體，醫生只好帶著滿腹的疑問，期待有一天能夠找出死亡原因。

佐莉絲坐在椅上凝望著Albert蠟白的面容，沉思著。

R.J.抱著玫瑰十字架，目光在佐莉絲與Albert兩人間游移，心中隱約覺得佐莉絲這樣高深莫測的舉動背後，肯定掌握了什麼足以令人吃驚的內幕。但怎麼哀求佐莉絲告訴她，佐莉絲只丟給她一抹微笑，專注的等待Albert醒來。

R.J.看著佐莉絲沉靜的側臉，一股奇異的感受令她覺得佐莉絲變了。相隔十年後再見面，佐莉絲已經不再是過去的她，她變得比以往更加堅強。而自己似乎已經沒有能力守護在她身邊，那種無力感，啃蝕著R.J.的內心，讓她不自覺的對自己生氣。

佐莉絲堅持要把所有問題，在警察面前一次解釋清楚，這令R.J.十分不滿。深怕一直以來想奪走佐莉絲性命的Albert清醒之後，又會對她有所不利。在前往醫院的路上不停提醒佐莉絲，但她似乎無所畏懼。這樣的自信，讓R.J.內心更加恐懼，究竟佐莉絲知道什麼事情了呢？

但現今唯一能夠確定的事情，就是R.J.不想再見到佐莉絲被Albert折磨，更何況佐莉絲中彈後，傷勢一直沒有痊癒，這讓R.J.耿耿於懷。當初為了能保全佐莉絲與自己的性命，不得不遵從Albert的命令，拿著SVD狙擊槍在Albert的監視下開槍射殺佐莉絲，那時她的心情簡直比自己死了還難受。

在這個世上只有佐莉絲是她不願傷害的人！十年間對她不聞不問，也是迫於無奈。除了佐莉絲之外，她不認為有任何人會毫不保留的疼惜她，對她付出關愛，甚至犧牲性命。

想到這裡，R.J.放下手中的玫瑰十字架，伸出雙手緊緊抱住佐莉絲瘦削的身軀。被R.J.這麼一抱，佐莉絲略為訝異的看著她，眼神憐惜的伸出手，輕撫她的頭。

R.J.任性的想著：不能任由她在這個國家獨自生活，她的室友及那位警察，三天兩頭的跑去煩她，在這種地方怎麼可能靜下心來把傷養好？與佐莉絲不過共處一天一夜，就已經知道她吃不好、睡不安穩。而自己射中她身上的那一槍，傷口到現在都沒有痊癒，這麼下去，只怕她遲早會臥病不起。非將她帶回英國靜養不可！但是回到英國，該怎麼對Golden Dawn總會交代？想到這裡，R.J.鬆開抱住佐莉絲的手，神傷的頹坐椅上。

瞥見R.J.心情煩躁，佐莉絲恬靜的笑笑，轉過頭，凝神注視著Albert。

管斯灃與黃伊將心靈宮殿的事情處理到一個段落後，便匆忙的趕到醫院，病房門外的專案小組成員見到兩位長官，紛紛舉手行禮，管斯灃點頭示意，黃伊朝他們回禮，組員替他們將病房門打開，兩人雙雙神色凝重的進入病房之中。

管斯灃和黃伊一前一後的走進病房，站在病床的左側，佐莉絲見他們進來站定，便緩緩起身，去將病房門關起。接著走到病床旁，看著Albert。

R.J.起身拉住佐莉絲，自己則往前一站，眼神警戒的盯著Albert。

黃伊站在管斯灃的後頭，內心複雜的情緒，讓她不敢直視Albert，也不敢朝佐莉絲及R.J.看去，只好低垂著頭，看著病房的地板。

佐莉絲見到Albert的臉色漸漸紅潤起來，嘴角帶抹冷笑，拍拍R.J.的肩，要她往旁邊站去。

驚訝的看著漸漸甦醒的Albert，R.J.說道：「他竟然會使用這種藥？」緩緩的移向旁邊，空出位置讓佐莉絲站在Albert的身畔。

管斯澧神情疑惑的看著死而復活的Albert，朝佐莉絲看去，又看向黃伊。

黃伊擡起頭看向Albert，雙眉緊皺，心情既驚又喜，但一想到父親即將面對的牢獄之災，心頭又是一陣悽然，眼眶中滾著淚珠。

Albert的胸口微微起伏，不久之後，鼻翼隨著呼吸開始翕動，眼珠在眼皮下左右急速轉動，不一會兒，Albert緩緩張開雙眼，直視天花板，像個木偶般呆滯。

管斯澧詫異的看著眼前活生生的Albert，右手不由自主的扶著腰際的手槍。

黃伊眼眶泛紅，咬著唇，感動的看著死而復生的父親。雖然父親不顧自己的死活，使黃伊一度心灰意冷，但是親情畢竟割捨不下，就算他是該殺的罪犯，黃伊仍舊選擇原諒。如今，父親能活著，黃伊的內心無限感慨，想上前探看，卻因他曾對佐莉絲做過的事情令自己感到羞愧，在眾人面前……尤其是佐莉絲的面前，黃伊只好強忍住內心的激動，緊握雙拳，眼神流露出無盡的關切緊盯父親看去。

R.J.神情鄙夷的冷笑道：「哼，果然是這樣，真是卑鄙無恥的小人。」

黃伊聽見R.J.如此批評自己的父親，帶淚的雙眸不禁怒氣沖沖的瞪了她一眼。

佐莉絲轉過頭輕拍R.J.的肩，示意她不要說話，接著走近床沿，將手掌伏貼在Albert的臉龐，微笑問道：「你覺得如何？」

Albert的眼珠緩緩轉動，目光看向佐莉絲。

佐莉絲縮回手又問：「舌頭還不能活動自如嗎？」

Albert呆滯的看著佐莉絲，神情木然。

佐莉絲點頭笑說：「你從假死狀態中清醒，還要一陣子身體才能恢復知覺。接下來，我說的話，如果你認為『對』或『好』，就眨一下眼皮，如果『不對』或『不好』，就眨二下眼皮。這樣可以嗎？」

Albert聽話的眨一下眼皮。

佐莉絲見Albert贊同自己的做法，臉上微微一笑，接著深吸口氣，開始說道：「當年Danel盜取玫瑰十字架的時候，你已經進入Golden Dawn總會成為會員，我說的對嗎？」說完，看向Albert。

Albert睜著眼，許久才眨一下眼皮。

佐莉絲想了想後，語氣溫柔的勸道：「我明白你不願意其他人知道這件事的詳情，寧可一死保密。你不用擔心隔牆有耳的問題，這間病房我已經詳盡的查探過了，現在除了我們之外，你不用擔心有其他人知道這件事。更何況，這位管隊長說不定可以幫上什麼忙。你認為呢？如果你願意坦誠一切，我們可以一起想辦法。你覺得如何？」

Albert轉動眼珠，看向神情嚴肅的管斯灃許久，接著他的眼珠停在黃伊身上，眼神中流露出黃伊熟悉的慈愛，黃伊差點情緒失控的上前抱住他，但她害怕這是一種假相，因此，黃伊忍住衝動，靜靜站在一旁，雙眸含淚迎視Albert的目光。

Albert凝視黃伊許久，才將眼珠轉向R.J.，瞪著她半晌不肯眨眼皮。

R.J.很想趁他動彈不得的時候，捅他幾刀以洩這些年來他將自己玩弄於股掌上的憤慨，但是礙於佐莉絲在身旁，她只能張大藍色雙眸，帶著恨意的瞪著他，眼神中流露出無比銳利的殺意。就這樣，這兩人互視許久。

佐莉絲看著Albert直盯R.J.瞧，於是帶著笑側過頭對R.J.說：「看來Albert對妳不信任呢。」

R.J.藉著急促的呼吸，想平撫心中的憤懣。但一聽見佐莉絲語帶嘲諷的話，她張大了口，瞪著佐莉絲看著的雙眼漸漸蓄滿了淚水，她時將口張開、時而微微用嘴型想說出話，舉至胸際間的雙手，拚命想表達出內心裡想說出口的委屈，但始終卻發不出一字一句，她的胸口急速起伏，這樣的動作維持了許久，終於再也忍不住的吐露出心聲罵道：「Dressing，他明知道我們的關係，這些年來我受到他的精神折磨，我認了。但是，他這次故意帶我來這裡，目的就是要我親手殺了妳。」淚水流下臉頰，語氣哽咽的說：「Dressing，當我對妳開槍的時候，那一瞬間，我真希望自己的槍口是對著他，而不是妳。我真是恨死他了！誰要他的信任？他死了最好！」情緒幾近失控的R.J.句句話語刺痛了站在一旁的黃伊。

黃伊回想起佐莉絲被槍殺的瞬間，還有佐莉絲拒絕辦案的神情，她曾經說過，有些事情還是不要知道比較好。難不成，佐莉絲指的就是這件事嗎？黃伊神色木然的看著氣憤填膺的R.J.，暗自神傷。

佐莉絲伸手拍著R.J.的肩，安撫她激動的心情，柔聲道：「別氣。妳不是也防著他嗎？」

R.J.高傲的挺起胸膛，皺眉說：「我當然要提防他！在Golden Dawn裡頭，他的權利與地位僅次於玫瑰十字架。Dressing，我要保命的話，怎麼能不提防他？」

佐莉絲笑問：「既然妳是誠心投靠Golden Dawn，提防他做什麼？」

R.J.瞬間聽懂了佐莉絲的問話，急忙閉上嘴，伸起手拭去淚水，別過頭不再說話。

佐莉絲嘆息，沉默半晌。

管斯澧不懂她們在說什麼，不禁開口問道：「佐莉絲，這到底是怎麼回事？」

佐莉絲擡起頭看向管斯澧，開口問道：「隊長，不知道警隊中臥底人員要怎麼處理他們的身分？」

管斯澧理所當然的答道：「臥底人員僅向該專案的負責人報告，任何人都不能知道他們的身分，連同是臥底的人員，也不能互通消息。」

佐莉絲笑意極深的看了R.J.、又看了Albert，半晌才冷笑說：「你們兩人該不會都是國際刑警組織派去Golden Dawn總會的臥底吧？」

聽見佐莉絲這麼說，R.J.的身子不禁微微顫慄了下，目光閃爍，避而不答。

Albert眼珠直盯佐莉絲看著。

管斯澧和黃伊被這突如其來的轉變，雙雙訝異的互視一會兒，黃伊臉上的表情既驚又喜。

佐莉絲嘆息笑道：「既然你們都不願意承認，那我就不再問了。我說個故事，你們聽聽吧。」

管斯澧比起其他人，更想知道整件事的來龍去脈，於是神情專注的看著佐莉絲。

黃伊覺得事關父親的清白，擔心的朝Albert看著，欲言又止。

R.J.自覺瞞不住佐莉絲，不禁抿著嘴，頓足嘆了口氣。

佐莉絲微笑說：「Danel在盜取玫瑰十字架時，僅單純的以為那是價值連城的寶物。他並不知道玫瑰十字架對Golden Dawn所有成員的意義如此神聖，直到他遭到追殺時，才驀然驚覺。可惜，為時已晚。當他回到英國之後，便將玫瑰十字架藏了起來。直到Rose Evans將十字架交給她同父異母的哥哥帶回這個國家，令他全家遭到不測後，Rose Evans才取回玫瑰十字架，並且嚴密保管。Rose Evans一直和Albert保持聯絡，畢竟她曾傾心於他。Albert為了將Golden Dawn總會的毒品設計圖盜出，於是與Rose Evans串通，要她派人前去盜取。」說到這裡，佐莉絲嘆了口氣。

R.J.聽到這裡，想起佐莉絲差點死於那次事件，情不自禁的上前，緊緊抱住她，淚水止不住的流了下來。

佐莉絲左手擺在R.J.背上，輕輕安撫她，繼續往下說：「記得那時我中槍之際，意識模糊的時候，你就站在我的面前。當我吞下假死藥後，在海底的屍袋中清醒時，竟然發現自己還活著。我很好奇，Golden Dawn總會的人全都是一群心狠手辣、做事謹慎的兇狠人物，而你是裡頭位階頗高的會員，不可能犯下絲毫的錯誤。為何那時的你沒有在我假死狀態的時候，在我腦袋上補上一槍？如果你這麼做，那麼Christina從海底撈出的將是一具冰冷的屍體，你也不必特意來此追殺我。這件事情足足困擾了我十年，終於在烏來山上的時候，我得到了答案。」

R.J.全身一震的擡起頭，驚訝的看著佐莉絲，雙手緊緊拉住她。

佐莉絲如此輕描淡寫的訴說過去的死亡經驗，令黃伊嚇得全身直冒冷汗，不敢相信父親會是如此兇惡的殺人犯，她緊抿著唇，一股熱氣突然湧上她的雙眼。

管斯澧更是懷著一股忐忑不安的心情，雙手握拳，聽著佐莉絲說著他亟欲知道的事情。知道佐莉絲差點死於眼前這個人手上，他的雙眼露出憤慨的神采，緊緊咬著牙根，瞪著Albert。

佐莉絲笑看R.J.，輕輕拍著她的手背，安撫她驚懼的心情。

佐莉絲轉過頭看著Albert接著說：「這麼多年來，我心中一直有幾個疑問，始終無法解開。第一個疑問就是：既然設計圖事關Golden Dawn總會的存亡，當我和Christina潛入時，密室為何沒有人看守？第二個疑問是：密室中放置設計圖的保險櫃，周邊的防盜裝置太過粗糙，根本不需要Evans家族的人出手，任何人都能輕易解開這個防盜裝置。還是有什麼人在知道有人前去盜取之前，便解除了保險櫃周邊的防盜裝置呢？第三個疑問便是：Rose Evans為什麼知道Golden Dawn總會裡頭精心設計的通道及暗器呢？這些資料究竟是誰告訴她的？第四個疑問：當我和Christina正準備離開時，為什麼是你出現在我們的面前，而不是其他資深會員？從這幾個疑問推想，如果我的猜測沒錯，這是一個經過精心策劃的盜取事件。Rose Evans不可能知道Golden Dawn總會裡的訊息，那麼是誰讓她盜取這個設計圖？而Rose Evans要這個設計圖要做什麼？所有的關鍵全都指向你，那個幕後主使者若不是你，Albert，這一切都很難解釋清楚。」

R.J.鬆開抱住佐莉絲的手，緩緩站直身子，面帶疑惑的凝視Albert。

Albert依舊呆滯的看著佐莉絲，沒有任何反應。

黃伊心中一驚，皺眉看向佐莉絲，原來是她和R.J.去盜取設計圖。之前曾提過她一個人被人裝在屍袋沉在海底的事情，原來是這樣。她故意不提Albert鞭打她的過程，想必是因為我在場，她不想讓我難過，所以不說。

管斯澧雖然不明白佐莉絲經歷了什麼，但聽到這裡，約略了解了梗概，想必年幼的她隻身在國外，吃了不少苦頭！管斯澧心情沉重的皺眉看向佐莉絲。

佐莉絲繼續說下去：「Rose Evans拿了設計圖之後，究竟去了哪裡？多方查探都無法得知她的下落，她不可能就這麼憑空消失？她更不可能遭到Golden Dawn總會狙殺。Christina進入總會之後，交回了玫瑰十字架，並沒有透露設計圖是由Rose Evans所拿走，因此Golden Dawn總會的人一直以為是我帶走設計圖。你明明知道不是我帶走設計圖，卻用此藉口要Christina追殺我，Christina幾番配合你的命令，包括在租處狙擊我。我想你殺我的理由只有一個：便是你想藉此機會知道Christina是否為國際刑警組織的臥底人員。只可惜Christina遲遲不肯表態……由於你即將升任為代理達人，要擔任那個權高位重的職務，有兩個必要的條件，第一，你必須設計出超越前任代理達人的毒品設計圖，以使會員能夠取得更優良的迷幻藥劑。第二，你要持有玫瑰十字架，這個象徵神人的寶物。雖然你身為毒物專家，就算你設計出超越前人的設計圖，可惜你不明白，十字架與設計圖之間的關聯。就任大典即將展開，所有的資深會員都在等待你的表現，生死之際，就在剎那之間，如果就這樣毀於一旦，那麼你苦心經營多年的假象即將破滅，因為你曾看過我使用假死藥，所以你便和Rose Evans要了假死藥的配方，為了瞞過所有的人，還用追殺我的藉口來到這裡，製造假死的假相，想永遠脫離Golden Dawn總會，這一切都是因為黃伊吧？」

Albert突然出聲大笑：「我真是太低估妳了，幸好當時沒殺了妳，真是厲害的女孩！連我隱藏了三十二年祕密都能被妳掀出來。」

R.J.、黃伊、管斯澧被Albert突如其來的笑聲，嚇得微微顫慄了下。

佐莉絲笑說：「你穿著防彈衣被黃伊子彈打中，竟然還能『死』得成，真是不容易。好了，這下子，你與Christina要不要互相自我介紹一下呢？」

Albert撐起身子，坐了起來，面帶苦笑的朝R.J.說：「妳好，我是GD One。」說完，向R.J.伸出手。

R.J.瞪了佐莉絲一眼，嬌嗔道：「為什麼瞞不過妳。」轉身朝Albert說：「我是GD S。」擺著張臭臉，伸手握了Albert。

Albert神情詫異的皺眉問道：「S？」

R.J.神情不耐煩的微慍道：「GD其他臥底都死得差不多了。GD R已經走了，所以我是GD S，我再不小心點，接下來就是GD T了！你這隻老狐狸。」說完，警戒的神態稍稍鬆懈下來。

Albert面色凝重的嘆了口氣。

佐莉絲笑說：「究竟是誰指派黃伊調查Golden Dawn跨國毒品案件？是Albert？還是Christina？」

Albert神情疑惑的搖搖頭，目光銳利的看向R.J.。

R.J.像是被人抓到小辮子般，略帶委屈的說：「好啦，是我！」

佐莉絲微笑說：「妳想用這種方式逼Albert露出馬腳？」

R.J.瞪著Albert說：「國際刑警認為他已經叛逃了。因為GD的成員一個個出事，而GD One

又失聯，誰知道這隻老狐狸做了些什麼事？我也得防著他，以免案子沒查清楚，我的小命就沒了。」

Albert神情落寞的低垂著頭，語氣憤慨的說：「那是因為他們全都受不了我的考驗。」

R.J.蔑視的看著Albert冷笑說：「逼我殺Dressing，就是你所謂的考驗嗎？」

Albert苦笑著別過頭，不想回答。

佐莉絲揚眉說：「Christina，難不成妳是因為怕我遭到Golden Dawn的毒手，所以才加入刑警組織？還故意去Golden Dawn投誠？」

一反先前高傲的神態，R.J.咬著下唇露出少女般的羞赧表情，低聲說：「我知道單憑我一個人絕對保護不了妳，只好這麼做了。至少妳死在我手上，會死的比較舒服，總比被他一鞭鞭打死的好。」說到最後，R.J.簡直是咬牙切齒的說著。

聽見R.J.這麼說，黃伊的臉色難看到極點，內心愧疚的直想找個地洞往下鑽。想起佐莉絲不計前嫌的幾次出手救自己，結果到最後，自己還是護著父親，眼睜睜見佐莉絲差點死在父親的手下。

管斯澧眼神愛憐的看著佐莉絲，搖頭嘆息。

佐莉絲微笑說：「還好，你們都手下留情。Christina在我昏迷之際，把我送到旅館，用簡訊告知黃伊，救了我一命。Albert也利用簡訊告知黃伊殺手的住處，所以我才能逃過這些追殺。不過，你們兩人可能要再『死』一次，才能順利離開Golden Dawn。」

Albert神情凝重的沉默不語。

R.J.知道這是必須做的事，只是不知道佐莉絲會如何安排。

黃伊一聽父親又得死，嚇得臉色蒼白。

管斯澧知道佐莉絲這麼說的用意，不禁點頭贊同。

佐莉絲朝管斯灃看去，微笑說：「這件事，管隊長可以替他們安排嗎？」

管斯灃笑說：「這事簡單。」

黃伊疑惑的看向管斯灃。

管斯灃對黃伊說：「我會告訴妳怎麼做，凡事都有第一次。」

黃伊神情怔然的看著態度悠閒的管斯灃，滿臉困惑。

佐莉絲微笑說：「好了，你們互相指認之後，便不能再待在國際刑警組織，也不能回去Golden Dawn總會，有件事我必須告訴你們。在這之前，我想問Albert一件事，Rose Evans在哪裡？」

R.J.目露兇光，心情煩躁的說：「Dressing，只要妳在就好，我不想看到她。」

佐莉絲蹙眉道：「畢竟她是妳母親，妳還是得知道她的下落。」

R.J.語氣不耐煩的說：「她對我又不好，找她回來做什麼？反正她愛的人又不是爸爸，她愛的人是他。」R.J.氣憤的指著Albert。

Albert略微難堪的朝黃伊看去，黃伊驚訝的看著Albert。

佐莉絲柔聲勸著R.J.說：「好了，不要說了。」看著Albert，示意他說出Rose Evans的下落。

Albert苦笑說：「她以證人保護法在別的地方生活。」

R.J.怒氣沖沖的說：「你就讓她繼續在那裡過活，不要回Evans古堡來。那裡有我跟Dressing就夠了！」

佐莉絲拍拍R.J.的肩，苦笑的說：「知道她平安無事就好。既然你們要回國際刑警組織報到，我送個禮物給你們，讓你們不要空手而回。」

R.J.和Albert略帶驚喜的看向佐莉絲，但又不知道她所指為何？

佐莉絲朝R.J.伸出手，R.J.拿起十字架朝佐莉絲看去，佐莉絲點頭，R.J.便將玫瑰十字架交給她。

佐莉絲拿著十字架朝R.J.和Albert解釋說：「我憑著記憶照著設計圖中的步驟調製毒品，幾次嘗試，發現設計圖中的毒品不過是半成品，要使設計圖中的半成品成為既精純又易代謝的成品，需要透過某種催化物。後來我才發現這種催化物不是藥物，而是這只玫瑰十字架。我之所以能解開這個祕密，都要歸功於我的室友，她在無聊中發現手工醬油的化學反應，讓我聯想到玫瑰十字架的作用。」

R.J.和Albert雙雙朝十字架看去，不明白這柄十字架竟有著如此奧妙的作用。

佐莉絲解釋道：「這只玫瑰十字架由琉璃製成，唯獨中心區塊是玻璃製造而成。由玻璃製成的大圈中共有四個小圈，三小圈上頭各自寫著希伯來文字，而居於正中間小十字架中心的寶石，被五條線分割。若是透過強光的照射，再加上不同字母的組合變化，便可以催化設計圖製成的半成品成為Golden Dawn總會每年分派給各分會既精純又易代謝的成品。依照每任代理達人所設計的毒品設計圖，配合玫瑰十字架口傳的字母及寶石區塊的組合，便能成功的製造出精良的成品。我想Albert應該已經將設計圖完成，只是上屆代理達人未將十字架上的祕密告訴你，那是因為你的身分已經引起他們的懷疑，所以才想離開Golden Dawn，對嗎？」

Albert苦笑的看著佐莉絲說：「唉，沒想到妳能解開這個祕密。上任代理達人故意不告知我這個奧秘，確實已經對我的身分抱持著疑問。像妳這樣的獨特的人，不知道有沒有興趣為國際刑警組織效力呢？」

R.J.聽見Albert提起這件事，笑逐顏開的朝佐莉絲看去：「Dressing，妳就答應吧？」

佐莉絲冷笑說：「我還是做我的化妝師好了，這種工作比較有趣。」

Albert與佐莉絲多次交手，知道刑警的工作引不起她的興趣，於是長嘆了口氣道：「真是可惜，這麼優秀的人才。」終於解開心中的疑惑，這麼長的臥底歲月，讓他失去太多珍貴的事物，他神情落寞的低頭不語。

R.J.皺眉嬌嗔說：「Dressing，一起去嘛。」

佐莉絲恢復一貫的冷漠，面無表情的將玫瑰十字架交給R.J.，語氣冷淡的說：「妳留下跟警察把事情處理完，再來找我。至於妳提議的事情，到時候我們再商量。」說完，便獨自轉身朝病房外走出去，順手關上門。

R.J.接過玫瑰十字架，本想追上佐莉絲，隨即停下腳步，低頭嘆息。

黃伊知道父親不是罪大惡極的犯人，心頭沉重的石頭終於落下，這才怯怯的上前，淚眼看向Albert，既感動又安慰的叫了聲：「爸爸。」

Albert微笑的看著黃伊，感慨之際，胸口湧著一股難以言喻的情感，他張開雙手，黃伊撲進他的懷中，埋頭低泣。

管斯灃對R.J.及Albert說道：「既然兩位是自己人，應該明白接下來的程序，等等我們就一起到專案小組的辦公室處理接續的事項。」

Albert抱著黃伊，心中激動不已，想起自己此後不必再隱瞞躲藏、心驚膽跳的過每一天，不禁紅了眼眶。幾十年的臥底生涯終於能夠畫上句點，並且可以全身而退，他的心中無限感激。

Albert拍拍黃伊的背說：「Rosita，走吧，這件事後我可以退休了。」

黃伊緩緩站直身子，擦擦眼淚，笑說：「太好了。」

Albert下床，朝管斯灃說：「麻煩你了，G D S我們一起去吧。」

R.J.拿著玫瑰十字架，沒好氣的對Albert說：「既然都是自己人，以後就不用聽命於你了。每天都要防著你，真是死了我好多細胞。」

Albert看著R.J.，歉然笑著。

管斯灃朝病房外頭走去，對四位專案成員交代些事情，隨即對Albert及R.J.說：「不能大意，請女士以罪犯身分跟我一起離開，至於男士，就換上警察制服。」

江棟豪拿了一套制服走進來，交給Albert，順手將門關上。

管斯灃將手銬銬在R.J.手上，並將十字架交給Albert。

黃伊走到R.J.身旁，拉拉她手上的手銬，臉上帶著暗暗竊笑的表情。

R.J.睥睨的看著暗自竊喜的黃伊，別過頭，神態高傲的挺身站著。

Albert拉上窗簾，脫下身上的衣服，穿上警察制服。

管斯灃語氣柔和的對黃伊說：「心事解決了，殺人案的報告寫得精采一些，不要把佐莉絲寫進去，知道嗎？」

黃伊低聲說：「知道。」

管斯灃點頭，雙手交叉胸前，低頭沉思。

冷若水神情沮喪的在餐桌上晃著裹著石膏的右手，唉聲嘆氣。

此時門鈴響起，她停下晃動的手，緩緩起身去拿起話筒。

「誰啊？」語氣沮喪的說。

「黃伊。」

冷若水「喔」了聲，掛上話筒把門打開，深深嘆息後又坐回沙發上。

黃伊跑上樓，進門順手把門帶上，一雙眼朝佐莉絲緊閉房門的房間看去，嘴上問道：「欸，佐莉絲在休息嗎？」

冷若水聽見黃伊問到佐莉絲，頭隨著嘆息聲，上下甩動，動作極度誇張。

黃伊皺眉瞇眼問道：「冷警員，妳身體不舒服嗎？」
冷若水沮喪的說：「沒有啊。」
黃伊揚眉道：「那妳幹嘛像是沒飯吃似的唉聲嘆息啊？」
冷若水哭喪著臉說：「長官，妳是來找她的唷？」
黃伊心虛的沒有回答。
冷若水嘟著嘴說：「想也知道妳是來找她的。我告訴妳，她跟她表妹回英國去了。」
黃伊皺眉驚訝的看著冷若水，急忙問道：「什麼時候走的？」
冷若水嘆氣，緩緩說著：「早上我還在睡的時候走的，她留了一封信在桌上，我剛剛才看到。」
黃伊神情嚴肅的伸出手說：「信呢？」
冷若水從口袋裡頭把皺巴巴的信拿了出來，手一擺，扁嘴說：「在這裡。」
黃伊一把將信拿過來，從信封中拿出信紙，仔細看著內容：「若水，我已經預付六個月房租，有事離開。D」
黃伊冷眼看向冷若水說：「她只說預付六個月房租，妳怎麼知道她回去英國了？」
冷若水轉動眼珠瞄了黃伊一眼：「用觀察、推理、邏輯就想得出來，何必一定要問清楚？」
黃伊吃驚的看著冷若水：「妳……妳什麼時候會用『觀察、推理、邏輯』這麼深奧的學問啊？」
冷若水面無表情的說：「長官，我只是沒有拿出來用，好不好。跟她住了一年多，我多少也會『這麼深奧的學問』啦。妳看，她留下這封信，加上她住在英國的表妹又不在這裡，她會去哪裡？肯定跟她表妹回英國去了，這用膝蓋想都知道。」

黃伊讚嘆的說：「哇，妳的膝蓋真的好聰明唷。可是妳怎麼知道她不是跟表妹出去玩，而是回英國呢？」邊說，邊坐在板凳上。

冷若水洋洋得意的說：「那位英國來的表妹啊，跟我一開始見到佐莉絲的模樣很像。不過，表妹人更高傲又不好親近，脾氣大又愛命令人。那天她進門找佐莉絲，把我當成空氣似的，連看都不看，直接就進了佐莉絲的房間。她們在房間裡待了很久，我最後聽見那位表妹氣沖沖的大吼：『不管，妳一定要跟我回去！妳答應我的。』長官，我可不是無聊坐在這裡的唷，這麼重要的『線索』我可是收在心裡的呢。」

黃伊早知道R.J.肯定會把佐莉絲拖回英國，對於冷若水的自誇，只好無奈的微笑以對。

冷若水轉動眼珠看向坐在板凳上的黃伊說：「長官，她不在啦。」

黃伊用信當扇子搧著風，想著事情。

冷若水又重複一次：「長官，她不在啦。」

黃伊皺眉回答：「知道了，不要一直重複。」

冷若水見黃伊沒有要走的意思，隨口問道：「那個殺人案結案了唷？」

黃伊點點頭。

冷若水驚喜的說：「抓到那個變態殺人犯了沒？」

黃伊遺憾的說：「人已經死了。」

冷若水撫撫胸口：「真是感恩唷！以後就沒有那種噁心的屍體了，真恐怖。」

黃伊嘆氣道：「還不是佐莉絲的功勞？只可惜不能寫在報告上。本來想告訴她，後續的事情……」

冷若水一聽有後續的發展，精神一振，好奇的說：「長官，她不在，妳也可以說給我聽啊。如果她突然回來，我就可以告訴她。」

黃伊笑說：「她被表妹拉回去英國，不知道什麼時候才會回來。」

冷若水竊笑道：「誰知道她會不會因為太想念我，突然跑回來，嘻，嘻……」

黃伊噘嘴想道：「冷若水小姐，妳的自我感覺太過良好了吧？」接著開口說：「反正殺人犯死了，教唆犯也死了，現在只剩下兩位殺人共犯林岱雲和蕭韻，法官念在她們是出於被強迫之故，所以判她們緩刑。」

冷若水「喔」聲說：「就這樣唷？」

黃伊冷笑答：「不然呢？膝蓋偵探？」

沒理會黃伊的嘲諷，冷若水逕自說道：「我要是法官，就判她們死刑！把人剖得跟豬一樣，真該遭到天譴。」

黃伊冷笑說：「那麼冷法官，要是妳這麼判刑，很多人都得死了唷。」

冷若水得意的說：「有些人就是該死。怕死就不要殺人！下手的時候多想想，就殺不下手了啊。唉，真是……」

黃伊笑說：「是，冷法官說的是……」說著，也嘆了口氣。

聽見黃伊贊同自己的說法，冷若水精神抖擻的開始長篇大論的發表心得：「本來就是啊，有些人唷，就是不懂得多想一下，要是能夠多想一下，就下不了手了，不是嗎？還有啊……」

黃伊把臉轉向落地窗朝外看去，將冷若水的長篇大論當成是背景音樂，想著心事。

難怪佐莉絲要回英國去，有冷若水在這裡叨叨念，想圖個耳根清淨還真難。只是不知道她要回去多久，半年嗎？還是永遠都不回來了？父親也回英國去辦理後續的事情，希望他能夠順利的從這種臥底生涯中安全脫身。幸好他不是該千刀萬剮的惡人，不然，我還有臉繼續待在警隊嗎？Golden

Dawn的案子終於圓滿結案了，有了佐莉絲這番精闢的見解，相信國際刑警組織肯定能夠大舉破獲Golden Dawn的不法情事，而佐莉絲日後再也不會遭到這種驚心動魄的追殺，真是替她感到開心。

這次辦了這件案子，官階又升了一級，過去肯定會為這種事情興高采烈的睡不著覺。升了官，本想到此跟佐莉絲分享這份榮耀，怎料，她竟離開這裡！現下內心的空虛感竟勝過喜悅之情。這個難搞的女人，連聲知會也沒有，就這麼離開，真是不夠義氣！唉，反正自己還有一堆假沒放，不妨藉機休個長假，到英國探視父親，順道去拜訪佐莉絲。但假期不長，放完假之後，還是得回到工作崗位。

真希望佐莉絲能夠回來，有她一起辦案好玩多了。只是她能不能說服那位霸道的表妹讓她獨自回到這裡呢？若是佐莉絲回到這裡，那個緊黏著她不離半步的表妹也跟著一起回來，到時候是不是得跟這位和佐莉絲脾氣相仿的表妹照面，這下子自己就不只面對一位難搞的女人，而是兩位了。真是傷腦筋！

黃伊想起日後又要過著一板一眼的生活，不禁無趣的嘆了口氣。

耳邊傳來冷若水滔滔不絕的「演說」。這個冷若水一開口，不知道什麼時候才會停下來？難怪佐莉絲不喜歡說話，肯定是怕她一開口接話之後，冷若水便搶過話說個不停，跟這位奇人住在一起，真是難為佐莉絲了。小冷還真有本事，不說話則已，一開口就能把人嚇跑。

黃伊看著窗外漸漸染上一片橘紅的景象，回想起第一次見到佐莉絲的不屑態度及這段日子以來，漸漸對她充滿敬佩的心情，不禁感慨人心變化的無常，人與人相處，還真的需要時間考驗。這段日子裡充滿驚險刺激的辦案過程，使黃伊增長了不少自信。

轉過頭冷眼看著冷若水搖晃著裹著石膏的手，兀自慷慨激昂的說個不停。黃伊無聊的站起身，打斷冷若水的演說：「如果佐莉絲回來的話，請她打個電話給我。」

冷若水終於停止說話，朝黃伊點頭回答：「是，長官！」

黃伊點頭示意，將信放在餐桌上，轉身離去。

冷若水目送黃伊離開，望著空蕩蕩的屋內，嘆息道：「佐莉絲，妳要趕快回來啊，不然，我又得找地方租房子了。」說著說著，頹喪的坐在沙發上，繼續唉聲嘆氣。

陽臺上依舊飄著幾件白色的內衣褲，夜色漸漸深沉了起來。冷若水兀自強作精神，拿起手機，撥了號：「朱增年。」

電話那端傳來一陣驚嚇的語氣：「咦，妳怎麼會打電話給我？」

冷若水口氣嬌膩的說：「怎麼，不能打給你唷？」

「可以、可以。」朱增年在電話中陪著笑說。

「欸，陪我吃晚餐吧？」冷若水略微寂寥的說。

「喔……」朱增年遲疑了一會兒。

聽見朱增年的回話，冷若水滿心不悅的說：「請你跟美女一起吃晚餐，還要考慮唷？」

朱增年忙回答：「沒有啦，我等等下班就去接妳，好不好？」

冷若水揚眉竊笑，語氣冷淡的說：「好啦，等你來啦。」

朱增年迭聲說：「等我一下。」

「嗯！」掛上電話之後，冷若水看著空無一人的沙發，嘴上嘟囔著：「以後，只好找朱增年陪我吃宵夜了，唉。」

冷若水緩緩站起身，將客廳的燈打開，照亮滿屋的沉寂。

站立在門邊，看著裹著手的石膏，心情沮喪的說：「要走也不早說，總是這樣來無影，去無蹤的，下次我也要立個規矩，不然老搞神祕消失，真是不夠朋友捏。」說著說著，眼前似乎出現了佐莉絲的幻影，冷若水興致勃勃的對著空沙發開始滔滔不絕的訓話。

要推理58　PG1710

要有光
FIAT LUX

黃金黎明

作　　者　亞斯莫
責任編輯　陳慈蓉
圖文排版　詹羽彤
封面設計　蔡瑋筠

出版策劃　要有光
發 行 人　宋政坤
法律顧問　毛國樑　律師
印製發行　秀威資訊科技股份有限公司
114台北市內湖區瑞光路76巷65號1樓
電話：+886-2-2796-3638　傳真：+886-2-2796-1377
http://www.showwe.com.tw
劃撥帳號　19563868　戶名：秀威資訊科技股份有限公司
讀者服務信箱：service@showwe.com.tw
展售門市　國家書店（松江門市）
104台北市中山區松江路209號1樓
電話：+886-2-2518-0207　傳真：+886-2-2518-0778
網路訂購　秀威網路書店：https://store.showwe.tw
國家網路書店：https://www.govbooks.com.tw
總 經 銷　聯合發行股份有限公司
231新北市新店區寶橋路235巷6弄6號4F
電話：+886-2-2917-8022　傳真：+886-2-2915-6275

出版日期　2018年9月　BOD一版
定　　價　390元

Printed in Taiwan

國家圖書館出版品預行編目

黃金黎明 / 亞斯莫著. -- 一版. -- 臺北市 : 要有光, 2018.09
面；　公分. -- (要推理 ; 58)
BOD版
ISBN 978-986-96693-5-1(平裝)

857.81　　　　107013392

讀者回函卡

感謝您購買本書，為提升服務品質，請填妥以下資料，將讀者回函卡直接寄回或傳真本公司，收到您的寶貴意見後，我們會收藏記錄及檢討，謝謝！

如您需要了解本公司最新出版書目、購書優惠或企劃活動，歡迎您上網查詢或下載相關資料：http:// www.showwe.com.tw

您購買的書名：______________________________

出生日期：________年________月________日

學歷：□高中（含）以下　□大專　□研究所（含）以上

職業：□製造業　□金融業　□資訊業　□軍警　□傳播業　□自由業

□服務業　□公務員　□教職　□學生　□家管　□其它____

購書地點：□網路書店　□實體書店　□書展　□郵購　□贈閱　□其他

您從何得知本書的消息？

□網路書店　□實體書店　□網路搜尋　□電子報　□書訊　□雜誌

□傳播媒體　□親友推薦　□網站推薦　□部落格　□其他________

您對本書的評價：（請填代號　1.非常滿意　2.滿意　3.尚可　4.再改進）

封面設計____　版面編排____　內容____　文／譯筆____　價格____

讀完書後您覺得：

□很有收穫　□有收穫　□收穫不多　□沒收穫

對我們的建議：______________________________

____

____

____

請貼
郵票

11466
台北市內湖區瑞光路 76 巷 65 號 1 樓
秀威資訊科技股份有限公司 收
BOD 數位出版事業部

....

（請沿線對折寄回，謝謝！）

姓　　名：＿＿＿＿＿＿＿＿　年齡：＿＿＿＿　性別：□女　□男

郵遞區號：□□□□□

地　　址：＿＿＿＿＿＿＿＿＿＿＿＿＿＿＿＿

聯絡電話：(日)＿＿＿＿＿＿＿＿ (夜)＿＿＿＿＿＿＿＿

E-mail：＿＿＿＿＿＿＿＿＿＿＿＿＿＿＿＿